KB212148

베리 따는 사람들

The

베리 따는 사람들

아만다 피터스 지음
신혜연 옮김

Berry

Pickers

서 사 원

아빠께,
이야기를 들려주셔서 감사해요.
웰라'린 아'투코윈 *Wela'lin a'tukowin*.
정말 감사합니다.

차례

프롤로그　　　　　…8

하나, 조　　　　　…10
둘, 노마　　　　　…33
셋, 조　　　　　…59
넷, 노마　　　　　…86
다섯, 조　　　　　…109
여섯, 노마　　　　　…128
일곱, 조　　　　　…154
여덟, 노마　　　　　…178
아홉, 조　　　　　…207
열, 노마　　　　　…228
열하나, 조　　　　　…253
열둘, 노마　　　　　…280
열셋, 조　　　　　…308
열넷, 노마　　　　　…349
열다섯, 루시　　　　　…376
열여섯, 조　　　　　…402
열일곱, 루시　　　　　…403

감사의 말　　　　　…405

프롤로그

벽에 등을 기대고 앉는다. 베개가 푹 꺼진다. 메이 누나가 주먹으로 두드려 푹신하게 만들어 놓았지만, 그건 이미 몇 시간 전의 일이다. 내 손에는 리아의 사진이 들려 있다. 사진 속 리아는 자그마하다. 이 사진을 찍었을 때 나는 리아의 존재를 알지도 못했다. 창밖으로 날이 진다. 거의 여자라는 존재 없이 살아온 내 삶을 생각하면, 그들이 내게 이렇게 큰 영향을 미치는 것이 그저 놀랍고 신기하다.

다리의 통증 때문에, 오랫동안 친구처럼 여겨 온 나무둥치 옆 불가에 앉을 수가 없다. 병에 걸리면서 함께 얻은 이 침대가, 약물이, 외로움이 지긋지긋하다. 내가 사랑하는 사람들이 아무리 노력해도 이런 고독감을 이해하지 못하리라는 걸 나는 잘 안다. 죽음은 나 홀로 감당해야 하는 것이다. 이제 다 큰 성인이 된 리아는 일주일에 두어 번 나를 찾아온다. 메이 누나와 벤 형이 나를 보살펴 주고 있다. 나는 이런 걸 누릴 자격이 없는데도. 엄마도 나를 위해 기도한다.

"조?" 메이 누나가 문을 살짝 열고 부른다. 문과 벽 사이에 누나의 얼굴이 보인다.

"일어났어."

문이 활짝 열리고 누나가 들어온다. 뭔가 즐거운 눈빛이다. 이런 눈빛은 아주 오랜만이다.

"기분 좋아 보이네, 메이 누나."

"기분이 좋으니까."

나는 힘겹게 자세를 고쳐 앉는다. 기운 차린 모습을 보여 주고 싶다. 무엇 때문이든 누나가 기분이 좋다면 나도 기분이 좋다는 걸 보여 주고 싶다.

"조, 누가 우릴 찾아왔어. 서로 들려주고 싶은 얘기가 많을 것 같아."

하나

조

루시가 행방불명 되던 날, 흑파리들은 유난히 배가 고파 보였다. 우리가 주로 생필품을 구하러 가는 상점에서 만나는 백인들은 원주민 피는 어쩐지 신맛이 나서 흑파리들이 물지 않는다고, 그래서 블루베리 따는 일에 적격이라고 했다. 나는 그때 고작여섯 살이었지만, 그 말이 사실이 아니라는 걸 알 수 있었다. 흑파리는 사람을 구분하지 않았다. 하지만 거의 50년을 꼬박 이침대에 누워 몸속부터 병마에 갉아 먹히는 지금은, 무엇이 진실이고 무엇이 진실이 아닌지 잘 모르겠다. 어쩌면 우리 피는 진짜 신맛이 나는지도 모른다.

피 맛이 어떻든 상관없이 흑파리들은 여전히 우리를 물었다. 하지만 가려움을 덜어 주는 방법을 알고 있는 엄마 덕분에 우리는 밤마다 쪽잠을 잘 수 있었다. 엄마는 오리나무 껍질을 벗겨 걸쭉해질 때까지 씹은 다음, 물린 자리에 얹어 주었다.

"가만히 있어, 조. 그만 좀 꿈틀거려." 곤죽이 된 오리나무 껍질을 두껍게 얹으면서 엄마가 말했다. 오리나무는 들판 뒤쪽 경계를 빙 둘러 드문드문 자라고 있었다. 들판은 끝도 없이 펼쳐져 있었다. 아니, 그때는 그렇게 보였다. 땅 주인인 엘리스 씨는 그 들판을 커다란 바위들로 구분해 놓았다. 작업을 마친 곳과 다음에 작업해야 할 곳을 쉽게 파악하기 위해서였다. 하지만 언제나 우리는 결국 다시 나무들이 늘어선 곳에 다다랐다. 막다른 곳은 나무 아니면 9번 국도였다. 부서질 대로 부서져 수박만큼 크고 호수만큼 깊은 구멍들이 군데군데 팬, 오래된 도로였다. 그 시커먼 아스팔트 길은 들판을 미끄러지듯 가로질러 해마다 우릴 그곳으로 데려다 놓았다.

1962년, 그때도 9번 국도변에는 집이 많지 않았다. 그나마도 이미 낡아서, 페인트가 희끗희끗 벗겨지고 현관은 하나같이 기울어진 채 썩어 가고 있었다. 버려진 자동차와 냉장고들 사이에서 초록색과 노란색 풀들이 길게 자랐고, 녹에서 떨어져 나온 부스러기들이 강풍에 날렸다. 한여름에 우리, 즉 피부색이 어두운 일꾼들이 포장마차를 타고 노바스코샤(캐나다 동부 대서양 연안에 있는 주)를 출발해 웃고 노래하며 잡초 무성하고 녹슬어 가는 세계를 지나 이곳에 도착하면, 지역 주민들은 우릴 본 척도 하지 않았다. 우리는 그들이 번영에 실패했음을 보여 주는 증거였다. 그런 그곳에서 조금이라도 기쁨을 느끼는 순간은, 가을에 금빛 해가 지며 눈부시게 아름다운 9월의 하늘 아래 들판이 붉게 물들 때뿐이었다.

그 녹슬고 썩어 가는 것들 가운데 엘리스 씨의 집이 있었다. 호수 반대편으로 이어지는 흙길과 9번 국도가 만나는 모퉁이였다. 그쪽에는 원주민이 없었고, 일요일이면 메인(미국 북동쪽 끝에 있는 주, 캐나다 국경에 접해 있다)의 은은한 태양 아래 백인들이 피부에 물집이 잡힐 때까지 수영과 소풍을 즐기는 곳이었다. 몇 년 후 다시 집을 떠나기 전, 마치 버스 정류장이나 병원에서 기다리다 들춰 본 책이나 잡지 속에서 본 사진처럼 문득 그 집이 떠올랐다. 진입로에는 키 큰 단풍나무가 드리워져 있었고 누군가 그 집과 임시 숙소로 이어지는 흙길 사이에 길고 곧게 소나무를 심어 놓아서 우리는 집을 엿볼 수 없었다. 굳이 엿보려 하지도 않았다.

"벤 형, 저 사람들은 저렇게 창문을 많이 만들 거면 뭐 하러 힘들게 집을 지을까?" 나는 형에게 물었다.

"사람한테는 머리를 덮을 지붕이 필요하니까. 여기도 우리 집처럼 겨울에는 춥거든."

"그런데 저 창문들은 다 뭐야." 나는 입을 떡 벌리고 바라보았다.

"창문을 만들려면 돈이 많이 들잖아. 자기들이 얼마나 부자인지 보여 주려는 거지."

나는 정확히 이해하지 못했으면서도 알아들은 척 고개를 끄덕였다.

지붕에서 물이 새고 방이 세 개뿐인 작은 집에 사는 내게, 한 해 걸러 여름마다 새로 칠해지는 그 집의 하얀 벽과 빨간 가장자리 장식, 그리고 현관을 받치는 두 개의 기둥만으로도 '저택'이라 부르기에 충분했다. 몇 년이 흐른 후 돌아와 보니 엘리스 씨는 심장마비로 죽은 지 오래였고, 그새 보는 눈이 달라진 나는 그 집이 그저 퇴창(바깥쪽으로 내밀어 만든 창) 하나 달린 2층짜리 건물에 지나지 않는다는 사실을 깨달았다.

루시를 잃은 바로 그 여름, 7월 중순에 우리가 도착했을 때 들판에는 푸른 잎과 작은 야생 블루베리가 가득했다. 우리는 그때까지도 활기 넘쳤고, 지난해의 고된 노동과 기나긴 하루에 관한 기억은 거의 잊은 상태였다. 아빠는 앞으로 8주에서 12주 동안 쓸 물품과 우리를 내려놓은 후, 바로 다시 떠났다. 국경을 향해 되돌아가는 그 모습 뒤로 먼지가 일었다. 아빠는 일하러 오는 일꾼들을 데리러 항상 뉴브런즈윅(캐나다 동부 대서양에 면한 주)으로 갔다. 믿을 수 있는 일꾼들이었다. 제럴드 노인과 그의 아내 줄리아, 그리고 성실하고 조용한 쌍둥이 형제 행크와 버나드, 과부인 애그니스와 그 자녀들(여섯 명인데 모두 체격이 크고 힘이 셌다), 그리고 술꾼 프랭키가 바로 그들이었다. 프랭키는 곰과 어둠을 무서워했다. 재미있는 사람이었지만, 솔직히 좋은 일꾼이라고 하기는 힘들었다.

아빠는 늘 이렇게 말했다. "네 엄마가 하는 말 들었겠지만, 프랭키 같은 사람도 삶의 목적과 돈이 필요하단다. 단 8주 만이라도 말이야."

"내가 저 사람보다 더 많이 따요, 아빠." 나는 프랭키가 생각 없이 블루베리 한 알을 입으로 쏙 넣는 모습을 보며 말했다. "게 다가 저 사람은 따는 족족 먹는다고요."

"조, 어떤 사람들한테는 세상의 관대함이 필요하단다. 알다 시피 프랭키는 아기였을 때 물에 빠져 거의 죽을 뻔했고, 그 이 후로 잘 자라지 못했잖니. 프랭키는 아무 잘못 없어. 신이 프랭 키를 위해 마련한 계획이 틀림없이 있을 테니까, 우리도 그냥 프랭키를 있는 그대로 받아들이는 거야. 프랭키도 우리처럼 여 름마다 이 일이 필요해. 여기 와서 불가에 둘러앉아 쉬고 용돈 이라도 벌면 좋잖아. 뭐라도 기대할 만한 일을 갖게 해 주자."

"알겠어요, 하지만……." 프랭키는 돈을 받았는데 더 많이 딴 나는 고작 9월에 입을 새 교복 한 벌이 전부라는 사실에 화가 나, 나는 불평하기 시작했다.

"'하지만'은 없어. 그냥 일터로 돌아가서 프랭키한테 친절하 게 대해. 너도 언제 사람들의 친절이 필요할지 모르는 일이야."

아빠가 트럭 뒤에 일꾼들을 더 태우러 가느라 자리를 비운 동안, 우리는 엄마의 빈틈없고 까다로운 눈길을 받으며 오두막 을 청소하고 텐트를 쳤다. "너희 사내애들은 현관 바닥에 난 풀 을 뽑으렴. 여기도 좀 정리하고." 우리는 우리가 없는 동안 감히 자라난 풀 줄기를 잡아당기다가 손을 베었다. 그런 다음엔 불을 피울 마른 나무를 모았다. 불 하나는 요리를 위한 것으로 거의 늘 피워져 있었고, 다른 하나는 설거지용으로 주말엔 빨래를 하는 데 쓰기도 했다. 메이 누나와 다른 여자아이들은 오두막 청소를 도왔다. 그중 몇몇은 여름이면 늘 그랬듯 주인집으로 가서 그의 아내를 도와 집 안 구석구석을 청소했다. 그 대가로 약간의 돈을 받았는데, 그들은 그 돈을 카운티 페어에서 머리핀이나 밀주, 팝콘을 사는 데 썼다.

우리 오두막에서는 호수를 볼 수 없었지만, 제럴드 노인과 줄리아가 있는 저 아래 야영지 경계 쪽에서는 호수가 보였다. 그래도 지붕과 문이 있는 오두막을 차지한 우리는 운이 좋은 편이었다. 여기에는 오래되긴 했지만 누워 잘 수 있는 매트리스도 몇 개 있었다. 오두막에서 머무는 사람은 우리 중 일부였다. 두 형 벤과 찰리를 포함한 다른 사람들은 텐트에서 딱딱한 바닥에 등을 대고 외투를 베개 삼아 잠을 잤다.

노바스코샤 전역과 뉴브런즈윅의 몇몇 곳에서 일꾼들이 전부 도착하면, 남자아이들은 시끌벅적 활기가 넘치곤 했다. 작년 블루베리 수확 철 이후로 만나지 못했기에, 서로 할 이야기가 무척 많았다.

그 여름, 남자아이들 틈에 끼기에는 어렸던 나는 루시와 시간을 보냈다. 루시는 그런 큰 남자아이들이 주위에 있으면 불안해했다. 그들이 진지하게 일하는 낮 동안에는 루시도 우리와 마찬가지로 그들을 기억하고 사랑했지만, 밤이 되어 모닥불 주위에서 노래하거나, 여자아이들과 시시덕거리거나, 장난삼아 서로 싸우기 시작하면, 루시는 오두막으로 물러가 맨 구석 벽에 등을 기댄 채 낡은 양말로 만든 인형을 껴안고 잠이 들었다. 엄마는 그 앞에 모로 누워서, 루시의 기억에서 이미 사라진 시끄러운 남자아이들로부터 루시를 보호하는 벽이 되어 주었다.

그해 여름 집을 떠나 남쪽으로 향했을 때, 우리 일곱 식구는 그 낡은 트럭에 짐짝처럼 타고 있었다. 엄마, 아빠, 벤 형, 메이 누나, 찰리 형, 루시, 그리고 나였다. 벤 형과 메이 누나는 원주민 기숙 학교(과거 캐나다에서는 백인 동화 정책의 일환으로 원주민 아이들을 강제로 기숙 학교에 수용해 언어 및 문화 교육이라는 미명하에 엄격하게 통제했다)에서 지내곤 했는데, 엄마는 여름마다 그러지 않는 척하면서도 형과 누나가 오길 기다리곤 했다. 그러다 형과 누나가 집에 오면 그들이 차에서 미처 내리기도 전에 뛰어가 한 명씩 차례로 와락 껴안고는, 손으로 그들의 얼굴을 감싼 채 가만히 서서 마치 금처럼 귀한 보석을 보듯 바라보았다. 그리고 이마에 입을 맞추며 성모송을 외우듯 둘의 이름을 부르고 또 불렀다. 아빠는 벤 형의 등을 두드리고 메이 누나를 안아 준 후에 우리를 트럭에 태우고 국경을 향해 떠났다. 원주민 관리인은 겨우 일 년에 두 번, 크리스마스와 베리 수확기에만 우리를 만날 수 있게 해 주었다. "노동은 아이들이 품성을 기르고 사회에 공헌하는 참된 시민이 되도록 도와줍니다." 언젠가 벤 형이 편지에서 읽은 내용이었다. 아빠가 찢어 버린 것을 다시 조각조각 모아 붙인 것이었다. 아빠는 뚱뚱한 몸집에 코에는 작은 보라색 구멍이 숭숭 난 원주민 관리인 휴스 씨를 좋아하지 않았다. 그리고 아빠가 그 편지를 읽은 후로 벤 형과 메이 누나는 학교로 돌아가지 않아도 되었다. 대신 우리와 함께 집에 머물면서 찰리 형과 내가 다니는 학교에 같이 다니게 되었다.

지금 벤 형은 바로 맞은 편 싱글 침대에서 자고 있다. 밤에는 대부분 깨어 있다. 자신이 간호할 때 내가 숨을 거둘까 봐 두려워서다. 형이 없을 때는 메이 누나가 거기에 누워 투덜거리거나 코를 곤다. 이제 우리는 엄마와 메이 누나, 벤 형과 나뿐이다. 영혼이 머무는 세계가 있어서 지금까지 내 곁에서 떠나간 이들을 만날 수 있다면 얼마나 좋을까. 그들을 끌어안고 사랑한다고, 미안하다고 말할 수 있다면 얼마나 좋을까. 내게는 삶과 죽음의 양쪽 경계 모두에 사죄해야 할 말이 있다. 천국이 없다면, 있더라도 어차피 나는 알 수 없겠지만, 그것 때문에 괴로워하지는 않을 작정이다. 천국을 믿지 않는다고 엄마한테 말하곤 했지만, 엄마는 자신이 사랑하는 세상을 떠난 모든 이들이 주님 오른편에 앉아 있다고 믿었다.

그해 여름, 8월 중순의 어느 맑은 밤, 우린 모두 모닥불 주위에 둘러앉았다. 아빠는 막 바이올린을 집어넣었고, 우린 다 함께 춤추고 노래하느라 지친 상태였다. 루시와 나는 담요를 펴고 누웠다. 우리는 양손으로 머리를 괸 채 반딧불이들이 별빛과 겨루며 관심을 갈구하는 모습을 구경했다. 어느 정도 나이가 찬 아이들은 운이 좋으면 앨런 산으로 가서 따로 불을 피웠다. 메이 누나는 젊은 남녀가 춤추고 입 맞춘다는 거짓말 같은 이야기를 들려주면서, 자신은 항상 행동을 조심하며 그런 짓은 절대 하지 않는다는 점을 우리에게 강조했다. 하지만 나도 루시도 그 말을 믿지 않았다. 메이 누나는 좋아하지 않는 파티가 없었고, 파티에서는 문제를 일으키지 않은 적이 없었다.

"사람들 말로는 괜찮다던데. 아이들한테 있을 곳도 마련해 주고, 일자리도 찾아주고." 노파가 말했다. 그녀의 손은 매듭이라도 지은 듯 손마디가 굵었다. 그녀는 자기 손에 눈길 한 번 주지 않고도 길게 자른 물푸레나무 조각을 엮어 바구니를 만들었다.

"내 생각엔 말도 안 되는 소리야. 누구라도 그런 식으로 우리 아이들을 빼앗아갈 권리는 없어. 백인 녀석들은 특히나. 그들이 아이들을 어떻게 다루는지 알잖아. 항상 울음소리가 나고 떠들썩하다고. 그들은 아무런 기쁨도 얻지 못해. 그러더니 이제는 우리 아이들까지 빼앗으려 하다니."

"오해하지 말고 들어요. 나도 벤과 메이가 집으로 돌아와서 좋아요. 하지만 그들이 아이들에게 성경의 가르침을 전하는 뭔가 특별한 방법이 있을 거예요." 엄마가 말했다. 그리고 양말 한 켤레를 더 뜨기 위해 불가로 몸을 숙여 시작 코를 확인했다.

"벤과 메이를 기숙 학교에서 빼내 온 게 잘한 일인지 정말 모르겠어요. 하지만 루이스는, 완강해요." 엄마가 교회를 사랑하게 된 건 불가항력이었다. 잘 이야기하지 않는 어린 시절, 마음에서 떨어져 나간 무언가를 교회의 정교한 의식이 대신 채워 준 것이다. 그때 루시가 일어나 내 귀에 대고 화장실에 가야 한다고 속삭였다. 우리가 같이 덮고 있던 담요 한쪽에 루시의 자리가 움푹 팬 채 남았다. 여전히 온기가 감돌았다. 루시는 돌아오지 않았다. 잠시 후 엄마가 찾으러 갔다가 오두막에서 웅크린 채 잠들어 있는 루시를 발견했다.

바로 그다음 날, 루시는 실종되었다.

그날 아빠는 블루베리 이랑을 오가면서 우리의 작업 진도를 확인하고, 그냥 지나친 덤불과 대충 따고 지나간 자리들을 지적하고 있었다. 날마다 일이 끝나면 아빠는 일꾼들을 만나 그날 채운 상자가 몇 개인지 기록했다. 게으른 사람들 가운데 몇몇은 실제로 딴 양보다 더 많아 보이도록 상자 바닥을 초록 잎과 줄기들로 채우기도 했다. 하지만 그들이 몇 번을 시도해도 아빠는 절대 속지 않았다. 일꾼들은 상자를 기준으로 돈을 받았다. 엘리스 씨가 이랑을 구분해 둔 긴 밧줄 하나를 따라 어슬렁거리고 있을 때, 그 반대쪽에서 루시가 작은 물 양동이를 들고 아빠에게 다가왔다. 물 무게 때문에 가녀린 팔을 떨며 루시는 하얀 손잡이가 달린 작은 파란 플라스틱 양동이를 들어 올렸다. 우리가 일요일 오후에 모래성을 쌓을 때 쓰는 그런 양동이였다.

"웰라'린 느투스*Wela'lin ntus*(고맙다, 내 딸)." 아빠는 물을 받아 조금씩 마시며 루시에게 고맙다고 말했다.

"조용한 아이로군, 루이스." 엘리스 씨가 땀에 젖은 손으로 루시의 머리를 둥글게 쓰다듬으며 말했다. 그리고 마치 조금 모자란 아이 대하듯 두꺼운 혀로 쯧쯧 소리를 냈다. 루시는 그대로 서서 그가 하는 대로 가만히 있었다. 벨트 위로 불룩 나온 뱃살이 보였다. 청바지는 기름과 먼지로 몹시 더러웠다. "다른 자식들보다는 수월하겠어, 루이스. 결국엔 아이도 그편이 낫고. 하지만 그런 엉터리 같은 말을 쓰는 건 아이한테 전혀 도움이 안 될 것 같네." 아빠는 물을 한 모금 마시고 루시에게 양동이를 돌려주었다. 그리고 루시의 등에 손을 얹고 벤 형과 나를 가리키며 엘리스 씨 옆에 가까이 있지 말고 우리에게 가라고 손짓했다. 루시가 양동이 물을 철벅거리며 우리한테로 건너왔다. 벤 형이 양동이에 손을 뻗으려는 찰나, 나는 양동이를 잡아채 남은 물을 머리 위로 쏟아부었다. 물이 입안으로 들이쳤다. 그 바람에 기침하며 뱉어 내다가 실수로 조금 삼켰다. 루시는 몸을 굽혀 내 등을 문질렀다. 엄마가 하는 걸 천 번쯤 보면서 배운 것이었다.

정오 때쯤, 아빠의 파란색 트럭이 기어가듯 천천히 농장 가장자리를 따라 움직이며 일꾼들을 다시 태웠다. 점심때라 다들 배가 고픈 상태였다. 야영지와 가장 가까운 농장에서 엄마가 볼로냐 샌드위치를 나눠 주고 있었다. 빵에는 아무것도 발라져 있지 않았고, 입천장에 쩍쩍 달라붙었다. 간혹 케첩이나 겨자 소스가 발라져 있을 때도 있었지만, 대부분은 그냥 빵에 볼로냐소시지를 끼운 게 전부였다. 엄마가 지켜보지 않으면 나는 소시지만 살짝 빼먹고, 빵은 까마귀들에게 던져 주곤 했다. 그 모습을 엄마가 봤더라면 튼튼한 회초리를 찾으러 다니고도 남을 일이었다. 엄마는 먹을 걸 버리면 용서하지 않았다. 우리 일곱 식구는 물론이고, 캠프 전체가 마찬가지였다.

그날, 루시와 나는 들판 가장자리에 있는 우리 바위 위에 앉아 있었다. 우리는 남자아이들이 호수로 슬쩍 내려가 잠깐 수영을 하거나 여자아이 중 하나와 입을 맞추며 짧은 자유를 누리는 동안, 거기에 즐겨 앉아 있곤 했다. 메이 누나는 이미 저녁을 준비하고 있었다. 대개 해가 저물 무렵 야외에서 감자와 고기를 요리하곤 했다. 하지만 캠프 전체가 먹을 식사를 우리가 준비해야 했기 때문에, 감자 껍질을 벗기는 데만도 시간이 오래 걸렸다. 메이 누나는 늘 불만을 토로했고, 때로는 도망치기도 했다. 아빠의 걱정이나 엄마의 분노는 아랑곳하지 않은 채 차를 잡아타고 뱅고어로 가곤 했다. 누나는 어두워진 후에야 슬그머니 어슬렁거리며 나타나 루시와 내게 몰래 사탕을 건네주었다. 어디서 났는지 우리는 절대 묻지 않았다. 어디서 났든 상관없었다. 설탕과 새콤한 가루의 맛은 정말이지 황홀했다. 사탕은 이빨에 들러붙기도 했다. 엄마가 소리를 지르면 메이 누나는 가만히 앉아 들었다. 그러고 나면 누나는 두어 주 동안은 착실히 일을 돕다가 다시 떠났다. 당시 메이 누나에게 무슨 일이 있었는지 알수가 없다.

그날 루시를 본 기억이 있는 사람이 아무도 없었다. 내가 까마귀들에게 빵을 던져 주고 집게손가락을 입술에 가져다 대며 "엄마한테 말하지 마, 루시"라고 말한 게 마지막이었다.

"절대 안 이를게, 오빠." 루시의 목소리는 부드러웠다. 표정도 부드러웠다. 잠자코 생각에 빠진 얼굴이었다. 우습게도 무언가 일이 잘못되었을 때는, 평상시라면 절대 기억에 남지 않았을 어떤 것이 영원히 기억에 남는다. 나는 루시가 언니들을 거쳐 물려받은 여름용 원피스를 입고 있었던 게 기억난다. 그 원피스는 닳아서 아주 얇았고 누덕누덕 기운 상태였다. 게다가 루시의 자그마한 몸에 비해서 너무 컸다. 원래 파란색이었던 원피스는 군데군데 붉은색과 초록색 조각으로 때워져 있었고, 심지어 겨드랑이 부분에는 지난여름 내가 입었던 갈색 코듀로이 작업복 바지 조각까지 있었다. 그것 말고도 기억나는 건, 고개를 돌린 채 내가 버린 빵을 낚아채러 빠르게 내려오는 까마귀를 뚫어지게 바라보던 루시의 얼굴, 묘하게 엄마를 닮은 그 얼굴이다. 두 사람은 너무 비슷해서 다들 한마디씩 거들 정도였다.

나는 물수제비를 뜨기 위해 호수로 달려 내려갔다. 샌드위치를 다 먹고 다시 작업줄에 합류하기 전에는 보통 그러고 놀았다. 루시가 어딘가 다른 곳으로 가 버릴 거라고는 상상도 하지 못했다. 루시는 늘 식사가 끝나면 가만히 앉아 새를 지켜보면서 엄마나 메이 누나가 데리러 올 때까지 기다리곤 했기 때문이다. 아빠가 트럭에 일꾼들을 가득 태우고 그곳을 지나쳐 들판으로 돌아갈 때도, 루시가 없어진 걸 전혀 눈치채지 못했다. 루시가 메이 누나를 도우러 가지 않아서 엄마가 바위로 루시를 찾으러 왔을 때, 비로소 다들 무언가 잘못됐다는 생각을 품기 시작했다. 엄마는 단지 일을 돕기 싫어서 피하는 줄 알고 고함을 질렀다. 루시가 그럴 리 없는데도 말이다.

"루시! 루시! 자자, 어서, 아가, 엄마가 볼 수 있게 나와." 엄마가 줄지어 선 나무들 가장자리를 따라 걷고 있을 때, 아빠가 트럭을 몰고 나타났다. 트럭 짐칸에는 아무도 없었다. 아빠는 속도를 늦추고 덜컹거리며 엄마를 따라갔다.

"무슨 일이야?"

"루시가 어디로 가 버린 모양이에요. 날 이렇게 걱정시키다니, 찾기만 하면 호되게 야단을 쳐야겠어요." 아빠는 미소를 지으며 팔을 뻗어 먼지와 흑파리가 들어오지 못하도록 조수석 창문을 올렸다. 그리고 루시의 이름을 부르는 엄마를 뒤에 남겨 둔 채 계속해서 길을 따라 이동했다.

아빠가 새로운 밭의 구획을 나누기 위해 노끈을 자르고 있을 때, 엄마는 루시 없이 캠프로 돌아왔다.

일하고 있던 우리는 아빠의 트럭이 먼지와 돌을 튕기며 또다시 흙길을 따라 내려오는 걸 보고 깜짝 놀랐다. 아빠는 차를 멈추더니 전부 다시 트럭에 타라고 소리쳤다. 나는 벤, 찰리 형과 함께 해를 바라보며 아직 작업을 끝낼 시간이 아님을 알았지만, 장비를 내려놓고 다른 사람들과 짐칸에 올라탔다. 캠프로 돌아와 보니 엄마는 두 손에 머리를 파묻은 채 플라스틱 의자에 앉아 있었고, 그 곁에 메이 누나가 바싹 붙어 웅크리고 있었다.

"다들 잘 들어. 루시가 어딘가로 간 모양이야." 아빠가 말했다. 모두 일제히 고개를 돌려 줄지어 선 나무들과 호수로 이어지는 길을 바라보았다. 마치 모두가 동시에 살펴보면 루시를 찾을 수 있을지도 모른다는 듯한 행동이었다. "둘씩 짝지어 나무들 사이부터 찾아보자."

메이 누나는 찰리 형과 같이 루시를 찾아 나섰다. 나는 벤 형을 따라 숲으로 들어갔다. 덤불이 스치면서 다리와 얼굴을 할퀴었다. 내가 죽는 그날까지, 이제는 그리 멀지 않은 것 같지만, 루시의 이름을 외치던 그 목소리들을 절대 잊지 못할 것이다. 우리는 숲을 샅샅이, 그리고 저 아래 호숫가까지 전부 살펴보았다. 혹시 몰라서 물과 땅이 만나는 기슭도 전부 훑어보았다. 혹시 누군가 마침내 루시를 찾았다며 환호하지 않을까 귀를 기울였지만, 아무 소리도 들려오지 않았다. 해가 질 때까지 고함치는 소리가 계속 이어졌다. 머리끝부터 발끝까지 온몸이 아파 왔다. 하늘이 어두워지면서 사람들의 고함 소리가 뱃속에서 메아리쳤다. 나는 호흡을 가다듬기 위해 나무들 사이 축축한 땅바닥에 주저앉았다. 벤 형이 걸음을 멈췄다.

"어서, 조. 일어나. 지금 쉴 때가 아니야. 지금쯤 루시는 겁먹었을 게 분명하다고." 벤 형이 내 팔을 움켜잡고 일으켜 세웠다. 하지만 나는 다리에 힘이 풀려 심하게 넘어지고 말았다. "조, 아기처럼 굴지 말고. 어서."

나는 울음을 터트렸다. 몸을 비틀어 형을 떼어 내고 이끼로 뒤덮인 바닥에 토했다.

"맙소사. 가자, 캠프로 데려다줄게." 벤 형은 나를 일으켜 세우더니 깃털처럼 가볍게 둘러업었다. 나는 팔로 형의 목을 감고 어깨에 머리를 기댔다. "이제부턴 토하지 마. 또 토했다간 여기 외떨어진 곳에 내버리고 갈 테니까."

나는 힘없이 고개를 끄덕였다. 끄덕일 때마다 턱에 형의 어깨뼈가 닿았다.

캠프로 돌아와 보니 엄마는 여전히 플라스틱 의자에 앉은 채 모닥불을 바라보고 있었다. 거의 저녁 식사 시간이 다 되었지만, 음식은 그림자도 보이지 않았다. 메이 누나는 나를 벤 형의 등에서 받아 내려 바닥에 깔린 낡은 담요 위에 눕혔다. 머리는 엄마의 발치 쪽을 향했다. 엄마는 내가 숲에서 토했다는 말을 듣고서도 나한테 약해빠졌다는 말조차 하지 않았다.

"걱정하지 마, 조." 엄마가 말했다. "그냥 조금 멀리 간 것뿐일 거야. 누군가 발견하겠지. 넌 걱정할 거 없어." 엄마가 팔을 아래로 뻗어 강인한 손으로 내 머리를 쓸어 넘겼다.

빛이 어둠에 자리를 내주고 모든 게 유령처럼 보이기 시작했다. 아빠가 모닥불 쪽으로 걸어가는 모습이 보였다. 하지만 나는 그게 진짜 아빠인지 확신할 수 없었다. 그때 아빠의 목소리가 들렸다.

"시내로 나가서 경찰을 부를 생각이야. 도와줄 사람이 많으면 좋으니까. 우리보다 등불도 더 많을 테고. 게다가 루시는 아직 어린아이잖아." 아빠는 루시의 나이가 중요하다는 듯 말했다. 그리고 돌아서서 트럭을 타고 떠났다.

"네 아빤 아직도 경찰이 신경 써 줄 거라고 믿는 모양이다." 트럭의 후미등이 황혼의 음울한 어둠 속으로 사라져가는 모습을 지켜보고 있을 때, 엄마가 말했다. 30분 후, 아빠가 돌아왔다. 낡은 트럭을 따라온 건 경찰차 한 대와 경찰관 한 명이 전부였다. 아빠보다 키가 작고 아빠만큼 마른 그 경찰관은 영원히 움직이지 않기로 작정한 사람처럼 차 안에 앉아 있었다. 우리는 그가 거기에 앉아 이것저것 수첩에 받아 적는 모습을 지켜보았다. 그는 때때로 고개를 들고 모닥불 주위에 모여 있던 우리를 경계의 눈초리로 바라보았다. 너무 먼 데다 날이 어두웠기 때문에, 나는 그가 차에서 내린 다음에야 제대로 볼 수 있었다. 그때까지도 엄마 발치에 누워 있던 나를 아빠가 가리켰다. 경찰관이 다가오더니 웅크리고 앉아 내게 말을 걸었다.

"오늘 오후에 여기서 뭔가 이상한 점 발견한 것 없었니, 꼬마야?" 나는 없었다고 고개를 저었다. "네 여동생이 숲으로 들어가는 거 봤어? 호숫가로?" 또다시 나는 고개를 저었다. 그의 입에서는 마치 양파와 양배추를 뒤섞어 뜨끈한 햇볕 아래 오래 방치했을 때 날 것 같은 그런 악취가 났다. 그는 일어나 바지를 툭툭 정리한 후 엄마와 메이 누나에게 같은 질문을 했다. 그리고 누가 무슨 말을 하든 듣는 둥 마는 둥 하며 모닥불 주위에 모여 있는 사람들을 둘러봤다. 메이 누나가 짜증을 냈다.

"그냥 계속 그 멍청한 질문만 할 건가요, 아니면 아이 찾는 걸 도와줄 건가요?" 누나가 말했다.

엄마가 누나를 진정시키기 위해 손을 붙잡았다. 경찰관은 누나 쪽으로 고개도 돌리지 않았다. 어둠 속에서 모닥불 불빛이 반만 비쳐 그가 마치 악당처럼 보였던 게 기억에 선하다. 언제나 갖고 싶었지만 결코 가질 수 없었던 만화책 속에 나오는 그런 악당 말이다.

경찰관이 연필로 수첩을 톡톡 치며 말했다. "음, 더 이상 내가 할 수 있는 일은 없어 보이는군. 찾으면 알려 주게. 혹시 모르니까 메모는 보관하고 있겠네."

"우릴 도와주지 않겠다는 겁니까?" 아빠가 물었다.

"미안하게 됐네." 그가 수첩을 내려다보며 대답했다. "루이스. 아이는 꼭 찾을 수 있을 거야. 그리고 우리가 할 수 있는 일이 별로 없어. 아이가 사라진 지 별로 오래되지 않았고, 당신은 제대로 된 메인 시민도 아닌 데다, 단기 체류자잖아. 이해하지?" 그는 잠시 말을 멈추고 아빠의 동의를 구했다. 아빠는 팔짱을 낀 채 기다렸다. "게다가 경찰관이라고 해 봤자 우리 셋뿐인데, 몇 주 전 농기구 상점에 도둑도 들었고. 그래서……."

그가 차로 돌아가 다시 올라타려는데 아빠가 그의 멱살을 잡았다. 경찰관의 모자가 머리에서 굴러떨어졌다. 차 문에 부딪혀 튕겨 나간 모자는 아빠의 발치에 가서 떨어졌다.

"루시는 아직 어린애라고." 아빠가 조용히 말했다.

경찰관이 가까스로 몸을 가누고 차와 문 사이에 섰다. 여전히 멱살을 잡힌 상태였다. "이 손 떼는 게 어때. 내가 데려올 수 있는 사람보다 여기 사람들이 더 많잖나. 그만, 놔주게."

아빠는 손을 풀었다. 경찰관은 옷매무새를 다듬은 후 몸을 굽혀 모자를 집어 들더니 차 문에 툭툭 먼지를 털어 냈다.

"그렇게 걱정되면 더 잘 지켜봤어야지. 그만 물러서게. 말했듯이, 혹시 무슨 소식이 들릴 수도 있으니 메모는 잘 보관해 두겠네. 아이를 찾으면 부담 없이 알려 주게." 그는 아빠에게서 시선을 거두지 않은 채 다시 허리를 굽혀 차에 올라탔다. 아빠는 버드나무처럼 키가 크고 말랐지만, 화가 나면 무서웠다. 차는 나무들 사이의 공터로 후진했다가 방향을 틀어 9번 국도로 이어지는 먼지투성이 오솔길로 향했다. 아빠가 커다란 돌을 집어 던졌다. 후미등이 깨졌다. 차가 잠시 멈췄다가 다시 움직였다. 그러다 하나 남은 불빛까지 완전히 사라져 버렸다.

"우릴 도와줄 리 없다는 것 알잖아요, 루이스. 당신은 저 사람들을 너무 믿었어요." 엄마는 다시 등을 뒤로 기대고 앉아 별을 보며 울기 시작했다.

그날 밤, 아무도 잠자리에 들지 않았다. 나는 혼자 침대로 보내져 원래라면 루시가 누워 있어야 할 자리 옆에 홀로 누웠다. 외벽 역할을 하는 소나무 판자의 가느다란 틈새로 모닥불 불빛이 새어 들어왔다. 어른들이 숨죽여 이야기하는 소리가 들려왔지만, 무슨 말인지 하나도 알아들을 수가 없었다. 나는 별이 번쩍할 정도로 눈을 아주 꽉 감았다. 그리고 그 별들이 서서히 희미해질 때쯤, 눈꺼풀 안쪽에 루시의 얼굴을 떠올렸다.

루시가 사라진 지 이틀이 지났을 때, 엘리스 씨가 잠깐 들렀다. 그는 한동안 보이지 않았지만, 우리는 너무 바빠서 그것조차 깨닫지 못했다. 그는 루시의 실종 소식을 알고 있었다. 그때쯤에는 9번 국도 이곳저곳에 자리한 모든 캠프가 알고 있었다. 블루베리 상자가 빈 지 3일째 되던 날, 그가 트럭을 세우고 차에서 내리더니 아빠에게 오라는 손짓을 했다. 마치 수색자들이 여전히 루시를 부르는 소리가 들리지 않는것처럼 행동했다.

"이건 나하고 상관없는 문제야, 루이스. 나하고는 상관없는 일이라고. 나한테 중요한 게 뭔지 알아? 저 블루베리들을 따야 한다는 거야." 엘리스 씨가 일꾼 없는 텅 빈 밭을 가리켰다. "그리고 당장 일을 다시 시작하지 않으면, 저 밭에서 더할 나위 없이 기뻐하며 일할 원주민들은 얼마든지 있다는 거 알아 둬."

순간 엘리스씨가 아빠 얼굴에 침을 뱉었다. 잠시 우린 모두 얼어붙은 채 아빠가 그를 납작하게 때려눕히지 않을까 지켜봤다. 하지만 그러지 않았다. 아빠는 더는 싸울 마음이 없어 보였다.

"좋아, 다시 일이나 하라고." 엘리스 씨가 트럭에 올라타면서 소리쳤다. "아이를 잃어버린 건 유감이야." 그는 떠나면서 차창 너머로 엄마에게 말했다.

우리는 교대로 들판에 나가 블루베리를 따면서 이틀 동안 계속 루시를 찾아다녔다. 엘리스 씨의 트럭이 매일 아침 10시 30분쯤 지나갔으므로, 그 시간에 많은 일꾼이 블루베리를 땄다. 엘리스 씨는 고개를 끄덕이며 차를 계속 몰았다. 해가 뜰 때부터 나무들 뒤로 넘어갈 때까지 우리는 내내 희망을 품고 루시를 찾아다녔다. 해가 완전히 지기 전 베리 상자에 풀과 나뭇가지들을 채워 넣을 때만 빼고.

우리는 나무들까지도 그 이름을 들어 외울 수 있을 정도로 루시의 이름을 수도 없이 불러 댔다. 9번 국도를 샅샅이 훑고 들판과 호수를 가로질렀다. 하지만 루시의 흔적은 단 하나도 찾을 수 없었다. 블루베리 들판 가장자리를 둘러싼 성근 숲에도 없었고, 이웃한 여섯 채의 집 뒷간에도, 녹슨 냉장고 안에도 없었다.

루시의 흔적을 찾지 못한 채 나흘이 지나자, 엄마는 점점 더 예측 불가능한 상태가 되어 갔다. 화장실을 가거나 루시의 바위에 가서 앉아 있을 때를 빼고는 의자에서 벗어나지 않았다. 한번은 엄마가 바위 뒤에 앉아서 흙바닥에 루시의 자그마한 발자국이 보인다며 울고 있는 걸 메이 누나가 발견했다. 하지만 누나가 아무리 바닥을 들여다봐도 발자국은 없었다. 날씨가 바뀌어 빗물이 그 보이지 않는 발자국을 비포장도로 끝에 있는 배수로로 흘려보내고 나서야, 메이 누나는 엄마를 움직이게 할 수 있었다. 엄마는 메이 누나의 부축을 받으며 오두막으로 돌아오

는 내내 울부짖으며 엄마, 아빠만 알고 우리는 모르는 아주 오
래된 언어로 신을 저주했다.

아빠는 일꾼 하나에게 돈을 주고 엄마를 메이 누나와 함께
노바스코샤로 데리고 가도록 했다. 엄마는 떠나기 전 몇 시간
동안 통곡하며 울었다. 그렇게 우는 모습을 보니 불안했다. 엄
마는 원래 절대 울지 않는 사람이었다. 우리는 낡고 오래된
1952 크로슬리 스테이션왜건이 흙길을 따라 기어가는 모습을
지켜보았다. 말라서 단단하게 굳은 진흙 웅덩이를 지날 때마다
녹이 부스러져 내렸다. 손을 흔드는 내 어깨 위로 아빠의 갈라
지고 튼 손이 느껴졌다.

엄마가 떠난 후, 캠프에 남은 여자들은 한데 모여 고개를 저
으며 여자에게 일어날 수 있는 최악의 일에 대해 소리 죽여 이
야기했다.

"아이를 잃다니 정말 안됐어. 나도 한 40년쯤 전에 태어나지
도 않은 아이를 셋 잃고 하나는 어릴 때 열병으로 잃었는데, 여
자가 이겨 낼 수 있을 만한 일이 아니야." 노파는 고개를 절레절
레 흔들며 모닥불 불빛을 조금이라도 더 받기 위해 몸을 굽히
고 바느질을 계속했다.

"특히나 루시처럼 조용하고 다정한 아이라면 더 그렇지."

"너무 힘들어하지 않기만을 바라자고. 아직 엄마를 필요로
하는 아이가 넷이나 더 있잖아."

가만히 앉아서 그 말을 듣고 있던 나는, 차라리 루시가 아니

라 나를 잃어버리는 편이 엄마한테는 더 나았을지도 모른다는 생각이 들었다. 엄마한테 아들은 셋이었지만 딸은 둘밖에 없었다. 나는 아들 중에 제일 어렸고, 없어도 괜찮을 것 같았다. 모닥불이 땅 위로 슬픈 그림자를 드리우던 그 밤에, 하다못해 나는 이런 생각까지 하고 있었다. 아주 쉬운 산수 문제였다.

우리는 블루베리를 다 따고 감자까지 다 캔 후 집으로 돌아가기 직전까지, 6주 동안 쉬지 않고 루시를 찾아다녔다. 그러다 캠프를 정리하고 짐을 꾸렸다. 우리 트럭 뒤로 스테이션왜건들이 줄지어 뒤따랐다. 아무도 루시 이야기를 하지 않았지만, 손에 샌드위치를 든 루시의 모습을 마지막으로 본 그 작은 바위를 지나치는 순간, 나는 우리가 루시를 뒤에 남긴 채 떠나고 있음을 알았다.

둘

노마

어릴 적, 아마도 네다섯 살 무렵, 나는 꿈을 꾸곤 했다. 하나는 빛으로 가득한 꿈이었고, 다른 하나는 어둠으로 가득한 꿈이었다. 50대가 되고 어머니가 정신을 놓고 나서야, 나는 그 둘이 하나이며 똑같은 꿈이었다는 사실을 깨달았다.

첫 번째 꿈에서 나는 어느 차의 뒷좌석에 앉아 있었다. 길가를 따라 늘어선 나무들 사이로 햇살이 쏟아지는 게 보였다. 나는 눈을 가늘게 뜨고서 차창에 비치는 그 반짝거리는 빛을 바라보았다. 고개를 들어 햇살을 받으니 따뜻하고 기분이 좋았다. 머리카락이 코를 간지럽혔다. 보통은 진드기가 붙지 못하도록 촘촘하게 땋아 뒤로 늘어뜨리곤 했다. 나는 손톱 밑에 때가 낀 작은 손으로 계속 머리카락을 쓸어 넘겼다. 어쩐 일인지 신발이 한 짝만 신겨져 있고 한 짝은 벗겨진 채 앞쪽 바닥에 놓여 있었다. 빠르게 달리는 차 안에서는 비누 향과 새 가죽 냄새가 났다.

에어컨이 없어서, 깡마르고 피부색이 어두운 내 다리가 시트에 달라붙었다. 땀 때문에, 허벅지와 맞닿은 가죽 위에 작은 타원 모양의 얼룩이 생겼다. 나는 낡을 대로 낡은 원피스 자락을 들어 허벅지와 시트 사이에 끼워 넣었다. 남의 차 시트에 땀을 묻힌 걸 알면 어머니가 화를 낼 게 분명했다. 너무 오랫동안 해를 바라보고 있었더니 눈앞에 별이 번쩍였다. 나는 그걸 없애려고 눈을 깜빡였다. 그때 앞 좌석에 앉은 여자가 내게 말을 걸어 왔다. 나는 고개를 돌려 그녀의 얼굴을 바라보았다. 그녀는 내 어머니가 아니면서 어머니의 얼굴을 하고 있었다. 그 순간 나는 잠에서 깨어났다.

어두운 꿈에서는, 온통 어두운 하늘에 달무리만 푸르스름하게 빛났다. 그게 빛의 굴절 때문이라는 것을 나중에 알게 되었다. 달이 밝고 주위의 빛 또한 너무나 푸르러서, 별조차도 보이지 않았다. 모두 그 빛에 흡수되었다. 구름이 몇 점 있었지만, 비구름은 아니었다. 그걸 어떻게 알았는지는 모르지만, 아무튼 알았다. "저건 비구름이 아니야." 익숙한 목소리가 말했다. 내 발이 땅을 단단히 딛고 선 자리에서 그리 멀지 않은 곳에 모닥불이 타오르고 있었다.

밤의 풀은 서늘하고 축축했다. 달이 뜨자 오한과 발의 눅눅함이 느껴졌다. 모닥불 주위에는 사람들이 모여 있었는데, 한 여자가 나를 보며 고개를 끄덕이고는 다시 불 쪽으로 얼굴을 돌려 어둠 속에 잠겼다. 나는 오줌이 마려웠다.

줄무늬 올빼미가 서로를 부르는 소리, 코요테가 멀리서 길게 우는 소리가 들려왔지만 나는 겁이 나지 않았다. 지금, 마크와 결혼하면서 빌린 작은 별장에 와 있는 지금은 그렇지 않다. 혼자 있을 때 코요테가 길게 울부짖기 시작하면, 내가 가진 모든 용기를 쥐어 짜내야만 당장 차를 타고 보스턴으로 돌아가고 싶은 충동을 누를 수 있다. 때로는 별장에서 차까지 미친 듯이 달린다고 해도 도중에 코요테가 덮칠지 모른다는 생각 때문에 집 밖으로도 나오지 못한다. 나이는 온갖 두려움을 불러온다. 하지만 어린 시절의 꿈속에서는 어떤 밤의 생명체도 나를 놀라게 하지 않았다.

꿈속에서, 나는 그 밤 장면에 섞여 있었다. 웃음소리가 들려 왔다. 오빠의 웃음소리임을 알 수 있었다. 나는 외동딸인데 오빠라니, 이상한 일이었다. 몸이 떨렸다. 모닥불 옆에 있던 그 여자가 다시 돌아섰다. 나를 찾고 있었다. 그녀는 내게 사람들이 모여 있는 곳으로 오라고 손짓했다. 그녀가 왜 계속 어둠 속에 숨어 있었는지는 알 수 없었다. 그녀의 냄새, 목소리가 익숙했다. 오랫동안 아이들을 돌보느라 거칠어진 손으로 천둥 번개 속에서 나를 달래는 걸 느낄 수 있었다. 그녀의 얼굴은 수수께끼였다. 몇 주 전까지만 해도 그랬다. 늘 검은 실루엣이었다. 눈동자 색도, 입술의 분홍빛도, 세월의 흐름을 가늠할 눈가 주름도 보이지 않았다. 그녀는 오로지 밤에만 존재했다. 잠에서 깨어날 때마다 나는 슬픈 마음이 되어 그녀의 이름을 불러 보려 애썼다. 아는 사람이 분명한데, 이름을 부르려고 하면 전혀 생각나지 않았다. 혀가 입 바닥에 붙어 목구멍에 떨리는 느낌만 있을 뿐 소리가 나오지 않았다. 그러고 나면 슬픔이 차올라 눈을 뜨기 힘들 정도로 눈물이 흘러내렸다.

때로 이 슬픔은 공포로 나타나기도 했다. 모든 상황이 기억나는 건 아니지만, 여기가 내 집이 아니라는 건 알 수 있었다. 그저 그런 생각이 든 것이 아니라 마음속으로 그냥 알았다. 모든 게 원래 있어야 할 자리에 있지 않았다. 마땅히 있어야 할 사람들이 있지 않았다.

"우리 이사했잖니, 아가. 넌 그냥 예전에 살던 집을 기억하고 있는 거야. 그뿐이야." 어머니는 자주 이런 식으로 얘기했고, 어린 나는 늘 바보가 된 기분이었다. 그리고 이런 기분은 나이를 먹으면서 죄책감으로 바뀌었다.

그리고 내가 꿈속의 그 여자를 이야기하고 싶어서 그녀의 얼굴과 이목구비, 머리카락의 질감을 이야기하면, 다른 그럴듯한 이유를 댔다.

"네 이모가 수술받는 바람에 내가 몇 주간 돌보러 떠났었잖니. 기억나지?" 하지만 어머니는 그게 어떤 수술이었는지 한 번도 내게 설명해 준 적이 없었다. 나중에 알고 보니, 그 수술 이야기는 완전히 지어낸 것이었다.

"헷갈리는구나. 네가 떠올린 사람은 그때 우리 집에 와서 같이 지냈던 아빠의 사촌이야."

생각해 보면, 늘 무언가 앞뒤가 맞지 않는다는 걸 나는 알고 있었던 것 같다. 하지만 어릴 땐 나한테 문제가 있는 거라는 말을 믿었다. 그러고는 그 이유를 금방 잊었다. 꿈은 계속되었다.

어렵게 꿈에 관한 이야기를 꺼낼 때면 아버지는 늘 더할 나위 없이 합리적으로 설명해 주곤 했다. 하지만 나는 결코 꿈을 떨쳐 낼 수 없었다. 그냥 옷처럼 접어서 서랍 뒤쪽에 밀어 둔 채 잊을 수는 없었다.

"노마, 아가." 아버지는 한숨을 쉬며 말했다. "아마도 여름에 우리 교회를 찾는 방문객 중 한 사람일 거다. 한때 네게 친절하게 대해 줬던 사람이겠지." 이 대화를 나눌 때, 아버지는 손가락을 만지작거리며 엄지손톱의 거스러미를 잡아 뜯었다. 때때로 피가 나서 그걸 멈추느라 입에 손가락을 넣기도 했다. 꿈을 입에 올리고 나면, 아버지는 그날 이후 일주일 동안 엄지손가락에 붕대를 감고 있곤 했다.

"꿈은 종종 말이 안 된단다, 노마. 아빠는 꿈에서 해마가 된 적도 있어. 그렇다고 내가 해마는 아니잖니." 내가 불 옆에 있던 여자를 묘사하기 시작하자 아버지가 한 말이었다.

"하지만 그 여자는 진짜 같았어요." 꿈에서 깨고 나서도 몇 분 동안 모든 게 너무나 선명하게 떠올랐다. 모닥불 냄새, 감자가 익어 가는 냄새도 맡을 수 있었다. 숨을 쉴 때마다 냄새가 희미해져서 슬펐다. 그런 다음에는 눈물이 났다. 그저 눈가에 맺히는 것이 아니라 뱃속 깊은 곳, 몸속 저 깊은 아래쪽에서부터 터져 나오는 것 같은 그런 울음이었다.

울음소리가 커지기 시작하면, 어머니는 내 침실로 달려와 코끼리와 오리가 짝을 지어 일렬로 서 있는, 도자기로 된 작은 노아의 방주 램프를 켜곤 했다. 성경 속 장면을 재연해 놓은 작은 램프 줄을 당길 때 나는 딸깍 소리, 그것이 그 꿈 외에 내가 기억하는 첫 번째 현실 속 기억이었다. 나는 램프의 불빛이 작은 침대 위로 드리워지는 걸 볼 수 있었다. 손으로 꿰매 만든 분홍색 퀼트 이불 위로 동물 모양 봉제 인형이 가득하고, 하단에는 레이스 주름 장식이 달린 침대였다. 지금도 어두운 방에서 그 램프를 켜면 그 방, 그리고 솜사탕 같은 분홍색 시트에 스민 땀과 오줌 냄새가 되살아난다. 나는 여전히 그 램프를 어딘가에 보관 중이다. 어쩌면 별장에 있는지도 모르겠다. 퀼트 이불은 오래전에 없어졌다.

"그냥 꿈이야, 아가. 그저 꿈이라고. 지금은 엄마가 옆에 있잖니. 쉿, 노마, 그건 그냥 꿈이야, 꿈일 뿐이라고. 그냥 꿈 말이야. 말도 안 되는 꿈에 지나지 않아. 그냥 꿈이란다." 밤에는 어머니의 목소리가 낮보다 부드러웠다. 어머니는 나를 꼭 안은 채 앞뒤로 어르며 주일 성가를 조용히 읊조렸다. 찰칵하는 소리와 함께 복도에 있는 시계에서 작은 나무 새가 고개를 내밀고 세 번 짹짹거렸지만, 여전히 어머니는 그대로 앉아 나를 얼러 주었다. 어머니는 내 눈물이 마르고 그림자가 서서히 벽을 기어 내려와 아침의 회색빛 속으로 사라질 때까지 기다려 주었다. 어쩌다 울음이 금방 그치지 않을 것 같으면, 복도 끝에 있는 벽장에서 여분의 베개를 전부 꺼내다가 바닥에 작은 침대를 만들곤 했다. 몇 번은, 바닐라 한 방울을 넣은 따뜻한 우유를 파란 꽃이 그려진 찻잔에 담아 마시게 해 준 적도 있었다. 낮에는 만지지 못하는 찻잔이었다. 걸쭉한 우유를 입에 머금은 채 내가 다시 잠이 들면, 어머니는 옆에 웅크리고 눕곤 했다. 내 몸을 감싸는 어머니의 팔, 그리고 내 손을 잡고 있다가 사르르 잠이 들면서 축 늘어지던 어머니 손의 느낌을 나는 좋아했다. 아침에 일어나면 어머니는 아버지와 같이 쓰는 침대로 돌아가고 없었지만, 베개에는 어머니의 냄새가 남아 있었다. 내 어린 시절은 냄새로 정의할 수 있었다. 밤은 모닥불 장작 타는 냄새와 감자 익는 냄새, 낮은 아이보리 비누 냄새와 위스키 냄새였다. 물론 어머니는 내가 위스키 냄새를 아는 줄 몰랐을 테지만.

"누구한테든 데려가 보는 게 좋겠죠? 목사님은 어떨까요?" 어머니가 목소리를 낮추고 말했다. 입술은 거의 움직이지 않았다. 마치 혀에 비밀이 숨어 있어서 너무 큰 소리로 말하면 그게 튀어나와 버릴까 봐 두려운 사람 같았다. 이번에는 그 어두운 꿈이 몹시도 생생했다. 어둠은 더욱 짙었고, 달은 더욱 밝았다. 하지만 목소리는 더 멀게 느껴졌다. 나는 불안했다. 어머니의 시커먼 눈 밑과 깨끗한 냄비들을 계속 문질러 닦는 모습을 보면서 어머니도 나와 마찬가지로 불안해하고 있음을 알 수 있었다. 어머니는 혹시 내가 듣고 있는지 확인하려는 듯 조리대 너머로 나를 지켜보았다.

꿈을 꾸고 난 다음 날에는 혼자 있을 수 없었다. 그래서 나는 거실 바닥에 고개를 숙이고 앉아 어른들의 말을 들으려고 애썼다. 나는 그들이 제일 잘 보이는 자리에 앉았다. 어머니는 나를 몰래 살피면서 목소리를 낮추었다. 내 앞에는 어린이용 책 한 무더기와 아기 인형이 놓여 있었다. 나는 아홉 살이었다. 아기 인형을 갖고 놀 나이는 아니었지만, 내가 그 인형을 갖고 있으면 어머니의 기분이 좋아지곤 했다. 어머니가 지켜보면 나는 인형을 안아 주고, 옷을 갈아입히고, 먹이는 시늉을 했다. 그리고 그 노란 나일론 머리카락을 빗고 땋았다. 그러고 나면 그 자그마한 플라스틱 귀에 대고 자애로운 말들을 속삭였다. 어머니가 보고 있지 않을 때면, 옆으로 치워 두고 책이든 퍼즐이든 아홉 살짜리 아이가 흥미로워할 만한 것들을 찾아다녔다. 인형이 옆에 없으면 어머니는 늘 찾아다 내 옆에 앉혀 두었다. 그리고 내가 안고 어를 때까지 지켜봤다.

"아직 어린애잖아, 레노어. 나쁜 꿈을 꾼 것뿐이라고. 괜찮을 거야. 목사님한테 갈 필요 없어. 자라면서 차츰 괜찮아지겠지. 다 잊을 거야, 내가 장담해." 아버지는 커피를 한 모금 마신 후 다시 신문으로 눈을 돌렸다. 토요일 아침이었다. 아버지는 마치 법원에 갈 때처럼 차려입고 있었다. 회색 머리카락은 매끄럽게 뒤로 빗어 넘겼고, 콧수염은 단정하게 손질한 상태였다. 아버지는 우리가 어디든 외출할 경우를 대비해, 하얀 드레스 셔츠에 넥타이를 매고 있었다. 아버지가 넥타이를 푸는 경우는 여름에 잔디를 깎을 때와 겨울에 진입로의 눈을 치울 때뿐이었다. 어머니 말에 따르면, 사람들은 판사가 단정하고 깔끔하면 그의 판결이 올바르다고 믿는다고 했다. 청결함은, 어머니에게는 문제 대부분을 해결해 주는 답이었다.

"꿈 그 이상이에요. 내가 무슨 말 하는지 알잖아요. 모르는 척하지 말아요."

거실과 주방을 나누는 출입구를 통해 아버지가 나를 힐끗 쳐다보았다. 나는 얼른 고개를 돌리고 두 사람의 이야기를 못 들은 척했다. 아버지는 다시 신문으로 눈길을 돌렸고, 집안에서도 굽이 두꺼운 구두를 신는 어머니는 있는 힘껏 쿵쾅거리며 자리를 박차고 일어났다. 그리고 다른 방으로 가서 필요도 없는 일을 찾아서 했다.

내가 훨씬 더 나이를 먹고 그 꿈들이 그저 희미한 기억으로 남게 되자, 어머니는 새로운 이론을 생각해 냈다. 그리고 병이 뇌를 갉아 먹기 시작할 때까지 그 이론을 고수했다. 내가 자기 전에 단 걸 너무 많이 먹어서 그런 꿈을 꾼다는 것이었다. 이상했다. 왜냐하면 우리 집에서는 내 치아를 위해 설탕을 심하게 제한하고 있었기 때문이다. 나는 아버지와 마찬가지로 언짢은 표정을 지어 보였다. 어머니는 돌아서서 조리대 위에 놓인 행주를 다시 접고 이미 채워 놓은 소금 통을 다시 채웠다. 결국 나는 꿈에 관해 이야기하는 걸 멈췄다. 그래야만 했다. 더 이상 꿈을 꾸지 않은 건 아니었다. 그냥, 꿈에 관해 이야기하는 것을 그만두었다. 적어도 어머니한테는. 지난번 내가 꿈에서 본 어머니와 자동차 이야기를 꺼내자 어머니는 묵직한 유리잔을 깼다. 조리대에 세게 내리치는 바람에 큼지막하게 세 동강이 났다. 깨진 유리 조각이 어머니의 엄지손가락 바로 아래쪽에 있는 부드러운 손바닥 부위를 베어 다섯 바늘이나 꿰매야 했다. 그게 마지막이었다. 죄책감이 어깨를 짓누르는 느낌이 들었다. 그러다 점차 그 느낌이 약해지기 시작하면 어머니는 어떻게든 알아채고 손의 흉터를 드러내 보였다.

어머니가 특별히 잘하는 것이 있다면, 그건 죄책감을 유발하는 일이었다. 거기에는 청소가 뒤따랐다. 내가 꿈을 꾸면 어머니는 청소했다. 그리고 어머니가 청소하면 나는 마음이 울적해졌다. 아버지가 직장에 나가고 내가 학교에 가 있는 동안, 어머니는 전날, 그 전날에도 했던 똑같은 집안일을 또 하느라고 분주했다.

"예고 없이 누가 올지도 모르니까." 어머니가 말했다. 하지만 어머니의 언니인 준 이모 말고는 아무도 찾아온 기억이 없다. 어머니는 먼지가 내려앉을 틈도 없이 걸레나 진공청소기로 치우기 바빴다. 어쩌다 교회에서 나온 여성 보조 단체가 기부를 청하러 오면 어머니는 그들을 현관에서 맞았고, 그들은 집안을 들여다보기 위해 목을 쭉 빼곤 했다. 어머니의 손에는 수첩 아니면 빵 바자회에 내놓을 컵케이크 쟁반이 들려 있곤 했다. 그들은 현관 입구 계단을 지나 현관문을 넘지 못했다. 시도는 했지만, 아무도 성공하지 못했다. 세월이 흐른 후, 나는 사람들이 우리 집에 관해 떠드는 소문을 듣게 되었다. 신문지가 아버지의 키보다 더 높이 쌓여 있고, 지하실에는 죽은 친척의 미라가 있다는 이야기였다. 이 두 번째 이야기는 내가 초등학교에 다닐 때 고약한 냄새를 풍겨 누구도 좋아하지 않았던 랜들이라는 이름의 주근깨 소년에게 들은 것이었는데도, 나는 그 말을 믿었다. 7학년이 되어서야 나는 어머니가 메이플 스트리트에 사는 판사의 특이한 아내로 마을에서 유명하다는 것을 알게 되었다. 자연스럽게 나는 그녀의 특이한 딸이 되어 있었다.

"그냥 조심하는 것뿐이야." 준 이모가 말했다. "네 엄마는 그저 사람과 물건이 다 어디에 있는지 알고 싶은 거야. 그러면 마음이 편안해지거든." 준 이모는 어머니를 이해할 수 있는 유일한 사람이었다. 그리고 내가 어머니를 이해할 수 있게 해 주려고 최선을 다했다.

"늘 이런 식은 아니었단다, 꼬맹아. 네 엄마가 어렸을 땐 입 다물게 하고 싶어도 할 수가 없었어. 얼마나 수다스러웠는지, 팀북투(아프리카 말리에 위치한 도시)에서는 누구라도 네 엄마 목소리를 들을 수 있을 정도였어. 그리고 진창 속 돼지처럼 늘, 아주 행복했단다." 준 이모는 이야기하다 말고 심각한 표정을 지었다. "그런데 아기들을 잃고 난 후로 완전히 조용하고 이상해졌어. 여자로서는 힘든 일이지. 그러다 달도 다 채워 아이를 낳

있는데, 그만 그 불쌍한 것이 폐에 공기가 없다지 뭐야. 딸이었어, 그 애는." 이모는 잠깐 말을 멈추고 호흡을 가다듬었다. "하지만 그때 네가 왔지. 그게 도움이 됐어. 네 엄마는 그저 널 잃게 될까 봐 두려운 거야. 그게 다야. 그 이상도 그 이하도 아니야. 그건 중요한 거야. 사랑이 그만큼 크다는 거니까."

나는 고개를 끄덕이며 이모가 보스턴으로 돌아가는 기차를 타기 전에 사 준 아이스크림을 핥았다. 맨 위에 바닐라를 뿌리고 중간에 딸기가 들어 있는 초콜릿 소프트아이스크림이 혀에 닿는 느낌은 부드럽고 시원했다. 아버지는 차에서 기다리고 어머니는 화장실에 갔기 때문에, 기차를 기다리고 있는 건 준 이모와 나 둘뿐이었다.

"이제 기억하도록 해. 엄마가 하는 일은 다 너를 사랑해서라는 걸 말이야. 방법이 그릇된 것일지는 몰라도 너무 사랑해서 그런 거야. 기억해, 꼬맹아." 이모는 내게 동의의 뜻으로 악수를 청했다.

언제부터 세상을 이해하기 시작했는지 기억하는 사람이 있을까. 나도 언제 처음 누군가에게 공감했는지, 언제 처음 어른을 인식하고 그들을 정상과 비정상, 우호적인 사람과 위험한 사람으로 분류하기 시작했는지 기억나지 않는다. 영화를 보다가 누군가 때문에 마음이 아파 처음으로 울었던 날, 누군가의 실수에 당황해서 처음으로 얼굴을 붉혔던 날도 기억나지 않는다. 하지만 처음으로 '다름'이라는 것을 이해했던 날은 기억한다. 집에서 만든 초콜릿 칩 쿠키와 밖에서 파는 초콜릿 칩 쿠키의 다름을 말하는 게 아니다. 내가 말하는 건 진짜 '다름'에 관한 것이다.

아마 내가 아홉 살 때였을 것이다. 앨리스와 이야기를 나누기 시작한 게 바로 아홉 살 때였으니까 말이다. 그리고 그 두 사건은 서로 아주 가까웠던 걸로 기억한다. 아무튼, 내가 아홉 살 때 우리는 바닷가에 갔다. 바닷가는, 지구상에서 유일하게 어머니가 평화로워 보이는 곳이었다. 맹세컨대, 그곳에서 어머니는 겉으로 보기에 여유로웠고, 등 근육에서도 긴장이 풀린 게 보였으며, 늘 처져 있던 입가도 살짝 올라가 있었다. 그곳에서는 준 이모가 알고 있는 어머니의 모습을 조금이나마 엿볼 수 있었다. 사진이 없었다면 기억이 나를 속이고 있다고 생각했을 것이다. 기억이란 종종 그런 교활한 짓을 벌이기도 하니까. 흑백 사진 속에서, 수영복 차림의 어머니는 파도 위로 뛰어오르며 태양을 향해 손을 뻗고 있고, 한껏 빛을 받은 머리카락은 후광처럼 머리를 감싸고 있었다. 아버지가 세상을 떠났을 때, 나는 아버지 침대 옆 탁자에서 이 사진을 훔쳤다.

그날 우리는 바닷가를 거닐며 부서진 조개껍데기를 주웠다. 실망스럽게도, 귀에 대고 바닷소리를 들을 만한 것은 찾지 못했다. 내가 그것 때문에 삐죽거리자 아버지가 꾸짖었다. "노마, 바보처럼 굴지 마라. 바다가 바로 옆에 있는데 그런 조개껍데기가 뭐가 필요하다고 그러니."

나는 투덜거리며 하얀 손잡이가 달린 작은 파란 양동이를 가지고 모래성을 쌓았다. 어머니가 백화점에서 사 준 것이었다. 나는 그 파란 양동이를 무척 좋아했다. 언젠가 진입로에 두었다가 아버지의 차가 후진하면서 그걸 산산조각 냈을 때, 울음을 터트릴 정도였다. 하지만 그날 그 바닷가에서는 새 플라스틱의 광택이 아직 남아 있었다.

나는 대충 쌓고 놀던 모래 더미에서 고개를 들고 햇빛에 붉게 탄 하얀 몸들이 끝없이 지나다니는 광경을 지켜보았다. 몇몇은 걸음을 멈추고 전혀 성처럼 보이지 않는 내 모래성을 감탄하며 바라보기도 했다. 나를 완전히 못 본 체하고 지나가는 사람들도 있었다. 어머니는 턱을 하늘 높이 치켜들고 앉아 햇볕을 즐겼고, 아버지는 계속 넘어지는 파라솔 아래서 맥주를 마시며 책을 읽었다. 나는 내 손을 내려다봤다. 여름이 되면서 검게 탄 손에 작은 모래 알갱이들이 잔뜩 묻어 있었고, 피부색보다 더 검은 주근깨들이 여기저기 박혀 있었다. 피부는 부드러웠고, 손톱은 작은 초승달 모양이었다. 어머니가 전날 완벽한 길이와 모양으로 다듬어 준 것이었다.

"나는 왜 피부가 이렇게 갈색이에요?" 나는 팔로 눈을 가리고 있는 어머니의 발치에 섰다. "어머니, 아버지는 아주 하얀데, 나만 갈색이잖아요."

어머니가 일어나 앉으며 조심스러운 눈빛으로 아버지를 바라보았다. 아버지는 읽던 페이지가 아래로 가도록 책을 뒤집어 무릎 위에 놓았다. "네 증조할아버지가 이탈리아인이셨으니까." 아버지가 더 물을 여지도 없이 권위적인 말투로 대답했다. "할아버지 피부색을 닮은 게 햇볕을 쬐면 드러나는 거야."

나는 그 말을 믿지 않을 이유가 없었다. 나는 쌓고 있던 모래 더미로 다시 돌아왔다. "집에 가면 사진 보여 줄 수 있어요?"

"아니, 불에 다 타 버려서 없어."

너무 어릴 때 일이라 내가 기억하지 못하는 그 불은 내 다섯 살 이전의 모든 사진을 포함해 아주 많은 걸 삼켜 버렸다. 그런데 내가 유일하게 닮은 가족의 사진도 그때 다 사라졌다니. 나는 그 불을 저주하며 내 모래성이 있는 곳으로 돌아갔다.

몇 주 후 학기가 다시 시작된 어느 날, 나는 뒤뜰에서 놀고 있었다. 아직 벌레들이 물기 전이었으니 아마 오후였을 것이다. 햇볕 때문에 목덜미가 뜨거웠다. 나는 바깥 놀이용 옷을 입고 있었다. 내가 크는 동안 어쩌다 더럽히고 망가트린, 오래된 옷이었다. 재킷 소매가 거의 팔꿈치까지 올라왔고, 가슴과 배 쪽이 꽉 끼었다. 나는 어둡고 시원한 흙을 파내는 중이었다. 죽은 떡갈잎풍뎅이를 묻어 주기 위해서였다. 이 큼지막한 풍뎅이는 죽었는데도, 단단한 날개가 햇살을 받아 윤이 났다. 우리 집 현관 불빛 때문에 창문에 머리를 세게 부딪쳐 결국 죽음을 맞이한 풍뎅이가 나는 가엽게 느껴졌다. 주방에서 가져온 큼지막한 은수저로 작은 구멍을 파다가 거기서 벌레를 끄집어내고 있는데, 전화기가 울렸다. 어머니가 읽던 책을 내려놓고 안을 들여다보고 나서 나와 집안을 다시 번갈아 보고 있을 때, 세 번째 벨이 울렸다. 결국 어머니는 자리에서 일어나 집 안으로 들어갔다. 나는 은수저와 죽은 풍뎅이와 함께 홀로 남겨졌다. 어머니가 자리를 뜬 지 얼마 되지 않아 집 밖에서 목소리가 들려왔다. 아이들이 서로 소리 지르고 노는 소리였다. 나는 다른 아이들처럼 저녁에 자전거 타러 나가는 것이 허락되지 않았다. 아버지의 세심한 감독하에 진입로를 오르내릴 순 있었지만, 두 길 건너 잡초 우거진 풀밭에서 야구를 하는 건 금지였다. "절대 안 돼. 나쁜 놈들도 많고, 벌레도 많아. 게다가 저 부모들은 자기 아이한테 무슨 일이 일어나는지 신경도 쓰지 않는 것 같고." 나가서 놀아도 되냐고 물을 때마다 내가 듣는 대답이었다. 진입로에서 자전거를 타는 걸 제외하면 나는 마당에, 그리고 뒤뜰에 감금된 것과 다름없었다. 하지만 그날은 아이들의 목소리 속 무언가가 나를 밖으로 끌어당겼다. 풀밭 가장자리에 도착했을 때, 학교에서 만난 적 있는 아이들 몇몇이 자전거를 타고 지나갔다. 아이들 두엇이 내 이름을 부르며 손을 흔들어 인사했다. 나도 손을 흔들어 주고 있는데, 아이들이 나무 몇 그루가 모여 있는 모퉁이를 돌아 막 사라지자마자 강한 힘이 나를 뒤로 홱 잡아당겼다. 그 힘이 어찌나 세던지 팔이 떨어져 나가는 줄만 알았다. 잠시 휘청거렸지만 나는 어머니가 나를 질질 끌고 현관 입구 계단을 지나 현관을 통과할 때까지 몸을 굽히지 않았다. 집안은 언제나처럼 커튼이 쳐져 있어서, 나는 어둠에 적응하느라 눈을 깜빡거려야 했다.

"또 말하지만, 다시는, 다시는 나한테 이러지 마라." 어머니가 거칠게 숨을 몰아쉬며 말했다. 윗입술 위로 땀이 송골송골 맺히고 있었다. "누가 데려가 버리기라도 하면 어떡하니. 알아들어? 어?" 나는 고개를 끄덕였다. "누가 널 그 풀밭에서 확 채가 버리기라도 했으면 어쩔 뻔했어. 그 일을 다 겪고서 내가 뭘 어떻게 할까?" 어머니의 손가락이 내 여린 팔죽지 살을 파고들었다. 꿈틀거리지 않으려고 애썼지만, 아팠다. 다음 날, 나는 멍 자국 다섯 개를 발견했다. 모두 체리 모양이었다.

"죄송해요, 어머니. 일부러 그런 건 아니에요, 정말이에요." 나는 준 이모와의 악수를 떠올리며 작은 목소리로 대답했다.

어머니는 잠시 질책을 멈추고 레이스 커튼을 걷어 텅 빈 거리를 내다보았다. 아무도 없었다. 나를 저 앞 풀밭에서 채 가려고 기다리는 사람이 없다는 사실을 확인한 어머니는 안도하며 내 옆에 앉았다. 그리고 내 머리를 감싸 안고 내가 꿈을 꿨을 때 그랬던 것처럼 앞뒤로 얼렀다. 나는 뻣뻣하게 굳은 몸으로 엄마의 포옹을 받으며 창밖을 내다보았다. 어머니는 나를 더 꼭 끌어안았다. 어머니는 꽉 다문 입 뒤로 분노를 걸러 낸 듯, 이제 훨씬 부드러워진 목소리로 말했다.

"아프게 하려던 건 아니었어. 정말이야. 미안하다, 노마, 아가야. 엄마가 미안해."

그날 밤, 부모님은 주방의 작은 테이블에 앉아 숨기기를 포기한 위스키 한 병을 나눠 마셨다. 두 사람의 대화는 긴장감이 감돌고 목소리가 너무 낮아서, 나는 복도에서 엿들으려다 포기하고 잠자리에 들었다. 다시 집 앞 풀밭에 나가기까지는 몇 년이 걸렸다. 그 불쌍한 떡갈잎풍뎅이도 묻어 주지 못 했다. 내가 아는 건, 이웃의 지저분한 고양이 '오렌지'가 물고 갔다는 게 전부였다.

몇 주 후, 방에서 구구단을 외우는 시간에 어머니와 준 이모가 나에 관해 이야기 나누는 소리가 들려왔다. 어머니는 최근 알게 된 민트 줄렙mint julep, 위스키 베이스에 민트를 첨가한 상큼한 맛의 칵테일을 마시고 있었다. 어머니는 이 칵테일이 우아함과 품격의 완벽한 본보기라고 생각했지만, 준 이모는 인종 차별적이고 가식적이라고 여겼다. 준 이모는 캘리포니아산 포도주를 마셨는데, 이모는 서부 해안의 포도주 제조자들이 결국 제대로 해낼 거라는 믿음이 있었다고 내게 말해 주었다. 이모와 어머니는 말다툼을 벌일 때가 많았지만, 또 거의 그만큼 서로를 포용했다. 두 사람의 관계는 늘 혼란스러우면서도 왠지 편안했다.

어머니는 나를 치료사에게 데려가 보라는 준 이모의 제안을 거절하는 중이었다. 어머니는 그걸 '못 배워 먹은 히피 의학'이라고 불렀고, 아버지도 굳이 반박하지 않았다. 오직 준 이모만 내 꿈의 원인을 고민했다.

어머니가 말했다. "하지만 언니,"

"이번 만큼은 '하지만 언니' 이런 말 하지 마." 준 이모가 포도주를 한 모금 마셨다. 어머니는 이모에게서 고개를 돌렸다.

"하지만 언니, 만약 노마의 예전 삶을 끄집어내면 어떻게 해? 기억을 끄집어내면?" 어머니는 목소리를 낮춰 이렇게 말하고는 거실로 이어지는 문을 쳐다보았다. 어머니와 이모는 주방 식탁에 앉아 있었다. 나는 〈롬퍼 룸 Romper Room, 1953~1994년에 방영된 어린이용 TV 시리즈〉을 시청하고 있었지만, 그 여자 진행자가 작은 거울로 누굴 보는지 전혀 관심 없었다. (프로그램에서는 방송이 끝날 때마다 여자 진행자가 '마법의 거울'을 화면에 대고 누가 보이는지 찾는 흉내를 내며 미리 받아 둔 시청자들의 이름을 불렀다.) 집 안 어딘가에서 내 이야기를 한다는 걸 알게 될 때마다, 나는 커튼 뒤로 몰래 들어가거나 문 뒤에 숨어서 이야기를 엿듣곤 했다.

"앨리스 말로는, 애들은 대여섯 살이 될 때까지는 실제 기억 형성이 시작되지도 않는데. 그냥 꿈이라고 계속 말해 주면 돼." 준 이모가 잔을 들어 한참을 들이켰다. 크리스털 잔은 표면에 물방울이 맺혀 흐리고 탁했다.

"노마는 아홉 살이야, 언니."

"네 살인가 다섯 살 아니었나, 그 일이 있었을 때? 정확히는 몰라도. 자기가 네 살이라고 말했지만, 애들은 원래 잘 헷갈리잖아. 아직 기억이 다 만들어진 게 아니라니까, 일단 지켜봐." 어머니가 잔을 채우자 준 이모가 손을 뻗었다. 나는 두 사람이 내 모든 구체적인 과거의 기억을 앗아간 그 화재에 관해 이야기하고 있다고 생각했다. 그날 고기찜 요리 냄새가 났던 기억이 난다. 9월 초였는데, 그렇게 일찍 찜 요리를 만든 적은 처음이었다. 고기찜은 바람이 길게 윙윙거리고 눈이 내리는 추운 계절을 위한 음식이었다. 어렴풋이, 어머니가 고개를 끄덕이는 가운데 텔레비전에서 아이들의 웃음소리가 들렸던 기억이 난다.

"앨리스한테 한 번 얘기 나눠 보게 하자. 혹시 네 마음이 편안해질지도 모르잖아."

어머니는 고개를 저었다. 그리고 입술을 오므려 실수로 입에 들어간 민트 조각을 밀어냈다. "나는 그렇게 생각 안 해. 맙소사, 언니, 가끔 난 언니가 생각이라는 게 있기는 한지 궁금하다. 그런 여자한테, 뭐? 진심이야 언니?"

"그런 여자라니?"

"무슨 말인지 알잖아."

준 이모는 지쳐 보였지만 계속 말했다. "네 생각만 하지 말고 한 번만 노마 생각도 해 봐."

"난 온통 노마 생각뿐이라고."

"그렇다면 노마한테 앨리스하고 얘기할 기회를 줘."

몇 주 후, 나는 처음으로 앨리스와 이야기를 나눴다. 전에 만난 적은 있지만 그녀의 집에서 본 건 처음이었고, 그날처럼 그렇게 이야기를 나눠 본 적도 처음이었다. 이후로는 계속 그런 식으로 대화하게 되지만 말이다. 그녀는 언제나 그냥 준 이모의 친구, 내게 다정하고 친절한 사람일 뿐이었다. 하지만 그날, 나는 앨리스를 사랑하기로 마음먹었다. 그녀는 나를 부서지기 쉬

운 도자기 인형이 아니라 한 인간으로 대해 준 최초의 어른이
었다. 그리고 그녀에게서는 늘 페퍼민트 냄새가 났다. 지금도,
동그란 분홍색 페퍼민트 사탕 냄새를 맡으면 그녀의 얼굴이 떠
오른다.

"안녕, 노마." 그녀가 나와 눈높이를 맞춰 무릎을 꿇으며 인
사했다. "네 이모에게서 네가 나쁜 꿈을 꾼다는 얘기를 들었단
다." 그녀가 고개를 들어 준 이모를 바라보며 미소 지었다. "들
어와서 나하고 그 꿈 이야기 좀 나눠 볼까?"

나는 고개를 끄덕였다. 그녀가 일어나 내 손을 잡고는 전에
본 곳들과는 전혀 다른 거실로 나를 이끌었다. 앨리스는 브라운
스톤으로 지은 집에 살았다. 창문이 벽 전체를 차지하고 있었
고, 커튼을 열면 길 건너편 정원이 한눈에 들어왔다. 온통 초록
색에, 나무들 사이로는 파란 하늘이 엿보였다. 어머니와 준 이
모는 차를 마시기 위해 주방으로 갔다.

앨리스가 내게 초콜릿을 주었다. 달지 않고 씁쓸했다. 나는
코를 찡그렸지만 어쨌든 삼켰다. 내가 공손하지 못하게 군 걸
알면 어머니가 화를 낼 게 뻔했다.

"편안하게 있어도 돼, 노마." 앨리스가 소파를 가리켰다. 팔걸
이에 아기 인형 하나가 기대어져 있었다. "아기 인형을 좋아한
다고 네 엄마한테 들었어."

나는 인형을 집어 옆으로 치웠다. "실은 아니에요. 이제 그럴
나이는 지났죠."

"그렇구나. 그럼 치우는 게 좋겠네."

"그리고, 어머니예요."

"어머니?"

"네. 엄마라는 말은 진부하다고 하셨어요."

"그건 좀 지나친데……." 앨리스는 말을 멈추고 소파 맞은편, 별로 편안해 보이지 않는 의자에 앉았다.

나도 앉았다.

"그래, 꿈을 꾼다고?"

"네."

그녀는 기다렸다. 나도 기다렸다.

"꿈에 대해 나한테 이야기해 주겠니?"

"루시한테 꿈에 관한 이야기를 하긴 하지만, 그저 꿈일 뿐인 걸요. 꿈은 다들 꾸는 거고요."

"맞아. 다들 꿈을 꾸지. 하지만 네 엄마는 네 꿈이 일반적인 꿈보다 무서운 것 같다고 걱정하셔. 그리고, 루시가 누구니?" 앨리스가 몸을 앞으로 숙이며 팔꿈치를 무릎 위에 괴었다. 코가 까맣고 황색과 회색, 흰색 털이 섞인 작은 고양이 한 마리가 의자 밑에서 기어 나와 나를 향해 슬그머니 다가오는가 싶더니 만져 볼 새도 없이 복도 쪽으로 홱 달아나 버렸다.

"루시는 내 친구예요. 어머니는 내가 상상으로 만들어 낸 존재예요. 이젠 꿈이 잘 기억나지 않아요. 다 흐릿해요. 어쨌든, 꿈에 관한 이야기는 할 수 없어요. 그러면 어머니가 두통을 일으키거든요."

"그 꿈들이 진짜라고 생각하니?"

주방에서 들려오는 기침 소리에 나는 고개를 돌렸다.

"걱정하지 마, 노마. 엄마랑 이모한테는 우리가 하는 말이 들리지 않거든."

"우리 이모랑 어떻게 아세요?"

"네 이모랑 나는 아주 친한 친구 사이야. 그리고 아주 오랫동안 알고 지냈고. 네가 태어나기 전부터 친구였을 걸, 내가 알기로는." 앨리스가 뒤로 기대앉으며 다리를 꼬았다. "이제 다시 꿈이야기로 돌아가 볼까?"

"내 생각에 우리 엄마, 아니 어머니를 꿈에서 본 것 같아요. 그런데 아니에요. 누군가 다른 사람이에요. 그리고 나한테 형제가 하나 있어요. 하지만 나한테는 형제가 없잖아요. 다 죽은 아기들이니까요."

앨리스는 놀란 듯했다. "다 죽은 아기들이라니?"

"어머니의 배에서 나온 아기들이요. 나는 유일하게 죽지 않은 아이고요."

앨리스가 의자 깊숙이 기대앉았다. 해서는 안 될 말을 한 기분이 들었다. 나는 어머니가 복도를 걸어와 나를 겨드랑이에 끼고 소파에서 들어 올린 다음, 문밖으로 나가 다시 기차에 타는 상황을 기다렸다. 내 겨드랑이의 부드러운 피부가 단단히 쥔 어머니의 손가락 때문에 검게 변하는 게 느껴지는 것 같았다. 하지만 어머니는 오지 않았고, 나는 상상 속 멍 문지르기를 멈췄다.

"너한테 너무 많은 부담을 줬구나. 그렇지, 노마?"

"무슨 말씀이신지 모르겠어요. 전 아홉 살이에요. 뭐, 거의 열 살이나 마찬가지죠. 그래서 아침에는 침대 정리를 해야 하고, 화요일에는 쓰레기를 버려야 해요."

앨리스는 나를 보며 미소를 지었다.

"내 말은, 그 아기들이 죽은 건 네 잘못이 아니라는 거야. 엄마가 죽은 아기들을 잊게 하는 것도 네 책임이 아니고. 지금 당장 네가 할 일은 그저 어린 여자아이로 있는 거야." 앨리스가 코를 찡긋하며 장난스럽게 미소를 지었다. "아마도 이제 아기 인형은 갖고 놀지 않겠지만, 여전히 어린 소녀 말이지."

"아마도요."

"네 나이에 더 잘 어울리는 걸 내가 주면 어떨까? 아기 인형 말고." 그녀가 미소를 지었다. "그렇게 할래?"

"좋아요."

앨리스가 구석에 있는 작은 책상으로 걸어가 공책 하나를 꺼냈다. 자그마한 분홍과 파랑 꽃들이 표지에 그려진 공책이었다.

"나는 네가 일기를 쓰면 좋겠어. 어머니에 대해 말하고 싶지만 어쩐지 편하지 않은 그런 얘기들 전부. 아니, 뭐든지. 쓰고 싶은 기분이 들 때 그냥 써 봐. 그리고 쓴 내용 중에서 같이 얘기 나누고 싶은 게 있다면 그렇게 할 수도 있고. 하지만 이건 오직 너만을 위한 네 일기장이야." 앨리스는 공책을 펼쳐 표지 안쪽에 자신의 전화번호를 적었다. "뭐든 쓴 내용에 관해 얘기하고 싶어지면 나한테 전화해. 어때?"

"좋아요." 나는 그녀의 손에서 공책을 받아 어머니가 물려준 손가방에 넣었다.

"규칙이 하나 있어. 아기 얘기는 하지 말 것. 죽은 아기든, 장난감 아기든." 앨리스가 나를 보며 윙크했다. 나는 웃었다. 활짝.

지금은 나이가 들고 기억력도 예전 같지 않아서 확신할 순 없지만, 어린 시절 내가 죄책감을 느끼지 않은 건 그때가 처음이었다. 앨리스의 아파트에서 높다란 창밖을 내다보던 순간부터 메인으로 돌아가는 기차에 올라타 좌석에 앉을 때까지, 그 짧은 시간. 우리가 떠날 때 준 이모는 플랫폼에서 손을 흔들어주었다. 어머니는 흉터 있는 손을 내 얼굴 쪽으로 돌려 나를 감싸 안고서 속삭였다. "내 소중한 아기." 죄책감이 다시 밀려왔다.

앨리스를 만나고 나서 나한테 많은 변화가 있지는 않았던 것 같다. 다만 어머니가 뒤뜰 안락의자에서 적갈색 가을 햇살 아래 책을 읽는 동안 그 아기 인형을 흰색과 보라색 철쭉 아래 묻은 것만 빼면. 몇 년 후 어머니는 일본단풍나무를 심느라 땅을 파다가 그걸 발견했고, 충격으로 거의 쓰러질 뻔했다.

괴로웠지만 우리는 몇 달 동안 이 새로운 노마를 탐색하고자 노력했다. 나는 이제 꿈에 관해 이야기하지 않았고, 꿈을 꾸더라도 울지 않았다. 대신 글로 적었다. 그리고 꿈속의 어머니, 기억 속의 오빠 이야기도 어머니에게 하지 않았다. 여백에는 별과 초승달, 투박하게 대충 만든 인형을 그려 넣었다. 아버지는 꿈에 대해 절대 묻지 않았다. 그리고 엄지손톱 옆의 거스러미도 잘 아물었다. 그리고 마침내, 꿈은 기억 저 구석 어딘가에 묻힌 채 희미해져 갔다. 그런데 어느 날 아침, 잠에서 깨어난 나는 침대 시트에 피가 묻어 있는 걸 발견했다. 무서웠다. 어머니가 아무 이야기도 해 주지 않았기 때문에, 나는 내가 죽어 가고 있다고 확신했다. 더 이상 앨리스한테도 꿈에 관해 이야기할 수 없었다. 빛과 어둠은 알 수 없는 회색빛으로 바래 있었고, 그 꿈들은 내게 수수께끼로 남았다. 그러다 어머니의 정신이 무너지기 시작했다. 그리고 어머니의 양심 깊은 곳, 그 어두운 곳에 숨겨져 있던 것들이 홀연 튀어나와, 호숫가의 물고기처럼 마구 펄떡이기 시작했다. 그러자 그 꿈들이 다시 나를 찾아왔고 특별한 의미를 갖기 시작했다.

셋

조

고속 도로는 숲을 관통해 이 지역을 남과 북, 둘로 가르며 연결하는 동시에 분리한다. 이 시기가 되면 아스팔트 곳곳에 큰 포트홀이 움푹 팬다. 어떤 포트홀은 아주 커서 자칫 잘못 충돌했다가는 자동차를 통째로 삼켜 버릴 수도 있을 정도다. 나는 그하나하나를 다 느낄 수 있다. 의사들이 말하길, 병이 골수까지전이되었다고 한다. 나는 그들을 믿는다. 포트홀을 지날 때마다병에 걸린 뼈마디 마디가 그걸 느낀다. 이번 여정의 유일한 관심사는 진료를 마친 후 아침 식사 메뉴를 종일 제공하는 식당에 가는 일이다. 베이컨과 달걀, 홈프라이(삶은 감자 조각을 버터에 튀긴 것), 달콤한 딸기잼을 바른 토스트, 그리고 기름기 적은햄이 나온다. 엄마가 억지로 끌고 나오지 않았다면 나서지 않았을 것이다. 나는 지금 쉰여섯 살이고, 여전히 살아 있다. 여든일곱 살인 엄마가 자식이 또 죽는 꼴은 못 본다고 했기 때문이다.

만일 내 마음대로 할 수 있는 문제라면, 나는 그저 침대에 누워 어둠이 오기를 기다릴 것이다.

"엄마는 저보다 더 오래 사실 거예요. 찰리 형을 보내고도 살아남았고, 아빠를 보내고 나서도 살아 계시잖아요." 차가 포트홀을 밟으며 덜컹거리는 바람에 나는 움찔하며 말했다.

"루시도 있잖아." 운전석에서 메이 누나가 말을 받았다.

"루시는 죽지 않았어, 누나."

"어머, 조. 그 오랜 세월이 흘렀는데도 너랑 엄마는 아직도 희망을 품고 있는 모양이구나."

나는 절대 루시를 죽은 사람으로 생각하지 않는다. 우리는 매년 9번 국도를 따라 그 들판을 찾았지만, 루시의 흔적을 발견하지 못했다. 만일 죽었다면 누군가 뭐라도 발견했을 것이다. 게다가 사람이 죽으면, 거기에는 어떤 최종적인 비애감이 있어야 한다. 따라서 루시의 이야기는 끝나지 않았다. 하지만 우리에겐 살아야 할 삶이 있었다. 서서히, 그리고 조용히, 우리는 다시 살아가기 시작했다. 곧바로 그럴 수 있었던 건 아니었다. 그해 가을, 아빠는 존슨네 가족에게 사과 따는 일꾼들을 대신 관리해 달라고 부탁했다. 그 결과 우리는 조금 더 오랫동안 슬픔에 빠져 있었다.

루시가 실종되기 전에는 매년 일꾼들이 사과를 따기 위해 우리 집과 철로 사이에 자리 잡은 들판으로 찾아왔다. 그들의 갈색 피부는 햇볕에 더 짙은 갈색이 되었고, 그들의 마음은 선선한 가을 공기에 차분해졌다. 그들은 차나 트럭, 기차를 타고 왔고, 한 달 동안 과일을 따면서 생활할 때 필요한 모든 걸 가지고 시내에 있는 역에서부터 걸어오기도 했다. 그들은 텐트를 쳤고 모닥불을 피웠으며, 조금 싸우고 많이 사랑했다. 그리고 블루베리밭에서도 그랬듯 아빠는 그들을 트럭 뒤에 가득 태우고 와서 해 뜰 무렵 농장에 내려놓았고, 하루가 끝나갈 때 다시 태워 갔다. 나이 든 여자들도 함께 차를 타고 왔다. 차창을 내리고 온 탓에 백발이 바람에 더욱 부풀고 헝클어져 있었다. 그들은 모닥불 근처에 모여 앉아 수다를 떨고, 양말을 꿰매고, 바구니를 짰다. 그들은 그 바구니를 대신 마을에 가서 팔아 달라며 우리에게 주곤 했다.

"자, 마을에 가기 전에는 반드시 얼굴에 흙을 조금 묻히도록 해." 그들 중 하나가 말했다.

"다리를 저는 것도 괜찮아. 절뚝거리면 돈을 더 주거든." 다른 노파가 웃으며 말했다.

마을 사람들은 우리 바구니를 곧잘 사 주었다. 자선을 베푸는 기분이 드는 모양이었다. 그들은 수요일에 지저분한 얼굴로 다리를 절며 바구니를 파는 원주민 아이와 일요일에 교회에서 그들 뒤에 앉아 있는 깨끗하고 건강한 원주민 아이가 동일인이라는 사실을 전혀 눈치채지 못하는 듯했다. 하지만 그해 10월에는 모닥불도, 늙은 여자들도, 사과 따는 일꾼들도 들판에서 볼 수 없었다.

루시도 그곳에 없었지만, 우리는 벽에서, 여분의 식탁 의자에서, 그리고 루시의 것이었던 물건에서 루시를 느꼈다. 엄마는 우리가 겨울에는 여름옷을, 여름에는 겨울옷을 보관하는 벽장에서 루시의 겨울 부츠를 발견했다. 엄마는 그걸 오랫동안 들고 있다가 여자아이들 방 옷장 맨 위 선반에 올려 두었다. 그리고 단추 눈이 달린 양말 인형을 한쪽 부츠 안에 조심스럽게 넣었다.

"돌아오면 필요할 테니까." 엄마가 설명했다.

"엄마," 메이 누나가 뭔가를 말하려 했지만, 엄마가 손을 들어 제지했다.

"그러지 마라, 메이. 아이를 잃는다는 게 어떤 건지 너는 몰라. 계속 몰랐으면 좋겠고. 루시의 부츠는 내가 치우라고 할 때까지 여기 둘 거야."

수십 년에 걸쳐 이 집의 벽들은 허물려 다른 곳에 다시 세워지고 다른 색을 입었지만, 한쪽에 인형이 고개를 빼꼼 내밀고 있는 아주 오래된 여자아이용 부츠 한 켤레는 옷장 맨 위 선반 위에, 손으로 짠 오래된 바구니와 크리스마스 장식품들 사이에 그대로 남아 있었다.

잿빛 하늘과 어둑한 오후 속에서 겨울이 모습을 드러내기 시작하자, 엄마는 침묵에 잠겼다. 정말 깊은 침묵이었다. 마치 눈 내리기 직전의 하늘 같은 고요함이었다. 엄마는 창가 의자에 앉아 까마귀들을 보거나 새 모이통에 들어간 다람쥐에게 소리를 지르면서 시간을 보냈다. 손에는 묵주가 쥐어져 있었다. 11월이 가까운 어느 어둑한 오후, 나는 발끝으로 살금살금 거실을 지나다가 멈춰 서서 엄마를 바라보았다.

"루시를 잃어버려서 죄송해요, 엄마."

창밖을 보고 있던 엄마가 내 말에 화들짝 놀라 돌아보았다. 멍한 표정으로 있던 엄마의 얼굴에 슬픔이 번졌다.

"넌 아무도 잃어버리지 않았어, 조. 그런 부담감은 내려놓으렴." 엄마가 내 눈을 똑바로 바라보며 말했다. "네 탓이 아니야. 그저 어떤 식으로든 떠날 때라서 떠난 걸 거야. 벤과 메이도 돌아왔잖니. 루시도 돌아올 테니 걱정하지 마라." 엄마는 평소와 달리 눈길을 돌리지 않았다. 엄마의 눈은 내게 머물러 있었다. 나는 지금까지도 그 검은 눈이 내 머릿속의 모든 생각을 다 알고 있었다고 맹세한다. 고맙게도 메이 누나가 거실로 들어왔다.

"엄마, 뜨개질하는 법 좀 가르쳐 주세요."

엄마가 메이 누나를 바라보았다. 엄마의 얼굴에 그렇게 어둡지도, 슬프지도 않은 새로운 그늘이 스쳐 지나갔다. 놀란 것 같기도 하고, 어쩌면 약간 장난기가 있는 듯도 했다.

"메이, 너도 알다시피 엄마는 널 몹시 사랑하지만, 넌 왼손만 두 개인 셈이나 마찬가지잖니. 게다가 주의력은 난생처음 눈을 보고 잔뜩 흥분한 강아지 정도밖에 안 되고 말이야."

하지만 메이 누나는 간청했다. 결국 엄마는 누나의 부탁을 들어주었다. 그리고 내 기억에, 메이 누나는 노력했다. 정말 많이 노력했다. 그러나 며칠 후 엄마는 좌절했고, 누나에 대한 기대를 접었다. 양말은 절반쯤 완성된 상태에서 멈췄다. 손가락에 엉킨 실을 휘감고서 집중하느라 이를 앙다물고 있는 메이 누나의 모습은, 엄마에게 우리가 여전히 그곳에 있고 또 여전히 보살핌을 받아야 하는 존재임을 상기시켰다. 나는 지금도 메이 누나가 자신이 무엇을 하는지 잘 알고 있었다고 생각한다. 엄마를 돕고 우리 모두를 돕는 일이라는 것을 말이다. 어쩌면 누나에게는 아무도 모르는 다정한 면이 있을지도 모른다는 생각이 들었다.

지금도 우리를 돌보는 사람은 메이 누나다. 요리하고, 청소하고, 또 내가 한밤중에 빨리 일어나지 못해 실수했을 때 이불을 빨아 주고, 엄마가 거실 의자에서 일어나 식탁에 가서 앉게 해 주고, 매일 밤 잠자리에 들도록 도와준다. 누나는 이제 아이들이 다 커서, 내가 죽음을 맞이하러 돌아오자 원래 집을 팔고 이 집으로 다시 거취를 옮겼다. 여기에서 보낸 수년 동안, 그리고 멀리 떠나 있던 수년 동안에도, 나는 메이 누나가 남을 잘 보살피는 성격일 줄은 상상도 못 했었다. 그런데 지금 여기서 누나는, 직접 운전해 나를 도시로 데리고 나와 소독약과 질병의 냄새를 풍기는 대기실에 앉아서, 지독하게 못생겼지만 어쩐지 눈길을 끄는 푸른 유리 조각품이 걸린 벽을 응시하고 있다.

"세상에나, 조, 저렇게 끔찍한 걸 도대체 왜 환자와 죽어 가는 사람들이 보는 벽에 걸어 놨는지 모르겠다. 치즈 케이크나 인도에 있는 하얀 성처럼 보기 좋은 걸 걸어 놓으면 좀 좋아?" 누나는 의자 사이 탁자에 놓인 잡지를 획획 넘겼다. "아니면 차라리 천국의 문 같은 그림을 걸든가."

머리에 스카프를 두른 한 젊은 여자가 나를 보며 미소를 짓는다.

"내가 보기엔 예술 작품 같은데." 내가 말한다.

"내가 보기엔 벽에 쓰레기를 붙여 놓은 것 같다." 누나는 잡지에서 눈을 떼지 않은 채 대답한다. 나는 스카프를 두른 그 여자를 향해 어깨를 으쓱해 보인다. 죽어 가는 사람들 사이에는 암호가 하나 있다. 바로, 살아 있는 사람이 말하게 두라는 것이다. 그들은 그 말에 속죄할 시간이 더 많이 남아 있으니까.

그들이 내 이름을 부르면 누나는 기다린다. 그리고 그들은 나를 쿡쿡 찌르며 잘 회복 중이라고 말한다. 하지만 내가 계절이 또 한 번 바뀌는 모습을 볼 수 없으리라는 사실을 우린 모두 알고 있다.

엄마를 현실로 불러들인 게 메이 누나의 뜨개질이었다면, 아빠를 현실로 불러들인 건 그보다 훨씬 잔혹한 일이었다. 하지만 그 잔혹함은 나를 비껴갔다. 어느 잿빛 오후, 메이 누나가 뜨개질을 막 포기했을 때, 밖에 있는 석쇠에 사슴 고기를 굽던 아빠가 갑자기 고기를 뒤집던 막대기를 내던졌다. 그리고 엄마를 부르며 집 안의 난로를 끄고 우리를 다 모으라고 말했다. 첫눈이 와서 눈싸움을 하며 놀던 벤 형과 찰리 형이 무기 삼아 들고 있던 눈덩이들을 떨어트리고 현관으로 내달렸다. 나는 그 눈덩이들을 향해 질주했다. 형들이 힘들게 만들어 놓은 걸 훔쳐 그들에게 대항하는 데 쓸 수 있는 절호의 기회였다. 나는 아빠가 집에서 산탄총을 들고나와 내 이름을 부를 때까지 전혀 이상한 낌새를 느끼지 못했다. 아빠의 시선을 쫓아 길가를 바라보니, 길고 번쩍이는 검은색 자동차 한 대가 진입로로 들어서고 있었다.

"조, 그 눈덩이 내려놔라." 그때 털실로 짠 장갑 틈새로 스며들던 냉기가 지금도 느껴지는 듯하다. 그토록 완벽하게 뭉쳐진 눈덩이를 버려야 해서 실망했던 것도 기억난다. "누나랑 형들 따라서 숲으로 가." 아빠는 점점 가까워지는 자동차에서 결코 눈을 떼지 않았다. "놀이야. 숨바꼭질 같은 거. 가서 숨으면 아빠가 찾으러 갈 거야. 내가 네 이름을 부르는 소리가 들리면 나와도 돼. 하지만 다른 사람이 부르면, 그냥 숨어 있어. 알아들었니?"

나는 고개를 끄덕였다. 그리고 몸을 굽혀 조금 전 내려놓았던 눈덩이 하나를 집어 들었다. 둥글고, 단단하고, 견고했다. 나는 곧바로 뒤돌아서 최대한 빨리 숲으로 내달렸다. 뒤에서 메이 누나가 외치는 소리가 들렸다. "너무 멀리 가지 말고 꼭꼭 숨어 있어."

숲 바로 가장자리, 집에서 아주 가까운 곳에 커다란 단풍나무 한 그루가 있었다. 안에서부터 썩어 가고 있던 그 나무에는,

딱 기어 올라갈 수 있을 만한 높이에 나만 한 크기의 구멍이 하나 나 있었다. 구멍 안은 축축했지만, 밖을 내다볼 수 있었다. 그 차가 아빠 앞에 와서 멈추는 모습이 보였다. 아빠는 등을 꼿꼿하게 세우고서 산탄총을 가슴 앞에 가로질러 들고 서 있었다. 엄마는 앞치마 차림으로 담요를 어깨에 두른 채 현관 계단을 걸어 내려와 아빠 옆에 가서 섰다.

"휴스 씨? 무슨 일이십니까?"

나는 아빠의 목소리를 듣기 위해 기를 썼다. 엄마가 두 손을 꼭 모아 쥔 채 숲 쪽을 돌아보는 모습이 보였다.

"안녕하신가, 루이스. 부인." 그가 엄마에게 고개를 까딱했다. "지난여름에 어린애 하나를 잃었다는 소식은 들었네." 그의 입에서 하얗고 가느다란 입김이 새어 나와 공중으로 흩어졌다. 아빠는 움직이지 않았다. 소리도 내지 않았다. "내가 온 건 다른 아이들 얘기를 하기 위해서야. 먼저 일어난 일을 고려할 때, 아이들한테 뭐가 가장 좋을지에 대해서." 그는 잠시 말을 멈추고 바닥을 내려다보았다. 다시 이야기를 시작했을 때, 그의 목소리는 바로 몇 초 전보다 높고 거칠어져 있었다. 바람결에 그의 목소리가 더 잘 들려왔다. "어떻게 애를 잃어버리고 그러나, 루이스? 그걸 잘 설명하면 한둘은 남겨 둘 수도 있네. 어쩌면 그냥……." 그는 수첩을 내려다보며 계속 말했다. "벤과 메이, 큰 애들만 데려갈 수도 있고. 자네가 가로챈 그 애들 말이야. 뭐, 어린 애들은 놔두지, 우선은."

아빠는 미동도 하지 않았다. "만일 우리 애들 가운데 하나라
도 데려가려고 한다면, 당신에게 이 총을 쏠 수도 있습니다."

휴스 씨가 모자를 벗어 들고 안절부절못했다. 벗어진 머리가
추위로 인해 빨개졌다. "저기, 이성적으로 생각하게."

"당장 내 땅에서 나가." 아빠는 언성을 높이지 않고 말했다.

"저기, 그러니까, 난 아이들을 다 데려오라는 지시를 받았어,
루이스. 지금 나는 동정심을 발휘하려고 노력 중이라고. 타협하
자는 거잖아."

아빠가 뒤로 물러서며 총을 들어 올렸다. 그리고 장전과 동
시에 휴스 씨에게 겨누었다. "당장 내 땅에서 꺼져. 그러지 않으
면 오늘 밤 가족들에게 돌아가지 못할 줄 알아."

휴스 씨가 천천히 손을 공중으로 들어 올리며 차가 있는 곳
까지 뒷걸음질 쳤다. "후회하지 않길 바라네." 그는 이렇게 말한
후 문을 열고 차에 올라탔다. 여전히 손을 든 상태였다. 아빠의
총도 여전히 그를 겨누고 있었다.

"걱정하지 마시오. 후회 안 할 테니까." 아빠가 말했다. 휴스
씨가 액셀러레이터를 힘껏 밟았다. 눈과 진흙이 공중으로 튀었
다. 아빠는 총을 거두고 두려움과 추위에 떨고 있던 엄마에게
건넸다. 엄마는 집 안으로 들어갔다. 아빠가 숲 쪽으로 돌아서
서 우리 이름을 부르기 시작했다.

몇 주 후, 아빠가 벤 형과 함께 숲에 사슴 사냥을 나가 있을
때 편지가 한 통 도착했다. 엄마는 그것을 읽더니 편지에 입을

맞춘 후 성경책 앞표지 안에 넣었다. 우리는 다시는 휴스 씨를 볼 수 없었다. 그리고 수년 동안 나는 그날을 멋진 숨바꼭질 놀이에서 내가 승리한 날로 기억했다. 다른 형제들이 소나무 뒤에 웅크리고 숨거나 변소 뒤로 뛰어갈 때, 나는 죽은 단풍나무 속으로 들어갔다. 나무 속으로 말이다! 그리고 아빠가 부를 때까지 거기에 숨어 있었다. 메이 누나조차 내 영리함을 인정했다. 그때의 일은 오랫동안 내게 유년기에 거둔 가장 큰 승리로 기억되었다. 그러고는 점차 잊었다. 하지만 집으로 돌아온 직후 엄마의 성경책을 열어 보았을 때, 갈색으로 바래고 때가 묻은 편지는 내가 기억하지 못하는 방식으로 그날의 사건을 말해 주고 있었다. 중요한 건 없었다. 우리가 보호 구역이 아닌 명백한 아빠의 소유지에 살고 있었기 때문에, 그들은 우리를 그냥 내버려두기로 했다. 하지만 그건 내가 생각하기에 잘못된 이유처럼 느껴졌다. 그 대신 아이 한 명당 2달러씩 지급하던 학용품 지원금을 끊겠다고 했기 때문이다. (원주민 보호 구역 이외의 지역에 거주하게 되면 정부의 지원을 받을 수 없었다.) 나는 편지를 엄마가 두었던 바로 그 자리, 〈레위기〉 사이에 조심스럽게 끼워 넣었다.

그해에 사과 따기를 건너뛰었으므로 아빠는 일을 더 해야 했다. 다른 해 같았으면 사과를 수확하고 새해가 오기 전 눈이 올 것에 대비해 집안 곳곳을 손보며 시간을 보냈을 것이다. 그러고 나면 겨울 작업이 시작되었다. 제재소에서 목재를 자르고 나무 껍질을 벗기는 일이었다. 하지만 이번 가을에는 나의 단풍나무를 베어 내기로 했다. 내가 숨바꼭질 놀이에서 승리를 거둔 직후였다.

"위험해서 베는 거야, 조." 칭얼거리는 내게 아빠는 말했다. "네가 다칠 수도 있고." 그걸로 끝이었다. 그루터기는 아직 그대로 남아 있지만, 나이테는 오랜 세월 비바람을 맞아 갈라지고 부서졌다. 통증이 심해 잠들지 못하는 날이면, 메이 누나는 내게 진한 차를 만들어 주고 그 그루터기 옆에 접이식 의자를 펼쳐 나를 앉힌 다음 해가 뜨는 걸 볼 수 있게 담요로 감싸 주곤 한다. 하지만 어린아이였던 그때 당시에는 정말 화가 났다. 그리고 아빠한테 온 어떤 편지 때문에 더 화가 났다.

지원을 요청하는 편지들은 새로울 게 없었지만, 아빠는 그런 지원 요청을 자신의 누나인 런디 고모네 집 근처 청년들에게 넘기기 시작했다. 편지 내용은, 한 무리의 부유한 미국인 사냥꾼들을 위해 '진짜 원주민 가이드' 역할을 해 달라는 것이었다. 그들은 늦가을쯤 최신 사냥 장비와 쓸 돈을 들고 이곳을 즐겨 찾았다. 아빠 말에 따르면 그들은 '경험'을 원했고, 이는 아빠가 그들을 숲으로 데려가 수사슴을 찾을 수 있게 도와줘야 한다는 걸 의미했다. 아빠는 편지를 접은 후 식탁을 가로질러 맞은편에 앉은 엄마를 바라봤다.

"가야 할 것 같아. 올해는 사과 따기 작업을 놓쳤으니." 식탁이 조용해졌다. 접시 바닥을 긁던 포크 질이 멈췄고, 음식을 씹던 입들은 느려지다 못해 결국 침묵에 잠겼다. 아무도 움직이지 않는 가운데 아빠가 물을 한 모금 마신 후 말을 이었다. "제제소로 돌아가기 전에 조금 벌어 두면 좋을 것 같아."

"네, 그게 좋겠네요." 엄마가 소금을 집으려 손을 뻗으며 말했다.

"같이 가도 돼요?" 내가 물었다. 얼마나 흥분되던지, 나는 포크를 떨어트리고 말았다. 그 와중에 당근 조각이 식탁을 가로질러 날아가 메이 누나의 물잔 속에 떨어졌다. 누나가 그걸 건져 나한테 다시 던졌다.

"메이, 그만해라. 그리고 조, 넌 너무 어려서…… 엄마는 네가 여기 있기를 바라실 거다. 올해는 찰리를 데려가마."

"야호!" 찰리 형이 공중에 주먹을 휘두르며 소리쳤다. 나는 형을 보며 얼굴을 찌푸렸다. 늘 벤 형이더니 이젠 찰리 형이었다. 나는 내 차례가 오기 전에 아빠가 너무 늙어 버릴까 봐 걱정되기 시작했다. 어릴 때는 부모님 나이가 정말 많게 느껴진다. 웃긴 일이다. 그때 벤 형은 겨우 열네 살이었고, 메이 누나는 열두 살이었다. 그해 가을에 찰리 형은 열한 살, 나는 막 일곱 살이 되었다. 루시는 12월에 다섯 살이 될 예정이었다. 그때 부모님은 지금 내 나이보다 수십 년은 젊었는데, 당시에 나는 그들이 늙었다고 확신하고 있었다.

"걱정하지 마라, 조, 네 차례도 올 거니까." 엄마가 식탁 건너편에서 내게 미소를 지었다. "그러니까, 너무 빨리 크려고 노력하지 마."

언젠가 내 차례가 올 거라는 말은 매년 들었고, 분노는 더욱 커졌다. 열다섯 살이 되던 가을까지 8년 동안 억울함은 점점 커져만 갔다. 우리는 또 한 번 9번 국도변에서 일하고 생활하는 여름을 보낸 후 막 돌아온 상태였다. 땅 주인은 여전히 엘리스 씨였다. 더 뚱뚱해지고 머리카락 또한 말할 것도 없었지만, 여전히 죽은 스컹크처럼 불쾌했다. 통풍이라는 병을 앓고 있어서 집에 더 오래 머물렀고 들판에는 덜 나왔다. 나타나더라도 트럭 운전석에 앉은 채였다.

한가할 때면 우리는 여전히 루시를 찾아다녔고, 여름에는 상점이나 축제에서 만나는 여자아이들의 얼굴을 주의 깊게 살폈다. 우리가 찾는 건 갈색 눈과 처진 입, 낡을 대로 낡은 옷차림에 먼 곳을 바라보는 듯 아련한 눈빛을 가진 여자아이였다. 우리는 엄마와 닮은 얼굴을 찾고 있었다. 두 사람이 닮았다는 이야기는 여전히 모닥불에 모여 앉아 있을 때마다 화제에 올랐다. 하지만 루시는 우리가 메인에 갈 때마다 점점 더 멀어져 갔다. 매년 10월이면 사과 따는 작업을 위해 사람들이 왔는데, 그때 아주 잠깐이나마 메인에서 엄마를 짓누르던 슬픔이 조금 가시는 듯했다.

사과 따는 사람들이 떠나고 며칠이 지난 어느 날, 남은 거라고는 모닥불 피웠던 자리에 검게 그을린 흙뿐일 때(그 흔적은 좋았던 시간과 나눠 먹던 식사, 고된 노동과 심지어 새로 태어난 아기를 떠올리게 했다), 아빠와 나는 집 뒤뜰에 나와 있었다. 추운 겨울

바람을 막기 위해 집 바닥에 깔 소나무 가지를 자르는 중이었다. 그때 아빠가 뒷주머니에서 편지를 꺼내 내게 건넸다.

"올해에는 네가 가고 싶으냐?"

나는 편지를 열어 완벽한 필기체로 쓰인 요청문을 보았다. 심장이 거의 터질 듯 뛰었다. 찰리 형은 지금 주택에 페인트를 칠하는 일터에 나가고 있었고, 벤 형은 3년 전 블루베리밭을 떠나 보스턴에 머물고 있었다. 형은 늘 아빠와 숲에서 보낸 시간이 인생에서 가장 좋았다고 말하곤 했다.

"일도 수월하고 보수도 괜찮아." 아빠는 조용히 말하며 가느다란 나뭇가지에 손을 뻗어 꺾었다. "내가 네 나이였을 때, 우리 같은 사람들은 일자리 구하기가 힘들었어. 그래서 이런 여행이 매우 중요했단다. 근근이 살았지."

이틀 후 우리는 길을 나섰다. 엄마는 현관 계단 아래 서서 한 손은 우리에게 흔들고 한 손은 눈 위로 올려 햇빛을 가렸다.

10월이 막바지에 이르러 날씨가 쌀쌀해졌다. 아침에는 집 안에 있어도 불을 피우지 않으면 공중에 입김이 서리는 걸 볼 수 있었다. 하지만 11월만큼 우울한 잿빛 추위는 아니었다. 내 생각에는 온통 울긋불긋한 색으로 타오르는 나무들이 그나마 추위를 견딜 만하게 해 주는 것 같았다. 내가 가장 좋아하는 건 태양이 곧바로 내리쬘 때 황금빛을 발하는 것처럼 보이는 나무들이었다. 나무들을 지나칠 때면 나는 차창을 내리고 고개를 기울인 채 눈을 가늘게 떴다. 혹시 그렇게 하면 더 빛나는 모습을 볼 수 있을까 궁금해서였다.

우리는 내내 오래된 길을 따라 이동했다. 고속 도로는 새 길이었지만 지루했다. 들판이 끝없이 펼쳐질 뿐 구불구불한 길이나 모퉁이는 거의 없었다. 반면 오래된 길에는 숲과 과수원, 잠시 들러 사과 주스나 물 한 잔 마실 수 있는 가판대, 지나갈 때면 흔들리고 덜컹거리는 오래된 다리와 그 아래로 유유히 흐르는 물이 있었다.

우리가 린디 고모네 집에 도착했을 때는 저녁 식사 전이었다. 린디 고모는 아빠보다 11개월 먼저 태어난 누나였고, 뚱뚱했다. 뚱뚱하다는 말 말고는 달리 표현할 방법이 없다. 고모는 그 둥글둥글한 몸에 빨려 들어갈 듯한 느낌이 들 정도로 나를 꽉 껴안았다. 하지만 나는 살아남았다. 숨은 막혔지만, 어쨌든 죽지는 않았다. 고모는 최고의 사슴 고기 스튜를 요리했고, 고모네 집은 작긴 했지만 늘 따뜻하고 편안했다. 고모한테는 한때 남편이 있었는데, 고모는 '가볍게 위스키 맛만 조금 볼' 때면 그를 "쓸모없는 백인 놈"이라고 부르곤 했다. 그는 어느 날 일어나더니 그냥 떠나 버렸다고 한다. 세수하고, 부츠를 신은 다음, 아이 셋을 고모 혼자 키우게 놔두고서 말이다. 그가 '쓸모없는' 사람이 된 게 떠나기 전인지 후인지는 모르겠다. 고모는 그가 떠나기 전의 이야기를 전혀 하지 않았고, 그가 떠나서 돌아오지 않은 이야기만 했다. 남편이 떠나고 1년이 지나도 돌아오지 않자, 고모는 남편 사진을 전부 꺼내서 바깥 변소 바닥에 가져다 깔았다.

아빠와 나는 남은 침실에서 큰 침대를 함께 사용했다. 고모의 자식 중 둘은 독립했고, 셋째는 내가 태어나기 2년 전쯤 벌목 사고로 세상을 떠났다. 침대에 누워 있으면 소나무 널빤지를 대고 만든 벽 틈새로 두 사람의 목소리가 들렸다. 웅얼거리는 어른들의 대화 소리를 자장가처럼 들으며 나는 잠이 들었다. 다음 날 아침이면 두 사람 모두 두통을 호소하며 블랙커피를 마셨는데 그 향이 얼마나 진하던지, 맹세코 말하는데 맡기만 해도 눈물이 날 정도였다. 마침내 길을 나섰을 때, 우리 짐꾸러미에는 고무처럼 딱딱해진 먹다 남은 빵과 훈제 고기, 사과가 가득 들어 있었다. 아빠가 고모에게 달러 몇 장을 건네는 게 보였다. 고모를 피하느라 현관에서 천천히 뒷걸음질 치긴 했지만, 내 이마에 닿은 린디 고모의 입맞춤은 몇 시간이 지난 후에도 고스란히 느껴졌다.

린디 고모의 집에서 멀지 않은 곳에 캠프로 이어지는 길이 있었다. 여느 길과 마찬가지로 오래되고 지저분한 길이었다. 아빠는 속도를 줄이고 5분쯤 더 가서 길가에 차를 세웠다. 나는 주위를 둘러보았다. 아무것도 보이지 않았다.

"여기가 어디예요?"

"길이 시작되는 곳." 아빠가 트럭 바닥에서 자신의 자루를 집어 들고 거기에 바이올린을 묶었다. 나는 내 자루를 챙긴 후 나무들을 올려다보았다. 바람 한 점 없이 평온한, 고요한 아침이었다. 아빠는 작은 도랑을 건너 풀밭을 가르며 앞으로 나아갔다. 나는 그 뒤를 따라갔다. 밤새 내린 축축한 서리에 손이 시렸다.

"길이 있어요?" 내가 물었다.

"어디에 있는지 알면 있지. 그 사람들이 도착하기 전에 풀을 좀 밟아 놔야 해."

풀을 헤치고 밟으면서 20분을 더 걸어 들어가자 좁고 지저분한 길이 나타났다. 그 바로 뒤에는 나무들이 벽을 이루고 있었다.

"봐라, 길이 있잖니." 아빠가 내게 윙크했다. 우리는 돌아서서 왔던 길로 다시 돌아갔다. 미국인들을 기다리기 위해서였다. "난 이 길을 셀 수도 없을 만큼 많이 걸었어. 이 캠프가 네 할아버지 거였거든. 난 언제든 찾을 수 있단다."

내가 마지막으로 집에 돌아왔을 때, 새로 주인이 된 엘리스 씨의 아들이 일을 마친 후 벤 형과 나는 함께 그 길을 찾아 아빠의 오두막까지 가 보려고 한 적이 있었다. 너무 오랜만이라서였는지, 그 좁고 지저분한 길은 새로 난 풀들 아래 사라지고 없었다. 우리는 똑바로 잘 찾았다고 확신하며 길가에 열댓 번은 멈춰 섰을 것이다. 하지만 결국 그 길은 찾지 못했고, 실망한 채 그곳을 떠나야 했다. 집으로 돌아오는 길에 린디 고모의 집을 지났다. 오랫동안 방치되어 자연으로 돌아간 모습이었다. 지붕도 무너지고 창도 깨져 있었다. 깨진 유리 조각들이 썩어 가는 창틀 밖에 널브러져 있었다. 정원은 풀과 잡초가 무성했지만, 폐허 주위를 덩굴이 아름답게 감싸고 있어서 다행이라는 생각이 들었다.

마침내 미국인들이 도착했다. 모두 세 명이었다. 그들을 내려준 사람은 자신을 여행 코디네이터라고 주장하는 해리스라는 못생긴 남자였다. 달러 몇 장이 오간 후, 그는 다음날 해 질 무렵에 다시 태우러 오겠다며 먼지구름 속으로 차를 몰고 사라졌다. 미국인들은 아빠와 악수하며 나를 곁눈질했다. 아빠는 노바스코샤 원주민 언어인 미크마크*Mi'kmaw*를 사용하면서, 영어가 서툰 척 완전한 문장이 아닌 단어만으로 요점을 전달했다. 길, 사슴, 진흙, 악몽, 음식, 위스키 등이었다. 나는 조용히 있으라는 지시를 받았다. 내가 할 줄 아는 원주민 말은 두 손가락으로 셀 수 있을 정도였다. 그나마도 대부분 메이 누나한테서 배운 것이었다. 아무리 작은 소리로라도 원주민 말을 쓰다가 엄마한테 들키는 날엔 머리를 한 대 쥐어박힐 각오를 해야 했다. 확실히 기독교적인 언어는 아니었다.

"여기 숲에서는 그 언어를 쓰면 팁이 후해. 꼭 말이 돼야 할 필요는 없어. 그냥 아무 단어나 몇 개 던지면 돼." 미국인들이 우리 목소리를 들을 수 없을 정도로 멀어진 때를 틈타 아빠가 속삭였다.

아빠는 그들 앞에서 스스로 부족한 척했다. 나는 그런 상황을 받아들이기 힘들었다.

"사람은 누군가 자신을 의지하는 존재가 생기면 자신이 아닌 다른 사람이 돼." 그루터기 옆에서 해 뜨는 광경을 바라보던 어느 날 아침, 메이 누나가 말했다. 그때 누나는 나와 함께 밖에 있었고, 우리는 세상에 대해 아무것도 모르던 시절의 이야기를 나누는 중이었다. "그래도 밥은 먹고 살았잖아. 안 그래? 학교도 다녔고. 그렇지? 꼭 공부 때문이 아니라, 다니긴 다녀야 하니까. 겨울엔 돌아갈 따뜻한 집도 있었잖아."

나는 말없이 앉아 있었다. 찻잔에서는 김이 피어오르고, 낡은 담요가 점점 가늘어져 가는 내 다리를 감싸고 있었다. "누나 말이 맞는 것 같네."

"맞는 것 같은 게 아니고, 맞는 거야." 누나가 찻잔을 들어 차를 한 모금 마시고는, 체온을 유지하기 위해 다른 쪽 팔로 자신의 가슴을 꼭 감싸 안았다.

"그리고 넌 좋은 이야기 상대가 될 거야. 가족을 버렸으니까. 네가 기억하는지는 모르겠다만. 아빠는 우리를 먹여 살리려고 그저 멍청이 몇 명을 속인 것뿐이야."

아빠와 나는 그날 하루 동안 미국인들을 그 길로, 그리고 숲으로 안내했다. 우리가 본 건 토끼 몇 마리와 평범한 뱀 몇 마리, 호저(몸이 길고 뻣뻣한 가시털로 덮여 있는 동물) 한 마리가 전부였지만 그나마도 거리를 유지했다. 그러다 태양이 슬그머니 서쪽으로 기울어가기 시작할 무렵, 아빠가 멈춰 서더니 사슴을 가리켰다. 백인들이 총을 들었다. 하지만 한 발도 쏘지 못했다.

사슴은 잘 놀라는 동물인데 그들은 말이 너무 많았다. 매번 아빠가 고개를 돌려 입술에 손가락을 가져다 대며 조용히 시켜야 했다. 게다가 그들은 유별났다. 아주 쓸만한 큰 암사슴이 나타났지만, 그들은 뿔을 원했다.

별들이 막 하나둘 반짝이기 시작할 즈음, 우리는 오두막에 도착했다. 하나뿐인 방에는 오래된 장작 난로와 침대가 있었다. 침대는 난로 가까운 곳에 네 개, 맞은편 벽 쪽에 한 개였는데, 그 사이에 프라이버시를 위해 당겨서 여닫을 수 있는 천이 설치되어 있었다. 이 오두막은 증조할아버지가 지어 물려주신 집이었다. 돌아가신 지 오래였고 나는 한 번도 뵌 적이 없었지만, 토끼 사냥을 위해 한 번에 몇 주씩 머물며 긴 겨울을 난 증조할아버지가 새겨 놓은 그림들이 벽마다 남아 있었다. 오두막에서의 첫날 밤, 나는 아빠와 같이 사용할 좁은 침대에 누워 거친 선으로 그려진 비버와 나무들, 오두막, 그리고 어디선지 모르게 뿜어 나오는 불꽃을 눈으로 훑었다. 대충 새겨진 별은, 루시와 내가 마지막으로 담요 위에 누워 메인의 하늘을 천천히 가로지르는 별들을 보던 때를 떠올리게 했다.

백인들의 목소리가 제법 들려왔지만(천은 그들의 목소리를 막아 주기에는 역부족이었다), 나는 거의 관심을 두지 않았다. 아빠는 구석에 앉아 나무 조각을 깎으며 계속 불을 피웠다. 그리고 직접 제조한 위스키를 내주면서 한 잔 따를 때마다 돈을 요구했다. 돈은 술을 따르기 전에 먼저 받았고, 그들이 많이 마실수록 아빠가 따르는 잔 수도 많아졌다. 아빠는 내내 같은 잔으로 마시면서 마실 때마다 물을 약간씩 추가했다. 그들이 슬슬 자러 가려 할 때, 아빠는 바이올린을 꺼내 곡을 연주했다. 서너 잔 더 마시게 하기에 안성맞춤이었다.

"애들한테 새 부츠를 사 줄 수 있겠군." 그들이 곯아떨어진 후 아빠가 돈을 세며 말했다.

다음 날 아침, 잠든 지 겨우 두세 시간 만에 아빠는 그들을 깨웠다. 그리고 낡은 난로 위에서 커피와 베이컨을 준비했다. 나한테는 그들이 세수할 수 있도록 호수에 가서 물을 길어 오게 했다. 상쾌한 아침이었다. 은빛 호숫물에 손을 담그고 있으니까 다시 새로워지는 듯 기분이 좋았다. 나는 엄마가 가르쳐 준 대로 얼굴과 겨드랑이를 씻었다. 그리고 나서 주전자 두 개에 물을 가득 채워 오두막으로 가져갔다. 나는 그들에게 두통을 가라앉힐 아스피린을 물과 함께 건넸다. 오두막 안에는 베이컨 냄새와 남자들이 한 곳에 우글거릴 때 나는 냄새가 진동했다. 아스피린이 제 역할을 하기 시작했고, 그들은 아침밥으로 배를 채웠다. 우리는 다시 출발했다.

오후 중반쯤 수사슴 한 마리를 잡았다. 이때 나는 처음으로 사슴의 나머지 부분을 처리했다. 미국인들은 사슴 머리만 잘라내고 나머지는 버리길 원했다. 아빠는 사슴 몸통을 슬쩍 빼돌려 런디 고모에게 보냈다. 고모는 그 사슴 고기를 요리하기 좋게 손질했다. 그날 나는 카메라 잡는 법을 배웠다. 우리에게는 없었지만, 이모 중 한 명이 카메라를 갖고 있었다. 우리 사진이 남아 있는 이유다. 엄마한테는 가족 모두가 찍힌 사진이 한 장 있다. 내 옆에는 루시가 햇빛에 눈을 가늘게 뜬 채 서 있다. 이건 우리 일곱 식구가 한데 모인 유일한 사진으로, 벽 한가운데 홀로 걸려 있다. 카메라는 생각보다 무거웠다. 나는 떨어트릴지도 모른다는 두려움에 떨고 있었다. 미국인들은 죽은 수사슴 옆에 웅크린 채 각각 뿔을 잡고 자세를 취했다. 그들이 아빠도 사진에 나오길 원했기 때문에, 아빠는 입술을 굳게 다물고 심각한 표정으로 팔짱을 낀 채 뒤에 섰다. 오래된 원주민 스타일이었다. 버튼을 누르니 찰칵 소리가 났다. 겁이 났다. 카메라를 망가트린 것 같았다. 나는 카메라를 떨어트렸다. 카메라가 쿵 소리와 함께 바닥에 떨어졌다. 일행 중 한 남자가 나를 향해 걸어왔다.

"이 갈색 똥 같은 꼬맹이 녀석, 부서트리지 않는 게 좋을 거다." 하지만 그가 날 움켜잡기도 전에 우리 사이에 서 있던 아빠가 카메라를 주워 돌려주었다.

"이거 괜찮아." 아빠가 일부러 서투른 영어로 말했다. "이거 괜찮아." 그리고 정말 그랬다. 카메라는 괜찮았다. 그들은 사진을 몇 장 더 찍었다. 하지만 뒤에 아빠가 서서 같이 찍거나 내가 그 문제의 장비를 다시 드는 일은 없었다.

"아빠가 다 했는데 왜 저렇게 좋아하죠? 저 사람들은 거의 아무것도 안 했잖아요." 나는 키가 큰 풀 한 포기를 뿌리째 뽑아이 사이에 끼우고 그 달콤한 향을 즐기며 아빠에게 속삭이듯 물었다.

"세상에는 공을 내세우는 것보다 중요한 일도 있단다, 조."

다음 날 집으로 돌아가는 여정은 조용했다. 나뭇잎들은 왠지 칙칙해 보였고, 길은 올 때보다 길고 지루했다. 진입로에 들어섰을 때, 나는 트럭이 완전히 서기도 전에 내려 현관으로 뛰어들어가 문을 쾅 닫았다. 그리고 팔로 엄마를 꽉 안았다. 메이 누나가 겨우 떼어 놓았다.

"맙소사, 조. 겨우 3일 떠나 있었잖니. 아기처럼 굴지 마." 메이 누나가 나를 씻기기 위해 싱크대로 내 팔을 잡아끌었다. 열다섯 살짜리를 대한다고는 믿기지 않을 정도로 식구들은 나를 아기처럼 다뤘다. 그게 싫었다고 한다면 거짓말일 것이다. 메이 누나가 물을 데우는 동안, 아빠가 포장된 사슴 고기를 가지고 들어왔다. 아래층 지하실 냉동고에 넣기 위해서였다. 내가 알기로 집에 지하실이 있는 원주민 가족은 우리가 유일했고, 냉동고를 가진 원주민 가족도 우리뿐이었다. 작동하지 않는다면서 엘리스 씨가 준 오래된 냉동고였다. 아빠는 그걸 집으로 가져와 이리저리 손을 보더니 결국 고쳤다. 아빠는 지하실에 나무를 괴고 그것을 올려놓았다. 비가 올 때마다 바닥에 물이 차기 때문이었다.

"안녕, 내 사랑." 아빠가 엄마 뺨에 입을 맞췄다. "그리고 물을까 봐 미리 말하자면, 조는 정말 잘했어." 아빠는 멈춰 서서 내 손에 1달러짜리 지폐를 쥐여 주었다. 그런 다음 사다리를 타고 어둡고 곰팡내 나는 지하실로 내려갔다.

"오, 제법인데." 누나가 놀리며 말했고, 엄마는 내 정수리에 입을 맞췄다. 그 1달러짜리 지폐는 지금도 내 지갑 안에 있다. 침대 옆 탁자 위, 따뜻한 물잔과 약이 놓인 그 옆에. 아무도 찾아오지 않는 날이면 나는 차가운 물이 따뜻해질 때 생겨나는 작은 물방울들을 지켜본다. 갈색 약병이 뒤에서 노려보는 가운데 바닥의 굴레에서 벗어나 솟아오르는 그것들을 보면서, 어느 물방울이 가장 먼저 위에 다다를지 가늠해 보곤 한다.

아빠를 따라 숲에 다녀왔던 그 겨울은 느리고 조용하게 지나갔다. 가족들한테서 편지가 오면 엄마는 그것들을 큰 소리로 읽은 다음 가슴으로 가져가 꼭 안았다. 울 때도 있었고, 울지 않을 때도 있었다. 어떤 편지는 성경책 속에 끼워지는 영광을 얻었다. 특별히 반가운 편지가 오면 우리는 버터와 계피를 곁들여 구운 사과를 먹곤 했다. 봄이 오면 작물을 심으며 시간을 보냈지만, 메인으로 출발하기 전에 수확이 가능한 과일과 채소만 심었다. 주로 양배추, 껍질 콩, 딸기였고, 겨울을 대비해 삶거나 설탕에 절여 지하실에 보관했다.

엄마는 학교에서 내가 다음 학년에 올라갈 준비가 되지 않았다는 내용의 편지를 받고 실망했다. 나는 결코 좋은 학생이 아니었고, 교실에서 선생님이 말하는 내용에 주의를 기울이기보다는 창밖을 빤히 쳐다보기를 좋아했다. 한번은 나만의 상상에 너무 깊이 빠져든 나머지 교장 선생님에게 걸려 뭔 말인지는 잘 모르겠지만 아무튼 '딴 데 정신이 팔려 있다'라는 이유로 손바닥을 맞은 적도 있었다. 엄마나 아빠한테는 말하지 않았다. 나는 물집 잡힌 손바닥을 일주일 동안 숨겨야 했고, 밧줄을 너무 세게 잡아당기다가 그렇게 되었다고 거짓말해야 했다. 결국 그때가 내가 학교를 온전히 다닌 마지막 해가 되었다. 다음 해 중반쯤 되었을 때, 나는 학교를 떠났다. 루이스 라무르 *Louis L'Amour, 미국의 소설가*의 글 정도는 이해할 수 있었고, 종이 위의 숫자들을 더하고 뺄 수 있었으며, 서명할 줄 알았다. 그 이상 뭘 더 배운다는 것이 별로 의미가 없다고 느껴졌고, 학교를 떠난 게 후회되지 않았다.

하지만 엄마는 그해 봄 내내 걱정하며, 메인에 갈 때 수학과 읽기 공부 자료를 추가로 챙겨가게 했다. 출발하기 전, 나는 그것들을 숨길만 한 장소를 찾아보다가 우연히 루시의 낡은 부츠를 발견했다. 가죽은 여전히 부드러웠지만, 먼지를 뒤집어쓰고 있었다. 끈도 풀려 있었다. 나는 부츠를 선반에서 꺼낸 다음 가까운 곳에 내려놓았다. 어둑한 방안에서 인형의 단추 눈이 나를 슬프게 바라보고 있었다. 이틀 후, 우리는 떠났다. 문을 단속하고, 초여름에 수확한 과일과 채소는 지하실에 숨겨 두었다. 남자아이들은 트럭 뒤에, 메이 누나와 엄마는 운전석에 끼여 앉았다. 찰리 형은 우리와 함께 갔으나, 그 해가 마지막이 될 수도 있다고 말했다. 집에 페인트칠하는 사업을 직접 꾸릴 계획을 준

비 중이었고, 어쩌면 내가 같이 일하게 될 수도 있었다. 나는 이 때가 메인에서 보내는 마지막 여름이 될 거라고는 상상도 하지 못했다.

넷

노마

나이가 들어 이제 세상에서 나의 길을 가기 시작했는데도, 어머니는 나만의 공간을 가지려고 할 때마다 보이지 않는 사슬을 잡아당겨 자신의 공간 가까이 두려고 애를 썼다. 나는 아버지를 사랑했고 내가 알기로 아버지도 나를 사랑했지만, 아버지의 사랑은 어머니와는 달랐다. 거리감이 느껴지긴 했지만, 거기에는 가벼움이 있었다. 나는 한 번도 아버지의 사랑을 부담스럽게 느낀 적이 없었다.

"네 어머니 말이다……." 아버지가 엄지와 검지로 이마를 문지르며 말문을 열었다. "네 어머니는 걱정이 많은 사람이야." 아버지는 거실 의자에 앉아 책에 휴지를 끼워 읽던 곳을 표시한 후 무릎에 올려놓았다. 그 옆에는 단정하게 놓인 위스키 잔이 있었다. 나는 오토만(등받이와 팔걸이가 없는 나지막한 의자)에 앉아 팔꿈치를 무릎에 괸 채 아버지를 마주 보고 있었다. "네 어머니한테는 많은 일이 있었다는 거 명심해라. 어릴 때 부모님이 돌아가셔서 조부모님 손에서 자랐어. 잔인한 분들은 아니었지만, 그렇게 자애로운 분들도 아니었단다, 노마. 네 어머니는 자신이 받아 보지 못한 사랑을 네게 주고 있는 거야." 아버지가 몸을 숙이며 내 무릎에 손을 얹었다.

내 조부모님은 어머니가 세 살, 준 이모가 여섯 살일 때 교통사고로 세상을 떠났다. 어머니는 그들 이야기를 꺼내지 않았고, 나는 사진으로도 본 적이 없었다. 준 이모 말에 의하면, 그들의 할머니는 준 이모와 어머니에게 자신은 이미 자식을 다 키웠으므로, 자신의 집 지붕 아래서 잠을 자고 식탁에서 밥을 먹는 것 이상은 바라지 말라는 이야기를 자주 했다고 한다. 두 사람은 일찍부터 자신을 돌보는 방법과 서로 의지하는 법을 배웠다.

"그런 다음에는 유산이 이어졌지. 네 어머니는 꽤 여러 번 겪었어."

어린 시절, 나는 내내 아기 유령의 그림자 속에서 살았다. 유산의 기억은 어머니의 뇌리를 떠나지 않았고, 어머니는 그 기억을 계속 안고 살면서 끊임없이 그들의 부재에 걸려 넘어졌다. 그리고 그 책임을 나에게 돌렸다.

"네 어머니는 아이를 너무나도 원했어, 노마. 집안이 가득 찰 정도로 아이들을 많이 갖길 원했지. 그때 네가 온 거야. 네 어머니의 눈에 조금이나마 빛을 다시 가져다주었지. 하지만 때로는 그 슬픔이 너무 뿌리 깊이 박혀 있어서, 어쩌면 일부는 영원히 남을 것 같다는 생각이 들어." 아버지는 의자에 등을 기대다가 책이 무릎에서 미끄러지자 팔을 뻗어 잡았다.

"어머니는 너무 걱정이 많아요. 전 그저 수련회에 가고 싶을 뿐이에요. 겨우 한 시간 거리잖아요. 이틀 밤만 묵을 거고요." 나는 한 번도 집을 떠나 본 적이 없었다. 재닛은 수련회에 갈 예정이었다. "교회에서 가는 수련회예요, 아버지. 어머니는 대체 무슨 일을 걱정하시는 거예요?" 어머니는 배은망덕한 나 때문에 머리가 아프다며 누운 터라 작은 목소리로 물었다.

"내가 네 어머니랑 얘기해 보마." 아버지는 안경을 다시 고쳐 쓰며 책을 집어 들었다. 나는 잠시 그대로 앉아 아버지를 바라 봤다. 아버지가 나를 흘끗 올려다보며 문 쪽을 향해 고개를 까 닥였다. "자, 책 좀 보게 그만 나가 보렴."

"길 안 잃어버리게 조심할게요. 전 한 번도 집을 벗어나 본 적이 없어요."

그가 동정 어린 미소를 지었다. 나는 방으로 돌아갔다. 내 침실 문 밖에 걸린 어머니와 준 이모의 사진이 보였다. 평생 벽 한 가운데 자리한 채로 복도에 그림자를 드리우고 있는 사진이었다. 그 흑백 사진 속에는 모자를 바르게 쓰고 팔을 가지런히 옆 구리에 붙인 채, 교회 계단에 서서 짓궂은 표정으로 환히 웃고 있는 두 소녀가 있었다.

이 사진은 우리 집에 아주 드물게 남아 있는 사진 중 하나였 다. 나는 우리에게 사진이 그토록 없다는 사실을 한 번도 이상하게 생각한 적이 없었다. 재닛의 생일 파티에 가기 전까지는 말이다. 물론 어머니도 함께였다. 재닛의 부모님을 돕겠다는 이유였지만, 어머니는 결국 차 한 잔을 손에 든 채 소파에 앉아 내게서 한시도 눈을 떼지 않았다. 나는 학교에 있을 때나 샤워할 때만 어머니의 눈길을 피할 수 있었다. 만일 가능했다면, 거기서도 어머니는 계속 나를 주시했을 게 틀림없다. 재닛의 집은 벽과 선반마다 아이들의 사진이 나이별로 걸려 있었고, 조부모 사진, 결혼사진으로 도배되어 있었다. 심지어 냉장고에도 폴라로이드 사진이 붙어 있었다. 우리 집 냉장고에 붙어 있는 건 식료품 목록과 어머니가 청구서를 모아 두는 자석 집게가 전부였다. 우편으로 청구서가 날아오면 어머니는 그것을 냉장고에 붙여 두었다가 다음번 시내에 나갈 때 납부를 한 후 지하실에 있는 캐비닛에 보관했다. 거실에는 소파 위에 부모님 결혼사진 한 장과 내 사진 두 장이 걸려 있었다. 첫 번째 사진 속에서 나는 네다섯 살쯤 되어 보이고, 태피터(광택이 있는 뻣뻣한 견직물) 드레스를 입었으며, 겁먹은 표정이었다. 준 이모는 그런 내 찌푸린 얼굴이 사랑스럽다고 말했다. 두 번째 사진은 매년 9월 시내에 있는 사진관에 다녀온 후 바뀌었다. 나는 가짜 낙엽을 배경으로, 그날을 위해 새로 산 옷을 입고 억지 미소를 띤 얼굴로 사진을 찍었다. 바로 전해에 찍은 사진은 떼어 지하실에 있는 바로 그 캐비닛에 보관했다. 소녀 둘이 환하게 미소 짓고 있는 사진을 지나다가 나는 멈춰 섰다. 처음으로 이상하다는 생각이 들었다. 어떻게 이 사진은 불에 타지 않고 남아 있는 거지?

"우리, 예전에는 사진이 더 많지 않았어요?" 모두 저녁 식탁에 앉아 있을 때, 멍하니 삶은 브로콜리 조각을 밀어내다가 내가 물었다.

"무슨 사진 말이니?" 아버지가 돼지갈비 살을 자르다 말고 나를 돌아봤다.

"우리 사진이요. 가족사진. 왜 더 없어요?"

"필요한 사진은 다 있다." 어머니가 물을 한 모금 마신 후 아버지를 쳐다보았다.

"이유는 모르겠지만, 더 있었던 걸로 기억하는데요." 나는 브로콜리를 찍어 코로 가져갔다.

"냄새 그만 맡고 먹으렴." 앞에 놓인 음식 냄새를 맡는 건 예의에 어긋나는 행동이었다. 어머니는 식탁 위에 잔을 내려놓은 후 계속해서 말했다. "뭔가를 또 상상한 모양이구나. 너도 알다시피 우린 불 났을 때 거의 모든 걸 잃었어. 결혼사진만 겨우 건졌지." 어머니는 포크와 나이프를 식탁에 내려놓고 냅킨 한쪽 모서리로 입을 닦았다. "넌 겨우 네 살이었어. 아마 기억이 안 날 거다."

"그럼 어머니랑 준 이모의 사진은 어떻게 된 거예요?" 내가 물었다.

"화재 이후에 네 이모가 자기 사진을 복사 인화해 준 거야." 어머니가 재빨리 대답했다.

"그렇군요." 나는 어깨를 으쓱한 후 다시 식사를 시작했다. 입 안에 브로콜리를 한가득 넣고 씹으며 물을 한 모금 마셨다.

일주일 후 교회 수련회에 가도 좋다는 허락을 받았을 때, 이 대화는 거의 잊힌 상태였다. 어머니가 온갖 안 좋은 일을 상상 했음에도 수련회에서 끔찍한 일은 전혀 일어나지 않았다. 나무 뒤에 숨어 있는 음흉한 남자도 없었고, 나를 밀치려는 호수의 물살도, 아래로 떨어트리려는 절벽도 없었다. 나는 꼬박 3일 동 안 집을 떠나 있으면서 침상에서 잠을 자고, 호숫가를 따라 카 누를 탔다. 가을빛으로 물든 나뭇잎들이 물 위에 비쳤고, 밤에 는 모닥불 주위에서 찬송가를 불렀으며, 구운 마시멜로는 신앙 심을 더욱 높여 주었다. 처음 맛본 자유는 무척 기분이 좋았다.

나는 더 많은 자유를 누릴 운명이었지만, 몇 년이 더 흐르기 전까지 그 자유가 어떻게 내게 주어질지 알지 못했다.

운명은 짓궂은 장난꾸러기다. 모든 단서를 마련해 놓고는 당 신이 과연 그것들을 조합해 처음에는 짐작조차 하지 못했던 것 을 이해할 수 있는지 두고 보길 좋아한다. 운명은 내게 굵직한 단서를 제시했다. 지금은 진실을 알기에 너무나 명백하지만, 그 때는 처음 맛보는 자유와 새 자전거에 눈이 멀어 못 본 척했던 단서였다. 당시 중학생이었던 나는 순환계에 관한 프로젝트를 수행 중이었는데, 그림을 그리기 위해 빨간색 색연필과 파란색 색연필, 백지 몇 장이 필요했다. 어머니는 자신의 공예 재료들 을 지하실에 보관했는데, 그곳에는 마른 나뭇잎과 식물, 색종이, 실, 펠트 등이 쌓인 선반이 있었다. 거길 뒤지고 있는데, 어머니가 청구서들을 보관해 두는 캐비닛이 눈에 띄었다. 차가웠고 회색이었으며, 세월에 낡고 닳아 있었다. 맨 위에는 먼지 층이 얇게 내려앉아 있었다. 나는 한 번도 캐비닛에 접근하지 말라는 말을 들은 적이 없었다. 그 안에는 내가 필요로 할 만한 게 없음을 우리 모두 알고 있었으니까. 하지만 그 일요일 오후에는, 무엇 때문인지 그걸 열어 보았다. 첫 번째 서랍은 들은 이야기와 다르지 않았다. 오래된 전기 요금 청구서와 재산세, 소득세 청구서들이 색깔별로 분류된 폴더에 연도별, 월별로 깔끔하게 정리되어 있었다. 그런데 아래 서랍은 달랐다. 열네 살짜리에게는 거의 중요하지 않을 청구서와 문서들을 기대했던 내 예상과는 달리, 놀랍게도 그 안에는 사진들이 되는대로 마구 흐트러진 채 가득 들어 있었다. 모든 걸 단정하게 정리해야 직성이 풀리는 어머니의 성격에 맞지 않는 모습이었다.

낯익지만 지금보다 젊은 사진 속 얼굴들을 하나씩 자세히 들여다보면서, 나는 뒷면에 적힌 날짜와 이름을 확인했다. 어머니의 완벽하고 알아보기 쉬운 필기체로 사진마다 정보가 적혀 있었다. 어머니와 준 이모의 사진, 아버지의 사진을 발견했다. 아버지는 이마에 주름이 덜하고 흰 머리카락보다 짙은 머리카락이 많은, 젊은 모습이었다. 키 큰 소나무들이 둘러싼 가운데 바다를 배경으로 세 사람이 야외용 테이블에 같이 앉아 찍은 멋진 사진도 발견했다. 뒤집어 보니, 뒷면에는 이렇게 적혀 있었다. '준과 레노어, 프랭크, 1960년 7월.' 아마도 내가 두 살 때였을 것이다. 하지만 나는 사진 속 어디에도 없었다. 장난감도, 인형도 보이지 않았다. 아장아장 걷는 아기의 흔적은 어디에도 없었다. 사진은 더 있었다. 어머니와 아버지의 결혼식 사진, 젊은 준 이모와 앨리스가 팔짱을 끼고 한 손을 허리에 얹은 채 카메라를 보며 웃고 있는 사진. 파티와 바닷가, 바비큐와 교회 예배 사진도. 내가 태어나기 전에 찍은 사진들도 있었지만, 내가 당연히 있어야 하는 사진에서도 나는 보이지 않았다.

"노마, 이리 와서 잠깐만 도와줄래. 거기 아래층에서 뭐 해? 축축한 데서. 그러다 감기 걸릴라."

나는 바닷가에서 찍은 가족사진을 뒷주머니에 찔러 넣고 서랍을 닫았다. 그리고 줄을 당겨 불을 껐다. 지하실은 다시 어둠 속에 잠겼다. 계단을 다 올라온 나는 몸을 떨었다. 축축하고 차가운 지하실의 공기를 쐬고 있다가 햇볕에 따스하게 데워진 편안한 방으로 들어와서 그런 모양이었다. 작은 창으로 들어온 노란 빛줄기가 지하실 계단 입구에서 주방까지 길을 내고 있었다. 햇빛으로 이루어진 길 끝에 어머니가 서 있었다. 주변에는 자연의 잔해가 흩뿌려져 있었다.

"이것 좀 도와줘." 어머니가 도랑과 들판에서 잡초처럼 자라는 호랑가시나무를 한 줌 들어 보였다. 회갈색 줄기에는 단단한 붉은 열매가 너저분하게 붙어 있었고, 줄기 끝은 보존하기에 딱 좋은 각도로 밑에서 잘려져 있었다. 어머니가 크리스마스를 앞

두고 교회 장식을 위해 모은 것이었다. 호랑가시나무 줄기를 모으는 이런 단순 행위는 내가 아는 어머니와는 어울리지 않았다. 완벽한 형태로 말린 곱슬머리에 스카프를 두르고 손에는 너무 큰 정원 손질용 장갑을 낀 어머니는, 아버지가 겨울에 진입로에 쌓인 눈을 치울 때 신는 장화를 신고서 도랑물과 키 큰 풀들을 헤치고 다녔다. 10월의 쌀쌀한 바람에 뺨이 붉어진 채 조리대에 서 있는 그 모습을 보고 있으면, 어머니를 향한 깊은 사랑이 느껴졌다.

어머니는 줄기들을 끈으로 묶어 다발을 만들고 있었다. 나는 뒷주머니에서 사진을 꺼내 조리대 위에 올려놓았다. "어머니, 왜 이 사진에 나는 없어요?"

어머니가 하던 일을 멈추고 가위를 내려놓고는 사진을 집어 들었다. 사진을 든 모습이 마치 당장 불에 타 사라지기라도 할 물건을 들고 있는 사람 같았다. 내가 지켜보는 동안 어머니의 윗입술 위로 작은 땀방울이 맺히기 시작했다. 무슨 말을 하려는 듯 한숨을 쉬면서도 어머니는 아무 말도 하지 않았다. 나는 조용히 기다리며 가위를 들고 어머니가 막 자르려던 끈을 잘랐다. 기다리는 동안 그 끈으로 가지들을 묶고 끝에 매듭을 지었다.

"또 두통이 오려나 보다. 좀 누워야 할 것 같아. 이건 이따가 마저 하지 뭐." 어머니는 머리에 쓰고 있던 꽃무늬 손수건을 탁자 위에 내려놓고는 나를 그 작은 숲과 함께 남겨 두고 자리를 떴다. "저녁거리는 냉장고에 있어. 노마, 4시에 350도로 예열

한 오븐에 한 시간만 익혀 주겠니? 5시에 먹게." 이렇게 말하고 어머니는 모퉁이를 돌아 복도 쪽으로 사라졌다. 사진도 가져 갔다.

나는 그 사진을 다시는 보지 못했다. 가끔 생각이 나면, 도대 체 그 사진이 무슨 문제가 있어서 어머니한테 두통을 일으켰는 지 궁금했다. 그날 저녁, 나를 그 집에 매어 놓았던 보이지 않는 사슬은 아버지가 재닛의 집에서 자고 와도 된다고 했던 날보다 한층 더 느슨해졌다.

그다음 날 아침 집에 돌아왔을 때, 아버지는 새 자전거 선물 로 나를 또 한 번 놀라게 했다. 손잡이에 술이 달린 빨간 자전거 였다. 나는 술 달린 자전거를 타기에는 나이가 많다고 말하고 싶었다. 하지만 아버지의 감정을 상하게 할까 봐, 바람에 무지 개색으로 길게 휘날리는 비닐 술을 그대로 두었다. 안장은 길고 구부러진 형태였고, 기름 냄새와 새 고무 냄새가 났다. 압권은 자전거를 타고 야구장까지 가도 좋다고 허락받은 것이었다.

"정말 이상해요." 어머니는 쇼핑하러 나가고 아버지는 잔디 밭에서 낙엽들을 긁어모아 쌓는 동안, 나는 주방에서 몰래 전화 를 걸었다.

"뭐가 그렇게 이상해?" 앨리스가 속삭이듯 되물었다.

"그냥 이런저런 일들을 할 수 있다는 게요. 자전거를 타고 가 다가 집을 돌아보면, 순간적으로 다시 집으로 돌아가야 할 것 같은 기분이 들어요."

"허락받고 나온 건데 왜 집으로 돌아가고 싶어질까?"

수화기 너머 앨리스가 차를 한 모금 마시는 소리가 들려왔다. 나는 새끼손가락으로 전화기 줄을 꼬아 감으며 혹시 어머니가 오지 않는지 확인하러 창밖을 내다보았다. "어머니는 그러고 싶어 하지 않으니까요. 어머니는 나를 내보내고 싶어 하지 않아요. 장담해요. 그리고 죄책감도 들고요."

"노마, 넌 거의 열다섯 살이 다 됐어. 이제는 자기 힘으로 생각하고 스스로 모든 걸 해 나갈 시기야."

"하지만 어머니의 두통은 어쩌고요."

"그건 네 어머니가 감당할 일이지, 네 책임이 아니야. 네 탓도 아니고. 네 어머니 몫인 거야. 명심해."

앨리스는 늘 상황을 이해시켜 주었다. 하지만 앨리스가 아무리 지혜를 나눠 줘도, 전화를 끊고 나면 나는 여전히 어머니의 두통에 책임을 느꼈다. 집안에는 사랑이 존재했지만, 우리는 그 사랑으로 무엇을 해야 할지 몰랐다.

새 자전거를 받은 지 몇 주 만에 겨울이 왔다. 눈발이 휘몰아쳐서 자전거는 창고에 보관할 수밖에 없었고, 나는 또다시 집안에 갇히는 신세가 되었다. 눈보라와 얼어붙을 듯한 추위로 모험을 더는 할 수 없게 된 나는, 사진이 가득 들어 있던 지하실의 그 캐비닛을 떠올리고 다시 찾아 나섰다. 그날은 눈이 옆으로 내렸다. 도로와 지붕, 그리고 움직이지 않는 모든 것이 눈에 갇혔다. 휴교령을 내린 탓에 다시 자려고 했지만, 잠은 내 편이 아닌 모양이었다. 어머니는 이미 일어나서 무언가를 열심히 하고 있었다. 나무 바닥 위로 어머니의 발꿈치 소리가 쿵쿵 울렸다. 확신하는데, 아마 한숨 소리도 저 밖에서 들렸을 것이다. 빼앗긴 잠과 침대의 따스한 편안함이 아쉬웠지만, 나는 자리에서 일어나 옷을 챙겨 입었다. 종일 읽으려고 했던 낸시 드류의 책은 펼쳐 보지도 못한 채 침대 옆 탁자 위에 놓아두었다.

"아래층으로 내려가서 보일러에 땔감 좀 넣어 줄래? 으슬으슬하네."

베이컨 기름이 접시 위에서 굳기 시작했다. 바람에 창이 덜컹거렸다. 어머니는 싱크대에서 비눗물에 손을 담그고 있었다. 나는 어머니에게 접시를 건넨 후 지하실에 있는 보일러실로 향했다.

"실한 물푸레나무 장작으로 넣어 줘. 그게 더 오래 타고 따뜻하거든."

계단을 다 내려가 보일러가 있는 쪽으로 몸을 돌리는데, 기한이 지난 청구서들과 내가 한때는 없다고 생각했던 사진들이 가득한 낡은 캐비닛이 눈에 들어왔다. 나는 혹시 어머니가 보고 있지 않은지 확인하기 위해 계단 위를 올려다보았다. 그리고 보일러실에 가는 대신 캐비닛 앞에 무릎을 꿇고 앉았다. 나는 지하실 콘크리트 바닥에 무릎을 대고 허리를 숙여 서랍 손잡이를 잡았다. 쉽게 열렸다. 하지만 금속이 미끄러지는 소리가 나는 바람에 움직임을 멈추고 다시 계단 쪽을 바라보았다. 큰 소리는 아니었지만, 해서는 안 되는 일이라는 걸 알고 있어서인지 소리가 더 크게 들렸다. 나는 서랍 안을 들여다보았다. 텅 비어 있었다. 종이 클립 몇 개와 먼지 외에는 아무것도 없었다. 그 사진들은 전부 사라지고 없었다. 나는 주저앉아 텅 빈 서랍을 바라보고 있다가 천장에서 어머니의 발소리가 들려 조용히 닫고 일어났다. 그러고는 계단을 절반쯤 올랐을 때, 내가 내려왔던 이유가 생각났다. 나는 커다란 물푸레나무 땔감을 찾아서 보일러에 던져 넣었다.

이후 몇 주 동안 나는 그 사진들을 찾아다녔다. 어머니가 낮잠을 자거나 식료품점에 갈 때마다 찾아봤지만, 결코 찾지 못했다. 내가 찾아보지 않은 유일한 장소는 어머니의 옷장 안이었다. 그러다 어머니가 병이 들고 더 이상 내가 혼자 돌볼 수 없어 시설에 들어가게 되면서, 나는 집을 내놓기 위해 준 이모와 청소를 시작했다. 주방에서 지하실 캐비닛을 씻고 있는데, 이모가 커다란 모자 상자를 옆구리에 끼고 슬쩍 옆으로 지나가려는 게 보였다. 친구에게 빌린 차를 타러 가는 중이었다.

"이모?" 이모는 멈추지 않았다. "준 이모?" 나는 더 확실하게 이모를 불렀다. 차까지 다다르기 전에 돌아서긴 했지만, 이모는 아무 말도 하지 않았다. 우리는 그대로 선 채 서로를 바라보았다. 이상하고 어색했다. 이모 손에는 모자 상자가, 내 손에는 행주가 들려 있었다. 정확히는 알 수 없었지만 뭔가 이상했다. 이모의 걸음걸이도, 몰래 상자를 들고 나간 것도, 내가 불렀을 때

못 들은 척한 것도.

"그냥 우리가 어릴 때 갖고 놀던 자질구레한 물건들이야. 보스턴으로 다시 가져다 놓으려고." 이모가 상자를 자동차 옆에 내려놓았다.

나는 현관 계단을 내려와 이모에게 걸어갔다. "좀 봐도 돼요?"

"아니, 안돼. 뭐하러. 별것도 아닌데." 이모가 자동차 문을 열고 상자를 집어 들기 위해 몸을 굽혔다.

"제가 도와 드릴게요."

"괜찮아, 노마. 가서 하던 일 해."

"언젠가 보여 주실래요?"

뒷좌석에 상자를 싣는 이모의 늙고 굽은 등이 눈에 띄었다. 뒷좌석에는 이모가 같이 일하는 여성 단체에 주려고 챙긴 어머니의 옷도 몇 벌 있었다. "뭐 언젠가는." 이모가 웃으며 차 문을 닫았다.

"잘됐네요. 볼 수 있으면 좋겠어요…… 언젠가는."

이모의 주름진 손이 내 팔을 가볍게 두드리다가 잠시 그대로 머물렀다. 이모는 곧 다시 집 안으로 들어갔다. 나는 잠깐 기다렸다가 차창 안을 들여다보았다. 상자 모서리가 보였다. 나는 뒤돌아 이모를 따라 집 안으로 돌아갔다.

자유를 누리기 시작했을 때쯤, 내가 꾸던 꿈들은 햇볕을 받은 수채화처럼 희미해져 있었다. 색이 흐릿해졌고, 밤은 따뜻했으며, 새와 밤의 생명들은 조용했고, 두려움과 혼란은 누그러들었다. 완전히 잊은 건 아니었지만, 그것들이 내 삶에서 차지하는 공간이 점점 더 적어지기 시작했다. 그러고 남은 공간은 처음에는 교회 수련회와 자전거가 채웠지만, 곧 축구와 존이라는 소년, 즉 랜들의 형으로 확장되었다. 그는 좋은 냄새가 났다. 그와의 첫 키스는 약간의 향신료가 더해진 달콤한 감초 사탕 맛이었다. 키스 후에도 오랫동안 나는 그 맛을 느꼈다.

확실한 건 내가 나이가 들수록 어머니의 두통이 더욱 심해졌다는 사실이었다. 자신이 그토록 신경 써서 가둬 두고자 했던 집, 그 밖에서 보내는 시간이 많아질수록 어머니는 더 자주 타이레놀을 먹고 따뜻하게 적신 천으로 눈을 덮은 채 침대에 누웠다. 아버지는 체념하고 나를 자유롭게 두었다. 귀가 시간과 어디까지 외출해도 되는지만 관여했고, 그 외에는 거의 허락했다.

"그래서, 오늘은 어디까지 모험을 다녀왔니?" 물을 한 모금 마시려는데 아버지가 무릎에 냅킨을 얹으며 물었다.

"재닛과 잠깐 공원에 가서 놀았어요. 그런 다음에는 도서관에 갔고요." 나는 고갯짓으로 조리대에 쌓여 있는 책들을 가리키며 대답했다.

"듣자니 저수지까지 내려가서 노는 아이들도 있다며?" 어머니는 그냥 하는 말처럼 들리게 하려고 노력했지만, 우리는 모두 답을 요구하는 질문이라는 걸 알고 있었다.

"전 개네하고는 안 놀아요, 어머니." 어머니가 의혹의 눈초리로 나를 바라보았다. 나는 어깨를 으쓱했다. "맹세코 아니에요."

"우린 널 믿는다, 노마. 저녁 남은 것 마저 먹어라." 아버지가 말했다.

내 말은 사실이었다. 나는 그 아이들과는 어울리지 않았다. 하지만 아무리 말해도 어머니는 내 말을 영 믿지 않는 눈치였다. 준 이모는 어머니에게 늘 마음을 편히 가지라고 말했지만, 마음이 편안해지기는커녕 오히려 불안감만 더 커지는 듯했다.

준 이모가 와 있던 5월 봄날, 처음으로 날씨가 따뜻했던 그 주말에, 집에 돌아와 보니 저녁 식사 시간에 5분 늦은 상태였다. 어머니가 문간에서 나를 기다리고 있었다. 도서관에 있다가 시간이 이렇게 된 줄 몰랐다고 하자, 나를 의심스러운 눈으로 바라보았다. 준 이모가 어머니 등 뒤로 다가와 걱정 가득한 어머니의 붉은 뺨에 입을 맞췄다. "그렇게 조바심치다가는 명대로 못 살아, 레노어." 이모가 내게 윙크하며 말했다.

어머니는 초조하게 두 손을 비비며 눈동자를 굴리다가, 내가 들어갈 수 있도록 옆으로 비켜섰다. "엄마 노릇은 정말 힘들어, 언니. 얼마나 괴로운지 이해 못 할걸. 걱정할 일이 얼마나 많은지."

준 이모는 대화를 멈추고 내게 미소를 지었다. 우리는 저녁 식탁에 으깬 감자와 햄, 꿀 바른 당근과 집에서 구운 빵을 차렸다.

준 이모는 어머니의 노력을 헛수고로 만들었다. 이모의 '자유로운 방식'은 어머니의 얼굴을 빨갛게 만들고 할 말을 잃게 했다. 어머니는 이모의 멘톨 담배와 여자가 만족하는 데에 남자가 꼭 필요한 건 아니라는 주장을 못마땅해했다. 이모는 '직장을 다니는 여성'이었고, 어머니는 이 단어를 언급할 때마다 혐오감을 감추지 않으며 팔을 휘두르곤 했다. 하지만 준 이모는 거실에서 나하고 춤을 추었고, 이모의 회사에서 출판할 좋은 책의 가제본을 슬쩍 가져다주었다. 한번은 내가 열세 살이었을 때 몰래 '진(보통 토닉 워터나 과일 주스를 섞어 마시는 독한 술)'을 한 모금 맛보게 해 주기도 했다. 끔찍한 맛이었고 지금도 좋아하지 않지만, 그게 이모였다. 어머니와는 전혀 달랐다. 나는 늘 두 사람의 관계를 이해하기 힘들었다.

"네 이모는 가끔, 정말 골칫거리야, 노마." 한 시간 동안의 통화를 마치고 전화를 끊으며 어머니는 이렇게 말하곤 했다. 하지만 오랫동안 떨어져 있으면 어머니는 이모가 너무 그립다며 괴로워했다. 두 사람의 이상한 자매 관계 때문에 난 질투가 났다. 나는 형제자매가 하나라도 있기를 바랐고, 어머니에게 상처를 준다는 걸 잘 알면서도 최대한 내 마음을 표현하려고 애썼다. 하지만 그 때문에 어머니가 일주일 동안 두통으로 침대에서 일어나지 못하는 지경이 된 후에야 마침내 나는 조르는 걸 그만두었다. 준 이모는, 그 모든 결점에도 어머니가 가진 전부였다. 아버지와 나를 제외하고 말이다. 어머니는 친구가 하나도 없었다. 교회에서 만나는 여자들이 있기는 했지만, 그들을 친구라고 할 수는 없었다. 그들은 매주 일요일 교회 밖에 둥글게 모여 서서 어색하고 높은 목소리로 이야기를 나누곤 했다. 눈에 띄게 높은 그들의 구두 굽은 부드러운 흙을 파고들었고, 서로에 대한 명백한 비판의 말들이 허공을 떠돌았다. 그들은 날씨와 품행이 나쁜 아이들, 요리법 등을 주제로 끊임없이 대화를 나눴다.

내가 늦게 집에 온 그다음 날은 계절에 맞지 않게 따뜻했다. 집 뒤에 있는 숲속 얕은 연못에서 봄 개구리들이 여름을 예고하며 개골개골 울던 기억이 난다. 아버지는 바비큐용 그릴 앞에 서서 햄버거를 뒤집고 있었고, 어머니와 준 이모는 앉아서 조용히 대화를 나누고 있었다. 아이스티가 담긴 잔은 포도주와 민트 줄렙에 자리를 내어 주고 옆으로 치워진 상태였다.

나는 지금도 어쩌다가 그렇게 과감한 질문을 했는지 완전히 확신하지 못하겠다. 다만, 마음 깊숙한 구석 어딘가에 준 이모 만큼은 늘 진실을 이야기해 줄 거라는 믿음이 있었다. 사실은 그렇지 않았다는 걸 아는 지금, 마음은 아프지만 용서하려고 노력 중이다. 아마도 나는 따뜻한 태양 아래 앉아 있다가 내 팔의 피부색이 혼자만 어두워지기 시작하는 모습을 이미 보고 있었던 것 같다.

"제 증조할아버지는 이름이 뭐였어요? 이탈리아인이었다는 그분이요."

준 이모가 고개를 돌려 태양을 바라보았다. 그리고 손에 든

잔을 휘휘 돌렸다. 나는 유년기의 대부분을 보낸, 바로 그 뒤뜰로 이어지는 계단 맨 위 칸에 앉아 있었다. 뒤뜰에는 햄스터 여러 마리와 왕풍뎅이, 그리고 오랫동안 잊힌 아기 인형의 무덤이 있었다.

"이탈리아인 증조할아버지라니?" 준 이모가 일어나 앉으며 눈이 가려지도록 모자를 고쳐 썼다. "우린 대기근보다도 훨씬 이전에 건너온 아일랜드인이야. 거슬러 올라가면 조상 중에 무어인이 섞여 있을 수도 있다는 얘기를 들어 본 적이 있긴 하지만." 어머니와 아버지가 걱정스러운 표정을 보였다. 이모가 윙크했다.

나는 아버지가 반쯤 익은 햄버거를 뒤집으려다 땅에 떨어트리는 모습을 가만히 지켜보았다. 아버지는 조용히 욕설을 내뱉더니 옆으로 걸어갔다. "나를 닮은 거예요, 처형. 우리 할아버지가 이탈리아인이셨거든요, 내가 알기로." 아버지가 더듬거리며 말했다. 준 이모가 의아한 표정으로 아버지를 바라보며 포도주를 천천히 한 모금 마셨다. 그리고 다시 내게로 고개를 돌리고 말했다.

"그렇지. 너한테 어머니뿐만 아니라 아버지도 있다는 사실을 난 왜 맨날 잊는지 몰라." 이모가 자기가 한 농담치고는 조금 과하다 싶게, 그리고 조금 많이 요란스럽게 웃음을 터트렸다. "그게 왜 궁금해, 꼬맹아?" 어머니는 자리에서 일어나 집 안으로 들어가 버렸다.

"나만 피부색이 어둡잖아요. 여름엔 정말 까맣게 되고요. 정말 이상해요." 나는 읽고 있던 잡지를 옆 바닥에 내려놓았다.

"격세 유전이야." 이모가 나를 보지도 않은 채 말했다.

"격세 유전이요?"

"그래. 네 어두운 피부색은 이 나라 사람들 대부분이 가지고 있는 가족사의 실제 증거일 뿐이야. 너도 네 아이가 어떤 모습으로 태어날지 절대 알 수 없어. 유전은 정말 종잡을 수가 없단 말이지."

준 이모가 일어나 안으로 들어가고, 아버지도 버거를 가득 담은 접시를 들고 나를 지나쳐 현관 계단을 올라갔다.

"먹자." 아버지가 말했다. 목소리가 갈라져 나왔다. 아버지는 내가 자리에서 일어나 문을 열어 주기를 기다리고 있었다.

지금 생각해 보니 그날 어른들의 침묵은 대화를 완전히 차단해 버리려는 의도였지만, 정반대의 효과를 가져와 내 안에 유전학에 대한 강렬한 흥미를 불러일으켰다.

나는 도서관에서 책을 여러 권 빌렸다. 그런데 어머니가 내 침실에 있던 것을 내가 미처 펼쳐 보기도 전에 바로 반납해 버렸다. 하지만 학교에 있는 동안에는 감시할 수 없었으므로, 나는 시간이 날 때마다 도서관으로 가서 가능한 한 모든 정보를 흡수했다. 그리고 분자와 염색체, 세포와 유전자와 관련한 모든 내용을 숙달할 때까지 같은 백과사전을 읽고 또 읽었다. 12학년 때 생물학을 공부할 때쯤에는 왼손잡이와 오른손잡이, 눈동자 색깔, 갈라진 턱, 머리에 딱 붙은 귓불의 특성에 정통해 있었다. 내 갈색 눈은 아버지와 같았고, 우리 셋 모두 오른손잡이였다. 하지만 부모님은 귓불이 모두 머리에 딱 붙어 있었는데, 나는 그렇지 않았고 반도 모양으로 머리와 따로 분리되어 있었다. 그리고 귀걸이를 하고 싶다고 아무리 주장해도 여전히 허락받지 못했다.

"준 이모?" 나는 복도 벽장에 쪼그리고 앉았다. 또 다른 전화기를 숨겨 둔 곳이었다. 어머니가 듣기를 원치 않을 때 이용했다. 나는 낮잠을 자고 있을 때조차 어머니가 내 모든 행동과 말을 들을 수 있다고 확신하고 있었다.

"노마? 왜 속삭여? 무슨 일이야?"

뒤에서, 별일 없는 건지 묻는 앨리스의 목소리가 들렸다.

"별일 없어요. 그냥 하나만 물어보고 싶어서요. 어머니한테 또 두통을 일으키고 싶지도 않고요."

수화기 너머 잠시 침묵이 찾아왔다.

"노마, 앨리스도 같이 듣고 있어."

"네, 괜찮아요." 정말 괜찮았다. "내 귓불이 머리에 붙어 있지 않은 것 때문에요." 수화기 너머로 아무 말도 들리지 않았다. 오로지 내가 세상에서 가장 신뢰하는 두 여자의 숨소리뿐이었다.

"그렇구나. 그 말 하려고 전화한 거니?"

"아뇨. 아니, 네. 하지만 제 말 들어 보세요. 머리에 붙은 귓불을 가진 두 사람이 그렇지 않은 아기를 갖는 건 흔치 않은 일이거든요."

"흔치 않은 거지, 불가능한 건 아니잖아?" 이모가 물었다. 역시나 목소리를 낮춘 상태였다.

"불가능한 건 아니지만, 말이 안 되죠."

옆방에서 아버지가 기침하는 소리가 들려왔다.

"아, 잘 모르겠네. 내 귓불은 붙어 있지 않거든. 아마도 그 부분은 네가 나를 더 닮았나 보다."

이모는 수화기를 손으로 가리고 앨리스와 이야기하는 듯했다. 이번에는 앨리스가 말했다.

"지금 왜 이런 생각을 하는 거니, 노마?" 앨리스의 목소리는 여전히 마음을 진정시켜 주었다.

"모르겠어요. 그냥 궁금해서요."

"하지만 왜 그걸 네 부모님이 아니라 우리한테 얘기하는 거야? 또 왜 그렇게 속삭이면서 말하고? 부모님도 흥미롭게 생각하시지 않을까? 네가 찾고자 하는 답을 주실 수도 있잖아."

"어머니에게 다시 상처 주고 싶지 않아서요."

"우리 전에도 얘기한 적 있지, 노마. 네 어머니의 두통은 너때문이 아니라고. 기억나니? 어머니를 조금 더 믿어 봐. 너도 이제 거의 성인이 되었으니 어머니와 마음을 나눌 때가 됐어. 네어머니도 고마워할 거고, 너와 좋은 친구가 될 수도 있지 않을까? 필요하다면 어머니와 대화를 나누기 전에 일기장에 적어 보든지."

나는 내가 받은 일기장을 3년 동안 크리스마스마다 친구 재 닛에게 다시 선물했고 이제는 아무것도 적지 않는다는 이야기 를 털어놓을 마음이 들지 않았다. 더 오래된 일기장들, 표지에 꽃무늬가 있는 일기장들은 갈색 종이에 싸인 채 내 방 선반에 놓여 있었다. 어린애 같은 방법이지만, 어머니에게 정보를 감추 려는 노력이었다. 내가 아는 한 그 일기장들은 수년 동안 아무 도 손댄 적이 없었다.

"네, 알겠어요. 그래야 할 것 같네요. 괜히 별것도 아닌 일로 전화해서 죄송해요, 준 이모."

"전화한 걸 미안해하진 마. 목소리 들으니까 정말 좋다, 꼬맹 아. 내일 학교에서 좋은 하루 보내렴. 사랑한다." 그 말을 끝으 로 이모는 전화를 끊었다. 나는 수화기를 손에 든 채 홀로 어두 운 벽장 안에 그대로 앉아 있었다. 머리 위에 유령처럼 걸려 있 는 겨울 외투가 통화 종료음 소리가 새어 나가지 못하도록 막 아 주었다.

다섯

조

"다들 왜 숲만 뒤지고 있는지 모르겠네요. 루시는 거기 없어요."
불가에 앉아 있던 엄마가 말했다. 옆에 벗어 둔 신발은 오랫동
안 신어 밑창이 다 닳아 있었다. 엄마는 한 손에는 감자를, 한
손에는 껍질 벗기는 칼을 들고서 발가락으로 푸석푸석한 흙을
파헤쳤다. "거기를 다시 뒤지는 건 시간만 낭비하는 거예요. 루
시는 저 밖 어딘가에 있어요." 엄마는 팔을 들어 여전히 칼을 움
켜잡은 손으로 온 세상을 다 담을 것처럼 크게 휘둘렀다.

루시가 행방불명된 이후 몇 년 동안, 엄마는 상황을 어느 정
도는 받아들이게 되었다. 엄마는 슬픔에 빠져 있지 않으려고 안
간힘을 썼다. 마을에 있는 돌로 지어진 큰 교회를 일주일에 몇
번씩 그 낡은 신발을 신고 오갔다. 하지만 엄마는 행복을 완전
히 얻지도, 분노를 완전히 없애지도 못했다. 다만 슬픔에 마구
(말을 타거나 부리는 데 쓰는 기구)를 채우고 슬픔을 길들여 얌전

하게 조용히 있도록 만들었다. 그 방법은 루시가 저기 어딘가에서 잘 자라고 있다고, 아이스크림도 먹고 책도 읽으며 자신을 잊지 않고 있다고 믿는 것이었다. 우리는 엄마를 놓아 두었다. 하지만 찾는 걸 멈추지 않았다. 숲이며 호숫가는 물론 루시 또래의 새로운 여자아이들의 얼굴을 샅샅이 살폈다. 하지만 아무리 찾아다녀도 루시는 보이지 않았다.

"조, 이리 와서 내 옆에 앉으렴." 엄마가 내게 감자를 흔들어 보였다. 벤 형과 찰리 형, 나는 블루베리밭 뒤편을 간단히 정리하고 막 돌아왔고, 나는 모기에게 물린 자리를 긁는 중이었다. 나는 어슬렁거리며 엄마 옆으로 가서 앉았다. 엄마는 감자 전분이 범벅된 손으로 내 목덜미를 긁었다. 벌레에 물려 화끈거리던 자리에 엄마의 손이 닿자 시원한 느낌이 들었다. 루시를 대신했다고는 말할 수 없지만, 루시가 실종되자 나는 우리 집의 막내가 되었다. 가장 어린 자식, 막내라는 자리에는 그 나름의 책임이 따랐다. 나는 한 번도 그 책임에 부응하며 살지 않았다. 왜냐하면 엄마와 마찬가지로, 나도 루시가 어딘가에 있다고, 우리가 찾아 주길 기다리고 있다고 확신했기 때문이다. 그때까지는 내가 엄마 주변에서 루시와 가장 가까운 사람이었고, 그래서 엄마와 한자리에 앉았다. 때로는 엄마와 함께 걸어서 교회에 갔고, 엄마가 말할 땐 최선을 다해 들어주었다. 그리고 아주 드물게 슬픔이 고개를 들 때는, 엄마가 우는 동안 엄마의 손을 잡아 주었다.

나는 현명한 사람이 아니다. 지난 수십 년간의 행동이 그걸 증명한다고 생각한다. 하지만 그 과정에서 나는 배운 것들이 있었다. 루시를 잃어버린 후부터 메인을 영원히 떠나기 전까지 계속 내 머릿속에서는 다음과 같은 생각이 떠나지 않았다. 찾을 수 없는 사람을 찾는 건 힘든 일이라는 것. 그리고 누구든, 자기 친어머니의 마음속에 자리한 이를 대신한다는 건 더더욱 힘든 일이라는 것. 루시를 다시 보고 싶지 않았다는 이야기가 아니다. 보고 싶었다. 하지만 나는 엄마의 말에 동의하는 편이었다. 루시는 그 숲에 없었다. 그리고 설사 내가 틀렸고 루시의 작은 몸이 오직 태양과 달만을 친구 삼아 거기 어딘가에 아직 누워 있다 하더라도, 나는 루시를 그런 식으로는, 죽어서 뼈만 남은 모습으로는 찾고 싶지 않았다. 그래서, 루시를 찾는 건 힘든 일이었지만 어쨌든 우리는 찾아다녔다. 찾아다닌다는 건 우리가 여전히 루시에게 관심이 있고 여전히 루시를 사랑한다는 의미였다. 8월 중순에 접어들어 그해 여름 작업도 끝나 그곳을 떠나던 그날에도, 우리는 다시 한번 슬픔에 잠겨 저녁을 먹고, 여름의 마지막 태양 빛 아래 덤불과 쓰러진 나무들을 샅샅이 뒤졌다. 하지만 우리는 더는 루시의 이름을 소리쳐 부르지 않았다. 불러 봤자 우리 말고는 아무도 듣지 못할 테니까.

"수확량이 계속 줄어들고 있어요." 엄마가 저녁 식사를 마친 후 차를 마시며 말했다. 주변은 모기들이 조용히 윙윙거리는 소리와 타닥타닥 모닥불 타오르는 소리뿐이었다. "앞으로도 이런 식이라면 블루베리 농장 일은 계속하기 힘들 거예요."

아빠는 고개를 끄덕이며 수첩에 적힌 글을 보기 위해 불가로 몸을 기울였다. "사람들이 고향으로 돌아가 일자리를 찾고 있는 것 같아. 그러고 싶지 않다면, 긴 여행을 각오해야겠지." 아빠는 벨트에 차고 있던 칼을 꺼내 연필을 뾰족하게 깎은 다음 그날 적은 나머지 기록을 확인했다. 상자의 개수와 상자당 무게, 그리고 작업자의 이름이 간결하게 줄 맞춰 전부 정리되어 있었다.

그해 여름에는 수확량이 아주 적었다. 결국 그 여름에 우리는 메인에서 하던 작업을 영원히 그만두었다. 우리 캠프는 친숙한 얼굴들을 불러들였다. 벤 형은 보스턴에서 돌아왔고, 찰리 형은 잠시 일을 쉬고 돈을 더 벌기 위해 블루베리 농장으로 왔다. 다른 일꾼은 제럴드 노인과 줄리아, 쌍둥이 형제인 행크와 버나드, 그리고 과부인 애그니스와 그녀의 세 자녀가 전부였다. 애그니스의 또 다른 자녀 셋이 더 있었지만, 그들은 농장을 떠나 직장에 다니는 어른이 되어 가정을 꾸렸다. 그리고 물론, 프랭키가 있었다. 놀랍게도 나는 몇 년 후에 프랭키를 다시 보게 된다. 그는 살아서 여전히 술에 취해 바로 그 농장에서 블루베리를 따고 있었다. 우락부락한 얼굴에, 치아는 거의 하나도 남아 있지 않았다. 조금만 가까이 다가가면 기절할 수도 있을 정도로 입냄새가 지독했다. 하지만 그는 여전히 프랭키였고, 아주 드물게 술에 취해 있을 때를 빼면 루시를 기억하고 있는 사람이었다.

그해 여름, 나는 열다섯 살이었다. 낮에는 지독하게 덥고, 밤이 되면 습하고 시원했다. 나는 어른이 되고 싶어 못 견딜 지경이었다. 앨런 산 위에서 피우는 모닥불에도 가고 싶었고, 벤 형이 엄마 몰래 사다 놓은 맥주도 마시고 싶었다. 하지만 이제 블루베리 따는 사람들도 떠나, 그런 재미도 시들해지는 기분이었다. 주말을 기다렸던 것이 기억난다. 산에서는 더 이상 파티가 열리지 않았지만 여전히 호수에서 수영했고, 노란색 수영복을 입은 수전이라는 소녀도 있었다. 그녀는 부모가 보고 있지 않을 때면 슬쩍 나를 쳐다보곤 했다. 그리고 그해 여름에는 축제가 있었다.

나는 내 줄 끝에 서서 아빠의 트럭이 와 작업 종료를 알리길 기다리고 있었다. 솔직히, 블루베리도 대충 따고 있었다(말할 기운도 없을 때 사람은 아주 쉽게 솔직해진다). 벤 형과 나는 여전히 함께 일했지만, 형은 줄 반대편 끝에 있었고 열심히 작업 중인 듯했다. 더운 날이었다. 그리고 우리는 9번 국도를 따라 두어 마일 떨어진 마을에서 카니발이 열린다는 소식을 알고 있었다. 엄마가 일러 준 대로 작은 나뭇가지로 손톱 밑을 청소하고 있는데, 순간 발아래에서 우르릉거리는 소리가 느껴졌다. 땅이 진동하고 있었다. 나는 나뭇가지를 버리고 손을 이마에 갖다 대 차양을 만들었다. 그리고 서서 트럭들이 지나가는 모습을 바라보았다. 트럭에는 놀이 기구와 천막, 기이한 모습의 곡예사들과 마술사들, 점쟁이들, 그리고 책에서만 본 동물들이 타고 있었다. 벌써 솜사탕 냄새가 나는 듯했다. 마지막 트럭이 지나갈 때쯤 벤 형이 내 옆으로 와서 섰다.

"이건 고향에서 열리는 축제랑은 다르단 말이지." 작업 중인 열로 되돌아가면서 벤 형이 말했다.

"무슨 소리야?"

"저긴 재미있는 탈 거리가 있다고. 작은 기차나 조랑말 정도가 아니야. 대관람차는 물론이고, 어떤 건 토 나올 정도로 빨리 회전해."

"난 감당할 수 있어." 솔직히, 감당할 수 있을지 알 수 없었다. 그냥, 수전에게 솜사탕을 좀 사 주면 혹시 키스를 받을 수도 있지 않을까 하는 생각뿐이었다.

맑은 토요일 밤이었다. 벤 형과 메이 누나, 찰리 형의 농담처럼, 다음 날 아침에 후회할 죄를 저지르기에 완벽한 밤이었다. 나는 그런 죄를 짓고 싶어 견딜 수가 없었다. 마치 내 안 어딘가에 엉켜 있는, 하지만 잡아당기기만 하면 풀리는 밧줄이 팽팽히 당겨지는 기분이었다. 우리는 탈출을 감행했다. 나무 그림자로부터, 루시를 부르는 환청 같은 우리의 목소리로부터. 저기 어딘가에서 루시를 찾을 수 있을지도 모른다는, 끝을 알 수 없는 두려움으로부터. 때때로 루시를 발견하는 악몽을 꿀 때가 있었다. 작열하는 태양에 하얗게 표백된 뼈와 그 위로 작은 원피스가 드리워져 있는 장면이었다. 이런 꿈은 고통스러웠고, 그다음 날 나는 꿈을 잊기 위해 지쳐 나가떨어질 때까지 일에 몰두하곤 했다. 때로는 두려움과 안도감을 동시에 느끼며 울면서 잠에서 깨기도 했다. 왜냐하면, 나는 절대 루시가 죽었다고 생각하지 않지만, 그래도 생사의 여부를 확실히 아는 편이 낫겠다는 생각, 루시가 가 버렸다는 것을 알게 되면 엄마가 그 신발을 버릴 수 있지 않을까 하는 생각 때문이었다.

그날 밤 날씨는 덥고도 건조했다. 미풍이 서늘하지 않을 정도로 적당히 부드럽게 불어 시원했다. 카니발이 열리는 소리가 들렸다. 하늘을 가를 듯한 네온 불빛이 보였다. 시끄러운 종소리가 어둠을 뚫고 끊임없이 우리의 귀를 때렸다. 까맣게 탄 피부 아래 뼈가 드러난 길고 깡마른 내 다리가 자기 마음대로 솜사탕 냄새와 기계기름 냄새, 공중화장실 냄새가 나는 쪽으로 점점 더 빨리 움직였다.

찰리 형이 내 옆으로 달려와 걸음을 맞추며 내 팔을 주먹으로 때렸다. "좀 천천히 가, 조. 그러다 도착하기도 전에 지치겠다." 나는 형을 똑같이 주먹으로 때린 후 뛰기 시작했다. 벤 형과 메이 누나가 내 뒤를 따랐다. 형과 누나의 신발이 자갈을 밟는 소리가 어둠 속으로 점점 멀어졌다.

나는 한 번도 카니발에 가도 된다는 허락을 받은 적이 없었다. 다른 형제들은 열세 살부터 카니발에 갔지만, 엄마는 루시의 실종을 이유로 나를 2년 동안이나 못 가게 붙잡았다. 전혀 말도 안 되는 이유였지만, 나 역시 의문을 제기하지 않았다. 그러다 올해, 엄마는 아빠의 곁눈질을 못 이기고 마침내 카니발에 가도 좋다고 허락했다. 아빠는 우리가 번 돈을 트럭 좌석 아래에 숨겨 두었다. 열여섯 살 미만의 아이들은(그때는 나만 해당했다) 각자 자기 봉투가 있었다. 알아보기 힘든 아빠의 필체가 각자가 벌어들인 노동의 결실을 확인시켜 주었다. 그 돈은 학교에 갈 때 필요한 부츠와 공책을 사는 데 쓰기 위해 따로 보관되었다. 나는 학교를 그만두었지만 그래도 아빠는 여전히 그 돈을 내게 다 주지 않았다. 아빠는 내가 성인이 되려면 공평하게 자기 몫의 생활비를 내야 한다고 했다. 하지만 그날 밤에는 조금이나마 돈을 내주었다. 출발하기 전, 해가 지기 전에 아빠는 내 손에 2달러를 슬쩍 쥐여 주며 등을 두드렸다.

"지혜롭게 사용하거라. 우리가 집에 갈 때까지 이 돈이 네가 가지게 될 전부니까."

손에 쥔 지폐가 축축하게 느껴졌다. 나는 바로 주머니 가장 깊은 곳에 쑤셔 넣었다. 그리고 돈이 계속 주머니 안에 잘 있는지 확인하기 위해 몇 분마다 다리를 문질렀다. 열 번쯤, 아니 백번쯤 문질렀을까. 찰리 형이 두 천막 사이에 걸쳐진 밧줄 아래로 몸을 숙였다. 나도 바짝 뒤따랐다. 우리는 근처에 아무도 없을 때까지 어둠 속에서 기다렸다. 우리 중 누구도 힘들게 번 돈을 입장료로 허비하고 싶지 않았다. 네온이 발하는 인공적인 불빛 속으로 한 걸음 내딛으려는 그때, 뭔가에 발이 걸렸다. 순간 몸이 앞으로 고꾸라졌다. 나는 손을 앞으로 내밀고 몸을 틀었다. 넘어지면서 허리께에 큰 충격이 왔다. 밤공기에 풀이 시원하고 축축해지기 시작했다. 나는 벌떡 일어나 바지에 묻은 풀과 먼지를 털었다. 찰리 형이 배꼽을 잡으며 웃었다.

내 옆에 누군가가 몸을 기역 자로 꺾고 누워 있었다. 더러운 손가락이 닿을락 말락 하는 곳에 빈 병 하나가 뒹굴고 있었다. 프랭키였다.

"맙소사, 프랭키. 어떻게 된 거예요?"

"너 때문에 깼잖아." 프랭키가 두 번이나 넘어져 가면서 겨우 몸을 일으켰다.

"아저씨 때문에 내가 넘어졌다고요."

"난 그런 짓 안 했다." 그가 혀 꼬부라진 소리로 이렇게 말하며 몸을 돌려 천막 뒤로 돌아갔다. 그는 바지를 발목까지 내리고 우리가 막 밑으로 지나온 그 밧줄에 오줌을 눴다. 나는 고개를 절레절레 흔들며 형에게로 돌아섰다. 형은 아직도 웃고 있었다.

"꺼져." 나는 돌아서서 사람들이 모여 있는 쪽으로 걸음을 옮기며 말했다.

이 말이 형에게 건넨 마지막 말이 될 줄 누가 알았을까. 우리는 결코 내가 뱉은 말이 누군가에게는 마지막 말이 될 수도 있다는 사실을 모른다. 게다가 일은 이미 저질러졌는데 상대가 떠나고 없다면 화해하기도 힘들다. 수년 동안 나는 찰리 형에게 어떤 말을 했더라면 좋았을까 생각해 보곤 했다. 무언가, 내가 얼마나 형을 존경하는지, 얼마나 형을 사랑하는지 알려 줄 만한 그런 말, 한 번도 내게서 들어 보지 못했을 그런 말을. 하지만 나는 형이 마지막으로 들은 말이 사랑이나 격려의 말이 아니라 내 당혹감으로 얼룩진 분노의 말이었다는 사실을 기억하면서 긴 세월을 살았다. 루시에게 했던 마지막 말도 말로서의 위엄이라고는 없었다. 비밀을 지키라며 손가락을 입에 대고 쉿, 했을 뿐이었다. 말이란 하든 안 하든 강력하고 웃긴 것이다.

카니발은 다양한 연령대와 체격의 사람들로 붐볐다. 한 뚱뚱한 남자가 대관람차에서 자신만큼이나 뚱뚱한 여자 옆자리에 몸을 구겨 넣는 것을 보면서, 나는 두 사람이 공중에서 어떻게 버틸지, 그리고 과연 저 철판이 저들의 무게를 버틸 수 있을지 궁금했다. 아이들은 목마의 목에서 뻗어 나와 있는 장대를 꼭 붙잡았다. 새로운 아이가 탈 때마다 파스텔색의 페인트가 벗겨져 떨어졌다. 10대 청소년들이 희석된 위스키를 몰래 마시는 모습도 간간이 보였다. 동물들은 우리 안이나 울타리 뒤에서 가냘프게 울거나 으르렁거리며 서성거리거나 잠을 잤다. 나는 여기저기 둘러보고 돌아다니면서 모든 것을 온몸으로 받아들였고, 땀과 달콤함이 뒤섞인 여름 냄새를 한껏 들이마셨다. 조리용 기름이 쉭쉭 거리다가 뻥 터지기도 했고, 승리를 알리는 알람 소리에 동물 모양 봉제 인형과 풍선, 싸구려 시계와 가짜 플라스틱 진주를 놓고 싸우던 사람들 사이에서 함성이 터져 나오기도 했다. 나는 사람들의 대화를 엿들었고, 처음으로 콘도그

(꼬챙이에 끼운 소시지를 옥수수빵으로 덮은 음식)도 먹었다. 벤 형과 메이 누나는 블루베리 농장에서 만난 친구들 몇몇과 옥외 관람석에 가서 앉았다. 찰리 형은 나를 따라잡고 가볍게 팔을 한 대 툭 쳤다. 나는 형에게 꺼지라고 해서 미안하다고 말하고 싶었지만, 하지 않았다. 우리는 회전 컵 놀이 기구에서 방향을 틀어 점쟁이가 있는 천막으로 향했다. 그때 간이 화장실 줄 뒤쪽에서 아치 존슨의 목소리가 들려왔다.

"개새끼야. 내 돈 내놔."

싸우는 소리가 들리자 찰리 형이 그쪽으로 몸을 돌렸다. 속이 울렁거리는 게 느껴졌다. 아치 존슨은 덩치가 큰 녀석이었다. 벤 형보다 조금 더 나이가 많았고, 늘 화가 나 있었다. 들리는 말로는 엄마 배에서부터 주먹질과 욕을 하면서 나왔다고 했다. 놀이 기구의 어둑한 불빛 사이로 바닥에 쓰러진 프랭키가 보였다. 아치의 발이 그의 목을 누르고 있었고, 프랭키의 입가에서는 거품이 일어나고 있었다.

"놓아줘, 아치. 멍청한 짓 하지 말고." 찰리 형이 그들에게 다가갔다. 나는 형을 붙잡으려고 팔을 뻗었지만, 형은 이미 멀어져 있었다.

아치만큼 덩치가 큰 그의 형제들이 웃으면서 아치에게 뭐라고 말을 하기 시작했다. 부모님이 가르쳐 주지 않은 우리 부족 말이었다. 무슨 말인지 거의 이해할 수 없었지만, 그들의 자신만만한 태도와 음흉한 시선으로 보아 좋은 말은 아님을 알 수 있었다. 그들은 우리 집에서 두어 시간 거리에 있는 곳에서 온 무리였다. 부모님이 우리를 낳기 오래전에 버리고 떠나온 험난한 곳이었다. "내가 어릴 때 저 존슨 가족은 아주 못된 사람들이었는데, 그 못된 면을 자식들이 다 물려받았구나." 엄마는 그들 중 하나가 메인에서 여름을 보내는 동안 문제를 일으킬 때마다 이렇게 말했다. 그들은 지역 주민들과 크고 작은 싸움을 일으켰고, 우리가 생필품과 위스키, 특히 담배를 사러 가던 상점의 물건을 훔치곤 했다. 그들은 늘 시빗거리를 찾아다녔다. 하지만 아무도 걸려들지 않았고, 그들은 대부분 자기들끼리 폭력을 행사했다. 월요일 아침이면 적어도 그들 중 하나의 손가락 관절이 시퍼렇게 멍이 들어 있는 모습을 보는 건 일도 아닐 정도였다. 하지만 오늘 밤, 그들은 재수 없는 술주정뱅이와 젊은 이상주의자를 희생양으로 삼은 것이다. 아치의 형제 중 한 명이(누군지는 기억나지 않는다) 어둠 속에서 걸어 나와 못이 박힌 단단한 손으로 찰리 형의 가슴을 힘껏 밀쳤다. 찰리 형이 비틀거리면서 넘어졌다. 그게 형을 더 화나게 했다. 아치는 계속 프랭키의 목을 누르고 있었다.

"그를 놔줘." 형이 일어나 아치에게 가서 그의 눈을 똑바로 바라보며 말했다.

"싫은데."

"놔주라니까."

"뭘 어쩌게, 빌어먹을 잘난 인디언 자식아." 아치가 조롱했다.

어둠 속에서도 다시 아치에게 다가가는 찰리 형의 얼굴이 벌 겋게 달아오른 게 보였다. 형은 거의 가슴이 맞닿을 정도로 아 치와 가까이 서 있었다. 두 사람 사이에는 바닥에 쓰러져 숨 쉬 려고 발버둥 치는 술주정뱅이뿐이었다.

"그는 죄 없는 술주정뱅이일 뿐이야. 놔줘."

아치가 자신의 형제들을 쳐다보았다. 그리고 그 덩치들이 움 직일지도 모른다는 생각이 들기도 전에 그들 중 둘이 재빨리 찰리 형의 팔을 잡고 뒤로 젖혔다. 아치가 프랭키한테서 발을 떼더니 형의 배를 세게 때렸다. 맹세컨대, 형에게서 훅하고 공 기가 빠져나오는 소리가 들렸다. 나는 돌아서서 벤 형을 찾으러 뛰었다. 몸과 다리가 따로 노는 느낌이었다. 밝은 네온 조명들 이 연속해서 휙휙 지나가며 카니발 불빛이 기다란 줄처럼 보였 다. 달리는 동안 맥박 뛰는 소리가 귓속을 가득 채웠다. 주변의 시끄러운 종소리와 크고 날카로운 음악 소리가 들리지 않을 정 도였다. 관람석에 앉아 있는 벤 형과 메이 누나가 보였다. 두 사 람은 담배를 피우며 내가 모르는 백인 몇몇과 술 한 병을 나눠 마시고 있었다. 메이 누나의 손이 어느 마른 녀석의 다리 위에 올라가 있었다. 녀석은 금발을 뒤로 빗어 넘겼고, 새하얀 치아 가 완벽한 치열을 이루며 빛나고 있었다. 자초지종을 설명할 수 도 없이 숨이 찼던 나는 벤 형의 팔부터 잡아끌었다. 형과 누나 가 자리에서 일어나 무슨 일인지 물으며 내 뒤를 쫓아 달려왔 다. 간이 화장실을 끼고 돌아서자 불빛이 물러났다. 어둡고 조용한 것이 웬지 불안했다. 아치와 그의 형제들은 어디에도 보이지 않았다. 바닥에는 피범벅이 된 프랭키가 찰리 형의 머리를 무릎에 얹은 채 앉아 있었다. 그는 몸을 앞뒤로 흔들며 울면서 주기도문을 중얼거리고 있었다.

"누진네 와소크 에핀 집텍*Nujjinene wa'so'q epin jiptek*(하늘에 계신 우리 아버지)…… 아버지의 이름이 거룩히 빛나시며……." 프랭키가 주기도문을 외우다 말고 우리를 올려다보았다. "난 그냥 술 한 잔 마시고 싶었는데, 그 사람 주머니에서 돈이 떨어져서……." 프랭키가 흐느꼈다. "걔네가 막 계속 발로 찼어. 배도 차고, 머리도 여기저기 마구 찼어. 그냥 계속 찼어, 메이." 프랭키가 계속 형을 흔들며 형의 피로 범벅이 된 셔츠 소맷자락으로 콧물을 훔치며 혀 꼬부라진 소리로 울면서 말했다.

"입 닥쳐요, 프랭키." 메이 누나가 바닥을 향해 허리를 굽혔다. 관람석에 누나와 함께 있었던 그 백인 남자가 와서 누나 뒤에 섰다. "찰리, 찰리, 누나야. 정신 차려 봐." 하지만 형은 깨어나지 않았다. 꼼짝도 하지 않았다. 백인 남자가 누나를 일으켜 세웠다. 벤 형이 허리를 굽혀 찰리 형을 안아 올렸다. 프랭키는 여전히 흐느끼고 있었다.

"닥쳐, 프랭키!" 내가 소리 질렀다. 나는 프랭키의 형편없고 술에 취한 얼굴에 주먹을 날리고픈 생각뿐이었다. 하지만 그러는 대신 돌아서서 형과 누나를 뒤따랐다.

벤 형은 축 늘어진 찰리 형의 몸을 안은 채 천막 사이에 쳐진 밧줄을 마치 원래 없던 것처럼 쉽게 넘었다. 메이 누나와 나는 밧줄 아래로 몸을 숙여 지나갔다. 그날 밤은 조용했다. 9번 국도변에 자리한 숲과 질척한 도랑에 몸을 숨긴 생명체들은 우리가 오고 있는 걸 아는 듯했고, 모든 일의 심각성을 이해하는 듯했다.

"어떻게 된 거야, 조?" 메이 누나가 겨우 속삭이듯 물었다. 그날의 고요함과 어둠, 폭력, 그 무언가가 우리 목소리를 낮추게 했다.

"프랭키였어." 나는 더듬거리며 대답했다.

"프랭키가 그랬다고?"

"아니, 누나. 찰리 형이 프랭키를 변호해 주려고 했어. 프랭키가 그놈 돈을 훔쳤거든."

"누구 돈을? 찰리 거?"

나는 상황을 완전히 잘못 이해하고 있었다. 혼란스러웠다. 우리 앞에는 벤 형이 조용히, 그리고 천천히 걷고 있었다. 벤 형은 강했다. 우리 중 제일 힘이 셌다. 하지만 걷는 시간이 길어질수록 형의 숨소리가 점점 더 거칠고 힘겹게 들렸다.

"아치 존슨. 그리고 그 형제들. 그 사람들 돈이었어."

"난 그 가족 진짜 싫어. 다 못됐어, 하나같이. 만약에 찰리가……." 메이 누나의 목소리가 작아지다 멈췄다.

"형은 괜찮겠지? 그렇지, 누나?"

메이 누나는 대답하지 않았다. 내가 다시 물으려는 찰나, 어둠 속에서 자동차 헤드라이트 불빛이 보였다. 그리고 아까 그 금발 백인 남자가 배만큼이나 큰 차를 타고 와서 옆에 세웠다.

"타. 남은 길은 내가 태워다 줄게."

나는 뒷좌석에 올라탔다. 그리고 벤 형은 찰리 형의 머리를 내 무릎에 괴어 주고 자신은 발을 잡았다. 메이 누나는 앞 좌석에 앉았다. 찰리 형은 조금도 움직이지 않았다. 유일하게 나는 소리라고는 숨 쉴 때마다 목구멍에서 나는 꾸르륵 소리뿐이었다. 캠프에 도착해 헤드라이트가 모닥불을 비추자, 엄마와 아빠가 두 손으로 불빛을 막으며 혼란스러운 표정으로 서 있었다. 우리 넷은 찰리 형의 축 늘어진 몸을 뒷좌석에서 간신히 끌어내 오두막으로 옮겼다. 그러는 내내 엄마의 이유 있는 비명이 이어졌다.

"왜…… 찰리가? 벤? 뭐야?" 아빠가 말을 더듬었다.

"프랭키를 변호하려다가, 존슨네 녀석들이 달려들었다네요."

메이 누나는 이미 식수를 모으는 양동이를 들고 문으로 향하고 있었다. 엄마는 오두막 바닥에 누운 아들 옆에 앉아 두 손으로 얼굴을 계속 쓰다듬고 있었다. 나는 분노가 치솟는 걸 느끼며 한쪽 구석에 서 있었다. 피부를 태울 것처럼 속에서부터 치솟는 분노에 근육이 조여 왔다. 나는 손가락을 오므려 주먹을 꽉 쥐었다. 나는 아치 존슨을 찾아내 그가 찰리 형에게 한 것처럼 똑같이 패 주겠다고 마음먹고 현관 쪽으로 돌아섰다. 분노로 가득 찬 내 주먹에 속수무책으로 뒷걸음질 치는 아치의 모습이 머릿속에 그려졌다.

"말도 안 되는 생각이었어." 몇 년 후 벤 형이 내게 말했다. "그놈은 찰리에게 했던 것처럼 너한테도 똑같이 했을 거야. 그러면 우리가 어떻게 됐겠어?"

나는 모닥불까지 갔다. 아무도 지키고 있지 않아 불길이 약해지고 있었다. 그때 벤 형이 나를 막아섰다. 한마디도 하지 않고 내 양팔을 붙잡아 옆구리에 고정시킨 채 몸을 꽉 끌어안고 놔주지 않았다. 그때 형은 나를 존슨 형제들 손에 죽게 놔두면 안 된다고 생각했던 것 같다. 자기 팔 안에 가둔 채 거기에 붙잡아 두면 내가 괜찮을 거라고, 평범한 10대로 살아갈 수 있으리라고 생각했던 것 같다. 나도 형이 옳았기를 바란다. 하지만 나는 그러는 대신에 분노를 묻어 두었다. 그리고 그 분노는, 이 병이 내게서 마지막 숨을 거두어 가는 순간까지 부끄럽게 여기게 될 방식으로 터져 나왔다. 나는 찰리 형을 혼자 제대로 서 있지도 못 하는 술주정뱅이와 둘만 남겨 두고 자리를 뜬 것을, 혼자만 싸우게 둔 것을 결코 이해할 수 없었다. 왜 천막의 그 어두운 그림자 속에 함께 있지 않았는지, 왜 형 옆에 서 있지 않았는지, 왜 함께 얻어맞지 않았는지 이해할 수 없었다. 형과 나누어 맞았더라면, 어쩌면 우리는 둘 다 살아서 그곳을 빠져나왔을지 모른다. 확실히 멍은 들고 아마 조금 창피했겠지만, 그래도 둘 다 살아 있었을 것이다.

엄마는 찰리 형의 피투성이 얼굴을 눈물로 닦아 냈다. 그리고 탈진해서 깜빡 잠이 들 때까지 밤낮으로 기도했다. "떠나지 않을 거지, 찰스 마이클. 제발 떠나지 말아다오. 넌 깨어날 거야. 네 엄마 여기 있어. 엄마 말대로 제발 눈을 떠. 엄마 좀 봐."

하지만 형은 깨어나지 않았다. 우리는 슬픔에 잠긴 채 메인을 떠났다. 아빠는 찰리 형을 담요로 감싸 벤 형과 함께 조심스럽게 매트리스 위에 눕히고 오두막에서 끌어냈다. 엄마는 벨트와 노끈으로 형을 트럭 뒤 짐칸에 단단히 고정했다. 나는 한쪽에 벤 형은 맞은편에 앉아 매트리스가 움직이지 않도록 붙잡고서 퉁퉁 부어 알아보기 힘든 찰리 형을 가만히 지켜보았다. 메이 누나는 차를 타고 뒤따라왔다. 우리는 8월 중순에 농장을 떠났다. 감독관 자리는 후안이라는 멕시코 남자에게 넘겼다.

우리는 존슨 형제들을 찾아 나서지 않았다. 하지만 떠날 채비를 하고 있을 때 누군가가 말해 주길, 그들은 찰리 형에게서 생명을 앗아간 직후 국경 쪽으로 꽁지가 빠지게 도망쳤다고 했다. 그들이 맡아서 일하던 농장은 방치되었다. 엘리스 씨는 아빠가 일찍 철수하겠다고 하자 화를 냈다. 몇 년이 흐르고, 나는 우연히 아치를 봤다. 그가 감옥에서 나온 후였다. 나는 내가 아는 모든 것, 사랑하는 모든 것을 뒤에 남기고 떠나는 길이었다. 그는 뉴브런즈윅으로 가기 위해 히치하이크 중이었다. 큰 덩치때문에 멀리서도 그를 알아볼 수 있었다. 그가 엄지손가락을 치켜들고 있는 것을 본 나는 낡은 트럭의 방향을 틀어 그를 향해돌진했다. 하지만 길가의 흙을 치는 데 그쳤다. 그는 도랑으로 뛰어내렸다. 놓친 것이다. 애초에 그럴 생각이었는지는 알 수 없지만, 아무튼 그를 놓쳤다. 만일 곧장 직진해서 그를 쳤더라면, 아마 계속 차를 밟았을 것이다. 그리고 아치 존슨에 대해서는 두 번 다시 생각하지 않았을 것이다. 어쨌든, 나는 그가 그때 뼈가 부러졌거나 적어도 똥이라도 쌌기를 바란다. 그가 저지른 짓을 생각하면 그 정도 정의는 필요하다.

찰리 형은 뉴브런즈윅 어딘가에서 세상을 떠났다. 비록 고통스러운 표정은 아니었지만, 나는 형의 얼굴에 난 혹 하나하나가 다 그걸 의미한다고 생각했다. 국경을 넘은 지 20분, 벤 형이 한숨을 내쉬었다. 하늘에 구름이 있었다면 그 구름마저도 떨어트릴 듯한 한숨이었다. 화창한 날, 아름답고 잔인한 날이었다. 나는 찰리 형의 가슴을 지켜보며 다시 올라오길 기다렸지만, 올라오지 않았다. 벤 형이 트럭 뒤창을 두드렸다. 아빠가 차를 세웠다. 엄마는 울부짖었다. 엄마가 숲에 대고 소리를 지르는 동안 우리는 고속 도로변에 서서 기다렸다. 뒤에는 우리의 죽은 형제가, 앞에는 길가를 따라 높이 자란 풀을 잡아 뜯으며 몸부림치는 엄마가 있었다. 엄마의 손은 만신창이였다. 붉고 가느다란 선들이 손바닥 위에서 무수히 교차했다. 우리 엄마, 그 신앙심 깊던 여인은 이제 신을 저주했다.

여섯

노마

어머니가 두통에 시달리는 일은 내가 커갈수록 점점 드물어졌다. 하지만 그해 여름, 대학 진학을 위해 짐을 싸서 부모님의 차를 타고 보스턴으로 가려는데, 어머니의 두통이 다시 찾아왔다.

"노마, 시원하게 적신 천 좀 내 머리에 얹어 주겠니. 그리고 냉장고에도 하나 넣어 주고. 적당히 시원해지면 목에 얹게." 어머니는 뒤꿈치는 안쪽으로, 발은 바깥쪽으로 향하게 두고 침대에 반듯이 누웠다. 나는 오랜만에 어머니를 바라보았다. 매일 보는 사람의 변화는 알아채기 힘들다. 어머니의 피부가 주름지기 시작한 것도, 턱 쪽에 엷은 갈색의 검버섯이 퍼지기 시작한 것도, 갱년기와 함께 살짝 아랫배가 나오기 시작한 것도 모르고 있었다. 어머니는 너무 연약해 보였다. 나는 문가로 돌아서려다 문득 이렇게 떠나도 되는지 모르겠다는 생각이 들었다.

"그럼요, 어머니." 나는 주방으로 가서 천 두 장을 적셨다. 하나는 지금 쓰기 위해, 하나는 냉장고에 넣어 두기 위해서였다. 창밖을 내다보니 아버지가 잔디를 깎고 있었다. 윙윙거리는 여름의 소리에 어쩐지 마음이 편안해졌다.

나는 시원하게 적신 천을 어머니의 눈에 얹었다. 막 돌아서서 나오려는데 속삭이는 소리가 들렸다. "보고 싶을 거야." 어머니가 머리 위로 팔을 들어 올렸다. 나는 몸을 숙이고 어머니의 볼에 입을 맞춘 후 커튼을 닫았다. 그리고 짐을 마저 싸기 위해 조심스럽게 복도를 지나 내 방으로 갔다.

나를 세상으로부터 숨기려고 그렇게 노력했던 어머니였지만, 내가 보스턴에 있는 대학에 가고 싶다고 말했을 때 어머니는 기뻐하는 것처럼 보였다. 아마도 깨어 있는 매 순간 내가 진실을 다 알아낼까 봐 전전긍긍하지 않아도 된다는 사실에 안도하는 듯했다. 지금 나는 그런 순간들, 인생에서 진실은 조금도 알지 못한 채 보내 버린 그 순간들을 생각한다. 기억 속에서 너무 많은 시간을 차지하고 있는 그 순간들을.

뒤뜰에 내 아기 인형을 엄숙하게 묻은 후, 그래서 어머니가 무척 화를 낸 후, 나는 책으로 관심을 돌리고 책과 친하게 지냈다. 어머니는 내가 영원히 어린아이로 남아 있기를 바랐겠지만, 대신 나는 마녀와 흰토끼, 잠수함과 삼총사가 등장하는 공상의 이야기를 즐겼다. 그들이 펼치는 다른 세상에 푹 빠진 채 블라인드 사이로 햇살이 비치기 시작할 때까지 밤새 깨어 있었다. 그 세상은 너무나 생생했고 내가 사는 세상과 너무나도 달랐다.

나는 낸시 드류와 함께 탐정이 되었고, 일본과 스페인에서 건너온 동화책을 읽었다. 앨리스가 선물해 준 것들이었다. 짙은 목재로 벽을 대어 단조롭고 한없이 고요했던 우리 집은 상상력의 불모지나 다름없었다. 하지만, 책 덕분에 내 상상력은 무럭무럭 자랐다. 반쯤 갇혀 사는 외동아이에게 책은, 딱딱한 표지 사이의 종이 그 이상이자 단어로 정리되어 인쇄된 알파벳 그 이상이었다.

나이를 먹고 세상을 조금 더 자유롭게 돌아다니게 되면서 나는 책에 덜 의존하게 되었다. 이따금 내 가장 오랜, 그리고 유일한 진짜 친구인 재닛과 시간을 보냈다. 졸업반 여학생 가운데 일부는 이미 결혼 계획이 있거나, 아버지 회사에 들어가 열 때마다 시끄럽게 달각거리는 인조목 블라인드가 쳐진, 특별할 것 없는 사무실에서 일할 준비를 했다. 나는 매일 퀴퀴한 커피 냄새와 담배 연기 냄새를 풍기며 퇴근하는 그런 삶, 스무 살에 결혼해서 정착하는 그런 삶은 상상도 할 수 없었다. 그건 내가 이미 살아온 삶의 연장선처럼 느껴졌다. 내가 원하는 삶이 어떤 건지 확신할 수 없었지만, 그런 삶이 아니라는 건 알았다. 적어도 아직은 아니었다.

고등학교 졸업 후 3년 동안, 나는 부모님 집에서 살면서 동네 슈퍼마켓에서 일했다. 부모님 집에서 나가야 한다는 건 알았지만, 우선 어디로 가야 할지 정하고 싶었다. 부모님의 사랑은 전보다는 덜 숨 막혔지만, 나는 여전히 감시당하는 기분이었다.

차도 운전하고, 투표도 하고, 마침내 술도 마시며 차가운 맥주 한 잔에 유년기의 마지막 흔적을 털어 버리는 나이가 되었음에도, 여전히 들키면 안 되는 비밀처럼 보호받는 느낌이었다. 재닛도 마을에 머물기로 했다. 대학에 관심이 없던 재닛은 셰이디 오크스 양로원에 간병인으로 취직했다. 그리고 졸업한 다음 날부터 치매 병동에서 일했다. 보스턴으로 떠나기 전, 재닛이 부모님 집에서 나와 자기 집으로 이사 가는 걸 도와줬던 기억이 난다. 천장이 낮고 수평으로 좁은 창이 나 있는 지하층 독신자 아파트였다.

우리는 상자를 쌓고 케케묵은 냄새를 내보내기 위해 창문을 연 다음, 딱딱하게 굳은 도넛을 먹었다. 내가 일하는 슈퍼마켓에서 가져온 것이었다.

"도시에 나가서 뭐 하게?" 재닛이 마지막 남은 도넛 조각을 입에 구겨 넣고 맥주로 입가심하며 물었다.

"공부하지. 사람들도 만나고." 나는 어깨를 으쓱하며 대답했다.

"남자도 만나겠지, 아마도." 재닛이 윙크하며 말했다. "여기 사는 멍청이들 말고."

나는 '주방'이라고 표시된 상자를 열어 접시를 찬장에 정리하기 시작했다. "어쩌면 그럴지도. 누가 알겠어? 난 부모님 집에서 나갈 날만 기다리고 있어."

"메이플 가 412번지 감옥 말이지?" 재닛이 놀렸다. "레노어

감옥." 재닛은 '욕실'이라고 표시된 상자를 들고 복도로 나갔다.

재닛과 그토록 빨리 멀어진 건 정말 예상 밖이었다. 우리는 몇 통의 편지를 주고받았고, 그해 크리스마스에 집에 왔을 때도 만났다. 하지만 결국 재닛은 고향에 흡수되어 살았고 그곳을 떠난 내게는 전혀 신경을 쓰지 않았다. 그러다 어머니를 맡기기 위해 셰이디 오크스 현관 앞에 차를 세웠던 날, 우리는 다시 만났다. 사진 몇 장과 성경책이 담긴 상자 하나, 짐가방 두 개와 함께였다. 재닛이 우리를 맞이하러 나왔다. 한때 날씬하고 탄탄했던 몸은 출입문 전체를 가릴 정도로 살이 쪘고 푹 꺼지고 어두운 눈가에는 주름이 가득했다. 관자놀이 근처에는 나와 똑같이 흰머리가 나 있었다.

우리가 보스턴으로 떠난 날은 날씨가 따뜻했다. 나는 준 이모와 시간을 보내기 위해 며칠 일찍 떠났다. 이모는 내가 기숙사에 들어가기 전에 여기저기 구경시켜 주고 싶어 했다. 저녁마다 맛있는 식사와 사랑하는 도시의 가이드 투어, 여대생에게 걸맞은 대화를 약속했다. 나는 차창을 내리고 배기가스 냄새와 풀냄새, 꽃 냄새, 오줌 냄새를 들이마셨다. 우리는 다리를 건너 도시로, 남쪽으로 향하는 중이었다. 전에도 준 이모와 주말을 보내거나 앨리스를 만나 이야기 나누기 위해 보스턴에 온 적이 있었지만, 이번에는 느낌이 달랐다. 앞으로 몇 년간은 이곳을 집이라고 부르게 될 터였다. 사람도 그렇지만 장소도 속속들이 알게 되면 특별해진다. 나는 보스턴의 구석구석, 틈새 하나하나까지 기억하고 싶었다. 모든 건물과 모든 다리, 모든 공원과 어딘가에서 어딘가로 걸어가는 모든 사람에게 내 눈길을 머물게 하고 싶었다.

준 이모는 '앙리'라는 이름을 가진 불멸의 금붕어와 함께 자메이카 플레인(매사추세츠주 보스턴에 있는 한 동네)에서 혼자 살고 있었다.

"'아이i'로 끝나는 앙리Henri가 이름이야. 그러니까, 프랑스 물고기지."

내가 기억하기에, 이모는 이 농담을 아주 오래전부터 해 왔다. 그리고 내가 방문할 때마다 앙리는 조금씩 달라 보였다. 어릴 때, 이모는 앙리가 프랑스어를 할 줄 아는데 오직 자신한테만 들려준다고, 또 즉흥적으로 색깔을 바꿀 수 있다고 설득했다. 나는 그 말을 믿었다.

책을 사랑하는 마음과 준 이모가 들려준 이야기들은 내 상상력을 키웠고, 집에서 얻지 못한 양분을 제공해 주었다. 어쩌면 좋은 이야기에 대한 내 사랑이 지금 이 진로를 선택하게 된 이유일지도 모르겠다.

나중에 알게 된 사실인데, 어떤 사람들은 위대한 작품을 읽을 운명을 타고나고 어떤 사람들은 위대한 작품을 쓸 운명을 타고난다. 이 두 운명을 다 타고나는 사람은 없다. 어렸을 때, 나는 내가 위대한 차세대 미국 작가가 될 수 있다고 생각했다. 하지만 수년에 걸쳐 아무리 노력해도 이야기들이 자기에게 형태를 부여해 줄 딱 맞는 사람을 기다리며 머무는, 그 상상의 공간에 접근할 수 없었다.

내 상상 속 이야기들은 생각과 잉크 사이 어딘가에서 증발해 버렸다. 앨리스가 내게 건넸던 일기장에는 진부한 이야기와 10대 초반의 짜증만 가득했다. 간혹 꿈 이야기, 그리고 친구라고 생각했던 아이들에 대해 상상으로 지어낸 경멸도 가끔 등장했다. 그때는 일기장 속의 이야기들은 내가 쓰고 싶은 이야기로서의 가치는 없다고 믿었다. 다시 그때의 나에게 가서 꿈에 대해 일기장에 쓰라고, 자신이 쓴 글에 더 세심하게 주의를 기울이라고, 자신이 그린 그림을 기억에 남을 때까지 바라보라고 말해 줄 수 있다면 얼마나 좋을까. 하지만 그럴 수는 없는 일이다. 그래서 나는 보스턴으로 갔다. 다른 사람의 글을 가르치는 방법을 배우기 위해서.

더운 여름날, 보스턴에 도착했을 때 준 이모는 큰길 뒤편에 자리한 커다랗고 노란 집 현관 계단에 앉아 우리를 기다리고 있었다. 한때는 참 아름다운 집이었음을 알 수 있었다. 어두운 목재로 된 장식과 바닥재, 가장자리가 날렵하게 손질된 멋진 창문은 긴 드레스를 입은 여인들과 모자를 살짝 기울여 인사하는 신사들의 이야기를 들려주는 듯했다. 준 이모는 그 건물의 주인으로 1층에 살았고 위로 두 개 층이 더 있었다. 2층에는 레너드라는 남자가 살았는데, 이모는 비 오는 날이면 그 사람과 차를 많이 마셨다. 아마 내가 레너드를 알고 지낸 세월이 이모를 알고 지낸 세월과 맞먹을 것이다. 3층에는 3인 가족이 살고 있었다. 그들은 작은 빵집을 운영했는데, 저녁이면 준 이모와 레너드를 위해 남은 빵을 집으로 가져왔다. 그 집에는 많아 봐야 열두 살 정도로 보이는 보이드라는 이름의 소년이 있었다. 생각해보니 그 아이가 내게 반했던 모양이다. 나를 볼 때마다 얼굴이 빨개졌고 혀가 굳어 말을 제대로 하지 못했다. 귀여웠다. 그리고 나도 그 아이의 그런 모습이 좋았다는 사실을 인정한다.

"드디어 왔구나. 네가 여기에 올 줄은 생각도 못 했다." 나를 끌어안는 준 이모의 치마에서 사각거리는 소리가 났다. "정말 재미있을 거야." 이모가 내 귀에 속삭였다. 그러고는 가서 어머니를 껴안으며 아버지에게 고개를 까딱했다. "자, 이제 두 사람은 가셔도 됩니다."

나는 트렁크로 가서 짐을 꺼냈다.

"맙소사. 언니, 그렇게 서둘러 내 딸을 뺏을 필요까지는 없잖아."

어머니는 농담처럼 말했지만, 말이 목에 걸려 잘 나오지 않았다.

"그럼 들어와서 차 한잔하고 가든지."

준 이모가 윙크와 함께 내 허리에 팔을 감으며 부모님이 짐을 들여놓게 놔두었다. 세 시간 후, 약간의 눈물과 어머니의 두통이 지나간 후, 그들은 떠났다. 부모님 없이 정말 혼자 떨어져보는 건 처음이었다.

다음 날은 아침부터 당장이라도 비가 내릴 것처럼 어둑했다. 하지만 늦은 아침이 되자 해가 구름을 흩어 놓았다. 준 이모는 동네를 구경시켜 주기에 완벽한 타이밍이라고 생각했다. 우리는 근처 공원으로 걸어가서 녹지에 둘러싸인 커다란 연못가를 따라 돌았다. 공원은 물가와 나무 사이에 펼쳐진 나일론 텐트들로 임시 야영장이 되어 있었다. 사람들이 바닥이나 담요 위에 앉아 음식을 나눠 먹고 담배를 피웠다. 훔친 땅을 돌려줄 것을 정부에 촉구하는 팻말들이 땅에 박혀 있거나 텐트 옆에 걸려 있었다. 검은 머리를 등 뒤로 땋아 내린 검은 피부의 여인들이 검은 피부의 남자들과 함께 앉아 있었는데, 그들의 표정을 보니 심각한 대화를 나누는 듯했다.

"이게 다 뭐예요?"

"항의 시위하는 거야."

"뭣 때문에요?"

"가서 물어보는 게 어때?"

모르는 사람한테 다가가는 건 상상할 수 없는 일이었지만, 나는 진짜 궁금했다. 고향에서는 항의 시위를 본 적이 없었다. 모두 사는 모습이 비슷비슷했고, 생각도 똑같았다. 만일 다른 생각이 든다면 문을 닫고 조용히 비밀리에 공유했다.

"원주민들이에요?" 나는 작은 목소리로 물었다. 준 이모가 웃음을 터트렸다. 내가 아는 원주민은 중학교 교과서와 텔레비전 프로그램에서 본 게 전부였다. 제한적으로나마 내가 아는 원주민의 역사와 존재는 전쟁에 굶주린 야만인 아니면 치료 주술사, 그리고 포카혼타스가 전부였다.

"그래, 그리고 우리와 똑같은 사람이기도 하고, 꼬맹아. 속삭일 필요 없어. 저 사람들도 자기가 누군지 아니까. 그리고 장담하는데, 왜 여기서 이러고 있는지 기꺼이 말해 줄 거야."

우리는 물가를 벗어나 큰길을 향해 다시 천천히 걷기 시작했다. 길에서 약간 떨어진 곳에, 지퍼가 반쯤 닫힌 초록색과 빨간색 텐트 문 앞에 한 여자가 앉아 있었다. 그리고 한 남자가 등을 보이고 앉아 있었다. 그들은 담배 한 대를 나눠 피우고 있었다. 여자는 열정적으로 말하고 있었는데, 그 손의 움직임만큼이나 얼굴에도 격한 감정이 드러나 있었다. 하지만 너무 멀어서 나는 무슨 이야기인지 들을 수 없었다. 남자는 바닥에 다리를 끌어안은 채로 앉아 고개를 무릎에 얹고서 여자에게 귀를 기울이고 있었다. 여자는 내가 바라보고 있는 걸 눈치채고는 하던 말을 멈췄다. 그녀는 내 눈을 똑바로 바라보았다. 최대한 용기를 내어 그들에게 말을 걸어 보려던 마음이 움츠러들었다. 전혀 위협적이지 않은 눈길이었지만, 나는 주눅이 들어 준 이모에게로 돌아섰다. 이모는 어느 나이 많은 여자와 이야기를 나누고 있었다. 다른 시위자들이 줄줄이 옆으로 지나가기 시작했다. 나는 보도 위로 다시 올라섰다. 시위자들 때문에 텐트 옆에 있던 여자의 모습이 잘 보이지 않았다. 사람들이 흩어지자 그 여자가 여전히 나를 보며 손을 흔들고 있는 게 보였다. 그녀가 내 쪽을 가리키자, 남자가 그녀의 시선을 따라 돌아섰다. 나는 팔을 들어 살짝 손을 흔들었다. 그 순간, 지나가는 시위대와 손 팻말, 울려 퍼지는 북소리가 시야를 가리는 가운데 우리는 그저 서로를 가만히 바라보고 있었다. 그 여자가 다시 손을 흔들었다. 나는 내게 손짓하는 것이 아님을 깨달았다. 그녀는 이모와 이야기 중인 여자에게 어서 오라는 신호를 보내고 있었다. 하지만 그 나이 많은 여자는 준 이모와의 대화에 열중하고 있었다. 나는 당황해서 팔짱을 끼고 선 채로 콘크리트 틈새를 비집고 나온 민들레 쪽으로 시선을 돌렸다. 꽃을 자세히 살펴보다 고개를 들어 보니, 그 남자가 고개를 한쪽으로 기울이고 나를 뚫어지게 바라보고 있었다. 나는 준 이모에게 다가갔다. 이모는 작별 인사를 하고 있었다.

그때, 그 남자가 소리쳤다. "루시?" 그가 벌떡 일어섰다. "루시!"

이제 그는 나를 향해 걸어오고 있었다. 순간, 나는 그가 이모와 얘기하던 여자에게 소리치는 줄 알았으나 그의 날카로운 시선은 분명 나를 향하고 있었다. 나는 그 남자가 내게로 오고 있음을 알았다. 그가 가까워질수록 가슴을 짓누르는 중압감 때문에 시야가 흐릿해졌다. 불안이 엄습했다. 모든 소리가 마치 물속에서 듣는 것처럼 멀게 들렸다. 그때, 준 이모의 손이 내 손을 잡는 것이 느껴졌다. 이모는 내 손을 꽉 쥐었다. 얼마나 세게 쥐었는지, 손가락 끝이 보라색으로 변하기 시작했다. 이모는 왠지 달라 보였다. 나를 잡아끄는 손에서 이모가 겁에 질려 허둥거린다는 느낌이 강하게 전해졌다.

"노마." 이모는 나를 군중으로부터, 그리고 내게 다가오고 있는 그 남자로부터 멀찍이 끌어당겼다.

"이모, 왜 그래요?"

"갑자기 몸이 좀 안 좋네. 그만 가야겠다." 이모가 상기된 얼굴로 걱정스러운 듯 눈썹을 찌푸렸다.

"그래요, 가요."

"루시! 기다려!"

준 이모는 그 남자가 나를 보지 못하도록 내 뒤로 가서 섰다. 이제 우리는 빠르게 움직이고 있었다. 뒤에서 그 젊은 여자가 소리치는 소리가 들렸다. "벤, 어디 가?"

이모는 걸음을 재촉했다. 그리고 뒤를 힐끗힐끗 돌아보며 그 남자가 따라오고 있는지 확인했다. 나는 마지막으로 한번 뒤돌아보았다. 그의 갈색 눈이 나를 똑바로 바라보고 있었다. 그에게 따라잡히기 전에 우리는 길을 건넜다. 군중이 길 한가운데를 행진하며 우리를 갈라놓자, 그제야 모든 감각이 돌아오기 시작했다. 우리는 이제 거의 달리고 있었다. 이모의 손이 여전히 내 손을 꽉 쥐고 있는 가운데, 나는 뒤를 돌아보았다가 그가 긴 시위 대열 속으로 사라지는 모습을 보았다. 하지만 북소리와 사람들의 웅성거리는 소리 너머로 그의 외침이 들려왔다. "루시! 제발, 루시!" 그의 목소리에 담긴 절망감 때문에 나는 사람 잘못

봤다고 말해 주기 위해 거의 걸음을 멈출 뻔했다. 하지만 준 이모는 연립 주택과 쓰레기통들이 늘어선 작은 골목으로 나를 끌어당겼다.

"정말 이상한 일이다. 그렇지?" 억지 미소를 지으며 숨기려 애썼지만, 이모의 얼굴에는 걱정하는 기색이 역력했다. "집까지 걸어가면서 도중에 뭐라도 한잔하자. 날이 덥네. 내가 살게."

우리가 서 있던 자리에서 골목 중간까지 가다가 이모가 숨을 고르기 위해 멈춰 섰을 때 시위대가 잇따라 지나가는 모습을 지켜봤지만, 벤이라는 그 남자는 보이지 않았다.

우리는 준 이모의 집에서 몇 블록 떨어진 아일랜드 스타일 바에 들렀다. 입이 바싹 말랐고, 환한 곳에 있다가 갑자기 어둠에 적응하느라 눈도 욱신거렸다. 갑작스럽게 맞은 에어컨 바람에 소름이 돋았다. 준 이모가 바 의자 위에 올라앉았다. 나는 그 옆에 자리를 잡았다. 감자튀김과 석쇠에 구운 햄버거 냄새가 풍겼다. 준 이모는 같이 먹을 감자튀김 한 접시와 피노 그리지오 포도주 두 잔, 물 두 잔을 주문했다. 이모는 포도주를 마셨고, 나는 물 두 잔을 벌컥벌컥 들이켰다. 이모는 내가 이상한 꿈을 꾸거나 학교에서 조금이라도 늦게 집에 왔을 때의 어머니처럼 안절부절못했다. 누가 들어오기라도 하면 의자에 앉아 있다가도 뒤를 돌아 확인했고, 문이 닫힐 때면 안도했다.

"너 괜찮니, 꼬맹아?"

나는 고개를 끄덕이며 세 번째 물잔을 비웠다. 바텐더가 우리 앞에 감자튀김을 내려놓았다. 준 이모가 식초를 달라고 요청했다.

"괜찮아요. 아까 좀 이상했어요. 그 남자, 꼭 나를 아는 사람처럼 굴던데요."

"자기가 아는 사람이랑 닮았나 보지." 이모가 씩 웃으며 말했지만, 특유의 자신감 넘치는 목소리가 떨리고 있었다.

"네, 그랬나 봐요." 나는 포도주를 한 모금 삼켰다. 산도 높은 포도주가 목을 타고 내려가는 느낌에 나는 나도 모르게 움찔했다. "좋네요."

"거지한테는 선택권이 없어. 좋은 건 돈을 내야 먹을 수 있지." 이모가 웃으며 말했다. 하루의 피로가 가시기 시작했다. 이모와 있으면 어쩐지 몸의 긴장이 풀리고 말이 술술 나왔다.

"아까 그 사람들은 대체 무엇 때문에 시위하고 있었던 거예요? 물어보지도 못했네요."

"부당한 대우 때문이야. 우리가 원주민들에게 친절하지 않다는 거지."

바텐더가 몸을 기울여 우리의 대화를 엿들었다. "내 생각에 우린 친절 그 이상으로 그들을 대했어. 그들이 스스로 돕지 않을 때 도왔잖아. 대체 뭘 더 원하는 거야?"

"오, 이런, 그쪽은 그냥 우리한테 마실 것만 더 가져다주면 좋겠어." 준 이모가 빈 잔을 바에 올려놓더니 바텐더 쪽으로 밀었다. 바텐더가 어깨를 으쓱하더니 이모에게 한 잔 더 따라 주었다. 우리는 오후 내내 땅콩과 두 번째로 주문한 감자튀김을 먹으며 시간을 보냈다. 이번에는 나눠 먹을 수 있도록 반을 가른 치즈버거도 함께였다. 포도주를 네 잔째 마신 다음부터는 기억이 잘 나지 않는다. 하지만 이모에게 내 어릴 적 친구 이야기를 한 건 기억난다. 재닛과 수련회에 가도 된다는 허락을 받은 후로 잊고 지낸 친구에 대해.

"어릴 적에 저한테 상상 속 친구가 하나 있었거든요." 나는 물잔에 손을 뻗으며 혀 꼬부라진 소리로 말했다.

"아이 때는 대부분 그래. 네 어머니도 상상의 쥐를 키웠어. 누가 '그의 의자'에 앉기라도 하면 그 쥐를 죽일 셈이냐며 비난하곤 했지." 이모는 옛 기억에 웃음을 터트렸다. 어머니에게 상상력이라는 게 있었다는 사실이 믿기지 않았다.

"그 친구 이름은 루시였어요." 나는 물을 한 모금 마셨다. 잔에 맺혀 있던 물방울이 떨어지는 걸 지켜보는데 이모가 자세를 고쳐 앉았다.

"이상하지 않아요? 내 상상 속 친구 이름이 루시였는데, 그 남자도 나를 루시라고 부르고."

"그냥 우연이었겠지." 이모가 냅킨으로 손을 닦으며 말했다.

"네, 그런 것 같아요." 문이 열리고, 어두운 술집 안으로 빛이 쏟아져 들어왔다. "그냥, 약간 미친 사람 같았어요."

"꼬맹아, 이모가 부탁을 하나 하려고 하는데, 꼭 들어주겠다고 약속해야 해." 이모는 술을 한 잔 더 주문했다. "그리고 이유는 묻지 말고. 손가락 걸고 약속해 줄 수 있어?"

"약속할게요." 나는 새끼손가락을 펴서 이모의 새끼손가락에 걸었다.

"오늘 일에 대해서 절대 네 어머니한테 말하지 않기."

"알았어요." 나는 못 이기는 척 대답했다. "그런데 왜요?"

"이유는 묻지 말라고 했는데. 손가락 걸고 약속했잖아."

나는 어깨를 으쓱하고 남은 물을 다 마셨다. 준 이모는 바텐더에게 돈을 지불하고 술잔을 단숨에 비우고는 의자에서 깡충 뛰어내렸다. 집까지 어떻게 갔는지는 기억나지 않지만, 한밤중에 몇 번 깨서 좁은 화장실에 있는 변기에 토를 했던 건 기억난다. 시원한 도자기 타일에 피부가 닿는 느낌이 좋았다. 아직 해가 뜨기 전쯤 이모가 화장실에서 나를 발견하고는 다시 침대로 데려다주었다. 전에도 술을 마셔 본 적은 있었지만 이렇게까지 취한 건 그때가 처음이었다. 그리고 그날의 기억, 검은 눈의 남자와 그가 불렀던 루시라는 이름은, 기억해야 했지만 하지 못한 그 모든 일과 함께 수십 년 동안 내 마음 한구석에 자리 잡았다.

나이를 먹을수록 그렇듯, 2년이라는 시간이 순식간에 지나갔다. 수업이 갈수록 규모가 작아지고 더욱 전문화되면서, 같은 사람 몇 명과 수업을 함께 듣게 되었다. 시인인 앤절라는 또 다른 시인 앤드루에게 푹 빠져 있었고, 동성애자임이 분명한 앤드루는 월터스 교수와 사랑에 빠져 있었다. 그리고 트리니티라는, 헷갈리는 이름의 여학생은 가브리엘 가르시아 마르케스*Gabriel*

García Márquez, 《백 년의 고독》을 쓴, 20세기 중반 남미와 세계 문학사를 대표하는 대문호에 게 사로잡혀, 언젠가 그의 언어로 그의 작품을 읽기 위해 영문 학과 스페인어를 복수 전공 중이었다. 그리고 조지아 출신의 조 지아가 있었다. 조지아는 이를 짜증스러워하며 자신을 중간 이 름인 '데지레'로 부르게 했다. 그녀는 남부 고딕(미국을 배경으로 하는 고딕 소설의 하위 장르)을 좋아해서 나한테 포크너(미국의 소 설가)를 좋아하게 만들려다 실패했다. 데지레와 나는 친구가 되 었다. 우리는 고요와 고독에 대한 애정을 공유하며 유대감을 쌓 았다. 우리는 별 잡담이나 잡음 없이 함께 시간을 보냈다. 나는 데지레에게 어쩌다 고요함을 좋아하게 되었는지 절대 묻지 않 았고, 데지레도 내게 묻지 않았다. 우리 둘은 그런 면에서 잘 맞 았다. 우리는 혼자가 아니면서도 조용히 있을 수 있었다. 하지 만 재닛과 그랬던 것처럼 데지레와의 느슨한 우정 관계도 결국 실패로 끝났다. 졸업 후, 우리는 전혀 연락하지 않았다. 나는 가 족 외에는 누구와도 관계를 오래 유지하지 못했다.

크리스마스가 지나고, 나는 도시로 돌아가는 열차를 타고 있 었다. 그때 마크가 내 옆에 와 앉았다. 나는 창밖을 바라보며 눈 덮인 들판 위로 겨울의 태양이 환하게 비추는 모습에 감탄하고 있었다.

"실례합니다?"

목소리가 들리는 쪽으로 고개를 돌렸지만, 눈Snow에 반사된 빛 때문에 눈이 부셔서 그의 실루엣만 보였다. 어둡고 불분명한 형체 가장자리로 빛이 밝게 빛나고 있었다.

"여기 앉아도 될까요?"

나는 손으로 그늘을 만들어 그를 자세히 보려고 애썼다. "그럼요." 나는 다시 창밖으로 시선을 돌렸다.

"내 이름은 마크입니다."

나는 다시 그를 돌아보았다. "노마예요."

"만나서 반가워요, 노마."

나는 다시 창밖을 봐야 할지, 아니면 그냥 그대로 앉아서 그를 바라보아야 할지 알 수 없었다. 그러자 그가 웃기 시작했다. 부드럽고 묵직한 웃음소리였다.

"아, 좀 불편한 대화였네요. 다른 얘기 할까요?"

나는 다시 창에서 눈을 돌렸다. 그의 모습이 더 뚜렷하게 눈에 들어왔다. 그는 검은 머리카락에 푸른 눈을 갖고 있었다. 당황스러운 동시에 호기심이 들었다. 말끔하게 면도한 얼굴에, 짧게 자른 머리카락은 군인 같다기보다는 단정했다. 그는 청바지에 푸른색과 흰색의 줄무늬가 있는 버튼 업 셔츠를 입고 있었다. 그도 티 나지 않게 나를 탐색하고 있다는 걸 알 수 있었다. 내가 다시 창가로 고개를 돌릴지 말지 궁금한 듯했다. 나는 고개를 돌리지 않았다.

우리는 열차를 타고 가는 내내 담소를 나눴다. 그러다 보스턴에 도착한다는 방송이 나와 순간 깜짝 놀랐다.

"혹시 괜찮다면 언제 한번 같이 저녁 드실래요?"

"그럼요. 좋아요."

마크가 짐칸에서 내 짐을 내려 방금까지 앉아 있던 자리에 올려놓았다. 나는 그걸 들고 그의 뒤를 따라 기차에서 내려 플랫폼에 섰다.

"지금은 어때요?"

"지금이요?"

"안될 거 뭐 있어요? 당신을 그냥 보내면 내가 얼마나 흥미로운 사람인지 금방 잊을 텐데, 그러고 싶지 않거든요." 그가 윙크했다.

"좋아요."

우리는 식사를 하러 기차역 바로 근처에 있는 작은 술집에 들어갔다. 아직 오후라서 술집 안은 거의 비어 있었다. 우리는 칸막이가 있는 안쪽 테이블에 자리를 잡고 앉아 닭 날개와 치즈 튀김을 나눠 먹었다.

마크는 나보다 몇 살 많았고, 보스턴에 있는 법률 회사의 회계팀에서 일하고 있었다. 주말에는 축구를 했으며, 책을 좋아했다. 몇 시간을 함께 보내면서 나는 판타지와 공상과학에 대한 그의 취향을 놀릴 수 있을 만큼 편안해졌다. 우리는 웃었다. 웃는 건 내 인생에서 아주 드문 일이라서 좀 이상하게 느껴졌다. 하지만 곧 자유롭게 큰 소리로 웃었다.

택시가 기숙사에 도착하자, 그는 같이 내리며 가방을 건넸다.

"다시 이렇게 만날 수 있었으면 좋겠군요." 그가 말했다.

"저도요." 나는 그에게 내 전화번호를 주었다. 그가 몸을 굽혀 내게 입을 맞췄다. 상투적인 건 정말 싫지만, 확실히 그 순간 나는 어지러움을 느꼈다. 맥주 때문이 아니라 그가 너무 가까워서였다.

마크와 함께 있으면 나는 사람들 앞에서 웃고, 가게에 줄을 선 낯선 이들에게 말을 걸며, 바에서 몇 잔 마신 후 춤을 추기도 하는 노마가 되었다. 그러면서도 여전히 도서관의 고요함이나 다들 수업을 듣거나 공부 중인 화요일 오후 기숙사의 적막함을 갈망했다. 데지레에게도 여전히 전화했고, 커피숍에서 함께 공부했다. 때로는 다른 사람들과 어울리는 게 여전히 두려웠지만, 마크는 그런 나를 이해했고 부드럽게 껍질 밖으로 나올 수 있도록 이끌어 주었다. 나는 파티에서 그가 내 손을 잡고 사람들 속으로 끌어들이는 방식이 좋았다. 얼굴이 달아올랐지만 내 허리에 닿은 그의 손이 나를 진정시켰고, 덕분에 나는 이상해 보이지 않고 충분히 사교적으로 행동할 수 있었다. 어머니가 그랬듯이.

만난 지 8개월째 되던 어느 금요일, 나는 준 이모 집의 저녁 식사 자리에 마크를 데려갔다.

"오, 드디어. 마침내 만나는군." 우리가 현관으로 들어서는 순간, 준 이모가 춤추듯 마크에게 다가왔다.

"준 이모, 꼭 동화 속 악당 같잖아요."

이모는 내 말은 못 들은 척하며 마크의 팔을 잡고 식당으로 안내했다. 식탁에 앨리스와 데지레가 앉아 있었고 적포도주 한 병이 이미 절반쯤 비어 있었다.

"우리 없이 시작했군요." 나는 앨리스의 뺨에 키스하며 말했다.

"이제 겨우 애피타이저인데, 뭐."

"이젠 정말 동화 속 악당 같네요." 나는 웃었다.

그날 밤은 빠르게 흘러갔다. 돌이켜 보면, 그때가 어쩌면 내 인생에서 가장 행복한 순간이었는지도 모르겠다. 사랑하는 사람들과 함께 식사하면서 취하도록 포도주를 마셨던 그때가. 우리는 이야기하고 웃었다. 마크는 하도 웃어서 혹시 입이 찢어지는 게 아닐까, 걱정될 정도였다. 다음 날, 나는 한 번도 부모님의 부재가 아쉽지 않았다는 걸, 한순간도 그들이 이곳에 없어서 아쉽지 않았다는 걸 깨달았다. 일어나니 입이 바싹 마르고 머리는 키안티_{Chianti, 이탈리아 적포도주} 때문에 끊임없이 종이 울리듯 어지러웠다. 익숙한 죄책감이 머리를 파고들기 시작했다. 짜증이 났다. 부모님 없이 인생을 즐겼다는 죄책감이 내 행복을 망치고 있었다. 온종일 기분이 좋지 않았다. 그리고 내 기분은 그날 저녁 앤드루의 시 낭독회에 마크를 끌고 가면서 더 안 좋아졌다.

나는 앤드루의 시를 좋아하지는 않았지만, 어쨌든 동급생으로서 응원하기 위해 갔다. 나는 내 고통을 함께 나눌 수 있을 거로 생각하며 마크를 데려갔다. 우리는 뒷줄의 삐걱거리는 나무 의자에 앉았고, 마크 맞은편에 앤절라가 앉았다. 나는 두 사람을 서로 소개시켜 주었다. 그들은 곧바로 수다를 떨기 시작했다. 마치 오랜 친구 사이 같았다. 나는 둘의 편안한 분위기가 부러운 한편 꺼림칙했다. 처음 만난 사람들 치고는 대화가 너무 자연스러웠다. 두 사람은 나를 끼워 주려고 노력했지만, 나는 마치 불청객이 된 기분이었다. 절대 아니었지만, 친밀한 대화를 엿듣는 기분이었다. 그들은 마크의 직장에 관해 이야기 나눴다. 나는 그의 직장 상사 역시 이름이 앤절라이며, 그가 그녀를 좋아하지 않는다는 걸 알게 되었다. 그들은 이후 한 시간 동안 시인에 대한 칭찬을 속삭였다. 나는 무릎에 마크의 손을 얹은 채 정면을 응시하고 있었다. 나는 쉽게 화를 내는 사람이 아니었지만, 두 사람이 왔다 갔다 속삭이는 모습에 짜증이 솟구쳤다. 작고 딱딱한 덩어리가 뱃속 한가운데에 있다가 덩굴처럼 몸통을 타고 얼굴까지 올라가는 기분이었다. 그리고 나는 이 기분이 마크, 그리고 앤절라와는 아무 관계가 없다는 걸 알고 있었다.

"당신 마음을 모르겠어, 노마. 당신이 나를 시 낭독회와 친구한테 데려갔잖아. 그냥 거기 앉아서 앤절라에게 불친절하게 대하길 바랐던 거야?"

"아니, 물론 아니야."

"혹시 질투해?" 카페와 앤절라를 뒤로 하고 돌아서서 걷는데, 그가 재미있다는 듯 물었다. "그런 거야?"

"질투 아니야. 내내 앤절라랑 얘기해서 화가 난 거지." 나는 빨리 걸으며 대답했다.

"질투 맞네." 마크는 이제 사실상 춤을 추고 있었다. 그는 나를 보면서 뒤로 걷고 있었다. "그러니까 나를 사랑한다는 거네."

"짜증 나게 굴지 말고 그냥 보통 사람처럼 걷지 그래."

"질투하는 거 맞잖아. 난 당신의 인정이 필요해."

나는 무서운 표정으로 마크를 바라보았다. 어머니가 봤더라면 사람도 죽이겠다고 했을 만한 표정이었다. 나는 질투하는 게 아니었다.

"인정해."

그가 노래하듯 말했다. 나는 내 벽이 허물어지는 걸 느꼈다.

"좋아. 조금 질투 났어. 그럼 이제 돌아서서 나랑 같이 걸어갈 수 있는 거야?"

"내 생각에는 당신이 나를 사랑하는 것 같아, 노마."

"내가 그렇다고 말했잖아."

"그래, 하지만 이제 감정적인 증거를 확인했어."

"질투는 사랑이 아닌데."

"글쎄, 내 생각엔 사랑 맞아. 그리고 난 이걸 증거로 받아들이고 있어."

"무슨 증거?"

"내가 옳은 결정을 내리고 있다는 증거."

우리는 손을 잡고 걸었다. 나는 그냥 웃었다. 그저 마크와 함께 있기 위해서. 이 완벽한 순간을 즐기기 위해서. 종일 무겁게 달고 다녔던 죄책감이 8월의 따뜻한 공기 속에서 녹아 사라지고 있었다.

3주 후, 그의 집에서 저녁 식사를 준비하고 있었다. 아직 기숙사에 방이 있었지만, 나는 대부분 그와 함께 지냈다. 스파게티 카르보나라를 만들었고, 우리는 별로 중요하지 않은 이야기를 나누고 있었다. 그런데 그때 그가 식탁 위로 반지를 밀었다. 반지는 내 접시 옆에 와서 멈췄다. 나는 달걀과 치즈 소스로 범벅된 면을 포크로 반쯤 돌려 먹으려던 참이었다. 내 눈이 반지에서 마크에게로, 그리고 다시 반지로 향했다. 마크가 미소를 짓고 있었다.

"자, 어떻게 생각해?"

"어떻게 생각하냐니, 뭘?" 나는 침을 삼켰다. 그리고 똑같이 미소를 지어 보였다.

"나랑 결혼하는 거 어때?"

나는 포크와 숟가락을 식탁 위에 내려놓고 반지로 손을 뻗었다. 한가운데에 둥근 다이아몬드가 박힌 가느다란 금반지였다. 들어 올리자 다이아몬드가 반짝거렸다.

"내가 직접 껴?"

"당신이 허락하면, 내가 끼워 줄 수도 있지."

"아마 그럴 것 같은데." 나는 미소 지었다.

"그럼 수락하는 걸로 알겠어!"

마크가 청혼한 지 몇 주 후, 나는 문학사 학위를 받고 한 학기 조기 졸업했다. 전공은 교육이었다. 여전히 위대한 소설을 쓰려고 노력했지만, 결코 몇 문단 이상을 넘길 수 없었다. 결국 좌절하고 포기했다. 한 번도 순조롭게 써지지 않았다. 늘 억지로 쓰는 기분이었다.

교실에 앉아 있는 동안, 나는 꼭 나만의 말이 필요한 것은 아님을 알았다. 내게는 이미 작고한 작가들이 수백 년에 걸쳐 쓴 아름다운 말들이 있었다. 그리고 그들은 우리가 그들을 기억하고 이야기를 전하는 걸 언짢아하지 않았다. 마크는 공책과 멋진 펜을 사주면서 글쓰기를 독려했다. 그리고 나는 수백 장의 백지로 이루어진, 아무것도 쓰지 않은 공책 뭉치를 아직도 갖고 있다.

졸업식 때문에 부모님이 보스턴에 왔다. 그들은 준 이모와 주말을 보내다가 마크를 알게 되었다. 두 사람이 마크를 만나는 건 이번이 처음이었고, 내가 전화로 이야기해서 아는 게 전부였다. 마크는 좋은 인상을 주었고, 그 주말이 끝나갈 즈음 부모님은 우리의 약혼을 허락했다. 내게는 바닷가에서 두 어머니 중 한 사람과 나란히 서서 찍은 소중한 사진이 한 장 있다. 나와 마크, 준 이모, 앨리스, 그리고 어머니와 아버지가 다 함께 나무 아래 서 있는 사진이다. 그때는, 그들이 나를 세상으로부터 숨기고 어머니가 죄책감을 심어 준 탓에 정서적 자아가 상당 부분 균형을 잃기는 했어도 그만큼 그들이 내게 좋은 삶, 견고한 토대를 마련해 주었다고 생각했다.

졸업 다음 날, 나는 기숙사 방을 정리하고 마크의 집으로 거처를 옮겼다. 어머니의 앙다문 입술이 말없이 반대의 뜻을 전하고 있었다. 어머니는 페미니즘을 나쁜 것으로 취급하고, 동거는 여전히 터부시했던 시대의 여성이었다. 하지만 나는 행복했고, 즐거운 마음으로 미래를 기다렸다. 빛으로 가득한 집을 지을 생각이었다. 이웃들은 지나칠 때마다 미소를 건네고, 열린 창으로는 웃음소리가 흘러나오리라. 나는 열린 커튼 사이로 햇살이 비추고, 마당에서는 아이들이 뛰놀며, 벽 가득 그림이 걸려 있고, 숨죽인 비밀 이야기는 과거의 일인, 그런 곳에서 살기로 마음먹었다. 그리고 나는 그걸 함께 할 사람으로 마크를 선택했다.

일곱

조

벤 형은 내 침대 옆 벽에 압정으로 고정한 작은 달력에 쉬는 날을 표시한다. 달력은 교회에서 준 선물로, 가톨릭교회 축일이 전부 알기 쉽게 표시되어 있다. 굵은 검정 잉크로 휘갈겨 쓴 '×' 표시는 내 마지막 날들을 지운 것이다. '×' 표시가 흰 바탕 위에서 더 많은 공간을 차지하는 만큼 내가 이 방 안, 이 침대에 머무는 시간이 길어진다는 의미다. 몸을 아주 조금만 움직여도 괴롭다. 그럴 땐 약이 도움이 된다. 하지만 약은 통증을 없앨 뿐만 아니라 스스로 걷는 능력도 앗아간다. 벤 형과 메이 누나가 도와주지만, 부담되는 게 싫어 그냥 침대에 머물며 햇살이 드나드는 모습을 안약 넣은 눈으로 지켜본다. 정오가 되면 창으로 강렬한 햇살이 쏟아져 들어온다. 나는 그것을 바라보다가 견디지 못하고 결국 눈을 감는다. 그렇게 기다리고 있으면 눈꺼풀 안쪽에 새겨진 그 빛이 뿌연 노란색으로 흐려진다. 그러면 나는 다시 눈을 뜨고 똑같은 과정을 되풀이한다. 어떨 때는 잠이 들기도 한다. 깨어나면 태양은 희미한 빛만 남겨 두고 창틀 밖으로 이미 사라져 버린 후다. 리아가 복도를 걸어오는 소리가 들리면, 편안하게 있으려고 노력한다. 리아는 매주 화요일 오후 3시 30분에 온다. 리아는 헌신적이다. 평생 내가 해 준 것보다 훨씬 더. 변명이 될지는 모르겠지만, 그때 나는 집을 떠나는 것이 최선이라고 생각했다. 하지만 엄마가 늘 말하듯, 지옥으로 가는 길은 선의로 포장되어 있다.

"들어와." 나는 리아가 노크하기 전에 말한다.

"안녕하세요, 조." 리아는 문을 열어 둔 채로 메이 누나와 벤 형이 교대로 사용하는 싱글 침대에 앉는다. 리아는 나를 아빠라고 부르지 않는다. 마음이 아프지만, 그걸 말로 표현한 적은 없다. 메이 누나 말로는, 나는 그 호칭을 받을 자격이 없으며 아마 자기 말이 맞을 거라고 한다. 리아의 눈은 나를 닮았다. 하지만 나머지는 전부 엄마에게서 온 것이다. 갈색 피부를 가진 나머지 식구들과는 달리 피부색도 밝다. 아마 그편이 리아에게도 좋을 것이다. 리아는 운동선수처럼 몸이 단단하다. 하지만 리아는 그걸 싫어한다. 고등학교에 다닐 때 늘 운동선수가 되라고 권유받았지만, 리아는 독서와 바이올린 연주를 더 좋아했다. 바이올린은 리아의 할아버지, 즉 우리 아빠가 세상을 떠나면서 남겨 준 것인데, 그때도 나는 저 바깥세상 어딘가에 있었다. 마땅히 있어야 했을 이곳이 아니라. 내 몸 일부가 이 세상에 나와 걸어 다니고 있다는 사실조차 모른 채. 리아는 자신이 바이올린에 소질이 없다고, 소리를 제대로 듣는 귀가 없다고 말하지만 나는 그 차이를 구분하지 못하겠다. 나한테는 좋은 연주로 들린다.

"네 어머니는 좀 어떠니?"

"잘 지내세요. 지난 일요일에 빙고 게임에서 400달러를 따셔서, 저랑 제프리한테 저녁 사 주신대요."

나는 제프리라는 사람을 만난 적이 없다. 메이 누나 말로는, 리아한테 잘 대해 준다고 한다. 누나는 리아 일에 관해 거짓말을 할 사람이 아니다. 제프리는 나를 좋아하지 않는다. 만난 적이 없는데도. 돌보지도 않은 딸의 사랑을 받을 자격이 없다는 것이다. 메이 누나가 그렇듯이, 어쩌면 그도 옳은 말만 하는 사람일 것이다. 하지만 나는 리아가 오는 것이 정말 좋다. 입을 열때마다 혹시나 리아를 멀어지게 할 만한 말은 하지 않으려고 조심한다. 그랬다간 병으로 죽기 전에 죽을지도 모른다.

몸이 떨린다. 햇볕이 따뜻할 때도 이럴 때가 많다. 리아가 일어나 담요를 더 가지러 벽장으로 간다. 지금 나는 신을 믿지 않는다. 적어도 우리 엄마가 그 모든 상실을 겪고도 보였던 방식으로는. 다만 리아가 비쩍 마른 내 다리에 담요를 덮어 주고 머리 아래에 손을 넣어 베개를 받쳐 줄 때, 그리고 오후의 마지막 햇살이 벽장 맨 위 선반에 놓인 한 켤레의 작은 부츠를 비출 때, 나는 신을 느낀다.

"저것 좀 봐라."

리아가 고개를 돌려 내가 보고 있는 것을 본다.

"저 작은 부츠 좀 가져다줄 수 있겠니? 인형이 들어가 있는 저 부츠 말이다."

리아가 손을 뻗어 부츠를 끄집어 내린다. 먼지가 따라와 자욱하게 이는 가운데, 리아가 그것을 내게 건넨다. 인형은 목이 꺾이고 단추 눈의 실밥이 느슨하게 풀려 있다.

"이건 내 여동생 루시 거였어. 루시 얘기 들은 적 있니?"

리아가 고개를 끄덕인다. "막내 여동생, 사라졌다는 그 동생 말씀이시죠?" 리아는 마치 역사책을 읽듯 지극히 사무적으로 말한다. 너무 먼 이야기라 전혀 마음에 와닿지 않는 것 같다. 자신의 삶에 한 번도 존재한 적 없는 사람을 사랑할 수는 없겠지. 리아에게 루시는 그저 거친 옛날 사진 속에 있는 어린 소녀에 지나지 않을 것이다. 그것도 자신이 누군가의 머릿속에 생각으로조차 존재하지 않았던 아주 오래전 사진.

"그래, 사라진 그 동생." 나는 먼지가 부드럽게 내려앉은 부츠를 쓰다듬는다. "그 동생을 마지막으로 본 사람이 나였다고들 얘기하든?" 나는 심호흡 한다. 숨이 턱 막히는 느낌이 든다. 기침이 심하게 난다. 아니, 최대한 심하게 기침하는 시늉을 한다.

"아니요. 메이 고모는 당신이 어릴 적에 그 동생을 잃어버렸다고 그랬어요. 기주 할머니는 그분이 아직 바깥세상 어딘가에 있다고 해요." 리아가 침대 옆 상자에서 휴지를 꺼내 내 입가에 고인 침을 닦아 준다.

"엄마는 결코 희망을 버리지 않았지." 나는 속삭이듯 말했다.

"아저씨는요? 아저씨도 동생이 아직도 저 밖에 있다고 생각해요?"

"그렇게 생각했었지. 이젠 모르겠어. 이상하게 들릴지도 모르지만, 난 지금도 그 아이가 그리워. 이렇게 오랜 세월이 지났는데도."

"이상하게 들리지 않아요."

나는 부츠를 다시 리아에게 건넸고, 리아는 그것을 다시 선반에 올려놓았다.

"벤 삼촌이 전에 보스턴에서 그 아이를 한 번 본 것 같다는 얘기하든?"

"아니요. 그런데 그게 정말일까요?"

"맹세코 정말 봤대. 아직도 그렇다고 믿고 있어. 삼촌한테 물어봐라. 얘기해 줄 거야."

"아저씨가 얘기해 주지 그래요?"

찰리 형이 죽은 후, 우리는 메인에서 멀리, 그 블루베리 농장에서 멀리 떨어져서 지냈다. 다음 여름에도 우리는 아무도 그곳에 내려가지 않았고, 아빠가 관리했던 땅은 후안이 넘겨받았다. 엘리스 씨가 아빠에게 편지를 보내 돌아오라고 했지만, 엄마는 다 거절했다. 그곳은 엄마의 자식 둘을 앗아간 장소였다. 엄마는 더는 위험을 감수할 생각이 없었다. 솔직히 말해서, 그곳을 뒤로하고 떠나올 때 우리는 모두 안도했다. 열여섯 살이 된 나는 찰리 형이 하던 페인트칠 일자리를 얻었고, 메이 누나는 택시 승차장에서 남자들에게 감자튀김과 햄버거 파는 일을 했다. 그들은 누나를 "스쿼*squaw, 북미 원주민 여자를 뜻하는 모욕적인 말*"라고 부르며 웃었다. 누나는 대체로 그들을 무시했지만, 가끔은 커피에 침을 뱉어 주곤 했다.

우리 가족은 갈수록 작아지고 약해졌다. 메이 누나와 나는 집에 남아 부모님이 나이 들어 가는 모습, 엄마의 어깨가 조금씩 굽어 가는 모습, 아빠의 손이 점점 도끼를 잡기 힘겨워하는 모습을 지켜봐야 했다. 페인트칠하는 일 외에도, 나는 겨울이면 해가 뜰 때부터 질 때까지 공장에서 일했다. 페인트칠하기에는 아직 싸늘한 이른 봄에는, 공장을 그만두고 차를 얻어 타 메인으로 가서 루시를 찾아다녔다. 나는 이런 식으로 겨우 몇 년, 아니 너무 오랜 세월을 혼자 살았다. 그러다 집세 내는 걸 깜빡하거나 열쇠를 안에 두고 나와 창을 깨거나 해서 쫓겨나면 다시 집에 돌아왔다. 찰리 형이 죽은 후로는 이런 사소한 일들로 분노를 키워 갔다.

메이 누나는, 일하지 않을 때면 만나는 모든 남자와 시시덕거렸다. 비록 욕실에는 곰팡이가 피어 있고 쥐도 득실거리는 도시의 아파트에서 혼자 살았지만, 적어도 그건 누나 소유였다. 우리는 둘 다 사랑하는 사람을 찾지 못했다. 아니, 같이 어울리는 사람조차 없었다. 둘 다 저주받은 것 같았다.

벤 형은 트럭 뒤에서 찰리 형의 손을 잡고 우리와 같이 집으로 왔을 때, 잠깐 아빠와 함께 공장에서 일했다. 하지만 공장일이 잘 맞지 않아 그만두었다. 그러고는 마지막 월급과 아빠한테서 받은 몇 달러를 가지고 친구 몇 명과 함께 차를 얻어 타고 보스턴으로 돌아갔다. 형은 그곳이 무척 마음에 들었는지 계속 머물기로 했다. 내 생각에는 항의 시위 중 만난 니프무크*Nipmuc, 매사추세츠 중부와 코네티컷, 로드 아일랜드 인접 지역에 해당하는 네페넷 원주민 알곤킨족의 후손* 여자 때문이었던 것 같았다. 루시와 찰리 형을 잃은 일 때문인지, 그리고 우리 말고는 아무도 빌어먹을 신경도 쓰지 않아서였는지, 벤 형은 한동안 정치적 활동에 빠져들었다. 그리고 1979년 여름 내내, 형은 보스턴의 한 연못가에 텐트를 치고 그 여자와 함께 지냈다. 형을 포함해 국경 양쪽에서 모여든 엄청난 무리의 원주민들이 백인들에게 협의 내용을 지키라고 항의했다.

나는 형을 사랑하지만, 지금도 그가 한 일은 조금 잔인했다고 생각한다. 9월이 끝나 가던 어느 조용한 저녁, 내가 다시 집에 돌아와 지내고 있을 때, 그리고 공기가 시원해지고 태양이 막 저물어 갈 때, 트럭 한 대가 진입로 끝에 와서 멈추더니 벤형이 뛰어내렸다. 정원에서 마지막 남은 당근을 힘들게 뽑고 있던 엄마가 가장 먼저 형을 알아보았다. 엄마가 부르는 소리를 들었을 때, 나는 집 뒤편에서 불쏘시개를 자르는 중이었다. 엄마는 여전히 자식이 집에 오는 것을 성스러운 일, 신성한 행사로 여겼다. 집 모퉁이를 돌아서는데, 형의 머리를 두 손으로 감싸고 있는 엄마가 보였다. 엄마는 기도를 외운 후 형의 머리에 입을 맞추며 한참을 그대로 있다가 왜 편지를 자주 보내지 않았느냐며 질책했다.

형이 엄마한테서 풀려나고서야, 나는 형을 짧지만 강하게 끌어안았다.

"반가워, 형."

"나도, 조. 그런데 어째 그새 더 큰 것 같다."

"큰 게 아니라 나이가 들었겠지."

형이 팔을 뻗어 내 머리카락을 헝클어트렸다. 그리고 우리 셋은 함께 집으로 향했다.

"집에는 얼마나 있을 거니?" 엄마가 물었다.

"잘 모르겠어요. 여잘 만났어요, 엄마. 아주 괜찮은 여자예요. 니나라고. 내가 돌아오길 기다리고 있어요."

"사람을 보내서 여기로 데려와. 사과 딸 때 오든지. 사람들 만나는 건 언제라도 좋아."

그날 저녁 식사는 평화로웠다. 아빠는 만족스러운 표정으로 남은 가족을 둘러보았다. 들리는 소리라고는 오로지 포크와 나이프 부딪치는 소리, 후루룩 물 마시는 소리, 그리고 싱크대 창문 커튼이 바람에 살랑거리는 소리가 전부였다. 찰나의 행복이었다. 벤 형은 입안 가득 음식을 씹다 말고 두 번이나 무슨 말인가를 꺼내려고 했다. 하지만, 입이 떨어지지 않는 모양이었다. 형이 말을 하려다 마는 걸 볼 때마다 나는 속이 메스꺼워졌다.

아빠를 찾으려는데, 한쪽 눈이 움푹 팬 느낌이 들었다. 다음날이 되어서야, 안구를 둘러싸고 있는 뼈가 부러지는 바람에 눈이 너무 부어 뜰 수 없을 지경이라는 사실을 알았다. 또 머리를 아스팔트에 부딪히면서 두개골이 골절되었고, 그때의 충격으로 골반도 부서졌다는 사실을 알게 되었다. 손목도 부러졌고, 왼쪽 갈비뼈 열두 개 중 열 개가 부러졌으며, 폐에는 구멍이 났고, 척추 손상까지 의심되었다. 일단 부기가 가라앉아야 의사들이 검사를 진행할 수 있는 상황이었다.

"운이 좋은 청년이로군요."

막 기침이 나오려는데 아빠의 얼굴이 시야에 들어왔다. 강한 누군가가 겁에 질린 모습을 보는 건 고통스러운 일이었다. 처음에는 아빠가 내게 화가 난 줄 알았다. 하지만 나중에 아빠는 그때 자신은 마냥 두려웠다고 했다. 엄마의 고통을 덜어 주려고 그토록 노력하는 동안, 우리는 자식을 잃는 일이 아빠에게 어떤 무게인지 한 번도 제대로 생각해 본 적이 없었다. 그러다 그 사고가 일어났고, 나는 그제야 울긋불긋한 눈으로 아빠의 고통과 걱정을 보게 되었다.

"널 두고 가려는 게 아니야, 조. 그저 집에 가서 네 엄마를 데려오려는 거야. 낮잠 좀 자라고 집에 보냈는데, 너도 잘 알다시피 지금 빨리 데려오지 않으면 네 엄마는 날 절대 용서하지 않을 거다."

병실을 나서기 전 아빠는 내 차가운 손을 잡아 주었다. 따뜻했다. 그러고 나서 또 잠이 들었던 모양이다. 눈을 떠 보니 어머니가 침대 옆 의자에 앉아 있었다. 엄마의 뜨개바늘이 심장 감시 장치의 리듬에 맞춰 딸까닥거렸다.

나는 지역 병원에서 6주 동안 입원해 엑스레이를 찍고, 뼈를 고정하고, 실밥을 제거했다. 호흡은 아주 서서히 편안한 상태로 돌아왔고, 엄마는 해가 뜰 때부터 질 때까지 내 곁을 지켰다. 다른 가족들이 밤새 간호하느라 대기실에 놔둔 책이 보이면, 뭐든 가져다 읽어 주었다. 내가 다시 기운을 찾고 빨갛고 파랗고 노랗던 내 분노가 다시 갈색으로 돌아오자, 찰리 형이 죽은 후 마음속에 화를 가득 키우는 바람에 결국 이런 일을 당한 거라는 말을 자주 했다. 엄마는 마치 내 분노가 무슨 나쁜 세입자 내쫓듯 딱 잘라 쫓아낼 수 있는 독립체라도 되는 것처럼 말했다. 의사들이 내가 살 거라는 진단을 내놓자, 아빠와 벤 형은 부유한 백인들의 사냥 가이드를 하러 다시 숲으로 들어갔다. 그들은 린디 고모의 주방에서 만든 블랙베리 잼과 사슴 고기로 만든 스튜를 먹지 않고 되돌려 보냈다.

"네 고모가 얼른 치료 잘 받고 나아서 오라고 전해 달라더라." 아빠가 스튜를 엄마한테 건네며 말했다.

"힘들게 살아남았는데 고작 고모하고 포옹하다 질식해 죽으면 바보 같은 짓 아닌가." 벤 형이 농담을 던졌다.

웃으려다가 아직 그럴 수 있는 상태가 아니어서 나는 얼굴을 찡그렸다. 엄마가 손을 뒤로 빼서 벤 형의 다리를 찰싹 때렸다.

걷는 법을 다시 배우기 위해 나는 구급차를 타고 재활 센터로 이송되었다. 벤 형과 메이 누나가 따라왔다. 일단 부기가 가라앉아서 척추 손상 상태를 알 수 있었다. 의사들이 걱정했던 것만큼 나쁘지는 않았지만, 괜찮지도 않았다.

"우선 몸과 뇌가 다시 협력하도록 해야 합니다. 그러려면 훈련이 필요하고요." 새로 만난 의사가 말했다.

메이 누나가 재활 침대에 있던 칙칙한 갈색 담요를 치우고 집에 있는 내 침실에서 알록달록한 모포를 가져다 깔았다. 그러고 나자 벤 형이 나를 휠체어에서 침대로 안아 옮겼다. 재활은 고통스럽고, 절망스럽고, 외로웠다. 6개월 후, 나는 1년 치 진통제 처방과 약간의 보행장애와 함께 퇴원했다. 하지만 내 두 다리로 걸어 나왔다. 중요한 건 바로 그거였다.

벤 형은 니나에게도, 보스턴으로도 돌아가지 못했다. 형은 나때문에 집에 머물렀다. 나는 너무 많은 사람에게 빚을 졌다. 결코 갚지 못할 빚이라는 걸 잘 안다. 그래서 괴롭다. 사람들은 내게 자신의 시간, 사랑, 몸, 비밀을 주었다. 반면 내가 준 건 너무 적었다. 니나는 엽서를 몇 번 보냈지만, 차츰 뜸해지다가 더는 오지 않았다. 사고를 당한 다음의 여름, 나는 일을 할 수 없었다. 내가 퇴원해서 집에 온 날 전적으로 엄마가 내린 결정이었다. 내가 세상에 나갈 준비가 되었다고 엄마가 결정할 때까지 나는 차분하고 얌전하게 지내야 했다. 의사가 무슨 말을 해도 엄마는 흔들리지 않았다. 벤 형과 나는 그해 여름, 모닥불에 둘러앉아 많은 시간을 보냈다. 형은 새로운 농장에서 일주일에 6일을 종일 일하다가 집으로 돌아가는 길에 들르곤 했다. 우리는 맥주를 들고 밖으로 나가 불길을 바라보며 앉아 있었다. 가끔은 메이 누나도 합류했지만, 누나는 제임스라는 이름의 백인 남자와 만나기 시작했다. 그는 마을 철물점의 공동 소유주이자, 주말마다 온갖 종류의 술을 불법으로 제조하고 판매하는 사람이었다. 제임스는 단 한 번도 우리와 함께 불가에 앉지 않았다. 누나와 결혼한 후에도 마찬가지였다. 메이 누나 말로는 너무 많은 원주민을 마주하게 될 게 뻔해서라고 했다. 우리가 한데 모여 있으면 긴장된다면서 말이다. 누나는 웃어넘겼지만, 나는 결코 이해할 수 없었다.

"제임스한테 너무 화내지 마. 바보라서 그래. 그리고 우리 메이는 바보를 사랑하고." 벤 형이 맥주를 벌컥벌컥 마셨다. "화를 잘 억누르도록 해. 네가 뛰쳐나가다가 또 트럭에 치이는 건 싫으니까." 형은 자기가 한 농담에 자기가 웃으며 맥주 캔을 들어 올려 건배하는 척했다. "지난번에 너 때문에 리처드슨 씨는 심장마비에 걸릴 뻔했다고. 트럭까지 망가지고."

리처드슨 씨는 주유소를 세 군데나 소유한 사람이었는데, 늦은 저녁 식사를 하러 귀가하다가 어둠 속에서 내가 길가로 튀어나오는 바람에 그만 트럭으로 치게 된 불행한 영혼이었다. 그는 내가 다쳤을 때 병원에 찾아왔고, 내가 회복되었을 때는 일자리를 제안했다.

지금은 조용함에 익숙해졌지만, 그때는 조용하면 더 신경이 쓰였다. 그래서 나는 때때로 침묵을 깨기 위해 아무 말이나 하곤 했다.

"진짜로 말해 봐, 형. 정말 그게 루시였다고 생각해?"

벤 형은 말없이 앉아 있었다. 내 생각에는, 내가 또 분노를 터트릴지 아닐지 가늠해 보려는 것 같았다. "어쩌면 아니었을지도 모르지, 조. 아니었을지 몰라도, 진짜 그렇게 믿느냐고 네가 묻는다면, 나는 무덤에 들어갈 때까지 그날 내가 본 건 루시였다고 믿을 거야. 내가 이름을 불렀을 때 돌아서던 그 모습, 엄마를 닮은 그 눈이 잠깐 나를 돌아보던 그 모습. 그래, 조, 난 그게 루시였다고 믿어."

우리는 어둠 속에 앉아 있었다. 우리 앞에는 타닥거리며 타오르는 불길이, 하늘에는 별이 있었다. 저 숲 어딘가에서는 짐승이 움직이는 소리가 났다.

"그럼 나도 믿어 보도록 할게."

벤 형이 손을 뻗어 내 어깨를 두드렸다. "이제 우린 뭘 해야 하나?"

"알다시피 엄마는 국경을 안 넘으려고 하실 테니까, 우리한테 달린 일이겠지."

그날 그 자리에서, 우리는 루시 찾는 걸 포기하지 않기로 했다. 저 밖에 루시가 있으니 찾기만 하면 되는 일이었다. 벤 형은 틈만 나면 루시를 찾으러 보스턴으로 내려갔고, 건강이 나아진

나도 합류하곤 했다. 우리는 벤 형이 루시를 본 그 공원 근처에서 놀고, 근처 상점에서 물건을 사고, 근처 술집에서 술을 마셨다. 그리고 마지막으로 우리는 이 계획에 대해 엄마한테는 말할 필요가 없다는 데 동의했다. 엄마의 희망을 더 키우고 싶지 않았고, 내 사고로 인해 세 번째로 자식을 잃을 뻔한 이후 엄마도 벤 형이 그날 꺼낸 이야기에 대해 침묵하고 있었다. 루시를 찾을 수 있을지도 모른다고 기대했을 테지만, 엄마는 그 마음을 드러내지 않았다. 그저 나를 살리는 일에 온 힘을 쏟았다.

남은 페퍼민트 차도 식어 버리고 쌀쌀한 가을 기운이 느껴진다. 하지만 나는 안으로 들어가고 싶지 않다. 이대로 앉아서 별을 바라보고 싶다. 별이 하늘을 가로질러 나무 뒤로 사라지는 모습을 보고 싶다. 머리를 접이식 의자에 기대고 눈은 하늘을 바라보고 있는데, 벤 형이 돌아왔다. 형은 오래전에 공장 일과 숲을 헤매고 다니는 일을 그만두었다. 이제 우리는 늙었고, 이런저런 고통과 아픔으로 예전처럼 돈을 벌지 못한다. 대신에 형은 교회에서 관리인으로 일한다. 주로 하는 일은 청소와 문단속이다. 화요일에는 남자 신도를 위한 성경 공부를 마치고 8시쯤 집에 돌아온다. 엄마와 메이 누나는 이미 식사를 끝내고 조리대에 접시 두 개를 남겨 두었다. 벌레가 들어가지 않도록 왁스를 입힌 종이와 마른행주로 덮어 둔 상태였다. 열린 창문으로 텔레비전 뉴스 소리가 흘러나오지만 거의 알아들을 수가 없다. 벤 형이 밖으로 나와 불을 피운다. 왜 내가 여태 밖에 있는지 묻지 않는다. 불이 막 따뜻해질 때쯤, 형이 저녁이 담긴 접시와 맥주 두 캔을 들고나온다. 맥주를 마시는 게 몇 년 만인지 모르겠다.

"마셔도 나쁠 건 없겠지?" 형은 이렇게 말하며 맥주 캔을 따서 내 옆에 있는 그루터기 위에 올려놓는다. 메이 누나가 말한 게 틀림없다. 지난번 검진 결과는 암울했다. 몇 주, 어쩌면 한 달. 선하신 주님께서 나를 낫게 해 주시리라는 믿음은 거의 사라져 버렸다.

"그럴걸. 이렇게 즐길 수 있는 밤도 얼마 남지 않았으니까 최선을 다해 즐기는 게 좋겠지." 나는 천천히 손을 뻗어 캔을 집어 든다. 무겁다. 그 무게 때문에 손이 떨린다. 담요에 조금 흘리고 나서야 겨우 입술에 닿는다. 차갑고 씁쓸한 맛이 난다. 입안에 닿는 거품의 느낌이 보송한 솜 같다. 형이 차가운 스튜를 내 무릎 위에 올려 주고 숟가락을 건넨다. 아주 조금만 흘려도 형이 재빨리 닦아 준다.

"리아하고는 어땠어?"

"좋았어. 정말 좋았어. 정말 괜찮은 아이야. 그 애한테 아버지라고 불리는 건 말도 안 되는 일 같아."

"원하지 않으면 안 그러겠지."

"오랜 세월 동안 그 애의 존재를 나한테 말해 주지도 않고, 형한테 좀 화나."

"네가 대체 어디 있는지를 몰랐으니까. 어쨌든 내가 참견할 일도 아니고. 그리고 코라가 그러지 말아 달라고 부탁했어. 넌 나쁜 짓을 저질러 놓고는 그 뒤처리를 우리한테 넘기고 떠나 버렸으니, 그게 우리가 코라에게 해 줄 수 있는 최소한의 배려였어. 그리고 메이가 나름대로 중요한 건 얘기해 줬잖아. 걘 도통 비밀을 지키는 데 소질이 없다니까. 넌 그때 올 수도 있었어."

"거의 올 뻔했지." 집으로 들어가는 벤 형의 뒤에 대고 나는 속삭였다.

형은 세 번째 맥주 캔을 가지고 돌아왔다. 나는 술과 진통제 기운 때문에 풀린 혀로 말했다. "루시가 정말 살아 있다면, 죽기 전에 만나 보고 싶어."

"나도 그래, 조. 나도."

여덟

노마

결혼이란 참 묘하다. 세상에 그토록 많은 사람이 있건만, 당신은 남은 인생, 남은 감정 에너지를 단 한 사람에게 바치겠다고 결심한다. 그리고 두 사람을 서로 묶어 주는 신비한 인연의 끈이 계속 유지되리라고 생각한다. 하지만 그 인연의 끈은 신뢰할수 없는 것. 이는 이야기가 시작되는 바로 그 신비로운 공간에서 분명하게 드러나며, 그 공간은 불신을 유예해 주는 장소가된다. 결혼은 서로가 상대를 위해 구부러지고 휘고 맞출 것을 가정한다. 손가락에 금 조각을 끼면 서로의 욕망이 영원히 연동되리라 생각한다. 많은 이들에게 이는 진실이다. 나는 서로에게 깊이 파고들어 자신들에게 원래 허락된 것을 찾을 수 있는 사람들, 그래서 같은 침대에서 잠을 자고 하루의 시작과 끝에 식탁에 마주 앉으며, 가정을 꾸리고, 좋든 나쁘든 추억을 쌓으면서 평생을 보낼 수 있다고 믿는 그런 사람들이 부럽다. 준 이모는 나한테 냉소적이라고 하지만, 늘 이렇게 느끼는 건 아니다. 오히려 나는 마크를 위해 내 불신을 기꺼이 미뤘다. 그런데 그때 엄청난 일이 일어났다. 아주 오래전의 그 유령들이 다시 돌아와 괴롭히기 시작한 것이었다. 그리고 마크는 내가 그 유령들을 없애는 방법에 대비되어 있지 않았다. 그러니 나는 그를 비난하지 않는다.

우리는 준 이모네 뒤뜰에서 조촐하게 결혼식을 올렸다. 어머니와 아버지가 참석했고, 우리를 축복했다. 어머니보다 아버지가 더 그랬다. 회계사는 의사나 변호사는 아니어도 충분히 훌륭한 직업이었다. 준 이모는 그 문제는 내버려두고 부모님이 그를 좋아한다는 것을 감사하게 생각하라고 말했다. 그래서 1983년 8월에, 나는 한 사람의 아내가 되었다. 나는 아직 구직 중이었고, 부모님은 우리가 그들 가까이 이사 오기를 원했다. 준 이모와 앨리스, 데지레는 내가 보스턴에 계속 머물길 원했다. 마크는 어디에 살든 개의치 않았다. 그는 어디에서든 좋은 직장을 얻을 수 있었다. 그래서 나는 보스턴에서 메인과 캐나다 국경 지역에 이르는 모든 일자리에 지원했다. 하지만 9월 중순까지 운이 따르지 않았다. 그러던 중 오거스타(미국 메인주의 주도) 바로 외곽에 자리한 어느 작은 학교의 영어 교사가 안락의자에 앉아 뉴스를 시청하던 중 심장마비로 사망하는 일이 발생했다. 나는 연락을 받고 바로 짐을 꾸렸다. 그리고 아파트를 구할 때까지 준 이모의 친구 집에 머물렀다. 크리스마스 즈음에는 마크도 일자리를 구했다. 그리고 우리는 메인으로 돌아와 살기로 했다. 부모님은 기뻐했다.

삶에 루틴이 생겼다. 직장과 집을 오갔고, 가끔은 저녁에 손님들을 초대하거나 뒤뜰에서 바비큐 파티를 했다. 금요일은 밖에서 저녁 식사를 하는 날이었다. 마크와 나는 오거스타에서 작은 친목 모임을 만들었다. 마크의 직장 동료 몇 명과 내 직장 동료 몇 명이 구성원이었다. 어머니는 내게 제발 교회에 나가서 '좋은' 사람들을 만나라고 간곡히 말했지만, 어떤 게 좋은 거냐고 물으면 답하지 못 하거나 대답하기를 거부했다. 내가 어릴 적에 우리는 교회에 다녔다. 적어도 어머니는 그랬다. 열네 살 때 나는 일요일에 제발 늦잠 좀 잘 수 있게 해 달라고 간청했다. 아버지와 나는 휴일에만 따라갔다. 내가 집을 떠난 후, 교회는 어머니에게 두 번째 자식 같은 존재가 되었다. 어머니는 그럴 수 없게 될 때까지 교회를 큰 낙으로 삼았다. 화요일 저녁에는 성경 공부에 참석했고, 수요일 오후에는 교회 지하실에 있는 퀼트 클럽에 갔으며 주일에는 아이들을 가르쳤다. 쉰다섯 살이 되자 노인 사교 모임인 '골든 에이지'에 나가기 시작했다. 샌드위치나 '데이트 스퀘어(오트밀 부스러기를 토핑으로 올린 커피 케이크)'를 만들거나 묽은 홍차를 마셨고, 버릇없는 아이들을 흉보거나 때로는 성경을 읽기도 했다. 무려 합창단에도 들어갔다. 사람들 앞에서는 거의 입을 열지 않고 대부분의 삶을 집에 처박혀 지냈던 여인이 사람들 앞에서 노래를 부르고 있었다. 뭔가 어울리지 않는 상황이었지만, 나는 어머니가 자랑스러웠다.

"넌 선생님이야, 노마."

"알고 있어요, 어머니."

"네가 교회 학교나 청년부 교사가 되면 얼마나 잘할까." 어머니는 김이 모락모락 나는 삶은 껍질 콩이 든 그릇을 내게 건넸다. 나는 그걸 식탁 한가운데에 놓았다.

"난 그렇게 생각하지 않아요." 내가 어릴 때도 일요일 오후면 저녁 식사를 준비하면서 매번 똑같은 대화를 나눴었다. 해마다 찍었던 내 학교 사진은 양옆에 부모님이 서 있는 마크와 나의 결혼식 사진으로 바뀌어 있었다.

"그럼, 조금 더 생각해 보려무나."

"어머니, 당분간은 좀 바쁠 것 같아요."

어머니는 설거지물에 손을 담근 채 내게 등을 돌리고 있었다. "주님이 하시는 일에 너무 바쁜 건 없단다, 노마."

"어머니, 잠깐 얘기 좀 할 수 있어요? 드릴 말씀이 있어요."

어머니는 행주에 손을 훔친 후 싱크대에 기대고 섰다. 나는 심호흡을 했다.

"마크와 내가 아기를 가졌어요."

어머니는 손에 행주를 감은 채 말없이 내 앞에 서 있었다.

"어머니?" 어머니가 울기 시작했다. 나는 주방을 가로질러 어머니에게 갔다. 그리고 어머니를 안았다. 어머니의 손에는 여전히 행주가 감겨 있었다.

"어머니, 괜찮으세요?"

"아, 그냥 너무 기뻐서 그래. 조금 놀라긴 했지만, 정말 기쁘구나."

"그렇군요, 다행이네요. 잠깐 무슨 말을 해야 할지 몰랐어요." 나는 미소를 지으며 어머니를 놓아주었다.

어머니는 조리대 위에 행주를 올려놓은 후 내 팔에 손을 얹은 채 나를 바라보며 말했다. "정말 기쁘다."

나는 어머니가 본심 어딘가에서 정말 기뻐하고 있다는 걸 알았다. 하지만 눈에는 뭔가 두려움 같은 것이 담겨 있었다.

"괜찮아요, 어머니. 아기는 괜찮아요."

어머니가 미소를 지었다. "나는 이제 할머니가 되는 건가 보구나. 제발 내가 네 이모보다 먼저 안 거라고 말해 주렴."

어머니가 활짝 웃으며 나를 껴안았다.

"네. 어머니가 제일 처음 아신 거예요."

어머니는 눈가에 맺힌 눈물 몇 방울을 훔쳤다. 그리고 다시 돌아서서 설거지를 시작했다.

"남자아이일까, 여자아이일까?" 마크가 옆에 앉아 내 불룩한 배를 쓰다듬었다. 우리는 또 한 번의 일요일 저녁 식사를 마치고 집에 돌아온 상태였다. 어머니한테 아기의 소식을 알리고 아버지한테 대신 전해 달라고 하고 돌아온 지 몇 개월이 지났다.

"이미 말했잖아. 여자아이라고."

"어떻게 확신해?"

마치 상한 우유를 병째 마신 듯한 기분이었다. 모두가 사과 따는 작업을 할 사람들이 온 것에 대해 이야기 중이었다. 그리고 엄마가 접시를 치우려 막 일어서려는 순간, 마침내 형의 입에서 말이 튀어나왔다.

"루시를 봤어요."

우리는 모두 순식간에 조용해졌다. 내 침 삼키는 소리까지 들릴 정도였다. 모두 벤 형을 돌아봤다.

"진짜예요. 보스턴에서 어떤 백인 여자랑 걸어가는 걸 봤어요. 따라잡으려고 했지만, 인파에 밀려 놓쳤어요. 달려서 쫓아가 봤는데, 사람이 너무 많았어요. 계속 찾아다녔어요, 엄마. 난한 번도 찾는 걸 포기하지 않았어요. 메인만 찾아 헤맸던 게 문제였어요. 루시는 보스턴에 있었어요. 찾아서 데려오고 싶었어요. 엄마한테 데려다주고 싶었어요. 직접 엄마한테 말하고 싶었어요. 엄마 말이 맞았다는 걸요. 루시는 살아 있어요. 그리고 난루시를 봤어요. 지금도 엄마랑 똑같이 생겼어요, 엄마. 맹세해요." 벤 형은 횡설수설하기 시작했다.

아빠가 목을 가다듬으며 접시 옆에 포크와 나이프를 조심스럽게 내려놓았다. "벤,"

"건강해 보였어? 어떤 모습이었어?" 엄마가 아빠 말을 가로막았다. 메이 누나가 엄마의 손을 잡았지만, 엄마는 벤 형에게 시선을 고정한 채 그 손을 뿌리쳤다. "얼른, 벤. 말 좀 해 봐."

"충분히 건강한 것 같았어요. 조금 마르긴 했지만 건강했어요."

아빠가 다시 목을 가다듬었다. "벤, 그 여자가 루시라고 확신할 수는 없지 않니."

"루시 맞아요."

나는 엄마를 살펴봤다. 엄마는 희망으로 가득 찬 그렁그렁한 눈으로 가장 큰 자식을 바라보며 가장 어린 자식을 위해 기도하고 있었다. 희망은 깨지기 전까지는 그렇게나 멋진 것이다. 루시가 실종되고 찰리 형이 죽은 후 엄마가 가까스로 꾹꾹 눌러 놓은 슬픔이 그날 바로 그 식탁에서 터져 나올 태세였다. 나도 알고, 메이 누나도 알고, 아빠도 알았지만, 벤 형은 알지 못했다. 자신이 평화를 깨고 있다는 걸. 형은 자신이 옳은 일을 했다고 생각했고, 지금까지도 그렇게 생각한다. 그렇지만 나는, 나는 형에게 분노를 느꼈다. 폐부 깊숙한 곳에서 뜨겁게 휘젓는 감정이 순식간에 치밀어 올랐다. 찰리 형이 죽은 직후 아주 위험하고 불처럼 뜨겁게 치밀어 올라 내 감각을 온통 차지했던 바로 그런 분노였다.

"루시도 나를 알아본 것 같아요. 자메이카 플레인에서 열린 시위에서 봤는데, 아주 근사하게 차려입고 있었어요. 시위 때문에 온 것 같지는 않았고, 어쩌다 우연히 대열에 낀 것 같았어요. 니나랑 텐트 앞에 앉아서 워싱턴까지 기차를 타거나 차를 얻어 타고 가서 전국을 횡단하는 무리에 합류하자는 이야기를 하고 있었는데, 그때 한 여자가 눈에 들어왔어요. 너무 뚫어지게 보고 있어서 아마 내 시선을 느낀 것 같았어요. 그 여자가 나를 돌아봤을 때, 나는 그 사람이 루시라는 걸 알았어요."

벤 형은 숨을 고르기 위해 잠시 말을 멈췄다. 너무 흥분한 상태에서 빨리 말해서 숨이 차는 모양이었다. 메이 누나가 엄마의 손을 잡았다. 이번에도 엄마는 그 손을 뿌리치고 식탁 가장자리에 손을 내려놓았다.

"돌아서서 가려고 하길래 이름을 외쳤더니 돌아보더라고요. 맹세하는데, 진짜예요. 지금 내가 여기 앉아 있는 것만큼이나 사실이라고요. 정말 루시였어요."

"말 걸어 봤어?" 내 목소리가 갈라져 나왔다.

"아니. 그 옆에 있던 여자가 루시의 팔을 잡고 인파 속으로 사라져 버렸어. 그래서 놓쳤어. 하지만 루시를 봤어요, 엄마. 다시 가서 찾아볼 거예요."

"난 못 믿겠어." 나는 침착하게 말하려고 노력했다. 하지만 벤 형이 말하면 말할수록, 우리를 설득하려 하면 할수록, 그리고 엄마가 더 설득당할수록, 화가 났다. 나도 다른 가족들만큼, 아니 어쩌면 더 간절하게, 루시가 살아 있기를 바랐다. 나는 형의 말을 믿고 싶었다. 정말 그랬다. 하지만 어째서 형은 루시를 데려오지도 못하면서 이런 말을 하는 걸까? 어째서, 자신은 루시를 봤다고 말하면서 우리도 볼 수 있게 데려오지 않은 걸까?

"조, 잠자코 있어라." 엄마가 쏘아보며 말했다.

"설마 형 말을 믿는 건 아니죠, 그렇죠?" 한마디 한마디 할 때마다 목소리가 커졌다. "살아 있다면, 정말 루시를 본 게 맞는다면, 형은 죽어라 가서 붙잡았을 거야. 그리고 데리고 왔을 거야. 형은 거짓말쟁이야." 나는 식탁 아래에서 발을 구르면서 주먹 쥔 손을 빈 접시 양옆에 올려놓았다.

"조셉, 당장 식탁에서 일어나라. 내가 화내기 전에." 지금 엄마는 자리에서 일어나 접시 위로 몸을 굽힌 채 두 팔을 벌려 식탁 위를 짚고 서 있었다. 내 분노가 다시 내게로 반사되고 있었다. "지금. 당장. 이. 식탁에서. 일어나. 나가." 엄마가 입술을 앙다물었다. 입술은 가느다란 분홍색 선이 되었다.

너무 급히, 의자도 빼지 않고 일어서는 바람에 내 물잔이 쓰러졌다. 쏟아진 물이 식탁 위로 번져 나갔다. 의자가 쿵 소리를 내며 벽에 부딪혀 넘어졌지만, 나는 신경 쓰지 않았다. 형을 때리기 전에 얼른 이 집에서 나가야 했다.

"조, 맹세컨대 정말……."

하지만 나는 아무 말도 듣지 않고 현관문을 쾅 닫으며 밖으로 뛰쳐나왔다. 나는 흙길을 달렸다. 뒤로 흙먼지가 일었다. 땅바닥을 디디면서 전해지는 충격이 다리와 척추를 타고 곧바로 올라왔다. 어디로 갈지 몰랐지만, 형에게서 도망치고 싶었다. 해가 지고 곧 어두워지기 시작했다. 뭐가 됐든 나는 이 감정이 사라질 때까지 걸을 작정이었다. 내게는 분노가 몰래 다가오곤 했다. 순식간에 분노를 불러일으킬 만한 큰일은 별로 신경에 거슬리지 않았지만, 뭔가 사소한 일, 분노할 만한 가치가 없는 일에는 하여간, 순간적으로 화가 치밀어 올랐다. 그리고 너무 순식간에, 억제할 틈도 없이 끓어오르곤 했다. 나는 돌멩이 하나를 집어 들어 진입로 끝에 있는 나무를 향해 있는 힘껏 던졌다. 그리고 철로 쪽으로 방향을 틀어 마을을 향해 걷기 시작했다. 나는 사과 따는 사람들이 야영하는 들판을 지나, 미크마크 Mi'kmaw, 노바스코샤 원주민 아기들의 탄생을 주관한다고 들은 고목을 지났다. 얕은 연못을 지나는데, 잔잔한 물결 위로 황혼에 물든 하늘이 비치는 게 보였다. 소금쟁이들은 마치 내가 세상에 대해 알고 있는 모든 것을 무시하듯 수면 위를 스치듯 가로지르고 있었다. 큰길과 철로가 교차하는 곳에서 도시의 불빛이 보일 때쯤, 날은 이미 어두워져 있었다. 나는 분노가 녹아 사그라드는 것을 느끼며, 엄마에게 뭐라고 사과할지, 무슨 말을 어떤 순서로 할지 고민하기 시작했다. 나는 선로에서 벗어나 길로 내려섰다. 트럭 운전사는 나를 보지 못했다. 끼익하고 타이어 미끄러지는 소리가 들렸다. 불빛이 번쩍했다. 그리고, 암흑이 찾아왔다.

"엄마한테 사고 얘기 들었어요." 리아가 다른 침대에 다리를 꼬고 앉은 채 말했다. 리아 뒤에 있는 창을 통해 슬그머니 저녁이 드리워지고 있었다. 나는 리아가 곧 떠날 시간임을 알았다.

"엄마한테?"

"네. 거의 죽을 뻔하셨다고."

"아마 그랬을 거야. 어떻게 해도 깨어나지 못했으니까." 나는 웃으려 했지만, 쿵쿵거리는 소리만 약하게 나왔다. "그래도 오늘은 기분이 좋네. 그루터기까지 좀 부축해 주겠니?"

"그럼요."

우리는 밖에 의자를 놓고 앉았다. 서늘한 저녁 공기에 둘 다 담요를 둘렀다. 우리 사이에는 페퍼민트 차 두 잔이 놓여 있었다. 나는 그때의 사고를 떠올렸다. 조각난 시간을 맞춰 보려 했지만 혼란스럽기만 했다. 첫 번째 기억은, 깨어나 보니 어두운 방 안에서 소독제 냄새가 나고 웅웅거리는 기계음이 들려오던 것이었다. 깨어나기는 했지만 눈이 떠지지 않았던 기억이 난다. 마치 눈꺼풀에 접착제라도 바른 듯 꽉 붙어서 떨어지지 않았다. 깊은 잠, 골수까지 파고드는 그런 깊은 잠에서 비롯된 피로가 느껴졌다. 몸은 통제력을 잃고 의식 저편에 굴복했다.

"아팠어요?"

리아의 목소리에 나는 깜짝 놀랐다. 30년도 더 지난 일을 기억하는 데 너무 몰두하다 보니 리아가 옆에 있다는 걸 거의 잊고 있었다.

"그랬던 것 같아. 너무 오래 전 일이라 일일이 다 기억하긴 힘들지만. 어떤 일은 너무 선명한데, 또 어떤 일은, 다른 사람들은 다 잘 기억하는데 나는 기억이 나지 않아. 게다가 적잖은 시간이 흘렀으니, 또 많은 일이 내 기억을 채우기도 했고."

리아는 고개를 끄덕이며 내게 찻잔을 건넸다. 그리고 내 손가락을 찻잔 주위로 감싸 쥐며 따뜻하게 해 주었다. 그와 동시에 내가 잔을 들고 있을 수 있는지도 확인했다. 어떤 날은 너무 기운이 없어서 아무것도 붙들고 있을 수가 없었다. 그런 날에는 스스로가 쓸모없는 사람처럼 느껴졌다.

"사람들이 나한테 무슨 요일인지 아느냐고 물었던 기억이 나. 내가 기억할 수 있었던 건, 그날은 벤 형이 집에 온 날이라는 게 전부였어. 병원에서는 내가 깨어날 때마다 매번 같은 질문을 했어. 처음에는 여기, 네가 태어난 바로 그 병원에 있었는데, 다음에는 핼리팩스Halifax, 캐나다의 항구도시로 보내 버리더군. 거기서 다시 팔다리 쓰는 법을 배울 수 있었지. 자, 봐." 나는 몸을 돌려 미소를 지었다. 농담으로 하는 말이었는데, 사람들은 종종 죽음을 소재로 하는 농담을 이해하지 못했다. 특히 죽음이 바로 코앞에 있을 때는.

"좋아 보여요."

친숙한 파란색 마즈다 한 대가 진입로에 차를 세우는 것을 보고 우리는 고개를 돌렸다. 제프리가 운전석에 앉아 있었다. 그는 차만 세우고 내리지 않았다. 나는 그에게 고개를 끄덕여 보였지만, 그는 그냥 자리에 앉아 리아를 기다렸다.

"가기 전에 안에 모셔다드릴까요?"

"아니, 조금 더 앉아 있을까 봐. 메이 누나가 퇴근하고 와서 도와줄 거야. 아니면 벤 형. 내가 여기 밖에 나와 있다는 걸 기억만 한다면 말이지." 농담이었다. 그리고 이번에는 간신히 리아를 슬쩍 웃게 할 수 있었다. "다음 주에 보는 거지?"

"물론이죠." 리아가 몸을 숙여 내 뺨에 입을 맞추고 가방을 챙겼다. "저녁 맛있게 드세요."

리아는 조수석에 앉아 손을 흔들었다. 두 사람이 탄 차가 후진했고, 그렇게 리아는 집으로 돌아갔다. 나는 다시 혼자가 되었다. 혼란스럽고 꼼짝도 할 수 없는 상태로 병원에서 깨어났던 그날 밤처럼.

두 번째로 깨어났을 때는 한낮이었다. 아빠가 침대 옆 의자에 앉아 오랫동안 손을 타서 가장자리가 누렇게 된 〈리더스 다이제스트〉를 획획 넘겨 보고 있었다. 이번에는 눈은 떠졌지만, 말을 할 수가 없었다. 입 밖으로 관이 연결되어 있었다. 말하려 했더니 기침이 나고 통증이 느껴져서 그만 눈이 질끈 감겼다. 그러고 나니 기계음들 사이로 목소리가 들려왔다. 친숙한 목소리도 있었고, 그렇지 않은 목소리도 있었다.

"조, 여기가 어딘지 알겠어요?"

또 다른 목소리가 물었다. "조, 무슨 일이 있었는지 기억나세요?"

이번에는 익숙한 목소리였다. "조, 정신 차려 봐라, 내 아들. 넌 꼭 괜찮아질 거야."

나는 눈을 떴다. 낯선 얼굴들이 이 튜브를 저 튜브로 갈아 끼우고, 버튼을 누르고, 체온을 재고 있었다. 그렇게 많은 손이 동시에 내게 닿은 건 기억조차 없는 일이었고, 그런 상황이 마음에 들지 않았다. 벗어나려고 해 봤지만, 몸이 말을 듣지 않았다.

"여자는 그냥 알아." 나는 그의 무릎 위에 놓인 그릇에서 포도 몇 알을 집어 입에 넣고 굴렸다. 마침내 깨물자, 달콤하고 시원한 과즙이 껍질을 뚫고 터져 나왔다. 나는 고개를 돌려 씨를 마크의 머리카락에 뱉었다.

"잘했어, 노마. 이런 예의를 딸, 혹은 아들한테 꼭 가르쳐 주길 바라." 마크가 팔을 치켜들고 씨를 골라 그릇에 털어 넣었다.

"딸이라니까." 나는 웃으며 그에게 다시 씨를 뱉었다. 빗나간 씨가 그의 어깨 뒤로 날아갔다. "내일 진료에 같이 가 줄 거야?"

"내 생각엔 당신 혼자 충분히 다녀올 수 있을 것 같은데요, 엄마." 그가 내게 윙크하며 말했다. "회의가 있어. 끝나고 와서 같이 저녁 먹으러 나가자."

진료실은 학교에서 불과 몇 분 거리였다. 나는 예약 시간인 오후 3시 45분에 정확하게 도착했다. 내 이름을 부르며 임산부에게 특화된, 적당히 다정한, 연민에 가까운 미소를 보이던 여자가 기억난다.

"노마, 컨디션은 좀 어때요?"

"좋아요. 피곤한 건 심하지 않은데, 속쓰림이 심하네요. 몸도 조금 무겁고요." 나는 어색하게 웃었다. 흰 가운을 입은 사람, 내 알몸을 본 낯선 이와 한 방에 있을 때면 이렇게 웃게 된다.

"지극히 정상입니다. 아기 움직임은 좀 어때요?"

생각해 보니 이때 등골이 서늘해지고, 혀가 마르고, 시야가 흐릿해지고, 내 세상이 아주 작아졌던 것 같지만, 지금은 알 수 없다. "사실, 지난 며칠간 별로 움직임이 없었어요."

의사가 공책에 무언가를 끄적이고는 고개를 들었다. "좋습니다. 얼마나 컸고 심장은 잘 뛰고 있는지 봅시다."

내가 마지막으로 분명히 기억하는 건 고요함과 의사가 이 사이로 숨을 들이마시던 소리, 복도를 오가는 사람들의 웅성거림, 청진기를 쥔 손, 그리고 드러난 배 위에 차갑게 와 닿던 진찰하는 손길이다. 온몸의 털이 곤두서는 느낌이었다. 소름이 끼치고 마치 진찰실에 포위당한 기분이었다. 밑에 깔린 종이가 구겨지는 소리는 마치 번개 치는 소리처럼 들렸다.

"남편분은 어디 계시죠, 노마?" 의사가 청진기를 목에 건 채 내 손을 잡고 나를 다시 의자에 앉혔다. 나는 움직임 없는 배 위로 셔츠를 끄집어 내렸다.

"직장에 있어요."

"연락하는 게 좋겠습니다."

"왜요? 무슨 일인데요?"

"옆에 있는 병동으로 안내해 드리겠습니다. 초음파 검사를 위해서요. 남편분 직장 전화번호를 좀 알려 주시겠습니까? 그리고 임신하신 지는 얼마나 되셨죠?"

나는 마크의 사무실 번호를 불렀다. 그리고 대답했다. "33주, 34주 정도요?"

조금 전에 내게 미소를 보였던 그 간호사가 내 팔꿈치를 붙잡고 옆 병동까지 같이 걸어가 주었다. 그 짧은 시간 동안 그녀는 내내 말을 걸었지만, 나는 아무 말도 귀에 들어오지 않았다. 우리는 출입구를 통과해 응급실을 지나, 한 서늘한 검사실로 들어갔다. 시커멓고 단단하게 생긴 회색 기계가 침대 옆에 세워져 있었다. 주위를 다 둘러보기도 전에 누군가가 내 배 위로 차가운 젤을 짜기 시작했다. 그리고 어떤 여자가 심각한 표정으로 내 배에 데오도란트 볼처럼 생긴 기계를 대고 이리저리 움직였다. 이번에도 너무나 조용했다. 심호흡이라도 했다가는 세상이 백만 조각으로 산산이 부서질 것 같다고 생각했던 기억이 난다.

이후 며칠 동안 무슨 일이 어떤 순서로 일어났는지 기억이 흐릿하다. 언제 떠올려 봐도 마찬가지다. 빛이 거의 보이지 않는 가운데, 모든 게 어둡고 어지럽다. 소리도 색도 파편으로만 남아 있다. 다 기억나지 않아서 다행이다. 정신을 온전히 지킬 수 있도록, 내 뇌가 스스로 어떤 건 기억나게 하고 어떤 건 지워 버리는 듯하다. 나는 홀로 어떤 방안으로 들여보내졌다. 편안함을 위해 조명도 약하게 켠 방이었다. 거기에 얼마나 오랫동안 혼자 누워 있었는지 모르겠지만, 몇 시간은 지난 듯했다. 나는 배를 쓰다듬으며 자장가를 불렀다.

"마크!"

마크가 걸어 들어와 침대에서 멀찍이 떨어져 멈춰 섰다. 아침보다 얼굴이 더 길고 나이 들어 보였다.

"노마, 자기야. 의사가 우리한테 할 얘기가 있대."

나는 마크 뒤에 의사가 있는 줄 알아채지 못했다. 나는 내가 아는 사람, 나만큼 겁을 집어먹은 사람에게 온 신경을 쏟고 있었다.

의사는 방 안에 우리밖에 없는데도 아주 작은 목소리로 말했다. "노마, 마크, 안타깝지만 더는 임신을 유지하기 힘들 것 같습니다."

마크가 내게로 와서 손을 잡았다. 나는 의사의 말이 끝나기를 기다리며 의사를 뚫어지게 바라보았다. 그가 어떻게 하면 유지할 수 있을지 말해 주기를, 내 딸에 대해 '유지하기 힘들다'라고 한 말이 무슨 뜻인지 설명해 주기를 기다렸다. 내 딸은 유지되고 있었다. 내 꿈속에서, 내가 쓴 메모 속에서. 그 아이의 피는 나의 피였고, 나는 그 아이에게 노래를 불러 주었으며, 그 아이를 사랑했다.

"태아를 꺼내기 위해 유도 분만을 해야 할 것 같습니다."

태아를 꺼낸다니. 내 딸을 낳는다니. 내 딸이 죽었다니.

다음으로 기억하는 건 다른 방에서 바늘이 팔꿈치가 접히는 곳의 연약한 피부 안쪽을 뚫고 들어가는 걸 지켜본 일이었다. 나는 살을 꼬집는 느낌도, 혈관 속으로 수액이 흘러 들어가는 느낌도, 간호사가 내 발을 발걸이에 끼우는 것도 느끼지 못했다.

아팠던 기억도 나지 않는다. 하지만 확신컨대 분명 아팠을 것이다. 출산할 때 몸이 만들어 내는 화학 물질이 있는데, 이것이 출산의 고통을 잊게 해서 아기와 유대감을 갖게 해 준다고 한다. 아기가 죽으면 무슨 일이 일어나는지 궁금하다. 그 화학 물질은 다 어디로 갈까? 그것들의 목적은 무엇일까? 아직도 눈을 감으면 머리에 파란 병원 모자를 쓰고 나를 내려다보던 마크가 보인다. 그리고 마크가 흘리던 눈물도 느껴진다. 내 입술에 떨어진 그 눈물이 소금처럼 짰던 기억이 난다. 마크는 무엇을 기억하고 있을까.

아기가 세상에 나왔다. 고요 속에서, 다해서 겨우 5파운드 2온스(약 2.36킬로그램)의 무게로. 나는 그 아기를 내 몸 안에 품었고 노래를 불러 주었으며, 방을 꾸며 주고 작고 섬세한 옷을 준비했었다. 그 작은 것들을 넣어 둔 옷장 위에 나는 노아의 방주 램프를 설치했다. 마음이 편안했고, 아이에게 줄 메시지들을 작은 노란색 일기장에 적어 두기도 했다. 아이가 크면 함께 읽기를 바랐다. 아주 오랜 세월이 지나 늙은 내가 주접을 떨고 아이는 나를 떠나 독립하기 전 그때쯤에. 그리고 나는 내가 주려는 사랑은 빛으로 가득할 거라고, 나와 마크를 걸고 맹세했었다. 부담스럽지 않은 사랑을 주고 싶었다. 아이는 내가 잃어버린 나의 일부였다. 나는 늘 어딘가 공허했고, 그 공허함이 아이의 웃음과 울음으로 채워지기를 고대했다.

하지만 나는 결국 아이를 안아 보지도 못했다. 그들이 안아 보겠느냐고 물었지만, 나는 눈을 감아 버렸다. 그것도 꼭. 얼마나 꼭 감았는지, 어둠 속에서 별들이 춤을 추었다. 나는 내 유령에게 얼굴이 있다는 생각, 특히 나와 꼭 닮은 얼굴을 갖고 있다는 생각을 어찌할 수 없었다. 그들은 내 딸을 데려갔다. 그리고 잠을 잘 수 있게 하는 뭔가를 주었다. 나는 기도했다. 이대로 영원히 잠에서 깨어나지 않게 해 달라고. 하지만 기도는 이루어지지 않았다.

잠에서 깨어나 보니, 다시 악몽 속으로 돌아와 있었다. "다 제대로 했는데. 먹는 것도 잘 먹고. 규칙적으로 산책도 하고." 너무 울어서 눈이 화끈거렸다. 마크가 내 코에 휴지를 가져다 대주었다. 나는 거의 제대로 숨을 쉴 수가 없었다. 부풀어 있던 배가 가라앉기 시작했다. 더 이상 배 속에 아기가 없는 것은 현실이고 사실이었다. 흐느낌을 멈출 때마다 나는 애써 설명했다. 변명할 필요 없는 일에 대해, 그리고 마크가 한 번도 비난하지 않은 일에 대해. "그 사람들이 쉬라고 해서 쉬었어. 비타민도 먹었고."

"쉿, 노마, 이건 당신 잘못이 아니야. 가끔 그냥 일어나는 일인 거야." 그는 내 어깨에 팔을 둘러 나를 가까이 끌어당겼다. 나는 그의 가슴에 머리를 기댔다. 늘 사용하는 깨끗하고 익숙한 향수 냄새가 났다. 지금도 낯선 이에게서 그 냄새를 맡으면 아이를 잃은 날로 돌아간다. 향기는 생각을, 시간을 우회시킨다.

그들은 절대 관이어서는 안 되는 상자 속에 아이를 눕혔다. 아이를 묻고 한 달 후, 마크는 그들이 아이에게 내가 산 작은 노란 드레스와 어머니가 뜬 니트 코트를 입힌 후, 어머니의 교회 퀼팅 모임에서 만든 퀼트로 감싸 묻었다는 이야기를 해 줬다.

나는 보지 않았으므로 그의 말을 믿는다. 아기 사라는 우리 집에서 1마일 떨어진 묘지 끄트머리에 묻혔다. 그리고 몇 년 후, 나는 사라의 할머니와 할아버지를 그 옆에 안장했다.

나는 단어를 가르친다. 그리고 공포나 아름다움이나 긴장감을 만들어 내려면 단어를 어떻게 조합해야 하는지, 긴 문장으로 한데 엮은 단어들이 어떻게 고래를 찾아 저 바다로 떠나는 배에 우리를 태울 수 있는지, 어떻게 이야기를 들려주는 것만으로도 백인 남자를 창조해 내는 마녀 옆에 우리를 앉힐 수 있는지 가르친다. 내가 가르치는 단어는 우리를 상상 속에만 존재하는 곳으로 데려가 주고, 비현실적일 정도로 이상하고 흥미로운, 페이지 위에 실제로 존재하는 사람들을 만나게 해 준다. 그래서 나는 아이를 잃은 부모를 위한 단어는 존재하지 않는 게 이상했다. 부모를 잃은 아이는 '고아'라고 한다. 아내를 잃은 남편은 '홀아비'라고 한다. 하지만 아이를 잃은 부모를 가리키는 단어는 없다. 그래서 나는 그 사건이 말로 표현하기엔 너무나 크고, 말도 안 되며, 지극히 압도적인 거라고 믿게 되었다. 어떤 말로도 그 감정을 설명할 수가 없어서 그냥 말하지 않고 두는 거라고 말이다.

사라의 고요한 출생과 죽음은 우리를 따라다녔다. 우리와 함께 차를 타고 집으로 와서, 내 옷, 내 머리카락에 달라붙었다. 내 손톱 밑에 파고들었고, 마크의 한숨에도 자리 잡았다. 그리고 우리 사이에서 잠들었다. 나는 다시 조용해졌다. 근무하는 학교의 교장이 다음 학년도까지 남은 시간 동안 쉴 수 있게 허락해 주었다. 8월에 복직하면 되었다. 그래서 나는 집에 머물며 고요함을 간절히 바랐다. 몇 시간이고 창밖을 바라보며 창가 의자에 앉아 있었다. 라디오도 듣지 않았고, 텔레비전도 보지 않았다. 오직 고요함만이 머물렀다. 사라를 위해 마련해 둔 방에는 발도 들이지 않았다. 화장실에 갈 때면 문을 닫고 깨금발로 살금살금 지나가곤 했다. 저녁 식탁은 포크로 접시 긁는 소리 외에는 고요했다. 마크는 처음 몇 주 동안은 나의 이런 무기력함을 견뎌 주었다. 아마도 나는 내가 어느 날 갑자기 정신을 차리고 모든 게 다시 제자리로 돌아갈 거라고, 식탁에서 웃고 떠들며 금요일에는 저녁을 위해 외출하게 될 거라고 믿었나 보다. 여름이 다가오고 있었으니, 해변으로 여행을 떠나거나 바비큐 파티를 할 수도 있었을 것이다. 하지만 낮이 길어지고 날씨가 따뜻해질수록 고요함은 깊숙이 자리 잡았다. 사라가 생기기 전의 나로 돌아가고 싶었지만, 방법을 알 수 없었다.

일주일 동안 부모님과 지내봤지만, 별 도움이 되지 않았다. 그 집에 늘 존재하던 무기력감은 이제 더는 참을 수 없는 것이 되어 있었다. 어머니는 내가 그 이야기를 하려고 할 때마다 두통이 생겼다. 나는 누구보다 어머니가, 쉬운 일은 아니겠지만, 내 무거운 짐을 이해하는 데 도움을 줄지도 모른다고 생각했다. 태어나 처음으로 공통점을 갖게 되었고, 그걸 함께 이야기하고 슬픔을 나누면서 더 가까워질지도 모른다고 생각했다.

하지만 어머니는 그 이야기를 하고 싶어 하지 않았다. 나는 이미 다 슬퍼했어. 더는 그러고 싶지 않아.

그래서 어릴 때 쓰던 침실에 웅크린 채 누워 잠을 많이 잤다. 옆에서 지켜 주던 마크의 위로가 그리웠다. 어릴 적 좋아했던 낸시 드류의 책들도 읽었다. 갈색 표지의 일기장들도 발견했다. 노란 책등에 손을 뻗어 한 권을 선반에서 꺼내 들었다. 오랫동안 쌓여 있던 먼지가 풀풀 날렸다. 나는 앨리스가 맨 처음 준 그 일기장에 색연필로 무척 공들여 그린 무지개와 분홍색 하트의 윤곽선을 손가락 끝으로 훑었다. 그리고 마치 책을 좋아하는 사람들이 그러듯 책장을 펼쳐 코를 대고 세월의 향기를 한껏 들이마셨다. 얼굴에서 멀찍이 떨어트려 놓고 보니, 유치한 그림과 줄도 맞지 않게 큼지막하게 써넣은 글자들에 미소가 지어졌다. 나는 파란 달무리도 그려 놓았다. 우리 부모님이 산 적 없는 픽업트럭도 그려져 있었는데, 그 옆에는 삐뚤빼뚤 창문이 난 집이 아이들 그림에서 흔히 볼 수 있는 방식으로 그려져 있었다. 구불구불한 선은 새를 그린 것이었다. 특이한 건 하나도 없었고 모든 게 지극히 평범했지만, 이상하게도 나는 내가 쓴 글을 읽으며 의미를 찾고 있었다. 그리고 아주 오랜만에 처음으로 예전의 꿈, 정확히 기억나지 않는 혼란스러운 것들을 떠올렸다. 우리 집이 아닌 집, 우리 엄마가 아닌 엄마를. 어머니가 걸어오는 소리가 들렸다. 그리고 이해할 수 없는 이유로 나는 재빨리 일기장을 덮고 다시 선반에 올려놓았다. 어머니는 노크 없이 문을 열었다. 늘 그랬던 것처럼.

"점심 먹자." 어머니가 방을 둘러보았다. 어릴 때 느끼곤 했던, 왠지 내가 한 짓 때문에 곤란해질 것 같은 불안감이 불쑥 찾아왔다.

"갈게요." 나는 달걀샐러드샌드위치와 양념을 하지 않은 감자튀김을 먹으러 어머니를 따라 복도로 나갔다.

그다음 토요일, 나를 데리러 온 마크의 차가 진입로에 멈춰서는 걸 보고 나는 안도감을 느꼈다.

"잠깐 여기서 벗어나자, 노마." 6월 말이었고, 우리는 집 뒤편에 있는 데크에 앉아 지는 해를 바라보는 중이었다.

"좋은 생각이야, 정말로." 내 대답에 나조차 놀랐다.

나와 길게 논쟁할 준비를 하고 있던 마크는 내가 흔쾌히 동의하자 안도했다. 그가 의자에서 일어나 내게 키스했다. 내가 어깨에 걸치고 있던 담요를 끌어당겨 따뜻하게 덮어 주는 동안 그의 입술은 오래도록 머물렀다. 그날 밤, 우리는 사라를 잃은 후 오랜만에 사랑을 나눴다. 그는 내가 부서지기라도 할 것처럼 그 어느 때보다도 조심스러웠다. 하지만 나는 부서지지 않았다. 그리고 다음 날 아침, 나는 평범한 일상이 되돌아오는 느낌을 받았다. 어떤 상처는 치유되지 않는다. 또 어떤 상처는 결코 지울 수 없는 흉터를 남긴다. 하지만 상처에서 멀어질수록 웃는 것이 쉬워진다.

"우리 어디로 갈까?" 토스터에서 빵을 꺼내는 동안 그가 커피를 따르며 말했다.

"글쎄. 당신이 골라. 난 그냥 어디로든 떠나고 싶은 마음뿐이야." 나는 토스트에 버터를 발라 우리 사이에 놓인 식탁에 가져다 놓았다.

"우리 사무실에, 노바스코샤에 별장을 가진 사람이 있어. 사진을 보니까 좋더라고. 수면 위를 물들인 황혼, 농장, 괜찮은 박물관도 몇 군데 있고 말이야. 바 하버*Bar Harbor, 메인주 남부의 항구 도시*에서 페리를 타면 돼."

"좋은 생각이네."

"좋아, 그럼 며칠 휴가 내고 다녀오자."

기뻐하는 그의 목소리에 나는 미소가 지어졌다. 그날 아침, 식사를 마친 우리는 집을 나와서 바 하버로 차를 몰았다. 그리고 노바스코샤에 관한 팸플릿 하나를 집어 들었다. 그 후 2주 동안 나는 여행을 계획하고, 전화로 숙소를 구하고, 방을 예약하면서 마크가 일하러 가 있는 시간을 채웠다. 그리고 중학생 시절 이후 오랜만에 일기를 쓰기 시작했다. 준 이모, 앨리스와 통화한 이후였다.

"우리 둘 다 통화 연결돼 있어, 꼬맹아. 무슨 일이야?"

"아무 일도 없어요. 그냥, 마크랑 노바스코샤로 짧은 휴가를 떠난다고 말하고 싶어서요. 머리 좀 식히려고요."

"아, 그거 좋겠는데……." 앨리스가 말하기 시작했다.

"네, 좋을 거예요. 마크의 친구가 별장을 갖고 있대요. 그래서 거기서 며칠 머물 예정이에요. 경치 구경하면서요. 팸플릿에 실린 사진들을 보니 정말 아름답더라고요."

"반드시 기록으로 남기도록 해. 좋은 것이든, 나쁜 것이든, 특히 좋은 것들을." 앨리스가 마음을 차분하게 만들어 주는 특유의 목소리로 말했다.

우리가 떠난 건 7월 중순이었다. 내가 차에 짐을 싣는 동안, 마크는 문과 창문을 단속하고 이웃에게 열쇠를 맡겨 화초에 물을 주고 우편물을 챙겨 식탁에 올려놔 달라고 부탁했다. 이번 휴가는 내가 가 본 여행 중 가장 먼 여정이 될 예정이었다. 마크는 어릴 때 애리조나와 캘리포니아에 가 본 적이 있었지만, 나는 메인과 매사추세츠를 연결하는 I-95 고속 도로를 벗어나는 모험을 해 본 적이 없었다. 우리는 특별한 일없이 바 하버까지 갔다. 도로 공사로 인해 몇 번 멈췄지만, 페리 탑승 시간까지는 충분히 여유 있었다. 예전에 카누와 보스턴 항구의 관광 보트 정도의 배는 타 봤어도 페리처럼 큰 배는 처음이었고, 돌아봐도 육지가 보이지 않는 곳으로 여행하는 것 또한 처음이었다. 배 안쪽에 차를 주차하고 내리니, 엔진 오일과 바닷물 냄새가 코를 찔렀다. 선체의 문이 닫히자, 희미한 노란 불빛과 주차 구역에서 울리는 작은 진동이 으스스하게 느껴졌다. 나는 심호흡을 한 후 계단 꼭대기, 빛이 있는 곳으로 올라갔다.

날씨가 좋았다. 하늘도 파랗고 바다도 잔잔했다. 항해는 여섯 시간이 조금 넘게 걸렸다. 우리는 페리 안에 있는 식당에서 몇 잔의 술을 곁들여 저녁 식사를 한 후 갑판을 걸었다. 육지에서 그리 멀지 않은 바다임에도 그 광활함이 놀라웠다. 전부 푸른색이었다. 푸르지 않은 건 딱 하나 수평선, 즉 바다와 하늘을 구분해 주는 가느다란 회색 선뿐이었다. 바닷가에서는 물에 발을 담그고 있으면, 육지가 바로 우리 등 뒤에 있다. 판단의 기준이 있는 것이다. 하지만 이곳 바다에서는, 기준으로 삼을 만한 게 없었다. 우리는 온통 푸른 바다에서 길을 잃지 않게 해 주겠다는 승무원의 말을 믿는 수밖에 없었다.

마크가 배를 둘러보러 간 동안, 나는 라운지의 가짜 모닥불 가에 놓인 의자 중 하나에 앉았다. 책을 읽고 있었다고 말하고 싶지만, 실은 사람들의 삶을 궁금해하며 그들을 관찰했다. 저들은 어디에서 왔을까? 아침에는 무엇을 먹었을까? 어떤 유령이 꿈에 나와 괴롭힐까? 나는 홍차와 함께 부드러운 음식을 먹고 있는 나이 든 부부를 지켜보았다. 저들은 얼마나 오랫동안 함께했을까? 자식은 몇 명일까? 집으로 가는 중일까, 아니면 여행을 떠나는 중일까? 한 청년이 혼자 앉아 책을 읽고 있었다. 진지해 보였다. 나는 고개를 기웃거리며 그가 무슨 책을 읽고 있는지 보려고 했지만, 표지가 뒤로 젖혀진 상태였다. 시선을 돌려 이번 휴가를 위해 산 책을 막 펼치려는데 한 젊은 부부가 유아차를 끌고 가는 게 보였다. 분홍 담요 아래 태어난 지 한두 달쯤 되어 보이는 아기가 잠들어 있었다. 곧 쏟아져 내릴 듯 눈물이 북받쳐 오르는 느낌이 들었다. 울음이 목구멍에 쏠려 있다가 눈가로 밀려 나오려는 게 느껴졌다. 마크가 만면에 미소를 띤 채 돌아왔다. 그는 페리 작동 원리를 설명해 주려고 신이 나 있었다. 하지만 그때 나는 상태가 엉망이었다. 휴지를 차 안에 두고 나왔는데 냅킨을 가지러 갈 힘이 없었다. 나는 입고 있던 카디건 소매로 눈물을 훔쳤다.

"맙소사, 노마. 왜 그래?"

"아무 일도 아니야." 나는 흐느꼈다. 그리고 그건 거짓말이 아니었다. 정말 아무 일도 아니었다.

"무슨 일이 있었나 본데." 마크가 바로 가서 냅킨을 한 움큼 집어다 건넸다.

"바보 같아."

"나한테 말해 봐." 그가 바닥에 앉아 내 무릎에 손을 얹으며 말했다.

"아기를 데려온 부부가 있었어. 몰라. 그냥 눈물이 났어. 그 사람들이 너무 행복해 보여서."

마크는 아무 말도 하지 않았다. 그저 눈물을 그칠 때까지 옆에 앉아 있었다. 때때로 나는 마크도 아파하고 있다는 사실을 잊었다. 나는 슬픔을 씻어 내려고 노력했다. 눈물 대신 미소를 지으려고 노력했다. 목에 걸린 덩어리를 삼키려고 노력했다. 하지만 마크는 믿어 주지 않았다. 끊임없이 나를 가까이 끌어당겨 결국 꼼짝도 못 하게 붙들었다.

나머지 항해는 순조로웠고, 우리는 야머스(노바스코샤주 서남부에 있는 항구 도시)에 도착했다. 하늘은 여전히 푸르렀지만, 공기는 조금 서늘했다. 차를 몰고 페리에서 내려 새로운 나라로 들어가면서 마크가 말했다. "아기를 볼 때마다 우는 건 아니겠지?"

돌아보니 그는 웃고 있었다.

"설마 지금 나를 놀리는 거야?" 목소리에 열이 올랐다.

"아니, 그게 아니고……." 마크가 말을 더듬었다.

"나도 어쩔 수 없어, 마크. 난 아이를 잃었어, 빌어먹을. 당신이 원하는 행복한 아내가 될 수 없대도 용서해."

"아니야, 노마, 그렇지 않아. 미안해. 그냥 농담하려던 것뿐이야."

"진짜 웃긴다, 마크. 씨발, 존나 웃겨."

욕을 하면 기분이 좋아진다더니 정말이었다. 아주 잠깐이긴 하지만. 여객선 터미널 바로 지나서 있는 주유소에 차를 세웠다. 마크가 아무 말 없이 차에서 내렸다. 나는 화가 죄책감으로 바뀌는 걸 느꼈다. 차에서 내려 마크를 따라 주유소로 들어갔다. 그는 계산대에서 돈을 지불하고 있었다. 초콜릿 바 두 개를 집어 계산대에 올려놓으며 일부러 귀에 대고 "미안해"라고 속삭였다. 마크가 미소를 지었다. 하지만 완전히 풀리진 않은 것 같았다. 계산대에 있던 직원이 나를 보며 물었다. "원주민 카드 있으신가요?"

나는 그가 누구에게 말하고 있는지 보기 위해 뒤를 돌아보왔다.

"그쪽 말이에요, 여자분. 원주민 카드 사용하실 거예요?"

"미안하지만, 그게 뭔지도 모르겠네요."

"아, 미안합니다. 원주민이신 줄 알았어요."

나는 내 7월의 피부를 내려다보았다. "이탈리아 쪽 혈통이라고 들었어요."

"그러시다면야."

그가 마크에게서 돈을 받았다. 우리는 다시 차로 향했다.

"아까 이상했어." 나는 초콜릿 바 껍질을 까며 말했다.

"당신 피부가 어두워서 그래. 여름에는 더하고."

나는 주유소를 나오면서 마크가 베어 물 수 있도록 초콜릿 바를 들어 주었다. "의도치 않게 실수한 거겠지."

노바스코샤는 아름다웠다. 우리는 2주 동안 차를 타고 관광했다. 딕비에 들러 세계적으로 유명한 가리비를 맛봤고, 다음엔 매력적인 농장이 있고 유구한 역사를 자랑하는 아나폴리스 밸리도 지났다. 복원된 오래된 요새에도 방문했다. 한때 프랑스와 영국 모두에 전략적으로 중요한 곳이었고, 마침내 영국이 점령할 때까지 수년간 전투가 벌어진 곳이었다. 식민지 시대로부터 물려받은 빅토리아 시대의 매력을 간직한 작은 마을들, 그리고 끝없이 이어지는 과수원과 옥수수밭도 지났다. 우리는 킹스포트라고 하는 작은 곳에 있는 마크 친구의 별장에 머물면서, 수 마일에 걸쳐 바닷물이 밀려 들어왔다 나가는 것을 지켜보며 느굿한 시간을 보냈다. 만조는 노바스코샤 사람들의 자랑거리다. 그만큼의 물이 하루에 두 번, 들어오고 나가는 광경은 그야말로 장관이다. 그곳은 갯바람과 신선한 현지 음식 때문에 내가 가장 좋아했던 곳이다. 우리는 푸른 채소와 딸기 파이를 먹었다. 킹스포트에서는 한 이웃이 지역 공동체의 딸기 모임에 우리를 초대했다. 그곳에서 우리는 각자 5달러를 내고 호지 포지 스튜(우유에 신선한 채소와 버터를 넣어 끓이는 노바스코샤 음식)와 디저트로 나온 쇼트케이크를 먹고, 온갖 커피와 차를 마셨다. 사람들은 보수적이었지만 친절했다. 묘하게 친숙한 느낌이 드는 곳이었다. 사람보다는 풍경이 그랬다. 길을 따라 늘어선 나무와 벽돌로 지은 큰 시청이 있는 작은 마을에 친밀감이 느껴졌다. 그 이유는 알 수 없었다. 마크는 농담처럼 내가 전생에 이곳 사람이었던 게 틀림없다고 말했다. 우리는 웃었다. 내가 만일 그런 걸 믿는 사람이었다면 그의 말이 옳다고 생각했을지도 모르겠다. 머물 날이 얼마 남지 않은 어느 날 저녁, 우리는 물이 빠져나간 모래사장을 따라 걸으며 짠 공기를 한껏 들이마셨다. 하늘이 파랗다가 분홍색으로, 그리고 보라색으로 변했다. 구름이 파스텔색으로 솟아올랐다. 작은 바닷새들이 재잘거리는 소리가 매혹적으로 들려왔다.

나무로 된 계단이 해변에서 저 위 절벽까지 이어져 있었다. 썰물 때가 되어 나는 그 계단에 앉아 갯벌 위로 달이 뜨는 광경을 지켜봤다. 해안가로 밀려드는 파도는 조금씩 가까워질 때마다 뭔가 속삭이는 듯했다. 저 아래 해변 어딘가에서 아이들이 노는 소리가 들려왔다. 하지만 달은 그 모습을 비출 만큼 높지 않았다. 달이 조금씩 떠오르는 모습을 경탄하며 보고 있던 나는 아이들 소리에 주위의 공기가 차가워지는 것을 느꼈다. 부드러운 바람이 내 드러난 팔을 스치고, 아이들의 웃음소리가 들려왔다. 울퉁불퉁한 절벽과 비바람 맞은 나무들의 실루엣이라도 보려고 아래를 내려다봤지만, 아이들은 보이지 않았다. 환히 빛나는 달빛에 유령 같던 목소리들이 조용해졌다. 아이들도 달을 감상하느라 노는 걸 멈췄거나, 자러 들어오라는 부름을 받은 것인지도 몰랐다. 어쩌면 그들은, 대대로 유령 이야기가 전해 내려오고, 그걸 또 전적으로 믿는 이곳 사람들이 이야기하기 좋아하는, 바로 그 유령들인지도 몰랐다. 그 아이들이 어떻게 됐는지는 모른다. 하지만 그들이 준 메시지는 이해했다. 달이 물마루에 올라 파도 위를 떠다니는 동안, 나는 팔로 허리를 감싸 안고 울었다. 내 어머니는 죽은 자식들의 유령과 함께 살았다. 대부분 제대로 형체를 갖추기도 전에 잃은 자식들이었다. 나는 유령이 가득한 집에 살았다. 집에서 멀리 떨어져 있음에도 너무나 친숙한 그곳에서, 나는 어머니를, 그리고 끊임없이 그녀를 찾아와 고통스럽게 만들었던 그 유령들을 이해했다. 나 역시 똑같으리라는 것을 알기 때문에, 나는 아이를 낳을 수 없으리라는 것을 이해했다. 자그마한 아이들에게서 나는 그들보다 먼저 왔다 간 딸을 보게 될 터였다. 사라에게 주지 못했던 사랑으로 그들을 숨 막히게 할 게 뻔했다. 나는 짠 공기를 들이마신 후 달을 외면하고 돌아섰다. 육지 쪽으로 한 걸음 한 걸음 걸어 올라가는 동안 마음이 가벼워지고 고통이 거의 사라지는 게 느껴졌다. 무엇을 해야 할지 알았다. 그리고 마크의 마음을 아프게 하리라는 걸 알면서도 미소가 지어졌다. 아주 오랜만에 짓는 진짜 미소였다.

핼리팩스는 정말 매력적인 곳이었다. 근사한 바와 선술집들을 보면 누구라도 그렇게 느낄 터였다. 우리는 술을 좀 많이 마셨다. 춤을 추다 보니 해가 뜨고 있었다. 우리는 겨우 몇 시간 눈을 붙인 후 체크아웃하고 호텔을 나왔다.

"즐겁게 잘 보내는 것 같네." 마크가 진통제를 건네며 말했다. 나는 어머니 못지않게 심한 두통을 느꼈다.

"행복해." 나는 커피 한 모금과 함께 약을 삼키며 대답했다.

"다행이야. 혹시 나한테 하고 싶은 말이 있어?"

"무슨 소리야?"

"뭔가 달라진 것 같은데?"

"아니."

"전혀?"

"그래." 나는 돌아서서 렌터카에 올라타며 선글라스를 썼다. 은연중에 속마음이 드러나는 걸 방지하기 위해서였다.

사우스쇼어(노바스코샤주의 남부 해안 지역)는 정말 근사했다. 엽서에서 바로 튀어나온 것 같은 아담한 어촌 마을과 등대들이

해안 여기저기에 자리 잡고 있었다. 그곳의 바닷바람은 뭔가 특별했던 것 같다. 메인에도 바다가 있기는 하지만, 잘 아는 곳에서 멀리 벗어나 차가운 북쪽의 바닷바람을 맞는 건 영혼에 이롭다고 믿는다. 마크도 그렇게 느꼈다. 우리는 서로의 손을 잡고 지는 해를 바라보며 처음 만났을 때처럼 사랑을 나눴다. 결말이란 게 다 그렇듯이, 좋은 마무리였다.

바 하버로 출항하는 야머스 페리에 승선했을 때, 나는 마크에게 말을 꺼냈다. 우리는 아직 차에 탄 채, 내려서 갑판으로 나가도 된다는 허가를 기다리는 중이었다. 의도치 않게 으스스한 불빛이 대화의 끝을 예고하는 듯했다.

"마크……"

마크가 돌아보며 내가 무슨 말을 하길 기다렸다.

"사랑해."

"나도 사랑해."

"그리고, 미안해. 아기가 그렇게 된 후로 그동안 내가 너무…… 어색하게 굴었지."

마크가 손을 뻗어 내 손을 잡았다. "괜찮아. 힘들었잖아. 다시 시도하면 돼." 그가 내 뺨에 키스하기 위해 내 쪽으로 몸을 숙였다. 나는 그를 밀어냈다.

"그게 문제야."

"뭐가?"

"나는 더는 시도하고 싶지 않아."

"아직 슬퍼서 그래. 조금 기다려 보자."

"아니, 마크. 나 진심으로 하는 말이야. 평생 아기 유령들과 함께 살았어. 그리고 그들이 어떤 피해를 주는지 봤고. 그 유령들은 집안 모든 곳의 사랑을 남김없이 빨아들여. 세상을 조용하고 으스스하게 만들지. 나는 그렇게 살고 싶지 않아. 당신도 그렇게 살게 안 할 거고."

마크가 내 손을 놓았다. 내 손은 다시 내 무릎 위에 놓였다. 그는 마치 당장 차를 몰아서 페리에서 내리고 싶은 듯 운전대를 붙잡았다. 하지만 아무 데도 갈 수 없었다.

"이런 일은 혼자 마음대로 결정하는 게 아니야. 우린 계획이 있었잖아."

"계획은 바뀌기도 해."

기름투성이 유니폼에 반사 조끼를 입은 남자 하나가 차에서 내려도 된다는 신호를 보내 왔다. 마크가 차에서 내리며 문을 쾅 닫았다. 그리고 내가 붙잡기도 전에 계단 위로 사라져 버렸다.

마크에게 실망스러웠다. 정말 그랬다. 이렇게 기분이 안 좋은 적은 처음이었다. 나는 내 마음을 알리고 싶었던 것뿐이었다. 그에게 말하고 싶었고, 설명하고 싶었다. 하지만 그는 가 버렸다. 배 안에서 그를 찾을 수 없었다. 울고 싶었다. 마크와 함께 갑판에 서서 바닷바람을 맞으며 소리 지르고 싶었다. 그렇게 내 슬픔과 분노를 푸른 바다로 실어 보내고 싶었다. 그렇게 떠나보내고 나면, 자유로울 것 같았다. 하지만 마크는 어둠 속으로 떠나 버렸다.

페리가 선착장에서 멀어지기 시작했다. 나는 계단을 올라가 바Bar로 갔다. 페리에 탄 사람들은 대부분 가족이었다. 바 의자에 앉은 사람은 나뿐이었다.

"와인 주세요, 화이트로."

"6온스(약 180밀리리터)로 드릴까요, 아니면 9온스(약 270밀리리터)로 드릴까요?" 바텐더가 물었다. 그녀의 머리는 금발이었지만 뿌리 부분은 어두운색이었다. 한때는 말랐을 것 같은 느낌을 주었다.

"9온스로 주세요."

와인은 신맛이 강했다. 귓속이 따끔거렸다. 나는 움찔하면서 한 모금 넘겼다. 바텐더는 내가 두 번째 잔, 세 번째 잔을 주문하자 깜짝 놀랐다.

"괜찮으세요, 부인?" 바텐더가 물었다. 내가 바 카운터를 두드리며 네 번째로 잔을 채우기 위해 잔을 내밀었을 때였다.

"아주 좋아요, 딱 좋아요. 딸이 죽었는데, 방금 결혼 생활까지 망친 것 같거든요." 내 입에서 불분명한 발음으로 거친 말이 튀어나오고 있었다. 주워 담고 싶었을 때는 이미 입 밖으로 내뱉은 후였다. "미안해요, 미안합니다. 나 자신이 한심하네요."

"물 한 잔 드릴까요?"

"아니요, 와인을 한 잔 더 마시고 싶네요. 조용히 앉아서 아무도 불편하게 안 할게요, 약속해요." 나는 의자에서 살짝 미끄러졌다. 다시 똑바로 앉으려고 팔을 뻗는데, 누군가의 손이 허리에 닿더니 나를 끌어올려 다시 의자에 앉혔다. "와인 한 잔 더 마시고 싶어요."

"한 잔 더 주세요. 제가 챙기겠습니다. 전 맥주 한 잔 주시고요." 마크가 내 옆에 앉았다.

"그러시다면요. 이분이 토하면, 손님이 치우시는 겁니다." 바텐더가 마크에게 윙크하며 말했다. 그녀를 한 대 치고 싶었다.

나는 마크에게 말을 걸지 않았다. 그저 말없이, 슬퍼하며 앉아 있게 내버려두었다. 갈 시간이 되자 마크가 나를 의자에서 일어날 수 있게 도와주었다. 마크는 계단을 걸어 내려와 차를 타러 가는 내내 나를 부축해 주었다. 생애 가장 행복한 시간을 보낸 후 페리에서 내리면서, 나는 이제 무엇도 전과 같지 않으리라는 것, 그리고 그건 다 내 잘못이라는 사실을 알았다. 내게는 후회할 시간도, 후회하는 데 쓸 감정적 힘도 없었다. 세상이 예정된 대로 흘러간다는 걸 알았다. 가끔은 나한테 일어나는 일의 의미를 찾는 게 힘들 때가 있지만, 우주는 자기가 무엇을 하고 있는지 안다는 생각이 들었다. 어쩌면 이 슬픔을 견디는 게 내 의무인지도 몰랐다. 다른 여자라면 견디기 쉽지 않을 이 슬픔을. 나는 아이를 잃었고 결혼 생활이 산산조각 나도록 두었다. 누군가는 이런 일을 겪고도 행복을 찾을 수 있겠지만 나는 아니었다. 어머니는, 신은 우리가 감당할 수 없는 고난은 주지

않는다고 늘 말하곤 했다. 어머니에게 그토록 위안을 준 신의
존재를 나는 믿지 않지만, 그 말에 담긴 정서는 이해한다. 그때
의 나는, 자신이 내린 결정과 화해하고 스스로 새로운 삶을 개
척할 필요가 있었다.

아홉

조

회복은 쉽지 않았다. 아침에 잠에서 깨는 그 순간부터 밤에 머리를 대고 누울 때까지 오른쪽 옆구리 전체가 아팠다. 통증은 잠을 방해했고 꿈속까지 파고들었으며, 타이어 미끄러지는 소리와 병원의 기계음으로 가득한 악몽으로 바꾸어 놓기 일쑤였다. 열심히 운동을 하고 많은 약을 먹어도 몰아낼 수 없는, 아주 깊숙이 자리 잡은 통증이었다. 수많은 알약을 삼키고 린디 고모의 '골무만 한 술잔'에 위스키를 가득 담아 마셔도 고통은 남은 인생을 괴롭힐 거라는 확신이 들었다. 이 확신이 너무 강해서, 나는 내가 옳다는 것을 증명할 수만 있다면 무엇이든 했다. 우선 결단력 있는 사람이 되는 것이 그중 하나인데, 보통은 이건 좋은 일이다. 하지만 스물네 살에 인생의 쓴맛을 보고 그 쓴맛에 자진해서 빠져 살겠다고 결심한다면, 그건 결코 좋은 일이 아니다. 그 고통은 내 분노를 더 빨리 불타오르게 할 뿐이었다.

엄마는 내가 품고 있는 분노를 사랑하고자 노력했고, 아빠와 벤 형은 나를 숲으로 데리고 다니며 분노를 풀어 주려고 노력했다. 메이 누나는 저주를 퍼부었다. 하지만 다 아무 소용 없었다. 나는 고통과 분노가 나를 망가트리도록, 그냥 놔두기로 했다.

사고를 당하고 몇 달 동안, 나는 핼리팩스 재활 센터의 한 작은 방에 혼자 머물렀다. 곁에는 곰팡내 나는 책들 뿐이었다. 누군가 비난할 대상이 절실했다. 그리고 리처드슨 씨를 그 대상으로 정했다. 그는 저녁을 먹으러 집으로 가다가 내가 어둠 속에서 튀어나와 그의 트럭 앞에 서는 바람에 사고를 낸, 불쌍한 영혼이었다.

"너는 그 사람한테 화를 낼 이유가 없어." 엄마가 말했다. 엄마는 침대 옆에 앉아 오래된 마가린 통에서 빵을 꺼내고 있었다. "너랑 그렇게 마주칠지 그 사람이 어떻게 알았겠니?"

"잘 살펴보고 있었어야죠."

"일요일 밤에 말이냐? 혹시나 어둠 속에서 누군가가 튀어나올지 몰라서? 네가 차 앞으로 튀어나올지도 모른다고 예상했어야 한다는 거니?" 엄마는 좁은 병원 탁자 위에 빵을 올려 내 앞으로 당겨 주고는 그 위에 당밀을 끼얹었다. "루스키Luski(빵이다), 먹으렴."

빵은 아직 따뜻했다. 옆으로 흘러내려 접시 바닥에 고인 당밀을 손가락으로 찍어 입으로 가져가다가 턱에 흘렸다. 엄마가 닦아 주려고 손을 뻗었다. 나는 그 손을 찰싹 때리며 뿌리쳤다.

"너 이러는 거, 이제부터는 안 참을 거야." 엄마가 내 턱에 묻은 진한 갈색 시럽을 닦으려고 다시 손을 뻗었다. 나는 엄마를 그대로 두었다. "아무리 심하게 다쳤어도 엄마 때리는 걸 봐줄 정도는 아니다."

좋은 날, 즉 운동 덕분에 통증도 줄어들고 겨울치고는 따뜻한 날, 밖에 나가 햇살 아래 앉아 있을 때면 리처드슨 씨를 조금은 용서하고픈 마음이 들었다. 그가 용서를 구한 것도 아니고 내게 그를 용서할 권리가 있는 것도 아니었지만, 좋은 날이면 여전히 그런 마음이 들었다. 좋지 않은 날, 즉 날씨가 나를 자극하거나, 눈이 내리거나, 추위가 뼛속까지 파고들거나, 심지어 날씨는 바깥의 일일 뿐인데 나는 실내에 갇혀 운동을 해도 아프기만 하고 도움이 되지 않을 때, 게다가 약을 먹어도 통증이 가시지 않을 때, 내 분노는 커지다 못해 곪아 터졌다. 마음먹은 대로 움직이지 않는 발을 바라보며 핼리팩스 재활 센터 침대 위에 누워 있는 시간이 길어질수록, 내가 처한 상황에서 허우적거리는 시간이 길어질수록, 더 화가 났다. 어쩌면 그 옛날 메인의 상점에서 들은 말이 맞는지도 몰랐다. 우리 원주민들 피는 신맛이 난다는 이야기 말이다. 아니 어쩌면, 나에게만 해당할지도 몰랐다.

나는 재활 센터에서 장장 6개월을 보내며 내게 필요한 그 모든 걸 다시 배울 때까지 기다렸다. 아빠와 함께 사슴 사냥에 나섰던 일이 그리웠고, 크리스마스가 그리웠다. 겨울이 찾아오면 우리 가족은 집 안에 머물렀다. 날씨가 좋으면 세 시간이 걸리는 거리였다. 떠날 수 있을 정도로 건강이 회복되자 태양이 다시 세상을 비추기 시작했다. 나는 지팡이를 짚고 걸을 수 있었다. 하루 종일 몸이 뻐근하고 시큰했다. 나는 고통을 억누르기 위해 아빠의 위스키를 몰래 홀짝홀짝 마시곤 했다.

"벌써 몇 시간 째 그렇게 넋을 놓고 앉아 있는 거야. 빨리 움직이지 않으면 몸이 다 뻣뻣하게 굳어 버린다고." 메이 누나가 허리춤에 손을 얹은 채 서서 나를 내려다보았다.

"날 좀 내버려둬, 누나. 피곤해." 나는 더 의자 깊숙이 앉으며 누나를 무시하고 큰 거실 창을 내다보려고 했지만, 누나는 비키려고 하지 않았다.

"의사가 운동해야 한다고 그랬잖아. 당장 일어나서 진입로 끝까지 걸어갔다 와. 그리고 너 몰래 술 마시는 거 내가 모르는 줄 알지. 나도 다 해 본 거야."

"제발 좀 내버려둬. 지금은 누나 강의 듣고 싶지 않아."

"스스로 불행하다고 한탄하는 것 좀 그만해."

나는 힘겹게 누나를 돌아보았다. 누나가 따라 움직이면서 내 시야를 가렸다. 누나는 내가 의자에서 일어나는 걸 도와주려고 손을 내밀었다. 나는 그 손을 찰싹 때렸다. 알고 보니 나는 재활센터에 있을 때와 마찬가지로 집에서도 기분이 좋지 않았다. 집의 친숙한 소리와 냄새도 신경질을 누그러뜨려 주지 못했다. 나는 나를 사랑하는 사람들에게 고통스러운 존재일 뿐이었다.

"넌 너만 빼고 나머지 사람들은 다 잘못된 것 같지." 아직은 불이 따뜻하게 느껴지던 4월의 서늘한 저녁, 오래된 그루터기를 사이에 두고 곁에 앉아 있던 메이 누나가 말했다.

"닥쳐, 누나. 누나는 아무것도 몰라."

"안 닥칠 거야. 그리고 내가 너보다는 많이 알아. 사고 때문에 충격이 너무 커서 머리가 어떻게 된 거 아니야? 네 발로 트럭 앞에 가서 섰으면서 왜 그 불쌍한 사람을 비난하니? 너 때문에 놀라서 겁먹었을 텐데. 그 사람 노인이라고. 조, 너 그거 자기 연민 중에서도 최악이다. 잘못은 자기가 해 놓고 다른 사람 탓하는 거."

"꺼져, 누나."

"오, 이제 다 컸다 이거냐, 응?" 누나가 피식 웃었다.

누나에게 욕을 하는 건 불에 기름을 붓는 거나 마찬가지였다.

"넌 나으려는 노력은 안 하고, 내내 혼자만 불쌍한 척하고 있어. 게다가 우리가 그걸 다 받아 주길 바라고. 너 지금 엄마한테 상처 주고 있는 거야. 엄마는 아무 말 안 하시겠지만, 네가 엄마를 아프게 하고 있다는 건 사실이야."

"난 엄마를 아프게 하지 않아."

"엄마는 두려워하고 계셔, 조. 자식을 또 잃게 될까 봐. 그리고 넌 엄마의 두려움을 더 키우는 짓만 골라서 하고 있어. 여기 이렇게 앉아서 속이나 끓이고 있잖아. 재활 운동도 안 하고, 죽은 미라같이 썩은 얼굴을 하고선."

"미라는 원래 다 죽었어, 바보야."

메이 누나는 콧방귀를 뀌었다. "넌 네가 아주 똑똑한 줄 아나 본데, 그냥 여기 멍청하게 앉아 있는 게 전부잖아. 나으려고 노력하는 것도 아니고, 이 모든 일에 너도 책임이 있다는 건 아예 말할 생각도 없지."

나는 얼굴이 점점 달아오르는 걸 느꼈다. 심장이 가슴에서 목구멍으로, 그리고 입 밖으로 튀어나오기라도 할 것처럼 맥박이 고동쳤다.

"나도 나한테 책임이 있다는 거 안다고." 소리를 지르진 않았지만 거의 소리를 지르듯 말했다.

"당연히 그래야지."

"난 루시를 마지막으로 본 사람이야. 루시를 잃어버린 바로 그 당사자라고. 나한테도 책임이 있어, 누나. 내가 자책하지 않는다고 말하지 마. 누나한테는 안 보일지 몰라도, 자책하고 있으니까."

누나는 한동안 말이 없었다. 자기 손을 내려다보며 담배를 말고 있었다. 모닥불이 갈라지며 불꽃이 튀는 와중에, 누나는 종이 끝에 침을 발라 끝까지 말아서 담배를 단단히 고정했다. 그리고 크게 숨을 들이마신 후 진심을 털어놓았다.

"넌 그게 무슨 메달이라도 된다고 붙들고 있냐. 그래서 네가 특별하다는 거야 뭐야." 누나가 불을 붙이지 않은 담배로 나를 가리키며 말했다. "루시를 마지막으로 본 게 너라고 해서 특별할 건 없어. 찰리가 죽었을 때 네가 거기에 있었다고 해서 특별한 게 아닌 것처럼." 누나는 말을 멈췄다. 더 할 말을 생각해 내려는 듯했다. "그런 것 때문에 네가 특별히 더 죄책감을 느낄 필요는 없다고, 조. 그 일이 일어났을 때 그냥 네가 그 자리에 있었던 것뿐이야."

"누나,"

누나가 손을 들어 나를 막았다. 나는 더 말하지 않았다. 누나는 말아 둔 담배를 불 속으로 던졌다. 한 모금도 피우지 않고.

"루시를 마지막으로 본 사람이라고 해서 죄책감을 너 혼자다 감당할 필요는 없어. 우리 모두 관련 있는 일이야. 그리고 네가 특별히 책임이 있다고 생각하는 건 상황을 더 나쁘게 만들 뿐이고. 너만 특별하지 않아, 조. 그리고 네가 어떻게 돼 버릴까 봐 조심스럽게 대해야 하는 것도 지겨워 죽겠어. 빌어먹을, 제발 철 좀 들어라."

지혜는 힘들게 얻어야 하는 거라고 들었고, 나는 대부분 그말이 사실이라고 믿는다. 하지만 메이 누나는 처음부터 지혜로웠다. 누나의 지혜는 화려한 말로 포장되거나 책에 기록된 것이아니었다. 우아함이라고는 전혀 없었고, 거칠고 다듬어지지 않은 말로 세상에 내뱉어졌다. 누나의 말은 영향력이 있었지만 아마도 그날 밤에는 그렇지 않았던 것 같다. 그날 밤 나는 메이 누나에게 화가 난 상태로 잠자리에 들었고, 한숨도 자지 못했다.

수십 년이 지난 지금 내가 누워 있는 바로 이 침대에서, 씩씩거리며 깨어 있었다. 그리고 메이 누나는 나한테 더는 말을 걸지 않았다. 하지만 나는 그 말에 굴복해 누나를 만족시킬 생각이 없었다. 몇 주 후, 어쩌다 보니 부모님은 잠자리에 들고 우리끼리만 밖에 나와 있었다. 전과 같은 그 모닥불 옆이었다. 약이 다 떨어져 등에 경련이 일었다. 일어설 수가 없었다. 두 번이나 시도했지만 두 번 다 의자에 다시 풀썩 주저앉고 말았다. 우리는 말없이 앉아 있었다. 반 마일 떨어진 고속 도로의 소음이 청개구리 소리와 뒤섞여 들려왔다. 모닥불은 서서히 재로 변해 갔다. 남은 불꽃이 사그라지면서 장작이 검게 변하자, 메이 누나가 옆으로 다가와 내 허리에 팔을 두르고 의자에서 일으켰다. 나는 누나를 버팀목 삼아 침대로 갔다.

"미안해, 누나." 나는 나를 침대에 눕혀 주는 누나에게 말했다.

누나가 몸을 굽혀 신발을 벗겨 주었다. "미안해하는 사람 그만하고, 쓸모 있는 사람이 돼."

그날 밤, 나는 편안해지려고 노력하면서 어쩌면 메이 누나 말이 옳을지도 모른다고 생각했다. 하지만 누나한테는 절대 말하지 않았다. 사고 전과 같아질 수 없다면, 적어도 누나의 충고를 받아들여 쓸모 있는 사람이 될 작정이었다. 그래서 아빠와 벤 형을 따라 숲에 들어갔고, 3개월 후 리처드슨 씨가 와서 일자리를 제안했을 때는 그것을 받아들였다.

휘발유 냄새에는 여전히 나를 그 주유소로, 그리고 루시가 사라지기 전 존재했던, 행복이란 게 무엇인지 알았던 그때로 돌아가게 만드는 그 무언가가 있다. 그때 우리 가족은 온전했고, 분노는 잠잠했다. 연료계의 숫자가 찰칵거리며 넘어가는 소리가 들린다. 금전 등록기 열쇠에 시커먼 더께가 두껍게 쌓인 게 느껴진다. 엔진 오일을 갈고, 계산기에 숫자를 두드리는 남자들. 단골손님들은 오래 머물며 말 같지 않은 소리를 지껄이다가 아예 갈라진 비닐 의자에 자리를 잡고 앉는다. 주인이 피우기를 잊은 담배에서 연기가 피어올라 재떨이 밖으로 퍼져 나간다. 그들은 담배 피울 시간도 없이 수다 떨기 바쁘다. 내가 일하기 시작한 시기는 서늘함이 자리 잡기 시작한 늦가을이었다. 겨울에는 내내 추웠다. 두 칸으로 된 출입문에서 끊임없이 한쪽에서는 차가 나가고 다른 한쪽에서는 들어오며 정비소 안으로 겨울 추위가 그대로 들어왔다. 나는 월요일부터 금요일, 오후 두 시부터 밤 아홉 시까지 높은 의자에 앉아 일했다.

그때도 나는 여전히 쉽게 분노를 터트렸다. 아무도 신경 쓰지 않는 사소한 일에 피가 뜨겁고 심하게 달아올랐다. 이야기 늘어놓기를 좋아하고 귀가 어두운 한 노인이 있었는데, 그는 늘 주유 펌프 앞에 자기 차를 세워 놓았다. 그동안 다른 손님들은 불편하게 연료를 채워야 했다. 11월의 어느 날, 주유를 기다리는 차들이 도로까지 길게 줄지어 서 있는데 그 앞에 그 노인이 서서 백만 번이나 했던 이야기를 또 늘어놓고 있었다. 나는 그를 그냥 놔둔 채 그의 올즈모빌에 올라타서는 타이어 고무 타는 냄새가 사방에 진동하도록 총알같이 몰았다. 그리고 잔디 위에 주차한 다음 문을 쾅 닫고 발로 찬 후 다시 내 자리로 가서 앉았다. 다들 한동안 말없이 바라만 봤다. 마침내 노인이 차를 돌려 떠났다. 그때부터 그는 아침에 와서 주유하기 시작했다.

그때 코라가 일곱 시부터 두 시까지 교대 근무를 시작했다. 내가 출근할 때 코라는 퇴근 준비를 하고 있었다. 오래지 않아 나는 정해진 출근 시간보다 조금 일찍 오기 시작했다. 그저 코라와 몇 마디 나누고, 그녀가 의자에서 내려와 그날 받은 현금 세는 모습을 보기 위해서였다. 그녀는 체구가 작았고, 머리카락이 붉게 빛났다. 나이는 나보다 거의 열 살이 많았다. 마치 동화책에 나오는 인물처럼 코와 광대 주위에 주근깨가 넓게 퍼져 있었고, 매일 분홍색 립스틱을 칠했다. 나는 원래 코라를 알고 있었다. 워낙 작은 마을이라 누구와도 완전히 모르는 사이로 지내기는 힘들었다. 하지만 실제로 대화를 나눠 본 적은 없었다. 크리스마스 직전, 어느 서늘한 12월 오후에, 우리는 그녀의 서른네 번째 생일을 축하했다. 그녀가 남은 케이크와 축하금을 넣은 카드를 챙기고 있을 때, 나는 최선을 다해 멋있어 보이려고 말을 걸었다.

"케이크 마음에 들어요?" 내가 물었다.

"네, 괜찮네요."

"맛있더라고요."

"그러게요."

코라는 잠시 기다렸다. 아마 내가 무슨 말을 또 할 줄 알고 기다리는 듯했다. 하지만 나는 숨이 멎을 것만 같았고, 아는 단어가 한 마디도 생각나지 않았다. 원래 말을 많이 하는 편이 아니었지만, 그날따라 전에 없이 어색한 침묵으로 일관했고 이는 그날 이후 몇 달 동안 계속되었다.

여름이 다시 시작될 때쯤, 린디 고모의 위스키는 내가 가장 저렴하게 마실 수 있는 술이 되었다. 맛도 형편없고 마음의 상처는 더 심해졌지만, 그래도 몇 모금 들이켜고 나면 움찔하지 않고도 다리를 굽힐 수 있었다. 허리를 굽혀 바닥에 있는 걸 집은 후 바로 몸을 일으킬 수도 있었다. 젊어서 아픈 건 부당한 일이었다. 공정함이라고는 전혀 없었다. 진통제는 오래전에 떨어졌고, 때때로 나는 통증을 견딜 수 없었다. 마치 뼈에서 독이 뿜어져 나와 근육까지 파고드는 느낌이었다. 하지만 통증 때문이든 술 때문이든 끊임없이 안개 속에 있는 것 같으면서도, 나는 코라가 문으로 들어올 때면 하던 일을 멈추었다. 그러다 위스키에 취했던 어느 날 오후, 나는 술기운을 빌어 얼마간의 용기를 쥐어짰다.

"나랑 우리 집에 갈래요? 토요일에 모닥불에서 음식 만들어 먹을 거거든요. 우리 형 벤이 잠시 집에 머물고 있어서요."

"지금 나한테 데이트 신청하는 거야?" 코라가 살짝 고개를 숙이며 천천히 미소를 지었다. 눈 위로 붉은 머리카락이 자연스럽게 흘러내렸다. "몇 살이지? 스물하나? 스물둘?"

"스물다섯이요." 나는 말을 더듬었다. "거의 스물여섯이라고 해 두죠."

"아, 보기보다 나이가 있네, 조. 데이트 때 뭐 할 건데? 만약 내가 오케이 한다면?"

나는 그녀가 장난인지 진심인지 분간할 수 없었다.

"정확히는 모르겠어요." 내가 말했다. "우리 가족은 보통 그냥 모닥불가에 앉아서 음식을 나눠 먹고 맥주를 조금 마셔요."

"내가 당신네 인디언 중 하나하고 시간을 보내고 있다는 게 알려지면 마을 사람들이 뭐라고 할까?"

지금은 아무도 우리를 인디언이라고 부르지 않는다. 적어도 사람들 앞에서는 그렇다. 하지만 그때 당시에는 아무도 그런 걸 생각하지 않았다. 작은 마을은 편견이 강하고, 이런 건 사과할 일에 끼지도 못한다.

"운 좋은 여자라고 그러겠죠."

"잠깐 들를게, 그럼." 코라가 이번에는 활짝 웃었다. 앙증맞은 코 위에 박힌 주근깨들이 더 넓게 퍼졌다.

"내가 데리러 오면 어때요? 토요일 4시쯤?"

"그럼 되겠네. 나중에 집까지 데려다 줘야 하니까, 그 대단한 용기가 절대 사그라지면 안 돼."

"좋아요. 위스키도 없거든요. 어쨌든 필요하지도 않고요. 당신이랑 있을 거니까."

코라가 웃음을 터트렸다. 그리고 가방을 집어 들고 정비소

문 두 개 중 한쪽을 열고 나갔다. 정비공인 로저가 내 등을 철썩 때렸다.

"축하해, 조. 연상의 여자라니. 분명 널 길들이는 방법을 잘 알 거야."

우리는 새해 전날 침례교회에서 결혼했다. 불쌍한 엄마는 내가 살아 있다는 것만으로도 너무 행복해서 코라가 주장한 침례교 방식의 결혼을 받아들였다. 나는 독실한 사람인 적이 없었고 무엇보다 신을 믿는 건 습관이었기 때문에, 어디서 결혼식을 올리느냐는 중요한 문제가 아니었다. 하지만 코라에게는 중요했다. 교회는 아빠와 벤 형이 베어 온 소나무 가지와 코라와 그 자매들이 도랑에서 모아 온 야생 호랑가시나무 가지로 장식되었다. 코라는 중고품 가게에서 웨딩드레스를 샀고, 그녀의 어머니가 코라에게 잘 맞게 고쳐 주었다.

교회 지하실은 시원했고, 먼지와 커피, 교회에서 준비한 음식 냄새가 진동했다. 설탕 뿌린 코코넛을 입힌 작은 수제 사탕과 속이 느글느글할 정도로 단맛이 강한 캐러멜이었다. 코라의 가족은 종교적 신념 때문에 아무도 술을 마시지 않아서, 아빠와 벤 형, 나는 몇 번 몰래 빠져나와 아빠가 오늘을 위해 사 둔 꽤 괜찮은 위스키로 건배했다.

"조, 정말 기쁘구나." 아빠가 교회 바깥 조명 아래 서서 작은 잔을 들어 올리며 말했다. 아빠의 등 뒤로 금욕적인 분위기의 묘비들이 늘어서 있었다.

"그래, 정말 잘됐어, 이 녀석. 너 같은 놈을 견뎌 주는 저렇게 귀여운 여자를 찾아내다니." 벤 형이 내 등을 때리며 말했다.

"고마워. 코라는 정말 좋은 사람이야. 코라가 나하고 결혼했다는 사실이 아직도 믿기질 않아." 나는 몸 오른쪽을 조금 쉬게 해 주기 위해 왼쪽으로 체중을 바꿔 실으며 말했다. 추위는 여전히 골절된 뼈를 마디마디 괴롭히고 있었다.

"우리도 다 안 믿겨." 메이 누나가 문을 닫고 나오며 숄을 단단히 여몄다. 하지만 곧바로 손을 뻗어 술병을 집어 들었다. 그리고 거무스름한 술을 오랫동안 들이켰다. "이제 좀 따뜻하네." 누나가 기침을 애써 참으며 말했다.

"메이, 너는 절대 변하지 마라." 아빠가 팔을 뻗어 누나를 끌어안았다. 교회 안에서 누군가가 피아노를 연주하기 시작했다.

"가서 내 아내와 춤을 출 시간이 온 것 같군요." 나는 병을 건네받아 마지막으로 한 모금 마신 후 아빠에게 다시 건넸다.

지하실은 따뜻했고, 웅성거리는 대화 소리와 조용한 웃음소리로 가득했다. 그리고 춤이 있었다. 돌아보면, 교회 지하실에서 보낸 12월의 그 저녁 시간이 내 인생에서 가장 행복한 순간이었던 것 같다.

"이리 와서 나랑 춤추자." 코라가 방 한가운데로 내 손을 잡아끌었다. 코라의 어머니가 카세트테이프에 담긴 사랑 노래를 틀어 주었다. 나는 코라를 가까이 끌어안았다. 전혀 침례교답지 않은 순간이었다.

새해 첫날, 우리는 시내에 있는 방 한 개짜리 2층 아파트로 이사했다. 코라는 새로 생긴 중국 음식점에 종업원 일자리를 구했다. 주유소는 그만두었다. 코라는 저녁 거리로 중국 음식을 가져왔고, 나는 어설프게나마 내 차를 손질했으며, 내가 자신보다 더 사랑하는 여자와 사랑을 나눴다. 몇 달 동안 내 인생에서 가장 행복한 날들이 이어졌다. 샤워 시설도 없고 오래되고 낡은 이동식 욕조뿐이었지만, 나는 목욕을, 특히 코라와 함께 하면서 즐기는 법을 배웠다. 우리는 토요일마다 우리 부모님 집에 가서 저녁 식사와 카드놀이를 즐겼고, 일요일 오후에는 예배를 마친 후 코라네 부모님 집에 가서 저녁 식사를 하며 이야기를 나눴다.

"일요일에 카드놀이를 하면 악마하고 노는 거야." 어느 일요일 오후, 죽은 지 오래된 가족 이야기와 교회 이야기에 지루해진 나머지 카드놀이를 하자고 제안했다가 코라한테 들은 말이었다. 그 후로 나는 대부분의 일요일 오후 시간을 그녀의 아버지와 남동생과 함께 헛간에서 뭔가를 만들거나 수리하면서 보냈다. 하지만 대화는 없었다. 새로 관계를 맺었으나 서로를 알아 가는 기술이 없는 남자들의 전형적인 모습이었다.

금요일에는 종종 여전히 친하게 지내던 학교 친구들 몇몇과 외출했다. 몇 번은 비틀거리면서도 힘겹게 계단을 올라 귀가했다. 그러다 처음으로 집에 오지 못하는 일이 생겼다. 코라는 토요일 아침에 퇴근하고 들어오던 길에 계단 아래 기절해 있는 나를 발견했다. 우리는 처음으로 크게 싸웠다.

"나한테 계속 그렇게 화내지 마. 단 한 번이었고, 내내 그 자리에 있었다고." 나는 블랙커피 한 잔과 아스피린 한 병을 앞에 놓고 식탁에 앉아 있었다.

"걱정했다고. 모르겠어? 간밤에 한잠도 못 잤단 말이야."

"네가 못 잔 건 내 탓이 아니지."

"네 걱정하느라 못 잔 거잖아, 이 쓰레기 같은 새끼야." 좀처럼 욕을 하지 않던 코라였다. 나는 당혹스러웠다. "넌 너무 이기적이야."

"코라, 그냥 조금 즐긴 것뿐이야. 늘 이러진 않을 거야. 약속할게."

코라가 조리대에 있던 가방을 집어 들더니 문을 쾅 닫고 나갔다. 나는 아스피린을 삼킨 다음, 술 냄새를 풀풀 풍기며 옷도 벗지 않은 채 침대로 기어들어 갔다.

나는 금요일마다 주량보다 많은 술을 마셨다. 내가 조금 똑똑했더라면 인생에서 가장 소중한 것을 망치고 있다는 사실을 알았을 것이다. 하지만 확실히 장담하건대, 나는 그렇게 똑똑한 사람이 아니다. 아니, 어쩌면 나는 행복하지 않아야 행복하다고 느끼는 사람, 불행해야만 만족하는 그런 사람인지도 모르겠다. 젊고 멍청했을 때 이 사실을 알았더라면 얼마나 좋았을까. 다 늙어서 소용없어진 후에야 이런 걸 깨닫는 건 비극이다.

"너 그러다 코라 놓친다, 조. 내 말 잘 들어. 진짜 정신 차려."

아빠가 정비소에 들러 충고했다. 아빠는 뷰익을 모는 여자가 금액을 지불하고 떠날 때까지 솜사탕 기계 옆에 서서 기다렸다. 그러다 마침내 우리만 남게 되자, 단도직입적으로 말했다. "너 술 먹는 거 다들 알아."

"다들 자기 일이나 신경 쓰라고 그래요. 난 괜찮아요, 아빠. 통증을 줄이려니까 이것저것 조금씩 마시는 것뿐이에요." 나는 고개를 숙여 금전 등록기에서 현금을 세는 척하며 손을 분주하게 놀렸다.

"조금이라고? 주류 상점에 있는 잭이랑 내가 아는 사이인 거 너도 기억하겠지. 네 그 '이것저것 조금씩'이 어느 정도인지 다 전해 들었어."

나는 아빠에게 화를 낸 적이 없다. 가끔 실망할 때는 있어도, 화는 나지 않았다. 그리고 그러고 싶지도 않았다. 그래서 누군가 주유하러 차를 몰고 들어왔을 때, 고마운 마음이 들었다. 나는 아빠의 눈을 한 번도 쳐다보지 않고 그대로 지나쳐 주유기 쪽으로 걸어갔다. 아빠는 그 말만 남기고 자리를 떴다. 그리고 신께 맹세코, 내가 인간이었다면 아빠의 말에 귀를 기울였을 것이다.

코라와 함께 보낸 마지막 날은 금요일이었다. 우리가 결혼한 지 벌써 1년 반이 지났다. 그동안 내가 결혼 생활에 무슨 짓을 하고 있는지 다들 알았지만, 나는 알지 못했다. 그리고 그 토요일, 나는 완전히 깨달았다. 모를 수 없었다. 코라의 몸에 증거를 남겼으니.

어두웠다. 불빛이 보이지 않았다. 비틀거리며 몇 계단 오르다가 그만 균형을 잃고 뒤로 넘어지고 말했다. 혹시 또 뼈가 부러진 건 아닌지 궁금해하며 누워 있는데, 불이 켜졌다. 고개를 들어보니 로브 차림의 코라가 멍한 표정으로 계단 꼭대기에 서 있었다.

"와서 나 좀 도와줘." 나는 혀 꼬부라진 소리로 말했다.

"알아서 일어나." 코라는 돌아서서 아파트 안으로 들어가 버렸다. 왼손 손가락이 부어오르는 느낌이 들었다. 그것 외에 별다른 통증은 느껴지지 않았다.

"빌어먹을. 코라, 와서 진짜 나 좀 도와달라고." 아래층 이웃이 깰 수도 있었지만, 나는 개의치 않았다. 눈앞이 잘 보이지 않는 가운데, 코라가 층계참으로 다시 나오는 게 보였다. 그녀는 담요를 한 장 던져 주고는 불을 껐다. 그 작은 행동이, 코라가 아직은 나를 신경 쓰고 있다는 뜻으로 받아들였더라면 좋았을 그 행동이, 분노를 일으키는 도화선에 불을 붙이고 말았다. 분노와 함께 술이 확 깨는 것 같았다. 나는 계단을 올라가 문을 열고 들어갔다. 비틀거리며 주방으로 가 보니 코라가 싱크대에 서서 물을 마시고 있었다. 그녀의 침착한 모습, 내 불쌍한 엄마가 내게 그토록 바랐던 그 모습이 화를 더욱 돋우었다.

"도대체 뭐야, 코라? 나더러 저 캄캄한 데서 있으라고?"

"여름이야. 안 죽어."

코라는 컵을 손에 든 채 침실 문을 바라보며 나를 보지도 않고 지나쳤다. 그 순간부터 기억이 잘 나지 않는다. 기억이 나지 않는 게 아니라, 기억하고 싶지 않은 탓이다. 그때 일어난 일은, 내가 루시를 잃어버리고 찰리 형을 존슨 형제들에게 잃고 나서 느낀 것에 비할 수 없을 정도로 엄청난 후회와 혐오를 불러일으켰다.

나는 손을 뻗어 코라의 손을 쳤다. 컵이 공중으로 날아갔다. 날아간 컵은 리놀륨 바닥에 떨어지며 산산조각이 났다. 코라가 비명을 질렀다. 그녀의 얼굴에 나타난 두려움은 화를 더 부추겼다. 나는 코라가 어디로 가 버리기 전에 다시 손을 뻗어 그녀의 손목을 붙잡았다. 반대쪽 손으로는 코라의 얼굴에 정면으로 주먹을 날렸다. 다시 한번, 그리고 세 번째로 주먹을 날렸을 때, 손에 따뜻한 피가 느껴졌다. 코라의 코뼈가 부러지는 소리가 났다. 내 손가락 피부는 그녀의 앞니에 부딪혀 살갗이 벌어져 있었다. 손을 놓자 코라가 바닥으로 쓰러졌다. 깨진 유리 파편들이 무릎과 손을 파고드는 가운데 한 손으로는 얼굴을 감싸고 다른 한 손으로는 바닥을 짚어 몸을 지탱했다. 나는 때리던 걸 멈추고 몸을 가누기 위해 조리대에 기대어 섰다. 코라가 소리라도 질렀더라면, 반격이라도 했더라면, 어쩌면 상황이 달라졌을지도 모른다. 하지만 그러지 않았다. 그저 코와 입에서 피를 흘리며 깨진 유리 조각에 둘러싸인 채 바닥에 웅크리고 앉아서 울고 있었다. 조용히. 코라는 나를 보지 않았다. 하지만 나는 그녀를 보고 있었다. 마치 영화의 한 장면을 보듯. 이건 우리의 모습이 아니었다. 이건 내가 할 수 있는 짓이 아니었다. 이건 현실이 아니었다.

"코라?" 열린 현관 앞에 아래층 이웃이 서 있었다. 그의 얼굴에서 나는 내가 한 짓을 보았다.

코라가 그를 돌아보았다. 나는 그를 밀치고 계단을 뛰어 내려갔다. 그러다 발을 헛디디는 바람에 마지막 두 계단은 그냥 건너뛰었다. 나는 무더운 8월의 밤 속으로 달려 나와 철로로 향했다. 부모님 집에는 들르지 않았다. 연못가에 다다르니 구역질이 났다. 목구멍을 태우는 듯한 위산만 나올 때까지 나는 계속 토했다. 그러고 나서 차갑고 더러운 연못물을 마셨다가 다시 토했다. 나는 흙바닥에 누워 바닥을 치며 분노를 쏟아 냈다. 그렇게 울다가 결국 의식을 잃었다. 깨어나 보니, 하늘이 희뿌옇게 밝아 오고 있었다. 부어오른 손목과 아직 손에 묻어 있는 핏자국이 보였다. 손은 씻었지만, 옷에 묻은 핏자국은 어떻게 해도 지워지지 않았다. 나는 셔츠를 벗어 연못에 던져 버렸다.

엄마와 아빠는 아직 잠들어 있었다. 나는 몰래 집 안으로 들어가 세탁 바구니에서 아빠의 더러워진 셔츠 한 장을 집어 들었다. 조리대 위에 아빠의 지갑이 놓여 있었다. 26달러와 낡은 트럭 열쇠를 챙겼다. 메모는 남기지 않았다. 할 말이 없었다. 부모님은 트럭 분실 신고를 하지 않았고, 나를 찾으러 오지도 않았다. 그리고 나는 그런 그들을 탓할 수 없다. 나라도 그랬을 것이다. 내가 스스로 내 인생과 결혼 생활에 낸 균열은 지진이 되었다. 손을 쓸 수 없을 정도로 파괴적인 지진이. 나는 떠나는 것 말고는 할 수 있는 일이 없었다.

열

노마

마크와 함께 살았던 집을 구석구석 걷는데 발소리가 온 집안에
울렸다. 우리가 함께 살았던 삶을 증명해 주는 건, 한때 그림을
걸었던 못과 지금은 텅 빈 채 먼지만 쌓여 있는 선반뿐이었다.
그릇장에서 꺼낸 접시들은 포장을 위해 조리대 위에 쌓여 있었
다. 그림자는 아무것도 없는 바닥 위를 뭔가에 걸리거나 휘어지
는 일 없이 자유롭게 배회했다. 변화라는 혼란스러운 상태가 지
나고 나면 평화가 찾아오는 법. 우리는 우리의 관계가 변했으며
이제는 작별 인사를 나누기 전 어색한 시간을 정리할 때라는
것을, 낯설지만 받아들이고 조용히 인정했다. 마크와 나 사이에
사랑은 있었지만, 미래가 없었다. 힘들었던 만큼 둘 다 이 사실
을 잘 알았다. 그리고 이해했다. 우리는 뭐든 급하게 처리하고
싶지 않았다. 서류에 서명하는 일은 나중에 천천히 처리하기로
했다. 다만 스스로 만들어 나갈 새로운 삶 속으로 조용히 걸음

을 내딛길 원했다.

마크는 우리가 여행을 마친 후 몇 주가 더 지난 다음 보스턴으로 돌아왔다. 여전히 반신반의했고, 여전히 내 결정에 의문을 제기했다. 그의 혼란스러움이 분노로 바뀌어 가는 모습을 지켜보는 일은 쉽지 않았다.

"그런 결정을 당신 혼자 할 순 없어." 마크가 또 다른 침실로 가다 말고 복도에 서서 말했다.

"당신한테 어떻게 설명해야 할지 모르겠어, 마크. 그냥, 난 못 하겠어."

"우린 할 수 있어, 노마. 우리 말이야. 왜 항상 당신은 자기가 혼자라고 생각해?"

끝없이 반복되는 후렴과도 같았다. 그러던 어느 날, 그는 더 이상 묻지 않았다. 말 자체를 걸지 않았다. 내가 할 수 있는 일은 그저 외면하거나, 사과의 말을 중얼거리거나, 울다가 잠드는 것뿐이었다. 나를 위해 이런 결정을 내렸다는 사실을 어떻게 말로 표현해야 할지, 어떻게 이해시켜야 할지 알 수 없었다. 이는 되풀이되는 시간 어디쯤에서 우주가 결정한 것이었다. 어떤 행복은 내 것이 아니라고. 어딘가 다른 곳에서 기쁨을 찾으라고.

결국 마크는 자신이 원하는 물건을 챙겨서 떠났다. 옷가지 몇 벌과 할머니 소유였던 귀한 골동품 결혼반지, 그리고 6년의 결혼 생활 동안 모은 그림 몇 점이었다. 나는 우리의 결혼 기념품들을 보관해 둔 상자 안을 들여다보았다. 모든 것이 아직 그대로 훼손되지 않은 채, 마치 내 애도와 처분을 기다리는 것처럼 남아 있었다.

방명록은 결혼식 당일 이후로 펼친 적이 없었다. 돌리고 남은 초대장들은 빨간 리본에 묶여 있었다. 하지만 내게는 마음 아파할 권리가 없었기 때문에, 상자를 닫은 다음 나와 같이 인생의 다음 단계로 갈 다른 물건들과 함께 두었다. 나는 그것을 지금도 여분의 침실 옷장 안에 잘 보관하고 있다.

짐을 거의 다 꾸려 갈 무렵, 준 이모와 앨리스가 예고 없이 우리 집 진입로에 들어섰다. 두 사람은 바닷가에 있는 별장을 빌려 그곳으로 가는 길이었는데, 가는 도중에 우리 집이 있었다. 나는 마크와의 별거와 곧 닥칠 이혼에 대해 아무에게도 말하지 않은 상태였다. 그들이 내 해명을 받아들인다는 건 상상할 수 없는 일이었고, 나는 결코 거짓말에 능한 사람이 아니었다. 불가피한 상황이 올 때까지는 아무한테도 말하지 않는 편이 나을 것 같았다. 물론 두 사람은 놀랐다. 마크와 나는 늘 행복했고, 사라가 죽은 후 우리에게 지워진 슬픔의 무게를 목격한 사람은 아무도 없었으니까. 그 슬픔은, 동정 어린 시선과 다정한 위로가 지나간 후에도 오랫동안 그대로 남아 있었다.

준 이모가 가서 음식을 사 오겠다고 제안했다. 그러면 우리 모두 앉아서 어머니가 받아들일 만한 이야기를 생각해 낼 수 있을 터였다. 이모가 멀어지자, 앨리스가 내 손을 끌고 집 안으로 들어갔다. 벽이 텅 비어 있으니 방은 더 작아 보이고 빛은 더 밝아 보였다.

나는 앨리스에게 모든 걸 털어놓았다.

"세상에, 노마, 이럴 수가." 앨리스는 거의 속삭이듯 말했다.

"날 이해해 주고, 내 편이 되어 줄 사람은 앨리스 당신뿐이라고 생각했어요."

"이 문제에는 누구 편도 없어, 노마. 네가 원하는 게 내가 원하는 거야." 앨리스가 소파로 와서 내 옆에 앉으며 바닥에 앨범 상자를 내려놓았다. "네 어머니의 과거가 네 미래를 결정하게 둘 수는 없어. 어머니와 너는 완전히 다른 사람이야."

"우리가요?"

"그래. 너희 두 사람. 어머니에게는 없는 조용한 힘이 네게는 있어. 너라면 인생이 뭘 던져 주든 다 받아들이고 다시 일어설 수 있어."

"어쩌면요. 하지만 다시 일어서야 한다는 게 싫어요. 애초에 그냥 피하면 되는데 왜 굳이 아파야 해요?"

"마크가 그립지 않아? 그건 마음 아프지 않았어?"

"그립죠. 물론 아팠고요. 하지만 아이를 잃는 거랑은 달라요. 다시 그런 일이 생기면 난 못 견뎌요. 어쩌면 어머니는 당신 생각보다 더 강한지도 몰라요. 약한 사람은 저고요."

앨리스는 말이 없었다. 나는 꿀벌 한 마리가 시든 라일락꽃을 옮겨 다니며 이미 오래전 말라 버린 꿀을 찾아다니는 모습을 가만히 바라보았다. 봄이면 나는 보랏빛 꽃망울을 터트리며 그 달콤한 향기로 온 집안을 가득 채우는 라일락을 사랑했다. 그리고 내가 지난 3년간 그랬던 것처럼 창을 열고 그 향기를 들이마실 다음 집주인이 부러웠다.

"장례식 때 망자의 냄새를 가리기 위해 라일락이 이용되기도 했다는 사실, 알고 계셨어요?" 나는 창밖을 보던 눈길을 앨리스에게로 돌리며 물었다.

"말 돌리지 마."

"말하기도 지쳤어요. 이젠 행복한 것에 대해서는 말이 나오질 않아요."

"그럼 이제 죽음의 악취가 행복의 자격을 얻는 건가?"

우리 둘 다 웃기 시작했다. 나는 기분이 나아졌다.

준 이모는 족히 10인분은 될 만한 중국 음식을 사서 돌아왔다. 우리는 마룻바닥에 앉았다. 라일락 덤불 뒤로 태양이 지기 시작했다. 우리는 밥을 흘리고, 국수를 후루룩거렸다. 그때 준 이모가 거짓말을 생각해 냈다.

"네 부모님한테는 마크가 바람났다고 하자." 이모가 음식을 씹으며 말했다.

"아니면 발기 부전이었다고 하든가." 이모가 웃기 시작했다. 앨리스가 콧물을 내뿜을 줄 알았는데, 두 사람은 침착함을 유지했다. 간신히. 나는 두 사람이 눈물을 닦고 숨을 고르길 기다렸다.

"준 이모, 첫 번째 거짓말은 마크한테 너무 잔인하고, 두 번째 거짓말은 어머니한테 또 다른 두통거리가 될 것 같네요. 절대 안 나을지도 몰라요."

"아마 네 말이 맞을 거야. 하지만 사실대로 말하면 네 어머니가 두통을 앓지 않을 거라는 건 좀 안일한 생각 같네." 준 이모는 자리를 정리하기 전에 남은 볶음밥을 먹어 치웠다. 그런 다음 두 사람은 내가 아침에 떠날 수 있도록 남은 짐 정리를 도와주었다.

사라를 잃기 전, 마크와 나는 여름마다 2주 정도 메인의 시골 호숫가에 있는 오두막을 빌리곤 했었다. 집이 팔렸을 때, 나는 팔고 받은 돈의 절반 정도를 그 오두막에 계약금으로 걸었다. 그곳에서는 모든 것으로부터 도망칠 수 있었다. 데크에 앉아서 수면 위로 지는 해를 바라보고 있으면 세상이 다 괜찮게 느껴졌다. 밤이면 거의 완전한 어둠 속에서 별만 보였다. 빛을 내는 아주 작은 점들이 어둠을 뚫고 반짝거렸다. 그리고 조용했다. 아주 아주 조용했다. 들리는 건 바람에 바스락거리는 나뭇잎 소리, 때때로 들짐승이 숲을 지나가는 소리, 아비 새가 지저귀는 소리 같은 자연의 소리뿐이었다. 나는 마크의 이야기를 꺼냈을 때 부모님이 느낄 게 뻔한 실망감을 이 장소의 평온함이 완화해 줄지도 모른다고 생각했다. 그래서 주말에 준 이모, 앨리스와 함께 부모님을 초대했다. 함께 식사하고, 밤에는 모닥불을 피워 함께 둘러앉을 것이다. 어머니는 10월의 한기를 불평할 것이고, 아버지는 말없이 위스키를 홀짝이시겠지. 준 이모가 어머니의 신경을 긁으면 앨리스가 나서서 모두를 진정시키리라.

호수로 차를 몰고 가는 길은 평화로웠다. 나는 운전할 때 라디오를 끄고 창문을 내리곤 한다. 그러면 어쩐지 생각에 잠기면서 긴장이 풀리는 기분이 든다. 나는 도중에 식료품과 청소용품을 샀다. 일부러 조금 일찍 출발했다. 어머니가 주말 내내 정리하고 청소하고 싶어지지 않도록 오두막을 깨끗이 치워 놓기 위해서였다. 나는 뱅고어에서 주간 고속 도로를 빠져나와 9번 국도를 따라갔다. 계속 가면 캐나다까지도 갈 수 있지만, 나는 교차로에서 마키어즈 방면으로 방향을 틀어 호숫길로 향했다. 나는 메인에서도 특히 이 지역의 야생적인 느낌이 좋다. 나무가 썩어 가는 늪지, 차를 몰고 지나갈 때 보이는 베리 농장의 그 색감. 가을에는 버려진 집들과 누렇게 시든 들판에서 슬픔이 느껴지기도 한다. 보기 드문 색들이 찬란하게 펼쳐진, 고독하고 길들지 않은 풍경이다.

차를 세우고 보니 한껏 햇빛을 받아 반짝거리는 호수가 눈에 들어왔다. 짐은 바로 내리지 않았다. 호숫물에 발부터 담그고 싶었다. 나는 옷자락을 붙잡고 무릎 높이까지 걸어 들어갔다. 자갈이 발바닥을 파고들고, 잔물결이 정강이에 부딪혀 파문을 일으키기도 하고, 또 나를 지나쳐 물가까지 번지기도 했다. 호수 쪽으로 튀어나와 프라이버시 보호 역할도 하는 반도 모양의 낮은 둔덕 너머로 아이들이 외치는 소리가 들려왔다. 간혹 카누가 지나가기도 했지만 거의 방해받지 않고 혼자 있을 수 있었다. 여름에는, 일찍 눈을 뜨는 날이면 알몸으로 호수에 걸어 들어가 물에 누워서 둥둥 떠 있곤 했다. 그러고 있으면 내 위로 안개가 피어오르고, 물에 잠긴 귀에 물속 자연의 조용한 웅성거림이 들려왔다. 하지만 오늘은 곧 마크의 부재를 해명해야 한다는 사실을 잠시 잊은 채 그저 얼굴에 한껏 햇빛을 받으며 서 있을 뿐이었다.

열린 창문으로 다목적 세제 냄새가 풍기고 모든 게 티끌 하나 없이 깨끗할 때, 부모님이 도착했다. 아버지가 차에서 내려 기지개를 켰다. 어머니는 감자샐러드와 차가운 햄, 여행 가방을 차에서 내리기 시작했다. 두 사람이 여전히 짐을 풀고 있을 때, 준 이모와 앨리스가 그 뒤에 차를 세웠다. 그들은 다 같이 돌아가며 포옹했다. 어색한 포옹도 있었지만, 나머지는 편안했다.

"마크는 어디 있니?" 어머니가 오두막이 청결한지 확인한 후 밖으로 나오며 물었다. 나는 검사에 합격한 것 같아 기뻤다.

"이번 주말에는 보스턴에 있어요." 내가 대답했다.

준 이모가 나를 힐끗 쳐다보았지만, 나는 못 본 척했다. 나는, 위스키를 얼추 마시다가 불가에 앉으면 그때 말하려고 기다렸다. 오두막 안에 있는 냉장고에는 음식이 가득했고, 조리대 위에는 나중에 먹을 바게트와 쿠키, 마시멜로가 넘쳐 났다. 우리는 요리하고, 먹고, 이야기하고, 웃으며 그날을 보냈다. 심지어 어머니는 준 이모가 카약에 올라타려다 미끄러져 물에 빠지는 바람에 온몸이 젖어 식식거렸을 때는 웃음을 터트리기까지 했다. 이모는 다치지 않고 무사했고, 어머니가 허리도 펴지 못한 채 배꼽을 잡고 웃으며 눈물을 줄줄 흘리는 모습에 같이 웃지 않을 수 없었다.

"웃다가 배꼽 빠지는 줄 알았네." 준 이모는 이렇게 말하고는 축축한 상태로 자신의 여동생을 껴안고서 숨을 골랐다.

"이렇게 웃어 본 게 몇 년 만인지. 운전해서 올 만한 가치가 있었어." 어머니가 말했다.

어머니가 이렇게 행복해하는 모습은 거의 본 적이 없었다. 어머니는 자신답지 않게 온전히 기뻐했다. 나는 이들에게 전해야 할 소식에 심한 죄책감을 느꼈다. 아버지가 바비큐에 전념해 있는 동안, 어머니와 나는 야외 테이블에 상을 차렸다. 준 이모와 앨리스는 텀블러에 아이스티를 담아 산책하러 갔다. 숲을 가로질러 호숫가 주위를 돌도록 나 있는 길이었다. 두 사람이 산책 때문에 상기된 얼굴로 돌아왔을 때는 저녁 준비가 끝나 있었다.

밤이 깊어지기 시작했다. 호수가 잠잠해지고 나무들 위로 달이 조금씩 떠오르기 시작하면서, 나는 이제 부모님에게 말해야 한다는 걸 알았다.

어머니는 계속 마크에 대해, 일은 어떻게 되어가는지, 기분은 어떤지 묻고 있었다. 지난번에는 거짓말로 마크가 감기에 걸렸다고 대답했었다. 어머니는 내가 다시 아기를 가질 준비가 되었는지 물었다. 어머니는 할머니가 되기를 고대하고 있었다. 나는 두서없는 말을 웅얼거리며 어머니의 기대에 찬 얼굴을 외면했다. 우리는 모두 약간 취한 채 모닥불 주위에 앉아 있었다. 대화가 잠시 끊어진 틈에 호수에서 아비 새 한 마리가 울면서 나타났다.

"마크와 저, 이혼할 거예요. 마크가 이번 주말에 보스턴에 있는 이유는, 그가 지금 거기에 살고 있기 때문이에요. 집은 처분했어요. 저는 괜찮은 아파트를 구해서 살고 있고요." 도중에 잠시도 멈추지 않고 말해서, 마치 하나의 긴 단어처럼 말이 나왔다. 아비 새의 울음소리가 다시 들려왔지만, 모두 내게서 시선을 돌리지 않았다. 어둑어둑한 가운데 모닥불의 주황색 불빛이 그들의 모습을 비춰 주었다. 나는 약간 어지러웠다. 그들의 당혹스러워하는 표정이 화난 것처럼 보였다. 준 이모와 앨리스는 손만 내려다보고 있었다. 어머니가 나를, 아버지가 어머니를 바라봤다.

"그게 무슨……." 어머니가 간신히 입을 뗐다.

"레노어?" 아버지가 말했다. 아버지는 어머니의 반응을 기다리고 있었다. 자리에서 일어나 어머니를 끌어낼 준비가 된 듯했다.

"무슨 일을 저질렀길래?"

아버지가 일어섰다. 하지만 내가 손짓을 하자 다시 자리에 앉았다.

"아무 짓도 안 했어요, 어머니. 서로 합의해서 결정한 거예요.

우린 원하는 게 달랐어요. 그게 다예요."

"아기 때문이니?"

심장이 쿵쾅거리기 시작했다. 어머니가 물어볼 줄 알고 있었지만, 여전히 찌르는 듯 아팠다. 나는 와인을 한 모금 마신 후 고개를 들어 어머니의 눈을 마주 바라봤다.

"맞아요, 어느 정도는요. 마크는 다시 시도하길 원했지만, 나는 그러고 싶지 않았어요. 내가 태어나기 전에 어머니가 겪어야 했던 일들을 겪고 싶지 않았어요."

"지금 나를 비난하는 거니?" 어머니가 의자에 앉아 있다가 몸을 앞으로 수그리며 물었다. 마치 불 속으로 쓰러질 것 같았다. 아버지가 어머니의 어깨에 손을 얹고는 다시 뒤로 밀어 앉혔다.

"아니, 물론 아니에요." 나는 달리 무슨 말을 해야 할지 알 수 없었다. 오직 어머니만이 내 슬픔을 이해하고 공감해 주리라 생각했다. 물론 상황이 늘 기대했던 대로 되는 건 아니었다.

"레노어, 노마는 어머니가 고통을 견뎌 내는 걸 지켜보았기에 자신은 같은 고통을 겪고 싶지 않다는 말인 것 같아요. 자신을 위해 분별 있는 결정을 내리고 있는 거예요." 앨리스가 모닥불 맞은편에서 속삭였다. 불꽃이 타닥거리는 소리가 귓가에 맴돌았다. 나는 일어나서 물가로 걸음을 옮겼다. 대화 소리는 밤의 숲이 내는 소리에 묻혔다. 달은 보름달에 가까웠다. 은빛 조각이 아주 조금 부족했지만, 호수를 환하게 비추고 있었다. 달

주위를 푸른색 후광이 둥글게 감싸고 있는 것이 보였다. 돌아보니 앨리스는 몸을 앞으로 기울인 채 이야기를 하고 있고, 준 이모는 일어나서 술을 한 잔 더 따르고 있었다. 어머니와 아버지는 윤곽만 보였다. 다시 물가로 돌아서는데, 모닥불 냄새와 감자 익는 냄새가 훅 끼쳐 왔다. 맹세코, 멀지 않은 곳에서 아이의 웃음소리와 어른들이 조용히 나누는 대화 소리를 나는 분명히 들었다. 우리 가족의 목소리가 아니었다. 낯설지만 들어 본 적이 있는 억양이 섞인 목소리였다. 순간, 내 작은 발에 닿던 시원한 풀의 감촉과 군데군데 기운 옷의 거친 질감이 느껴졌다. 덧댄 천의 가장자리에 다리가 쓸렸다. 양말로 만들어 단추로 눈을 단 인형을 쥐고 있는 내 작은 손이 보였다. 나는 다시 달을 올려다보고, 다시 모닥불로 시선을 옮겼다. 어머니가 와서 합류하라고 손짓하는 듯했다. 아니, 어쩌면 불빛의 장난이 그렇게 보이게 만드는지도 몰랐다. 아니면 혹시 꿈이었을까? 자는 동안 슬그머니 찾아오는, 혼란스럽고 끝도 나지 않는 그런 환상 같은 것?

"노마."

나는 화들짝 놀랐다. 그리고 그 이상한 느낌은 올 때처럼 순식간에 사라져 버렸다. 마치 꿈에서 깨어난 기분이었다. 아니, 어쩌면 기억인 것 같기도 했다. 그 둘은 때로 구분이 어렵다.

"이러려던 건 아니었을 거다." 아버지가 내 손을 감싸 잡았다. "네 어머니가 이러려던 게 아닌 거 알잖니."

"아니잖아요." 나는 울지 않기로 했다.

"네 어머니한테 시간을 좀 주렴."

"하지만 아버지는 어머니를 이해할 수 있는 거잖아요?" 나는 아버지의 얼굴을 쳐다보았다. 모닥불 불빛과 달빛이 있었지만 희미해서 잘 보이지 않았다.

"그래. 그리고 널 비난하지 않아. 네 어머니가 고통받는 모습을 지켜보는 건 힘든 일이었다. 나한테도 고통스러운 일이었고. 사람은 그런 슬픔을 겪으면 평소라면 하지 않았을 행동을 하게 된단다. 네가 마크와 좋게 헤어질 수 있어서 다행이야. 너한테 네 어머니 같은 일이 일어나게 두지 않은 것도 다행이고."

내가 호숫가에서 달빛이 헤집어 놓은 기억에 잠겨 있는 동안, 준 이모와 앨리스가 부모님에게 우리의 결별에 관해 이야기한 것이었다.

"제가 꾸던 꿈 기억하세요?" 나는 물었다.

아버지의 손이 경직되는 게 느껴졌다. 아버지가 내 손을 더 꽉 움켜잡았다.

"그래. 네가 아직도 그걸 기억하는 줄은 몰랐구나."

"잊고 있었는데, 저 달을 보고 기억났어요."

아버지는 내 손을 놓았다. 그리고 엄지손톱 옆의 거스러미를 뜯기 시작했다.

"네 어머니한테 시간을 주렴. 곧 괜찮아질 거야. 그리고 꿈 얘기는 꺼내지 말자." 아버지가 나를 오랫동안, 꼭 껴안았다. 그러고는 돌아서서 다시 불가로 향했다. 나는 달과 물 위에 비친 그 그림자를 마지막으로 한번 보았다.

준 이모가 어머니를 침대로 데려갔다. 아버지도 그 뒤를 따라 망으로 된 문을 조심스럽게 닫고 들어갔다.

"솔직히 말해서, 내가 예상했던 것보다는 분위기가 괜찮았어. 네 어머니는 아직 너에 대한 감정이 정리된 것 같진 않지만 말이야." 준 이모가 땔감을 추가로 얹으며 말했다.

"저는 와인 한 잔 더 마셔야겠어요." 뭐라고 딱 꼬집어 말하기 힘든 강렬한 감정이 엄습했다. 내가 아는 건 단지 그걸 없애고 싶다는 것뿐이었다.

"와인은 별 도움이 되지 않을 텐데." 준 이모는 이렇게 말하면서도 야외 테이블로 가서 새로운 병을 땄다. 그리고 커피잔에 와인을 반만 채워 건네주고는 몸을 기대며 살짝 껴안아 주었다. "일은 항상 일어난 직후가 가장 최악처럼 느껴지지. 시간이 해결해 줄 거야. 늘 그렇듯이."

"고마워요." 나는 이모의 어깨에 잠시 머리를 기댔다. 이모는 모닥불을 돌아 다시 앨리스 옆으로 가서 앉았다. 앨리스가 이모의 손을 꼭 잡고 자기 손으로 감쌌다. 우리는 어둠 속에 앉아 밤 늦게까지 불을 피우고 와인을 마셨다. 준 이모가 내 와인에 물을 섞기 시작했다. 그 사실을 그날 나중에 깨달았다. 고마웠다.

어머니는 아침 내내 나와 단둘이 있는 상황을 피했다. 우린 둘 다 서로에게 영원히 후회할 말을 할지도 모른다는 걸 알았기 때문에, 하루 일찍 떠나겠다고 아버지가 말씀하셨을 때 다행스러웠다. 나로서는 부모님이 일찍 가시는 편이 나았다. 우리 사이는 지나치게 조용했다. 할 말은 많은데 하지 않을 때 찾아오는 부자연스러운 조용함이었다. 진입로를 빠져나가 9번 국도로 방향을 틀면서 아버지는 경적을 울려 작별 인사를 했다. 그때 내가 느낀 건 오로지 안도감뿐이었다.

추수감사절은 조용하게 지나갔다. 크리스마스도 마찬가지였다. 부활절이 되자 어머니는 다시 내게 말을 걸기 시작했다. 그리고 7월 4일에는 조금 웃기도 했다. 휴일을 매번 부모님과 보내는 건 아니었지만, 그해에는 그랬다. 손주를 안겨 주지 못하는 것에 대한 속죄였다. 어머니는 딱 한 번 그 이야기를 꺼냈다. 불꽃놀이가 끝난 후 평소보다 위스키를 많이 마시고 추가로 민트 줄렙까지 마신 후였다.

"있잖아, 입양하는 방법도 있어. 자기 자식이 아닌 아이를 키우는 일은 매우 보람 있는 일이 될 수도 있거든. 교회에서 알고 지내는 재니스 홀 부부도 아주 귀여운 남자아이를 입양했는데, 아기는 아무 문제 없이 잘 크고 있어." 어머니는 술잔을 흔들며 불분명한 발음으로 말했다. "나는 그 아기를 사랑하는 법을 배우게 될 거고."

"전 괜찮아요. 아이는 학교에도 많아요. 그것만으로도 저한테는 충분해요."

"그래 뭐, 좋아. 언제는 네가 내 말 들었니."

어머니는 술에 취해 나를 비난하기 시작했다. 나는 그냥 내 버려두었다. 나는 말을 잘 듣는 아이였고, 평생을 어머니의 말을 듣는 것 말고는 아무것도 하지 않고 살았다.

"혼자 사는 게 행복해지는 방법은 아니야." 어머니가 말했다. 하지만 결국 나는 행복했다. 모든 일은 시간이 걸리기 마련이다. 슬픔은 때로 너무 커서 바닥이 보이지 않는다고 느껴지기도 하지만, 결국 차차 나아져서 유용한 것으로 성장한다. 나는 교육 자원봉사와 하프 마라톤 준비, 보스턴에 있는 준 이모와 앨리스를 방문하면서 시간을 보냈다. 마흔 살 생일에는 일부러 안전지대에서 벗어나기도 했다. 저축 계좌에서 현금을 인출해 비행기를 타고 이탈리아와 프랑스로 건너가 책을 읽고 고대 도시를 걸어 다니며 여름을 보냈다. 남자를 만나기도 했지만, 관계를 맺을 정도의 애정을 느끼지는 못했다. 다른 사람들은 이해하기 힘들겠지만, 그만큼 나는 만족스러웠다. 외로워졌냐고? 물론이다. 하지만 그런 외로움은 한바탕 몰려왔다가는 빠르게 사라졌고, 늘 혼자 있는 게 편했다. 앨리스는 이런 내게 다른 사람들에게는 없는 힘을 갖고 있다고 말했다. 순응하고 싶은 욕구와 남들에게 관심받고 싶은 욕구는 비참한 삶으로 이어질 수 있다. 나와 함께 교사직에 있던 이들 중 절반이, 인생을 진짜로 살기보다 그저 마지못해 살아간다는 걸 나는 잘 알았다. 그래서 그들이 나를 마음대로 생각하도록 내버려두었고, 나도 그들에게 그렇게 했다.

아버지는 토요일 오후에 세상을 떠났다. 어머니는 교회 행사에 참여하고 집에 돌아왔다가 잔디 깎는 트랙터 위에 쓰러져 있는 아버지를 발견했다. 잔디는 깎여 있었다. 트랙터를 다시 차고에 넣으려던 중이었던 게 틀림없었다. 아버지는 잔디 깎기를 좋아했다. 마지막에 느낀 감정이 만족감이었을 거라는 생각을 하면 위안이 된다. 아버지는 어머니가 집에 도착하기 한참 전에 돌아가셨다. 귀가한 어머니는 가방을 내던지고 아버지의 머리를 끌어안고서 자신을 남겨 두고 먼저 세상을 떠났다며 악담을 퍼부었다. 이웃이 그 모습을 보고 구급차를 불러 주었다.

전화벨이 울렸을 때, 나는 막 집에 들어와 조리대 위에 가방을 올려놓으려던 참이었다. 앨리스였다. 준 이모는 이미 메인으로 출발했고, 앨리스는 이모의 부탁을 받고 내게 전화하는 중이라고 했다. 차분한 목소리에도 불구하고 나는 갑작스럽게 북받치는 슬픔을 참을 수 없었다. 믿어지지 않았다. 나는 쓰러지듯 주저앉아 주방 수납장에 등을 기댔다. 아버지가 나이가 많은 건 맞았다. 하지만 내 생각에 죽기에는 아직 너무 젊었다.

나는 어머니와 아버지 둘 모두를 저주했다. 그들은 내게 죽음에 대해 준비시켜 주지 않았다. 어릴 때 내게는 고모할머니나 이모할머니, 할머니나 할아버지가 없어서 이별의 슬픔을 경험할 기회가 없었다. 단계적으로 죽음을 이해한 경험이 없어서, 이런 일에 전혀 대비되어 있지 않았다. 슬픔은 절대적이었다. 전화를 끊고 학교에 전화해 앞으로 며칠 동안 출근이 어려울 것 같다고 설명했다. 정신을 차린 후 짐을 꾸리고, 하나뿐인 화초에 물을 준 다음 문을 잠갔다. 그리고 부모님의 집으로 향했다. 아니, 이제는 부모님의 집이 아니라 어머니의 집이었다.

나는 잠시 진입로에 앉아서 완벽하게 깎아 놓은 잔디를 감탄하며 바라보았다. 구급차를 불러 준 그 이웃이 창가에서 손을 흔들었다. 빛이 들어오도록 커튼이 열려 있었다. 집 안으로 들어가니 갓 내린 커피 향이 났다.

"어머니는 침대에 누워 계셔. 두통 때문에." 그녀가 복도 저쪽에서 들고 오던 차가운 수건을 내게 건넸다. "네 어머니가 달라고 한 거."

나는 가방을 문가에 내려놓은 후 수건을 받아 들고 찬물에 담가 온기를 없앴다. "전부 다 감사드려요. 이제부턴 제가 할게요." 이웃이 고개를 끄덕이고는 돌아서서 조용히 문을 닫고 나갔다. 나는 남은 물을 짜내고 복도로 나갔다. 문이 살짝 열려 있었다. 슬그머니 들어가 신발을 벗었다. 그리고 옆 침대에 누워 뜨끈해진 수건을 시원한 것으로 교체했다.

"저 왔어요, 어머니." 나는 속삭였다.

"노마, 난 이제 어떡하지?" 어머니가 흐느끼기 시작했다.

어릴 때 내가 그 꿈을 꾸면 어머니가 해 줬던 것처럼, 나는 어머니를 품에 안고 얼러 주었다. 어를 때마다 어머니의 참새 같은 몸이 들썩였다. 나는 어머니의 머리카락을 부드럽게 쓰다듬으며 이마에 입을 맞췄다. 그리고 어머니가 잠들 때까지 나지막이 쉬쉬 소리를 들려주었다.

어머니는 내 팔베개를 한 채 빠르게 잠이 들었다. 나는 밖에
해가 지면서 벽에 그림자가 지는 모습을 바라보았다. 준 이모가
왔을 때도 우리는 계속 그렇게 누워 있었다.

그 이후 며칠간은 기억이 흐릿하다. 아버지는 모든 걸 자신
이 마음먹은 대로 정리해 놓은 상태였다. 나중에 바비큐 파티를
연다는 조건으로 장례 예배에 동의했고, 집은 어머니에게, 그리
고 약간의 현금은 내게 남겼다. 빚을 다 갚고 여행도 조금 다닐
수 있을 정도의 금액이었다. 심지어 준 이모에게도 우리에게 해
준 모든 일에 감사하다며 약간의 돈을 남겼다. 아버지는 묘지
에, 사라와 자신의 부모 곁에 묻혔다. 아버지의 부모, 내 조부모
님은 내가 태어나기 오래전에 세상을 떠났다. 대부분 낯선 이들
이 나와 어머니가 슬퍼하는 모습을 지켜보는 동안 사람들이 아
버지를 땅에 내려놓고 있을 때, 뭔가가 내 눈에 띄었다. 할아버
지, 즉 내게 이탈리아인의 피부색을 물려줬다는 그 할아버지의
이름이 전혀 이탈리아인답지 않은 '브라운'이었다. 내가 사랑했
던 사람들이 내게 너무 많은 거짓말을 한 것이다. 다른 이들이
작은 흙더미와 어머니가 나눠 준 장미 한 송이씩을 관 위로 던
지고 돌아서는 동안, 나는 깔끔하게 일렬로 서 있는 가족의 묘
비들을 가만히 바라보았다. 전부 밝은 피부색의 역사를 암시하
는 이름들이었다.

"관 위에 흙을 뿌리시겠습니까?"

장의사가 내게 작은 양동이를 건넸을 때, 나는 혼자 남아 있었다. 관 위에 흙을 뿌리기 위해 한 움큼 집어 들면서, 나는 그 조상들의 이름을 다 잊었다.

장례식에서 어머니는 울지 않았다. 차를 타고 집에 갈 때를 위해 꾹 참고 아껴 두었다. 앨리스는 내가 어머니와 준 이모가 있는 뒷좌석으로 옮겨 갈 수 있도록 길가에 차를 세워야 했다. 어머니가 슬픔을 쏟아 내는 동안 우리는 각자 어머니의 손을 잡고 있었다. 너무나 작고 연약해 보이는 어머니에 비해 너무 크고 사나운 울음이었다. 어머니에게는 없는 줄 알았던 감정이 가득 차 있었다.

9월 날씨치고는 쌀쌀했지만, 장례식 후에 바비큐 파티가 예정되어 있었다. 마크가 아버지의 사망 소식을 듣고 참석했다. 혼자였다. 만나서 반가웠지만, 그가 머문 시간은 준 이모와 앨리스와 포옹을 나누고 어머니와 내게 조의를 표할 수 있을 정도에 그쳤다. 어머니는 그의 노력에 감사했을 것이다.

집 안에는 사람들이 바글거렸다. 한 번도 손님을 맞은 적 없는 집에 그렇게 많은 사람이 있는 게 우습게 느껴졌다. 그로 인한 스트레스로 어머니는 안절부절못했다. 잔에 맺힌 물방울을 연신 닦아 내고, 선반에 먼지가 앉기도 전에 닦아 냈으며, 구겨진 적도 없는 사진을 펴느라 바빴다. 결국 나는 아버지가 제일 좋아했던 의자로 어머니의 팔꿈치를 잡아끌어다 앉혔다. 그리고 안정에 도움이 되도록 위스키 한 잔을 손에 들려 주었다.

"네 아버지는 늘 분별 있는 사람이었어." 어머니가 의자 옆 작은 탁자 위에 아버지가 놓아 둔 책을 집어 들며 말했다.

"어머니도 그래요."

어머니는 대답 없이 책 표지만 쓰다듬었다. 나는 식탁에서 핫도그와 삼각형으로 잘라 놓은 샌드위치, 설탕과 코코넛, 마라스키노 체리(색을 입혀 설탕에 절인 장식용 체리)로 만든 사각 파이를 접시에 담아 어머니에게 가져갔다. 모르는 남자가 내게 건너와서는 땅콩버터 쿠키를 담았다. 그가 말을 걸었을 때 나는 깜짝 놀랐다.

"네 아버지가 딱 한 번 했던 농담이 생각나는군. 우리끼리 얘기지만." 그는 마치 뭔가 대단한 비밀을 말하려는 듯 말을 멈추고 방안을 둘러보았다. "직장에서 할 만한 농담은 아니었지만. 하지만 아버지가 어떤 분인지 알 테지. 멋진 분이셨네, 자네 아빠는. 재미있는 사람이었어." 그는 쿠키를 한입 베어 물고는 어머니를 향해 고개를 까딱했다. "어머니께 대신 조의를 전해 주게." 말할 때 입에서 쿠키 부스러기가 튀어나왔다. 다른 때였다면 혐오스럽게 생각했을지도 모르지만, 그 순간에는 그럴 기운도 없었다.

아버지에 대한 내 기억은 농담으로 가득 찬 그런 것이 아니다. 서재에서 책을 읽고, 잔디를 깎고, 어머니와 위스키를 마시는 모습이 대부분이다. 굳이 애써서 떠올린다면, 한 손에는 탐정 소설을, 다른 한 손에는 맥주를 들고 해변에 앉아 있는 모습이나, 그릴 앞에서 스테이크가 잘 익었는지 살피고 버거를 뒤집는 모습 정도다. 농담을 던지는 아버지의 모습은 내 활발한 상상력을 동원하더라도 그려 내기 힘들었다. 겨울을 대비하느라 홈통(지붕 아래 설치하는 빗물받이)을 청소할 때면 아버지가 자주 들려주었던 이야기가 있었다. 홈통 청소는 어머니 없이 우리 둘이 정기적으로 하는 일이었으므로, 아마도 그때를 위해 따로 아껴 둔 이야기들인 듯했다. 어머니는 집안에서 창밖으로 우릴 지켜보며, 내가 아버지를 도우러 사다리에 올라갈 때마다 걱정하곤 했다.

"내가 네 할아버지 얘기를 해 준 적 있었니? 제1차 세계대전 때 가슴에 한 번, 등에 한 번 총에 맞으셨단다. 무슨 전투였는지는 기억나지 않지만, 프랑스 바닷가 근처 어느 작은 마을에서 몸이 회복될 때까지 계셨다는 건 알아."

나는 그 옆에 사다리를 놓고 올라가 장갑 낀 손을 뻗어 낙엽을 한 움큼 퍼서 땅으로 던졌다.

"할아버지는 괜찮으셨어요?"

"물론이지. 네 할아버지는 살면서 한 번도 불평한 적이 없으셨어. 아무튼, 자신의 건강에 대해선 말이지."

"할아버지를 뵀더라면 좋았을 텐데 아쉬워요."

"나도 그래. 네 할아버지는 정말 재미있는 분이셨어. 프랑스에 있을 때 침대에 누워 간호사들한테 휘파람을 불었다가 잠든 척했던 이야기를 하곤 하셨지." 아버지는 빙그레 웃었다. "좋은 사람이셨어." 아버지는 잠시 말을 아끼고는 그저 사다리에 손을 얹은 채 하늘만 바라봤다.

"괜찮으세요?" 내가 물었다.

"아, 그럼. 그냥 옛날 생각이 나서. 나이가 들면 옛 생각이 많이 나거든. 내가 웃긴 이야기 하나 해 줄까? 바지는 왜 학교에 입학할 수 없었을까?"

나는 어깨를 으쓱했다.

"왜냐하면 입학이 유예됐으니까(유예를 뜻하는 'suspended'에는 '바지에 멜빵을 하다'라는 뜻도 있다)." 아버지가 웃기 시작했다. 나는 어디가 재미있다는 건지 이해할 수 없었지만, 아버지와 함께 웃었다. 아버지가 웃는 모습은 나까지 웃게 했다. "네 할아버지는 이 이야기를 제일 좋아하셨어."

불공평하게도, 나는 내 아버지와 많이 웃지 못했다. 우리의 대화는 대부분 내가 어머니에 대한 불만을 토로하면 아버지가 어머니를 변호하는 식이었다. 나는 아버지와 더 많이 웃고 싶었다. 그런 기회를 주지 않은 아버지에게 속았다는 기분이 들면서 약간 화가 났다.

"터무니없는 생각이야. 또 상상력이 발동했구나. 넌 모든 걸 너무 깊이 생각해." 테이블 건너편에 앉아 있던 준 이모가 말했다. 앨리스는 보스턴으로 돌아가기 위해 떠났고, 준 이모는 우리와 함께 며칠 더 머물기로 했다. "네 아버지는 너와 네 어머니를 사랑했어. 그저…… 속마음을 잘 표현하지 않은 거지."

나는 차를 한 모금 마셨다. "그런 건 확실히 아니었어요."

"사람들은 원래 죽은 사람에 대해서는 좋게 말해. 특히 가족이 방 안에 있을 때는 더욱. 아마 다 지어낸 얘기일걸."

"준 이모?" 나는 팔을 뻗어 맞은편에 남아 있는 파이를 한 개집었다. 그리고 그 비닐 포장에 묻어 있는 설탕 가루를 핥았다.

"글쎄. 난 네가 태어나기 전, 거의 10년이 넘는 시간 동안 네아버지를 알고 지냈어. 네 아버지가 특별히 재미있는 사람이라고 생각한 적은 한 번도 없지만, 널 사랑했다는 건 알아." 이모는하고 싶은 말이 더 있는 것 같았지만 입을 다물었다. 나는 이모의 파란 눈 속에서 무언가 소용돌이치고 있음을 볼 수 있었다.

어머니는 이미 머리가 아프다고 불평하며 잠자리에 들어 있었다. 준 이모와 나는 어머니가 아침에 화를 내지 않도록, 아니무엇 때문이든 필요 이상 자극받지 않도록 전부 깨끗하게 치웠다. 남편이 죽었는데 집까지 더러우면, 난 부모를 모두 잃는 상황이 될 수도 있었다.

나는 늘 죽은 사람들이 간직하고 있는 비밀은 어떤 걸까 궁금했다. 어떤 건 의도치 않게 비밀이 된다. "미안하다"라거나 "옷장 안 신발 상자 안에 돈을 숨겨 놨어"라는 등의 말을 미처하지 못한 그런 경우 말이다. 너무 암울해서 차라리 묻혀 있는것이 최선인 비밀도 있다. 빛과 행복으로 가득한 사람도 어두운비밀을 갖고 있을 수 있다. 어떤 거짓말은 너무 견고하다 못해진실이 되어 버린다. 이런 거짓말은 마음 한쪽 구석 깊은 곳에 자리 잡고 있다가 죽음을 만나고 나서야 지워진다. 그리고 세상은 조금 달라진다. 비밀과 거짓말은 그 자체로 부풀려지기도 하고, 왜곡되거나 조작되기도 하며, 정신을 놓은 누군가의 입을 통해 세상에 터트려지기도 한다.

열하나

조

흐릿한 현실이 생생한 꿈으로 바뀌기 전, 나는 잠든 상태와 깬 상태 사이의 세계, 몸의 무게가 느껴지지 않고 온통 무채색인 세계에 둥둥 떠 있다. 졸음이 쏟아지는 중에 간간이 소리가 들리고 감긴 눈꺼풀 너머의 세계가 가까우면서도 멀게 느껴진다. 잠이 막 들려고 하는데 목소리가 들린다. 두 사람이고, 내 방 쪽으로 다가오고 있다. 하나는 내가 아는 사람 목소리다. 리아. 다른 하나도 가슴 저미도록 익숙한 목소리다. 세 겹으로 덮은 담요 아래로 몸이 떨려 온다. 추워서는 아니다. 문이 열리고, 리아가 살짝 들여다보며 말한다.

"누가 찾아왔어요."

"안녕, 조." 코라가 내 딸의 등 뒤에서 걸어 나온다. 나는 약 기운 때문에 흐려진 눈으로 그녀를 본다. 코라는 여전히 허리가 가늘고, 다리는 짧고 탄탄하며, 희미하게 미소를 짓고 있다. 세월이 흘러 입과 눈 주위에는 주름이 보이고, 적갈색이던 머리에는 은빛 머리카락이 보인다. 그리고 차마 말하기 힘들지만, 코가 약간 비뚤어져 있다.

"코라." 그녀의 이름을 소리 내어 말하는 순간, 숨이 막힌다. 일어나 앉으려는데, 어색한 나머지 해쑥한 뺨이 훅 달아오른다. 나는 기운이 없어 다시 베개 위로 쓰러진다. 코라가 허리를 숙이고 내 손을 만진다. 나는 내 손을 코라의 손 위에 부드럽게 얹고, 피부가 서로 맞닿음을 느낀다. 한때는 탄력 있고 젊었으며 사랑에 빠졌던 피부. 그녀의 피부는 노화와 함께 부드러워졌다. 종잇장처럼 얇지는 않다, 아직은. 녹아내린 아이스크림처럼 부드럽다. 코라는 잠시 그대로, 손이 포개진 채로 가만히 있었다. 그러다 내 손 아래에 있던 자신의 손을 슬그머니 빼더니 침대 발치로 물러났다.

"보니까 좋네." 코라가 내 발치의 담요를 꼭꼭 여며 주며 말한다. 놀랍게도 다시 그녀를 갖고 싶어진다. 정비소에 들어섰을 때, 금전 등록기 뒤에 앉아 있던 그녀를 보았을 때 느꼈던 바로 그 감정이다. 죽어 가는 중에 이런 욕구는 가혹한 속임수다.

방 안에 불편한 침묵이 자리 잡는다. 리아가 맞은편 침대에 다리를 꼬고 앉아 벽에 등을 기댄다. 리아는 내가 아니라 자신의 어머니를 보고 있다. 코라가 내 담요에 드문드문 뭉쳐 있는 작은 보푸라기를 떼어 낸다.

"미안하다는 말을 못 했네." 과거의 중압감에도 불구하고 말이 쏟아져 나왔다. 마음속으로는 이미 수백 번 사과했다. 잠을 이룰 수 없는 밤마다 어떤 말을 해야 코라가 나를 용서할 수 있을지 고민했다. 하지만 적절한 말이 없었다. 이제는 그걸 알겠다. "정말, 미안해. 당신은 나한테 그런 짓을 당할 만한 일을 한 적이 없는데."

"그랬지." 코라가 손을 자신의 무릎으로 가져갔다. "하지만 다 지난 일이야."

"이유를 모르겠어." 목에 침이 걸려 기침이 났다. "수없이 자문했지만, 답을 찾을 수가 없어."

"당신이 친구라 부르던 그 사람들은 돌아다니면서 당신이 술을 너무 많이 마셔서 인디언 귀신에 씐 거라고 하던데." 코라가 한숨을 쉬었다. "그 말에 당신 아버지는 정말 마음 아파했어. 그분은 이곳 사람들이…… 변했다고 느낀 것 같아. 내 생각이지만. 난 그들에게 당신이 그런 건 그것과는 아무 상관 없다고, 다급한 성미 때문에 벌어진 일이라고 말해 줬어."

"변호해 줘서 고마워."

"당신을 변호한 게 아니야, 조. 그냥 오해를 바로잡으려던 거지. 당신이 한 짓은 변명의 여지가 없어."

"그래, 어쨌든 고마워."

리아는 맞은편 침대에 앉아 자신의 부모가 처음으로 이야기하는 모습을 지켜보고 있었다.

"이해할 수 없는 건 왜 집으로 돌아오지 않았냐는 거야. 그렇게 오랜 세월이 지났는데도, 메이가 리아에 대해 알렸을 때도, 당신 아버지가 돌아가셨을 때도 당신은 오지 않았어."

"나는 늘 리아가 나 없이 사는 편이 더 낫다고 생각했어."

"우리로서는 절대 이해할 수 없는 말이네. 그래도 집에 왔어 야 했어." 코라가 말했다.

"당신 말이 맞아, 코라." 그렇게 오랜 세월이 흘렀는데도 나 는 코라의 이름을 부르는 일이 기분 좋고 친숙하게 느껴졌다.

아빠의 트럭을 훔친 나는 고속 도로를 달렸다. 도중에 아치 존슨을 보고 덮쳐 버리려다 실패한 후에도 계속 달렸다. 트루 로, 런던데리, 애머스트 등 바다를 건너온 이름이 붙은 작은 마 을들을 지났다. 끊임없이 밀려오는 파도에 깎인 붉은 절벽으로 이어지는 고속 도로 출구도 지났다. 뉴브런즈윅의 우거진 숲을 통과하면서, 그저 기름을 넣고 먹을 것을 사기 위해서만 멈췄 다. 아빠 지갑에서 훔친 돈과 내 지갑에 있는 돈으로는 오래 버 티지 못할 게 뻔했지만 그건 걱정되지 않았다. 내게는 다른 걱 정거리가 있었다. 청바지에는 여전히 핏자국이 남아 있었다. 그 걸 내려다볼 때마다 가속 페달을 더 세게 밟았다.

뉴브런즈윅과 퀘벡이 만나는 국경에 거의 다다랐을 때, 나는 트럭 정류장에 차를 세우고 샤워비로 25센트, 수건과 작은 비 누 한 조각에 5센트를 냈다. 비누는 몸을 깨끗하게 씻어 주기보 다는 할퀴는 듯한 느낌이었다. 내 피부에는 가느다란 빨간 선들 이 뚜렷이 새겨져 있었다. 청바지에 묻은 핏자국을 지우려고 했지만, 전혀 지워지지 않았다. 내가 저지른 비행의 영원한 증거였다.

나는 깨끗해진 몸에 적갈색 얼룩이 진 청바지를 입고 마리타임즈(캐나다 동부의 뉴브런즈윅주, 노바스코샤주, 프린스에드워드아일랜드주를 가리키는 말)를 떠나 낯선 땅에 들어섰다. 그리고 마치 뭔가를 찾는 사람처럼 서쪽으로 갔다. 연료를 충전하기 위해 두 번, 그리고 오줌을 싸기 위해 한 번 멈추고 퀘벡을 통과했다. 도시는 우회해서 갔다. 도시는 길을 잃기 딱 좋은 장소일지도 몰랐다. 하지만 내가 잃어버리고 싶은 건 다른 종류의 길이었다. 사랑한다고 말했던 사람에게 상처를 줄 수 있는 내 안의 어떤 부분을 잃을 필요가 있었다. 그것도 나 혼자서.

침대 발치에 서 있던 코라가 내 가느다란 다리 위로 몸을 숙였다. "집에 올 수도 있었잖아. 와서 자신이 한 짓을 정면으로 마주 볼 수 있었잖아. 우리 관계는 이어지지 않았어도, 아버지 노릇은 할 수 있었잖아."

순간, 어렴풋이 예전의 그 추악한 분노가 익숙한 느낌으로 치밀어오르는 것을 느낀다. 순간적으로 코라에게 소리 지르고 싶어졌다. 아이 아버지가 될 거라는 사실을 좀 더 일찍 알았더라면, 난 돌아왔을 거야. 하지만 나는 소리 지르지 않았다. 다만 눈을 감고 분노가 가라앉기를 기다렸다. 내게는 코라에게 분노할 권리가 없었다. 어쨌든 떠난 사람은 코라가 아니었고, 내가 아버지가 될 수 없다고 결정한 것도 코라가 아니었다. 내가 화를 낼 수 있는 상대는 나 자신뿐이었다.

"거의 돌아올 뻔했지. 딱 한 번. 온타리오 어디쯤에서 경찰관이 트럭에서 자고 있던 나를 발견했어. 난 그가 트럭이 도난당한 걸 알고 나를 끌어내 수갑 채워 집으로 돌려보낼 줄 알았어." 나는 말을 멈췄다. 당시 경찰관이 창문을 두드려 나를 깊은 잠에서 깨웠을 때 심장이 얼마나 빠르게 뛰었는지 기억났다. "그런데 그 경찰관은 그저 내가 살아 있는지 확인하려 했던 거였어. 계속 운전해서 가라더군. 그래서, 그렇게 했지. 아빠는 도난 신고를 하지 않았던 거야. 나한테 과분한 친절이었지."

"만약에 당신 아버지가 트럭을 도난당했다 신고하고, 그들이 당신을 집으로 보냈더라면 어떻게 됐을까 생각하니 기분이 이상하네." 코라가 말한다.

나는 리아를 건너다본다. 리아는 조용히 미소만 짓고 있다.

"아빠, 왜 돌아오지 않으셨어요? 내 존재를 알았잖아요."

리아가 아빠라고 말하는 소리를 들으니 눈물이 날 것만 같다. 거의 속삭임에 가까운 그 말은 성스럽게까지 느껴진다. 내게만 그렇게 느껴지는 건지, 코라는 전혀 눈치채지 못한 것 같다. 리아가 대답을 기다리며 나를 바라본다. 목에 걸린 뭔가를 내려보내려고 애쓰는 동안 말은 점점 혼란스럽고 무거워졌다.

"돌아오고 싶었지. 돌아오려고도 했었고. 하지만 내가 네 엄마와 내 가족에게 한 짓을…… 감당할 수 없었다. 널 사랑하지 않아서가 아니었어. 메이 누나가 너의 존재를 말해 준 그 순간부터 난 세상 그 무엇보다 널 사랑했어." 나는 호흡을 위해 잠시 말을 멈춘다. 말하는 것도 기운이 달리기 시작한다. "하지만 만일 내가 또 엉망으로 굴고 떠났더라면, 넌 내가 그립지 않았을 거다. 우리 엄마랑은 다른 상황이었어. 엄마는 루시를 알았고, 찰리 형도 알았지. 엄마가 슬펐던 건 자신이 잘 알고 사랑했던 존재를 잃었기 때문이었어. 따라서 네가 날 모르고 사는 한 나는 널 슬프게 만들 수가 없는 거지. 내가 지금 말이 안 되는 소리를 하고 있나?"

리아가 어깨를 으쓱하고는 내게 물잔을 건넸다.

"그래서, 난 내가 알고 있는 한 가지 방법을 택했던 거야. 멀찍이 떨어져서 돈을 보내는 것."

"돈은 아버지나 자식을 대신해 줄 수 없잖아요." 리아는 메이 누나처럼 지혜롭다.

"그래, 네 말이 맞아. 내가 한 행동에 대해서 미안하다는 말 말고는 더 할 말이 없구나."

수세인트마리(캐나다와 미국 국경에 걸쳐 있는 도시)에 도착했을 즈음, 3일 동안 먹은 거라고는 펩시와 감자튀김이 전부였기 때문에 따뜻하고 영양가 있는 식사가 필요했다. 하지만 난 빈털터리였다. 나는 도시 변두리에 있는 주유소에 차를 세웠다. 임시직이라도 구하기 위해서였다. 뜨거운 샤워와 식사를 할 수 있을 정도면 충분했다.

들어가는데 문에서 작은 벨이 울렸다. 계산대에 기대어 서 있던 남자가 똑바로 서서 나를 쳐다봤다.

"근처에 혹시 제가 할 만한 일이 있을까요?" 나는 주머니에
손을 찔러 넣고 조금 더 똑바로 선 채 물었다.

주유소 직원이 내 차림새와 피곤한 얼굴을 훑어봤다. "당신
이 할 만한 건 없습니다." 그는 내 돈을 건네받으며 콧등을 찡그
렸다.

"내가 일을 주겠소."

돌아보니 나처럼 피부색이 어두운 노인이 문가에 서서 차례
를 기다리고 있었다. 키가 나보다 족히 30센티미터는 더 커 보
였다.

"페인트칠할 줄 아나?" 그가 물었다.

"할 줄 압니다."

그는 내 앞으로 와서 직원에게 돈을 낸 후 말했다. "따라오
게."

나는 그를 따라 주유기를 지나 파란색 쉐보레 신형 픽업트럭
쪽으로 갔다. 창문에 구슬로 장식된 깃털이 매달려 있었다. 그
옆에 있으니 아빠의 낡은 트럭이 초라해 보였다. 나는 그의 뒤
를 바싹 따라갔다. 깔끔하게 손질된 잔디밭과 아이스크림 가판
대를 지나서, 우리는 길 끝에 자리한 멋진 잔디밭이 있는 2층짜
리 집에 다다랐다. 집 뒤에는 황량한 들판과 키 큰 풀들이 있었
다. 트럭에서 내리니 처마 바로 밑 잔디밭에 흰색 페인트 부스
러기들이 어지럽게 흩어져 있는 게 보였다. 비계는 설치되어 있

었지만, 칠하는 사람은 보이지 않았다.

"젊은 현지인을 고용해서 이 일을 맡겼더니 이렇게 칠만 벗겨 놓았네. 일주일 치 임금을 받아 가고서는 코빼기도 보이지 않아."

차고에는 잘 갖춰진 총 거치대와 ATV(험한 지형에도 잘 달리는 소형차), 손질을 기다리며 걸려 있는 사슴 사체가 있었다. 그가 바닥에 놓인 페인트 깡통을 가리켰다. "전부 다 칠하려면 시간이 얼마나 걸릴 것 같나?"

나는 밖으로 나가 집 주변을 둘러봤다.

"하루에 한 면씩 두 번 칠하면 되겠고, 두 면은 다른 면보다 작군요. 여름이니까, 늦게까지 일할 수 있습니다. 날짜는 엿새 정도 걸릴 것 같고요."

"좋아. 그럼 내일부터 시작하지." 그가 두툼한 가죽 장갑을 끼고 가죽 벗기는 칼을 집어 들었다. 손잡이가 넓고 칼날은 더 넓었다. 그는 사슴을 향해 돌아섰다. 사슴은 혀가 쑥 나오고 눈 색깔이 불투명했다.

"오늘부터 시작하기를 바랐습니다만." 신의 섭리가 정말로 있다고 한다면, 그건 뱃속에서 나는 꼬르륵 소리로 그 존재를 증명했다. 그가 눈을 가늘게 뜨더니 입가에 웃음을 띠었다.

"오늘 하루치 일당은 미리 줄 테니, 일은 내일 아침 해 뜰 때 시작하게." 그는 한쪽 장갑을 벗고 지갑을 집어 들더니 15달러를 건넸다. 나는 그걸 받아 들고 내 트럭으로 향했다. 그에게 감사한 마음이 들었다. 하지만 그가 그걸 알 필요는 없었다. 나는 다른 사람에게 그런 식으로 권력을 주는 걸 좋아하지 않았다.

"해 뜰 때 오겠습니다." 나는 고개를 돌려 소리쳤다.

아까 지나친 식당은 저녁을 먹으려는 손님들로 가득 차 있었다. 주차장에 들어설 때 움푹 팬 곳에 바퀴가 빠질 뻔했다. "자리에 앉으시오"라고 적힌 표지판이 보였다. 한쪽 구석에는 웃는 얼굴이 연필로 그려져 있었다. 나는 작은 금속 판매대에서 엽서 한 장을 집어 들었다. 그리고 웨이트리스가 주문을 받으러 왔을 때 펜을 부탁했다. 나는 치즈버거와 감자튀김, 펩시를 주문한 후 엽서를 뒤집어 편지를 쓰기 시작했다.

"엄마 아빠, 정말 미안해요." 나는 더 쓰려고 했지만, 하려던 말은 기름기에 흠뻑 전 식당 안 공기 속으로 사라져 버렸다. 사과의 말만 어둠 속에 남긴 채, 나는 사진이 위로 오도록 엽서를 뒤집었다.

지금은 어떤 음식도 그때 먹었던 식사 같지 않다. 처음에는 나를 낫게 하기 위해, 그리고 다음에는 생명을 조금 더 연장하기 위해 준비된 치료가 시작된 후로는 뭘 먹어도 다 쇠 맛이 났다. 몇 주 전 나는 치료를 중단했다. 치료가 아무 소용 없으리라는 걸 처음부터 알았다면 나는 주사도, 화학 치료도 거부했을 것이다. 그랬다면 예전처럼 음식 맛을 음미할 수 있었을 것이다. 그날의 치즈버거는 지금까지 먹어 본 중 최고의 맛이었다. 한 입 베어 무는 순간 기름이 흘러나와 입술을 데고 붉은 물집이 잡혔지만, 상관없었다. 나는 접시를 깨끗하게 비운 후, 엽서를 집어 들고 우체국이 어딘지 물었다. 나는 그 엽서를 부쳤다. 돌아가는 대신에 부친 많은 엽서 가운데 첫 번째였다. 나는 지금 여기서 죽어 가고 있음에도 엄마를 떠올리면 그때 나 때문에 마음 아팠던 것, 내가 전화 한 통조차도 하지 않았던 것, 그리고 집에도 한 번 가지 않았던 것이 여전히 가슴 아프다.

"내 자식들은 다 나를 떠났어. 실종되고, 죽고, 도망쳤지. 가끔 내가 대체 뭣 때문에 이런 일을 겪는 건지 궁금해." 이제 늙은 엄마는 위스키를 조금만 마신다. "다 떠나가는 판에 간 건강은 지켜서 뭐 해." 엄마는 이 말을 즐겨 한다.

나는 해가 집 뒤편의 들판 위에서 서서히 떠오르는 시각에 그 남자의 집에 도착했다.

"다행히 다시 왔군." 그는 땅에 담배를 던지고 부츠 신은 발로 짓이기고는 쌓여 있는 페인트통을 가리켰다.

그 집을 다 칠하는 데는 7일 하고도 한나절이 더 걸렸다. 날씨는 덥고 벌레가 들끓었다. 나흘째 작업이 끝나갈 무렵 호스에서 나오는 물로 머리를 감고 있는데, 그가 양손에 맥주를 들고 나와 한 잔을 내게 건넸다.

"아, 괜찮습니다. 저는 술 마시면 화가 나서요."

"그렇군. 내가 더 마시지. 하지만 적어도 잠깐 머물면서 샤워는 하는 게 어떨까? 몸에서 냄새가 나거든."

나는 거절하려 했지만, 그는 내 말을 듣지 않았다. 더운물에 몸을 씻으니 기분이 좋았던 걸 인정하지 않을 수 없다. 발밑으로 시꺼먼 구정물이 고여 있다가 배수구로 흘러가는 모습을 지켜보았다. 내가 샤워하는 동안 그는 변기에 올려 두었던 내 더러운 옷 대신 그 자리에 목욕 가운을 가져다 놓았다. 그런 다음 내 옷을 세탁기에 넣었다. 그러지 말라고 소리 질렀지만, 그는 무시했다. 나로서는 그 가운을 허리에 둘러 묶고 그가 이끄는 대로 뒤뜰로 나가 햄버거를 굽는 수밖에 없었다. 그는 식초와 소금에 절인 상큼한 오이 조각과 함께 햄버거를 내주었다.

"무슨 사연이 있나?" 더는 입지 않는 옷이라며 내게 준 낡은 셔츠의 소매 단추를 채우는데, 그가 물 한 잔을 건넸다. 속에 입은 내 티셔츠는 깨끗했고, 건조기에서 나온 지 얼마 되지 않아 아직 따뜻했다.

"누구나 사연이 있지요."

"흥미로운 사연을 가졌다기엔 너무 젊어 보이는군."

"별로 젊지 않습니다." 그는 더 듣고 싶은 눈치였으나, 나는 그럴 생각이 없었다. "전부 다 고맙습니다. 아침에 다시 올게요."

그는 이틀에 한 번씩 임금을 주었다. 그래서 나는 하루는 따뜻한 식사를, 다음 날은 감자튀김과 음료수를 사 먹을 수 있었다. 나는 매일 밤 다른 주차장에 차를 세우고 팔짱을 낀 채 머리를 트럭 뒷유리창에 기댔다. 그래도 불편하지는 않았다. 매일 하루가 끝날 때마다 너무 피곤했고, 편안함을 따질 여유가 없었다. 드디어 차고 안에 빈 페인트통이 가지런히 쌓이고 하늘색 집이 새집처럼 밝아 보이던 마지막 날, 그가 내게 100달러를 주려는지 테이블 위에 10달러짜리 지폐가 부채처럼 펼쳐져 있었다.

"아닙니다, 선생님. 이미 얼마간의 돈을 주셨잖아요. 하루 일당은 15달러였고요."

"아, 일을 너무 잘해 줬고, 마무리까지 해 줬으니까."

하지만 내가 돈을 집으려고 손을 뻗자, 그가 부채처럼 펼쳐진 지폐 위로 손을 탁 짚었다.

"누구나 사연이 있다고 했던가. 자네 사연은 뭔지 듣고 싶군." 그가 말했다.

가슴 한가운데서 작은 분노가 불꽃처럼 이는 것이 느껴졌다.

"고향에서 이렇게 멀리 떨어진 곳에 젊은이가 나타났을 땐 뭔가가 있지." 그의 손은 여전히 그 자리에 있었다. 내 손은 마치 사탕을 달라고 조르는 아이처럼 그 위에서 떠나지 않고 있었다. "뭔가 자네를 어둡고 침울하게 만들고 있어."

"여섯 살 때 누이동생을 잃었고, 열다섯 살 때는 형이 죽어 가는 걸 내버려뒀고, 2주 전에는 피 흘리고 멍든 아내를 두고 떠나왔습니다. 내 이야기는 그게 답니다."

그는 고개를 천천히 끄덕이다가 지폐에서 손을 뗐다. 나는 현금을 집어 들었다. 그와는 일부러 눈을 마주치지 않았다. 차고 문은 여전히 열려 있었고, 쌓여 있는 페인트통 옆에는 맥주

한 상자가 놓여 있었다. 나는 맥주 상자를 들어 조수석에 실었다. 그리고 내가 아는 모든 것, 모든 사람에게서 더 멀리 떠났다.

나는 침대 위에서 편안한 자세를 취하기 위해 몸 아래에 손을 넣고 들썩였다. "그 돈으로 서쪽으로 더 멀리 갔어. 도망치다가 며칠 멈춰서 농장 일을 도와준 덕분에 오히려 더 멀리 갈 수 있었지."

"어디로 가려고 했어요?" 리아가 한쪽 손으로 턱을 괴며 물었다.

"몰라. 그냥 계속 달렸어."

대초원에서는 개가 도망쳐도 열흘 동안 그 모습을 볼 수 있다고들 한다. 나는 그 말을 믿는다. 평평한 땅이 무한대로 뻗어 있는 모습은 더없이 따분하다. 하루면 대초원을 건널 수도 있었겠지만, 맙소사, 볼 만한 것도 없는 데다 조금 마신 맥주까지 뱃속에서 소용돌이치니 머릿속이 뒤죽박죽되어 정신을 차리기 힘들었다. 나는 온타리오를 벗어나려고 도둑질을 했고, 위니펙을 벗어나서도 몇 번 물건을 훔쳤다. 신발도 신지 않은 한 여자 노숙자가 2달러짜리 지폐를 움켜쥐고 맥주 상점에서 악취를 풍기고 있길래, 그 상황을 이용했다. 플라스틱 용기에 든 큼지막한 위스키 한 병을 옆구리에 숨긴 후, 그 여자 노숙자가 내가 한 번도 들어본 적 없는 말로 점원에게 욕설을 퍼붓는 동안 밖으로 걸어 나왔다. 그리고 옆 편의점에서 음료수 몇 병을 사서 위스키와 음료수를 번갈아 마시며 화끈거리면 가라앉히고, 가라앉으면 다시 위스키를 마셨다.

별다른 이유 없이, 나는 스위프트커런트에서 고속 도로를 벗어나 국경 바로 북쪽 초원으로 내려갔다. 비포장도로가 겨울 맞이를 위해 초록빛을 잃은 키 큰 풀밭을 가로지르고 있었다. 누런 줄기가 바람에 흔들렸다. 대자연이 손가락으로 머리카락을 쓰다듬는 듯했다. 지평선은 다가가면 갈수록 멀어지는 듯 보였다. 온갖 회색을 띤 구름이 땅과 하늘이 맞닿은 곳에 자리 잡기 시작했다. 그러더니 내가 눈치챌 새도 없이 자연스럽게 겹겹이 쌓이기 시작하더니, 바로 앞에 있던 먹구름에서 번갯불이 번쩍했다. 나는 길 한쪽에 차를 세우고 문을 열어 무거운 대초원의 공기를 들이마셨다. 폭풍이 오기 전 습기와 긴장감이 가득한 공기였다. 초원은 너무나 넓고 조용해서 마치 지구상에 오직 나 혼자뿐인 것 같았다.

"대체 여기서 뭐 하는 거예요?"

갑작스럽게 들려온 목소리에 너무 놀란 나머지, 순간 온몸의 근육이 다 경직되는 느낌이었다.

"폭풍이 몰려오고 있다고요."

돌아보니 원주민으로 보이는 여자가 서 있었다. 내 또래 같았다. 그녀는 청바지와 노란 티셔츠 차림이었다. 팔에는 기다란 풀줄기를 한 아름 안고 있었다. 혹시 차가 있는지 주위를 둘러보았지만, 아무것도 없었다. 이 외딴곳에 그저 풀을 한 아름 들고 있는 여자 한 명뿐이었다.

"어디서 왔어요?" 내가 물었다.

"어머니한테서 왔죠. 당신처럼." 그녀가 윙크하며 트럭에 기대섰다. "참고로 말하자면, 난 당신보다 빨리 달릴 수 있어요. 혹시라도 이 초원이 내게 무슨 범죄라도 저지르기 좋은 곳이라는 생각을 하고 있다면 꿈 깨요. 그리고 난 아주 날카로운 칼을 몸에 숨기고 있거든요. 당신이 내 몸에 손끝 하나 대기 전에 칼이 먼저 나갈 거예요."

"난 누구도 해칠 생각이 없습니다." 심장 박동이 막 느긋해지려는 찰나, 구름 속에서 번개가 번쩍하더니 곧이어 천둥소리가 들려왔다. "이름이 뭐예요?"

그녀는 두어 걸음 떨어진 도랑 가에 앉았다. "나는 누구든 낯선 사람한테는 이름을 알려 주지 않아요. 내 이름 몰라도 상관 없잖아요?"

"그렇죠."

이상한 여자였다. 하지만 그녀에게는 어쩐지 사람을 차분하게 만드는 뭔가가 있었다. 우리는 말없이 앉아 구름을 바라보며 비가 오기를 기다렸다.

"내 이름 알고 싶어요?" 내가 물었다.

"알려 주고 싶다면요."

"조예요."

"조." 그녀는 손을 들어 흘러내린 머리카락을 귀 뒤로 넘겼다. "그나저나, 정 반대쪽에 있는 지역에서 트럭을 몰고 여기까지 와서 뭐 하고 있어요?" 그녀가 번호판을 가리키며 물었다.

"도망쳐야 했거든요."

"그럼, 도망치는 중이군요."

"우린 모두 뭔가로부터 도망치고 있지요."

"아, 그런가요. 당신 혹시 인도의 철학 왕 아닌가요?"

"무슨 말인지 모르겠네요."

그녀는 한마디도 하지 않았다. 그저 거기에 앉아서 풀을 굽어보는 나를 바라봤다. "내가 어떤 사람인지 판단하려는 건가요?" 나는 정적을 깨기 위해 말문을 열었다.

"무슨, 그럴 리가요. 난 판단 같은 거 안 해요. 난 당신을 몰라요, 조. 그저 자신을 찾기 위해 초원으로 걸어 나온 원주민 가운데 한 사람으로 보여요." 이 말을 해 놓고 그녀는 웃었다. "백인들보다는 나은 것 같네요. 그들은 여기 투신하러 오거든요."

또 다른 번개가 번쩍하며 하늘을 가르고, 곧이어 낮게 으르렁거리는 천둥소리가 들려왔다.

"내가 집에 갈 때까지는 비가 좀 기다려 주면 좋겠네요. 신발을 새로 샀거든요. 제대로 길들이기도 전에 못 쓰게 만들고 싶지 않아요." 그녀가 다리를 들어 새 운동화를 보여 주었다. 흰색에 끈이 검은색이었다.

내게 집을 칠해 달라고 했던 그 남자와는 달리 그녀는 인적 없는 이 외딴곳에 앉아 있어도 편안함을 느끼게 했다. 생각에서 벗어날 수 있는 여백이 아주 많았다. 나는 생각을 멈추려고 했으나 입을 열자 한 마디가 그냥 흘러나왔다. "우리가 신맛이 난다고 생각해요? 정말 우리 원주민들은 핏속에 뭔가 우릴 나쁘게 만드는, 그런 게 있는 걸까요?"

그녀가 웃음을 터트리는 순간, 동시에 천둥이 크게 울리며 그녀의 웃음소리를 삼켜 버렸다. 비포장도로 가에서 그녀가 고개를 뒤로 젖히고 소리 없이 웃는 모습, 낮은 먹구름 아래 이제는 더 빠르게 흔들리고 있는 풀을 지켜보고 있자니 어딘지 모르게 으스스한 기분이 들었다.

"지금 시큼한 건 당신 냄새 말고는 없어요. 간단히 샤워하면 도움이 될 것 같네요. 우리가 신맛이 난다는 소리는 어디서 들은 거예요?"

"오래전에 한 번 들은 건데, 그때부터 모든 게 다 꼬였어요."

"뭐가 어떤데요?"

"사람들이 나한테서 떠났어요. 가끔은 내가 그걸 부추기기도 하고." 나는 손을 들어 보였다. 어스름한 빛 속에서 멍의 흔적이 잘 보이지 않았다. 내 손가락 관절이 코라의 이에 닿으면서 찢어진 자리는 이제 내 갈색 피부 위에 가느다란 흰 선으로 남아 있었다.

그녀는 내 손을 가져다가 자세히 들여다보고는 다시 내 무릎 위에 올려놓았다. 그녀는 흉터에 관해 묻지 않았다. 그럴 필요가 없었으니까. 우리는 조용히 앉아 첫 빗방울이 후드득 떨어지며 그 무게로 마른 땅에 구멍을 내는 모습을 지켜보았다.

"내가 무슨 생각하는지 알아요, 조?" 그녀는 옆구리에 팔을 붙이고 손바닥으로 바닥을 짚은 후 몸을 일으킬 준비를 했다. "누구나 나쁜 짓을 하지만, 그게 늘 우리를 나쁜 사람으로 만드는 건 아니라는 거예요." 그녀가 일어서서 나를 굽어보았다. 어두운 하늘 때문에 그녀의 얼굴 윤곽이 잘 보이지 않았다.

"불운은 있을 수 있어도 우리한테 신맛은 나지 않아요. 우린 진절머리 나게 많은 일을 견뎌 냈다는 거, 잊지 말아요. 지금 살아 있는 우린, 모두 앞선 가족에게 일어난 뭔가 나쁜 일을 통해서 살아남은 거예요. 당신이 살아 있는 건 빌어먹을 기적 같은 일이라고요. 그러니 신맛 나는 피 얘기는 그만 해요. 실수가 있다면 인정하고, 속죄하고, 계속 앞으로 나아가요. 우린 그러지 못한 사람들에게 빚을 지고 있는 거예요." 그녀는 먼지를 털고는 몸을 굽혀 아까 안고 있던 그 풀더미를 다시 집어 들었다.

"태워 줄래요?"

우리가 트럭에 올라타자 하늘이 열렸다. 차 지붕을 때리는 빗소리와 타이어 밑의 자갈 소리에 우리는 대화를 그만두었다. 그녀는 길고 가느다란 손가락으로 정면을 가리키며 비포장도로 끝까지 나를 안내했다. 모퉁이에 여러 가지 색과 디자인으로 칠해진 작은 집이 있었다. 집을 둘러싼 정원에는 꽃과 채소가 흘러넘쳤다. 쉬지 않고 떨어지는 빗방울에 과일나무 잎들이 마구 흔들렸다.

"좋은 집이네요."

"난 뭐든 아름답게 가꾸는 걸 좋아하거든요." 그녀가 현관문을 열었다. "여기서 기다려요, 조." 그녀는 앞 계단에 풀을 내려놓고 정원으로 가서 땅과 나무에서 먹을 것을 따기 시작했다. 그리고 흠뻑 젖은 채로 당근과 빨간 무, 사과를 한 무더기 들고 와서 차창 안으로 건넸다.

"행운을 빌어요, 조. 평온을 찾길 바라요."

"당신을 알게 돼서 다행이에요. 고마워요."

"고마워할 필요 없어요. 잘 지내세요."

그녀가 트럭 옆을 한 대 툭 친 후 집을 향해 뛰어갔다. 비가 끊임없이 세차게 내려 전면 유리창 밖의 모든 것이 흐릿해 보였다. 그녀가 폭풍을 막기 위해 꽃 그림이 그려진 하얀 문을 꼭 닫고 집안으로 사라지자, 나는 깊은 슬픔을 느꼈다.

비가 차차 안정된 리듬을 찾기 시작하고 앞 유리 와이퍼가 그 속도를 쫓아갈 수 있을 정도가 되었을 때, 나는 큰길로 다시 나가는 길을 찾아냈다. 이렇게 요란한 폭풍우 속에서 라디오는 무용지물이었기 때문에 나는 오로지 내 생각과 빗소리에 의지해 계속 앞으로 나아갔다. 백미러에 비친 회색 구름이 한참 뒤로 멀어져 있었다.

"그녀는 어쩐지 위안을 줬어. 당신한테서 찾은 것 같은 그런 위안." 나는 코라를 돌아보며 말했다. 담요를 내려다보던 코라가 고개를 들고 미소를 지었다. "혹시 나를 다시 만나고 싶어 하지는 않을까 싶어서 몇 번 다시 갔었지. 하지만 한 번도 트럭을 세우거나, 차에서 내리거나, 가서 문을 두드리거나 하지 않았어. 끝까지. 하지만 그 이야기는 다른 날에 하지."

방이 조용한 가운데, 리아와 코라는 자신들의 손을 내려다보고 나는 오랜 세월 담배 연기에 찌들어 누렇게 된 천장을 올려다본다.

"당신은 뭐든 너무 빠르고 너무 심각하게 생각해, 조. 사랑이든, 증오든, 죄책감이든, 분노든 뭐든. 때로는 그런 걸 놓아줄 필요가 있어." 코라가 고개를 비스듬히 기울이며 말한다.

"이젠 아무래도 상관없어." 나는 내 임박한 죽음을 가지고 농담을 던져 보지만, 코라도 리아도 웃지 않는다.

들판에서 그 여자를 만난 다음 날, 나는 배드랜드(미 서부에 자리한 황무지) 근처에서 차를 멈췄다. 그곳에서 농장 일꾼으로 일하며 똥 치우는 일이나 자잘한 수리 등 카우보이가 되기엔 조금 부족한 온갖 일을 처리했다. 일꾼들이 머무는 합숙소에서 혼자 지내는 동안 책을 몇 권 찾아냈다. 루이 라무르와 제인 그레이의 책이었다. 같은 책을 읽고 또 읽으며 1년 넘게 그곳에 머무는 동안 팔에는 힘줄이 드러나기 시작했고 등은 꼿꼿해졌으며, 피부는 거칠어졌다. 나는 번 돈을 모아 안전하게 보관했다.

일에 지치면 나는 바다로 갔다. 내가 아는 바다와 아주 비슷하면서도 또 아주 다른 그런 바다였다. 산은 물에서 바로 솟아

오른 것처럼 보였고, 파도는 더 크고 따뜻했다. 보는 각도에 따라 색이 달라지는 해초도 있었다. 나무는 늘 축축했고, 생명의 냄새가 났다. 나는 바다나 이름이 있는 마을이라도 하나 만나려면 차를 타고 몇 시간씩 나가야 하는 외진 벌목장에 일자리를 얻었다.

나는 회사 주차장에 차를 세워 놓고 벌목장을 오가는 셔틀을 이용했다. 벌목장은 한 번 들어가면 3주는 머물러야 했다. 나는 돈을 모으기 위해 음식을 직접 요리하고 화장실을 청소했다. 잠은 다른 세 명의 남자와 한방을 쓰며 좁은 간이침대에서 잤다. 새만큼이나 큰 모기와 그들이 피부에 남기는 빨갛게 부은 자국에 익숙해졌다. 그곳에는 술이 없었고, 그것은 내게 도움이 되었다. 휴가 때는 산에 오르거나 조용한 강에서 낚시를 즐기거나 블루베리를 땄고, 밤에는 주로 모닥불가에 앉아 시간을 보냈다. 겨울에는 설피를 신고 두껍게 쌓인 눈을 헤치고 다녔고, 문명 세계에서 충분히 멀리 떨어진 유황 온천에 앉아 있곤 했다. 나 혼자일 때도 종종 있었다. 맑은 날 밤이면 하늘 전체를 볼 수 있었다. 정말이다. 루시가 사라지기 전 밤에 그랬던 것처럼, 나는 등을 바닥에 대고 누워 별들이 밤마다 여행하는 것을 지켜보았다. 혹시 저 밖 어딘가 같은 하늘 아래 루시가 있을까 궁금했다. 한번은 겨울에 일주일 동안 방 하나짜리 오두막에서 지낸 적이 있는데, 아빠와 숲에 갔을 때 벽에 새겨진 동물 그림의 윤곽선을 손가락으로 따라 그렸던 추억과 따뜻한 당밀을 곁들인 린디 고모의 빵을 먹었던 기억이 떠올랐다. 가끔 엄마한테 엽서를 보냈다. 매번 다른 주소를 발송처로 삼아서 나는 잘 지내고 있다고 알렸다. 전화는 한 번도 하지 않았고, 코라에 대해서도 묻지 않았다. 알고 싶지 않았다.

나처럼 혼자 많은 시간을 보내면 생각이 많아진다. 생각은 엄마와 엄마가 가진 슬픔의 무게에 머무는 경향이 있었다. 엄마는 찰리 형을 땅에 묻어야 했다. 고통스럽지만 다행이었고 그걸로 끝이었다. 루시의 경우에는, 아무것도 할 수가 없었다. 아이가 있어야 할 자리가 그냥 비어 있었다. 어디에 있을지, 어떻게 변했을지, 행복한지, 살아 있기는 한지 궁금해하며 너무나 오랜 세월이 흘러갔다. 아빠도 슬퍼했다. 우리 모두 알고 있었다. 하지만 아빠의 슬픔은 뭐라 정의하기가 더 어려웠다. 아빠는 슬픔을 숨겼다. 메이 누나의 깜짝 전화를 받고 나서야 나는 내가 세 번째로 사라진 자식이 되었음을 알았지만, 집으로 돌아가 그들 모두와 함께 살기엔 너무 이기적이었다. 나는 실수를 너무 많이 했다.

최선을 다했지만, 그들은 결국 나를 찾아냈다. 딱 한 번. 벌목장에 조용하고 깡마른 남자가 하나 있었다. 계속 눈에서 눈물이 나는 그 사람은 내 고향 집 근처 마을 출신이었다. 그리고 나는 그와 친해지는 실수를 저질렀다. 내가 어디서 왔는지 아는 사람은 뭔가 특별하다. 내가 '더 밸리'라고 말하면 어디를 말하는지 아는 사람, '펀디만*Bay of Fundy*'을 정확하게 발음할 줄 알고, '머스

쿼도보이트_{Musquodoboit}'가 알파벳을 아무렇게나 조합해 놓은 단어가 아니라 지역 이름임을 아는 사람 말이다. 하지만 그는 향수병에 걸려 두어 달도 채 못 지내고 떠났다. 그가 집으로 돌아간 지 겨우 일주일이 지났을 때, 벌목장으로 전화가 왔다. 나한테 온 전화였다.

"여보세요?"

"하느님 맙소사, 진짜 너구나." 메이 누나는 거의 소리를 지르고 있었다.

"누나, 나는 통화하고 싶지 않아."

"네가 뭘 원하든 상관없어."

"이 번호는 어떻게 알았어?"

"깡마른 친구가 정비소에 와서 너랑 일했다고 하지 뭐야. 너, 그 친구한테 네가 도망쳤고 이런 식으로 계속 숨어 있고 싶다고 말 안 했나 보더라." 메이 누나가 잠시 말을 끊더니 숨을 몰아쉬었다. "이제 내 말 잘 들어. 엄마, 아빠가 몹시 걱정하셔. 내내 그러셨어. 8년이야, 조. 대체 누가 8년이나 가족을 떠나 있어? 내가 너한테 역사상 제일 이기적인 녀석이라고 한 말이 옳았어."

"누나,"

"아니. 나 지금 너한테 화나 있으니까, 지금 당장은 아무 말도 하지 마. 져야 할 책임이 있으니까 집으로 돌아와. 거기 벌목장에서 그만 얼쩡거리고 당장 여기로 돌아오라고."

"싫어."

수화기 너머 침묵이 흘렀다.

"너한테 아이가 있어, 조. 여자아이야. 너한테 알리지 않겠다고 코라와 약속했지만, 어쨌든 널 정신 차리게 해야겠어."

"거짓말하지 마, 누나."

귀에서 심장 뛰는 소리가 들리고 이마에 땀이 맺히기 시작했다. 나한테 아이가 있다고? 그것도 딸이?

"거짓말 아니야. 넌 집에 와서 네 가족을 돌봐야 해."

"못해, 누나. 내가 코라한테 무슨 짓을 했는지 누나도 알잖아. 난 못해, 누나. 혹시라도 내가……."

"혹시라도 뭐?"

"난 그런 남자가 될 수 없어, 메이 누나. 나는 아버지가 될 수 없어."

"그럼, 나더러 코라한테 뭐라고 말하라는 거야? 엄마랑 아빠한테는? 리아는 또 어떻고?"

"리아라니?"

"네 딸 말이야, 조. 아버지가 필요한 바로 그 아이."

"난 못해."

"그럼, 나더러 그들한테 넌 신경도 쓰지 않는다고 전하라는 거야?"

"사실은 그렇지 않다는 거 알잖아, 누나. 그런 식으로 말하지 마. 난 잘 있다고 전해 줘. 난 그냥 잘 지낸다고."

"엄마와 아빠는 늙어 가고 계셔, 조. 벤 오빠는 풀타임으로 일하고 있고, 나도 챙겨야 할 내 아이들이 있다고."

메이 누나한테 아이가 있다고? 내 기억에 메이 누나는 북두칠성 자리 손잡이 끝에 있는 별처럼 늘 변함없는 사람이었다. 어떻게 세상이 이렇게 달라졌지?

"미안해, 메이 누나. 하지만 난 그럴 수 없어."

메이 누나는 또다시 맞받아치기 위해 크게 숨을 들이마셨다. 그 숨소리가 내가 수화기를 내려놓고 자리를 뜨기 전 마지막으로 들은 소리였다. 손에서 아직도 물이 뚝뚝 떨어지고 있었다. 마저 닦아야 할 냄비들이 아직 남아 있었다.

3일 후, 2주간의 휴가를 위해 셔틀을 타고 시내에 내렸을 때, 나는 다음 월급날까지 버틸 만큼만 남기고 모은 돈 거의 전부를 엽서와 함께 큰 봉투에 넣어 집에 부쳤다. 엽서에는 이렇게 적었다. "리아에게 도움이 되기를." 그러고 나서 내가 가진 모든 걸 배낭에 넣어 트럭에 실은 후 산으로 향했다.

"정말 어리석은 사람이야, 조. 어리석어." 코라가 떠나려고 자리에서 일어난다. 한 손으로 등을 짚어 몸을 가눈다.

"그런 것 같네." 나는 가쁜 숨을 몰아쉬며 말했다. 이야기하느라 많이 지쳤다. 너무 피곤하지만, 내 몸이 버틸 수 있는 한 여기에 코라, 리아와 함께 앉아 있는 이 순간이 계속되었으면 좋겠다.

"그런 것 같다는 말은 필요 없어. 사실이니까." 코라가 바닥에 두었던 가방을 집어 들고 리아에게 가서 이마에 입을 맞춘다. "걸어서 마을로 돌아갈게. 신선한 공기가 필요해. 만나서 반가웠어, 조. 주님의 은총이 함께하길 빌어. 그러길 기도할게."

"고마워, 코라. 전부 다 고마워." 나는 내 딸을 가리키며 고개를 끄덕였다. 코라는 내 발에 손을 잠시 얹었다가 문을 닫고 떠났다.

리아가 속이 불편한 나를 위해 물 한 잔과 크래커를 가지러 나간다.

해가 진 지 한참 지나 아침의 지평선이 물들기 전, 잠에서 깨어나 보니 리아가 아이처럼 양팔에 턱을 묻고 내 옆 침대에서 잠들어 있다. 순간, 어린 소녀였을 때 리아를 알았더라면 어땠을지 궁금해진다.

열둘

노마

더 좋은 딸이라면 아버지가 세상을 떠났을 때 어린 시절의 집으로 다시 돌아갔을 것이다. 더 좋은 딸이라면 어머니를 돌보고 곁에 있어 주고, 기나긴 겨울 저녁 시간 스크래블 게임(단어 만들기 보드게임)을 함께 했을 것이다. 그리고 예약 시간에 맞춰 병원에도 모시고 가고, 일요일 아침에는 교회에 동행했을 것이다. 더 좋은 딸이라면 어머니에게 무슨 일이 일어나고 있는지 알아챌 만큼 충분한 관심을 기울였을 것이다. 어머니의 갑작스러운 건망증을 그저 노화와 외로움의 결과라고 단순하게 치부하지 않았을 것이다. 더 좋은 딸이라면, 어머니가 스토브에 우유를 올려 둔 걸 잊는 바람에 우유가 다 타고 주방이 연기로 가득 찼을 때, 무슨 일이 일어나고 있는지 알았을 것이다.

하지만 나는 그런 딸이 아니었다. 그런 딸이 되지 못할 이유는 없었지만, 너무나 조용하고 어두운, 여전히 커튼이 햇빛을 가리고 있는 집으로 다시 들어가 산다는 건 상상할 수도 없는 일이었다. 조용한 소녀 노마가 조용한 여자 노마가 되기까지 수십 년의 세월이 흘렀지만, 나는 여전히 어머니가 잃은 아기들이 주는 중압감을 느꼈고, 다시는 그들에게 짓눌리고 싶지 않았다. 내게는 나를 허물어뜨리는 나만의 것이 따로 있었다.

나는 매일 저녁 7시 30분에 전화했다. 어머니가 설거지를 마친 후 가장 좋아하는 위스키 한 잔과 십자말풀이 책을 앞에 두고 작은 테이블에 앉아 있을 시간이었다. 나는 좋은 딸 대신 예정된 일정을 잘 따르는 딸이 되기로 했다. 최소한 해야 할 일을 하며, 누가 보더라도 여전히 충실하게 제 할 일을 하는 사람으로 여겨지는 그런 딸 말이다. 나는 일주일에 한 번, 토요일 아침마다 어머니 집까지 45분 동안 차를 몰고 갔다. 나가서 점심을 먹고, 어머니와 쇼핑을 하고, 쓰레기를 모아 진입로 끝에 있는 쓰레기통에 가져다 버렸다. 여전히 가방 밑바닥에는 숨겨 놓은 위스키 병들이 있었지만, 아버지가 안 계신 지금은 그 수가 적었다. 여름에는 잔디를 깎았고 겨울에는 통로에 쌓인 눈을 치웠다. 비상시에는 어머니의 돈으로 비용을 지불하고 일해 줄 사람을 고용했다.

나이가 들수록 시간은 더 빨리 갔다. 마치 우주가 더 젊고 더 강한 이들에게 자리를 내주라며 결승점으로 밀어붙이는 기분이었다. 역사에 짧게 자신이 머물렀던 기록이나 남기고 비키라고 말이다. 아버지 없이 보내는 열 번째 크리스마스가 눈 깜짝 할 사이에 찾아왔다. 매년 그랬듯 어머니 집에서 하루 묵는 중이었다. 준 이모는 다음 날 아침에 차를 몰고 오기로 되어 있었다. 이모와 앨리스는 오래전부터 같이 크리스마스이브 파티에 갔기 때문에 집에는 어머니와 나뿐이었다. 추운 밤이었다. 며칠 전에 내린 눈이 두껍게 쌓인 데다 기온이 떨어지면서 위에 쌓인 눈이 얼어붙었다. 가로등의 희미한 노란 불빛과 이웃집 마당의 기분 좋은 크리스마스 조명이 그 수정 같은 표면에 반사되며 환하게 반짝였다. 빛은 추운 곳에서 더 반짝거린다. 마치 사람들이 햇빛도 못 받고 집에 갇힌 걸 아는 듯이. 그리고 자신들이라도 볼거리가 되어야겠다는 듯이. 온기를 대신하는 기분 좋은 대용품이다. 어머니가 잠자리에 든 후, 나는 커튼을 열고 밤의 어둠 속에서 빛나는 크리스마스트리 불빛을 감탄하며 바라봤다. 나는 고요 속에 앉아 있었다. 어딘가에서 들리는 삐걱거리는 소리만이 곁에 있었다. 나는 어릴 때처럼 불빛이 흐릿해지도록 눈을 가늘게 떴다. 졸음이 와 어쩔 수 없이 잠자리에 들면서, 나는 불을 켜 두었다. 불이 꺼진 크리스마스트리는 나를 슬프게 하기 때문에 도저히 플러그를 뽑을 수가 없었다.

전자시계의 빨간 숫자들이 새벽 3시 14분을 가리켰다. 무엇때문인지, 꿈도 꾸지 않고 깊게 들었던 잠에서 깨어났다. 나는일어나 앉아 귀를 기울였다. 하지만 세상은 조용하기만 했다. 세상이 쉬고 있을 때 찾아오는, 어둡고 깊은 고요함이었다. 다시 편안하게 베개 위에 머리를 눕히려는데 어디선가 큰 소리가 들렸다. 나는 침대에서 일어나 슬리퍼를 신었다.

"어머니?"

나는 복도를 따라 어머니의 침실로 갔다. 하지만 침대는 비어 있었다. 침대 옆 램프는 켜진 상태였지만 뒤집힌 채 바닥에 나뒹굴고 있었다. 갓이 기울어져 벽에 기괴한 그림자가 드리워졌다.

"어머니?" 나는 복도를 달렸다. 다음엔 어디로 가야 할지 알 수 없었다. 크리스마스트리 불빛에 언뜻 어머니가 보였다. 어머니는 추운 밖에 잠옷만 걸친 채 나가 있었다. 연신 허리를 굽히면서 눈 안에 손을 넣었다. 좀처럼 열리지 않는 현관문이 활짝 열려 있었다. 추위가 안으로 밀려 들어왔다.

"어머니, 뭐 하고 계세요?"

어머니가 깜짝 놀라 나를 쳐다봤다. 동그랗게 뜬 눈에 눈물이 그렁그렁했다. 추위로 인해 살이 발갰다. 어머니의 손과 발에는 겨울 추위를 막을 것이 아무것도 없었다.

"오, 노마구나, 잘 왔다. 찾는 것 좀 도와줘." 어머니는 다시 허리를 굽혀 눈을 한 줌 쥐더니 공기 중으로 던졌다.

"날씨가 너무 추워요. 게다가 잠옷 차림이잖아요. 안으로 들어가요."

나는 어머니의 어깨를 잡고 현관으로 이끌었다. 하지만 어머니는 나를 뿌리치고 다시 허리를 숙여 눈을 헤집었다.

"찾아야 해. 못 찾으면 네 아버지가 나한테 짜증 낼 거야."

나는 내 무게로 인해 얼어붙어 있던 눈이 깨지고, 슬리퍼를 신은 발이 그 아래 차가운 눈 속으로 푹 빠지는 바람에 멈춰 섰다.

"뭘 찾는데요?"

"내 결혼반지. 잃어버렸는데 찾을 수가 없네. 내가 알기로는 여기 어딘가에 있어. 지난번에 진달래 심을 때 마지막으로 끼고 있었거든. 네 아버지가 곧 오실 텐데, 날 얼빠진 사람으로 생각하게 만들고 싶지 않아." 어머니는 나를 놔두고 앞마당으로 더 깊숙이 들어갔다. 얼어붙은 눈이 뚜두둑 깨지고 갈라지는 소리가 귓가를 맴돌았다. 나는 말문이 막혀 아무 말도 못 한 채 멍하니 서 있을 뿐이었다.

"어머니." 나는 심호흡한 후 어머니를 따라갔다. "아버지는 돌아가셨어요. 그리고 그 결혼반지는 30년 전에 잃어버리셨잖아요. 그래서 아버지가 새로 사 주셨고요. 기억 안 나요?" 나는 어머니의 손을 잡고 그 반지를 보여 주었다. 잠잘 때도, 설거지할 때도, 정원을 가꿀 때도 손에서 거의 빼지 않는 바로 그 반지였다. 첫 번째 반지를 잃어버린 후 어머니는 특별히 주의를 기울였고, 한 달에 한 번 보석 가게에서 세척을 받을 때만 손에서 뺐다. 세척 중에는 절대 가게를 뜨지 않았고, 반지를 다시 손가락에 끼울 때까지 참을성 있게 기다렸다.

희미한 불빛 속에서 어머니가 자신의 손을 내려다봤다. 눈을 헤집느라 두 손 모두 차갑고 벌겋게 얼어 있었다. 맨발은 눈 속 깊이 파묻혔다. 허둥지둥 반지를 찾는 상황이 진정되자, 나는 어머니가 다리를 움직여 집으로 다시 들어갈 수 있도록 도와야 했다. 나는 어머니가 알고 있는지 궁금했다. 자신의 뇌가 제대로 작동하지 않고 있으며, 75년 동안 공들여 쌓아 올린 모든 것을 앗아가고 아버지를 한 번 더 빼앗아 가고 있다는 것을. 아무래도 알고 있었는지, 어머니는 그날 밤까지 자신의 잃어버린 기억과 혼란의 세상에 아무도 들이지 않았다.

나는 어머니를 욕실로 데리고 가 변기에 앉힌 후 어머니의 몸을 데우기 위해 욕조에 물을 채웠다. 나는 야단쳐야 할지, 위로해야 할지, 손을 잡고 기억을 되살려 보라고 해야 할지, 어리석은 짓을 했다고 책망해야 할지 도무지 알 수 없었다. 대신에 나는 어머니가 옷 벗는 것을 도왔다. 어머니가 몸을 가리려고 팔을 가슴 위로 올리면서 당혹스러운 표정을 지었을 때, 나는 거의 울음이 날 것 같았다. 내가 어머니를 사랑한다는 사실, 그리고 단지 의무감으로 어머니를 대하는 태도는 어머니가 내게 준 삶에 대한 무례라는 사실을 다시 한번 깨달았다.

"어머니, 손 이리 주세요. 욕조에 들어가는 거 도와드릴게요." 어머니가 조심스럽게 내 도움을 받아들였다. 나는 어머니를 미지근한 물로 조심조심 옮겼다. "가서 차를 좀 준비해야겠어요. 여기 앉아서 쉬고 계세요. 아셨죠?" 나는 어머니의 턱을 손으로 붙잡고 물이 떨어지는 수도꼭지를 보고 있던 어머니의 시선을 돌렸다. "아셨죠?"

"그래. 여기 가만히 있을게." 어머니가 거의 속삭임에 가까운 작은 목소리로 말했다. 나는 욕조 안으로 들어가 어머니를 팔에 안고 따뜻하게 품어 주고 싶었다. 어머니의 손 색깔이 정상으로 돌아올 때까지 잡아 주고 싶었다. 대신에 나는 우유와 설탕을 넣은 차를 준비했다. 어머니가 크리스마스 노래를 흥얼거리며 차를 마시는 동안 나는 변기에 앉아 기다렸다. 어머니의 살갗에 소름이 돋고 몸이 떨리는 게 보였다. 나는 수도꼭지에 손을 뻗어 온수를 더 틀었다. 어머니의 손과 발이 분홍색에서 흰색으로 변했다. 발가락을 꼼지락거려 보라고 했더니 내 말대로 했다. 어머니가 차를 다 마셨다. 나는 물기 닦는 것을 돕고, 새 잠옷을 입힌 후, 다시 침대에 눕혔다.

그날 밤, 나는 아버지가 오랫동안 차지했던 자리에 웅크리고 누워 어머니와 한 침대에서 잤다. 비누 향이 느껴졌다. 어머니가 나를 팔에 안고 어르던 기억, 어머니의 부드러운 코골이, 조용하고 친절했던 어머니의 말들이 떠올랐다. 어머니가 나를 안고 흔들며 "그냥 꿈이야. 엄마 여기 있어"라며 달콤하게 속삭이던 것도 떠올랐다. 그날 밤 나는 어머니에게 강렬한 사랑을 느꼈다. 지금 내가 되찾고자 전력을 다하고 있는 바로 그것을.

나는 내가 종교에 친밀감이 거의 없는 사람치고는 지나치게 죄책감을 안고 살아가는 것 같다는 생각이 들었다. 나는 아파트를 다른 사람에게 재임대하고 어릴 때 살았던 집으로 거처를 옮겼다. 절대 하지 않겠다고 다짐했던 바로 그 한 가지였다. 차에서 마지막 여행 가방을 내리는데 중압감이 덮쳐 왔다. 어깨가 축 처지고, 등이 굽고, 숨이 턱 막히는 기분이었다.

"불행은 꼭 세 번 일어나거든." 어머니는 손가락으로 자신이 겪은 불행을 꼽으며 이렇게 말하곤 했다. 세 번째 불행이 완전히 끝나면 세상이 정상으로 돌아간다면서 말이다. 아이의 죽음, 지역 부대에서 일어난 강도 사건, 이웃 고양이의 죽음. 이 모든 것이 어머니에게는 동등한 지위를 가졌고, 각각 비극의 삼지창 중 한 갈래를 차지했다. 어머니가 치매 진단을 받은 직후 앨리스가 자다가 세상을 떠났을 때, 나는 손가락으로 둘을 셌다. 세 번째는 어떤 불행을 가져올지 두려웠다.

앨리스는 편하게 잠자리에 들었다가 자는 동안 뇌의 혈류가 흘러넘치면서 그녀의 생명을 앗아갔다. 준 이모가 흐느끼며 말하길, 동맥류였다고 했다. 나는 어머니를 차에 태우고 보스턴으로 출발했다. 나는 앨리스를 사랑했다. 그 전화를 받기 전까지 내가 생각했던 것 그 이상이었다. 앨리스는 구원의 은총이었고, 필요로 할 때면 언제나 전화를 받아 주는 사람이었으며, 준 이모에게는 세상과의 연결 고리였다. 나는 준 이모가 이제 어쩔지 궁금했다. 이모가 무너지지 않기를, 앨리스처럼 나를 떠나 버리지 않기를 기도했다. 이모가 삼지창의 세 번째 갈래가 되도록 놔둘 순 없었다.

장례식은 아담하고 사랑스러웠다. 몇몇 가족들만 참석했지만, 조문객 대부분이 앨리스와 준 이모의 오랜 친구였다. 장례식이 끝난 후에는 모두 앨리스와 준 이모가 자주 가던 한 가라오케 바에 초대되었다. 상상도 못 했던 일이었다. 나는 이런 모습을 그동안 숨겨 온 준 이모에게 짜증이 났다. 늘 유쾌하긴 했지만, 술에 취해 노래 부르는 그런 식의 유쾌함은 아니었다. 나는 사랑하는 사람이 세상을 떠났을 때, 뒤늦게 그들에 대해 알게 되는 걸 좋아하지 않는다. 하지만 이것도 사랑의 한 방법일수 있겠다는 생각이 들었다. 우리는 튀긴 음식을 먹고, 맥주를 마셨으며, 앨리스에 관해 이야기를 나눴다.

"너무 오래 알고 지내서, 그녀를 몰랐던 때가 기억이 안 나요." 캔디스라는 한 키 큰 여자가 뺨에 흐르는 눈물을 닦으며 말했다. 준 이모는 그녀를 안아 주었다.

"난 처음 보스턴에 갔을 때 앨리스를 만났어요. 우린 대학에서 영어 수업을 같이 들었죠." 준 이모가 말했다. 목소리가 떨렸다. "그 뒷이야기는, 이른바, 여성 중심의 역사라고 할 수 있습니다." 사람들이 조용히 웃었다. "음, 침울해 있지 맙시다. 앨리스가 보면 기분 나빠 할 거예요. 한 번도 화를 낸 적이 없지만, 우리가 이렇게 있는 모습을 보면 짜증을 낼 게 뻔해요. 노래합시다!"

준 이모가 무대로 올라가 마이크를 잡았다. 보이지 않는 누군가가 무대 조명을 켰다. 네온 핑크 조명이 이모를 비추었다. 잠시 후 이모가 몸을 흔들며 노래를 불렀다. 프랭크 시나트라의 〈인 더 블루 오브 이브닝*In the Blue of Evening*〉이었다. 노래가 끝나갈 때 준 이모의 목소리가 갈라졌다. 모두가 박수를 보냈다. 어머니는 자리에 앉은 채 위스키 잔을 움켜쥐고 씩씩거렸다.

"우리가 처음으로 맥주를 같이 마셨을 때 저 노래가 나오고 있었어요. 우린 늘 저 노래를 같이 불렀죠." 준 이모는 분홍 조명 아래 혼자 서 있었다. 레너드가 이모의 손을 잡고 무대 아래로 내려오는 걸 도와준 후 마이크를 잡았다.

"늘 내 어려운 처지를 이해해 준 앨리스를 위하여." 레너드는 자신의 술잔을 높이 들어 올렸다. 그리고 롤링 스톤스의 〈새티스팩션_Satisfaction_(I Can't Get No)〉을 맞지도 않는 음정으로 열정적으로 부르기 시작했다. 모두가 웃음을 터트렸다. 웃고, 다 같이 노래를 따라 부르고, 잔을 들어 올려 건배하며 "앨리스를 위하여"를 외치는 모습이 보기 좋았다.

정말 많은 사람이 정말 많은 노래를 불렀다. 노래마다 앨리스와의 추억을 먼저 이야기했다. 한 시간 동안, 나는 앨리스와 준 이모에 대해 지난 40년 동안 알았던 것보다 더 많은 것을 알게 되었다.

반면에 어머니는 두 손으로 유리잔을 감싸고 한쪽 구석의 칸막이석에 구부정하게 앉아 사람들을 바라보고 있었다. 그러다 일이 터졌다. 너무 갑작스러워서 어떤 반응을 할 새도, 어머니의 폭발을 막아 볼 새도 없었다.

"앨리스는 괴물이었어, 알아!"

어머니가 소리를 지르며 잔을 탁자 위에 탕 내려놓고 자리에서 일어서려고 했다. "내가 왜 여기에 있는지 모르겠네. 나 저

여자 알아." 어머니가 커다란 판지로 된 앨리스의 사진을 가리
키며 말했다. 장례식 때 유골함 옆에 세워 뒀던 사진이었다. "언
니도 괴물이잖아, 아니야? 저 여자가 언니를 나한테서 뺏어가
서는 언니까지 괴물로 만들었잖아." 어머니가 준 이모에게 소
리쳤다. 어머니는 칸막이에서 일어나 나오려다가 다리가 서로
엉켰고, 바닥으로 넘어지면서 욕설을 내뱉었다. 알고 있으리라
고는 생각지도 못했던 욕이었다. 순간 가라오케 안이 조용해졌
다. 들리는 소리는 노래 반주 소리와 욕하고 주정하는 어머니의
목소리뿐이었다. 끈적이는 바닥에 엎어져 있는 어머니의 입가
에 침이 고였다. 나는 어머니에게 달려가 겨드랑이를 받쳐 일으
켜 세운 다음 문밖으로 끌고 나갔다. 어머니는 내내 소리를 질
러 댔다. 다시 돌아와 보니, 준 이모는 울고 있었다. 이모의 친
구 중 하나가 이모의 손을 잡고 있었고, 또 한 친구는 이모의 어
깨를 팔로 감싸고 있었다. 이모의 얼굴에는 배신감이 가득했다.
이모는 어머니의 비밀을 지켜 주었는데, 그 은혜를 어머니는 가
장 끔찍한 방식으로 갚은 것이었다.

어머니는 응급실까지 가는 내내 나와 언쟁을 벌였고, 자신을
도우려는 간호사를 손바닥으로 철썩 때렸다. 나는 예의 바르게
행동하라고 화를 내고 싶었지만, 다른 간호사가 어머니를 뭔가
로 진정시키는 동안 어머니가 움직이지 않도록 붙잡아 주는 걸
로 대신했다. 어머니는 넘어지면서 팔이 찢어지고 오른쪽 얼굴
에 멍이 든 상태였다. 눈도 충혈되어 있었다. 간호사가 어머니

에게 붕대를 감아 주었다. 병원 직원이 어머니를 차에 태우는 일을 도와주었다. 나는 어머니가 기대어 쉴 수 있도록 차창에 외투를 대고 어머니의 머리를 받쳐 주었다.

일주일이 지난 일요일 아침, 어머니를 교회에 데려갔다. 그곳에는 어머니를 안전하고 차분하게 지켜 줄 만한 사람들이 있었다. 그런 다음 나는 셰이디 오크스 양로원을 방문했다. 이름은 그럴듯했지만 사실상 죽어 가는 사람들을 위한 감옥이나 마찬가지였다. 작은 고무 버튼을 누르자 소름 끼치는 기계음이 복도에 울려 퍼졌다. 두꺼운 유리문 안쪽에서 한 간호사가 책상 옆으로 흘끗 쳐다봤다. 그리고 똑같은 기계음과 금속 자물쇠 열리는 소리가 나면서 문이 열렸다. 형광등 불빛은 어둑했고, 실내에는 오줌과 소독약 냄새가 코를 찔렀다. 복도는 노란색으로 칠해져 있었다. 벽에는 오래된 수채화가 걸려 있었다. 그림 가장자리가 말려 올라가 프레임 모서리에서 튀어나와 있는 것이 보였다. 차가운 리놀륨 바닥 위에서 내 신발이 찍찍 소리를 냈다. 지금 추측할 수 있는 건, 그 장식이 그곳의 소유자와는 상관없었으리라는 점이다. 거기 머무는 사람 누구도 매일 그걸 기억하지는 않았을 테니까. 그곳은 슬픔의 냄새가 강하게 났다. 그리고 복도를 따라 걸어 들어갈수록 더 심해졌다. 내가 처음으로 본 사람은 휠체어에 구부정하게 앉아 있는 한 노인이었다. 잠이든 건지 의식이 없는 건지는 알 수 없었지만 팔이 의자에 묶여 있었다. 나는 걸음을 멈추고 그를 바라봤다.

"안전 수칙 때문에요. 어니스트는 사람을 때리거든요. 걱정하지 마세요. 가족의 동의를 받았고, 부드러운 수갑이에요." 간호사가 말해 주었다. 나는 거의 돌아서서 나올 뻔했다. 하지만 그녀가 내 손을 붙잡았다. "얼마나 힘든 일인지 알아요. 하지만 우린 고객과 그들의 안녕을 중요하게 생각합니다. 약속해요."

코를 고는 동시에 똑같이 헐떡이는 노인의 모습을 보니 그녀의 말을 믿기 힘들었다. 복도 저편 어디선가 옛날 포크송을 부르는 여자 목소리가 들려왔다. 나는 그대로 서서 귀를 기울였다. 마음이 아팠다.

"준 이모, 어떻게 해야 할지 모르겠어요." 나는 코에 휴지를 댄 채 수화기에 대고 울면서 말했다.

"노마, 내 말 들어봐. 그 사람들이 잘 돌볼 수 있어. 그게 네가 해야 하는 일이야."

"하지만, 어머니하고 약속했는걸요." 나는 코를 훌쩍이다가 수화기를 탁자 위에 올려놓고 코를 풀었다. "아, 앨리스하고 얘기할 수 있다면 얼마나 좋을까요."

"나도 그래. 나도."

몇 년 전, 진단을 받은 그다음 날, 어머니는 마침내 자기 방에서 나와 손에 커피잔을 들고 찌푸린 얼굴로 주방 식탁 맞은편에 앉았다. "기저귀 채워서 안에 가둬 놓는 그런 곳에 날 넣지 않겠다고 약속해 줘." 어머니의 흔들리는 목소리에 진심에서 우러난 두려움이 느껴졌다. "그 사람들은 환자가 자기 오물을 깔고 뭉개도 그냥 놔둔대." 어머니는 진정하기 위해 잠시 말을 멈추고 커피를 한 모금 마셨다. "내가 그런 곳에 가 있으면 너는 날 잊을 거야."

나는 식탁 너머로 손을 뻗어 어머니의 손을 잡았다. 그리고 약속했다.

"노마, 냉정하게 들릴지 모르지만, 네 어머니는 기억 못 할 거야." 준 이모가 말했다. "네 어머니는 네 아버지가 죽었다는 것도 기억 못 하고 있어. 그리고 난 내 동생을 사랑하고 그건 하느님도 아실 테지만, 그 애는 늘 조금 이기적이었어. 그런 식으로 너한테 약속하게 만든 거? 그냥 이기적이라서 그런 거야. 너도 네 인생 살아야지."

어머니를 그곳에 데려갔던 날, 아주 오래전 친구였던 재닛이 셰이디 오크스 현관에서 우리를 맞이했다. 재닛이 나를 껴안았다. 어쩔 수 없이 내 안에 지난 삶이 눈물이 되어 나왔다. 어머니는 하루를 잘 보내다가, 내가 떠나자 울었다.

"노마, 아가, 어디 가니? 기다려." 어머니는 이미 슬리퍼와 카디건 차림이었다. 입고 갔던 옷은 따로 보관되었고, 작은 서랍장에는 어머니의 사진이 놓였다.

"어머니, 나 이제 집에 가요. 어머니는 여기 계실 거고요. 기억하시죠?" 심장이 마구 뛰었다. 귀에서 쿵쾅거리는 소리가 들렸다.

"그래, 맞아. 기억나. 난 여기 머물면서 쉬고, 너는 내일 데리러 온댔지. 그래, 이제 기억난다."

"아니에요, 어머니. 어머니는 이제 여기서 사는 거예요."

재닛이 차와 쿠키를 가져와 어머니가 앉은 의자 옆 탁자 위에 올려놓았다. 어머니가 웃었다. 작고 불편한 웃음이었다. "노마, 내가 왜 여기에서 살아? 완벽하게 좋은 집이 따로 있는데?"

"어머니, 이 문제에 관해서 이미 얘기했잖아요. 그 집은 이제 어머니가 살기에 안전하지 않아요."

어머니가 찻잔을 바라보다가 찻잔 위로 피어오르는 김을 따라 고개를 들어 나를 바라보았다. 입가가 축 처지고 눈이 반짝였다. 어머니는 천천히 고개를 끄덕였다.

"그렇다면, 알았어, 노마. 그렇다면 그래야지." 어머니가 차를 한 모금 마시며 우는 걸 티 내지 않으려 애썼다.

나는 그 자리에서 나와야 했다.

"언제든 다시 올게요. 여기서 정말 잘 보살펴 줄 거예요. 준이모 모시고 같이 올게요. 약속해요." 나는 눈물을 참으려다 실패해 횡설수설했다. 나는 어머니의 이마에 입을 맞춘 후 돌아섰다. 어머니는 침대 옆 의자에 앉아 있었다. 차는 여전히 따뜻했고, 어머니가 교회에서 만든 퀼트 담요가 무릎에 덮여 있었다. 뭔가 손에 쥘 게 필요하면 쓸 수 있도록 그 위에 수건도 말아서 얹어 놓았다.

찰칵 금속 자물쇠 열리는 소리와 부저 음이 울렸다. 그리고 나는 어머니를 두고 떠났다. 그리고 차에 앉아 눈이 쓰라리도록 울었다.

복도에는 〈잇츠 어 롱 웨이 두 티퍼레리*It's a Long Way to Tipperary*〉를 부르는 노부인의 목소리가 가득했다. 그녀는 복도에 있는 의자 중 하나에 앉아 있었다. 때때로 그녀 앞을 한가롭게 지나는 사람들이 손을 뻗어 그녀의 야위고 차가운 손을 잡아 주곤 했다. 나는 아주 잠깐 그 모습을 바라보았다. 어머니의 방은 복도 끝에 있었다. 나는 걸음을 재촉했다. 원래는 정기적으로 방문해 왔는데, 어제 연락을 받았다. 내가 아는 가장 조용하고 가장 엄숙한 사람인 어머니가 횡설수설로도 모자라 비속어까지 섞어 악을 쓰기 시작했다는 것이었다. 그리고 어머니는 점점 폭력적으로 변하고 있었다. 기억하는 건 점점 줄어들었고, 주위의 이상한 점에 대해서는 점점 더 겁을 냈다. 전날에는 자신이 아이인데 간호사들이 납치했다며 그들과 싸웠다. 조용히 방으로 들어가 보니 어머니는 잠들어 있었다. 담요 밖으로 빠져나온 연약한 팔에는 간호사들이 제지하느라 불가피하게 생긴 검푸른 멍이 들어 있었다. 나는 좁은 침대 가장자리에 앉아 손가락으로 멍을 만져 보았다. 피부가 종이처럼 부드러웠다. 어머니가 잠에서 깨어나 나를 바라봤다. 작은 눈에 슬픔이 가득했다. 어머니가 일어나 앉으려 했지만, 내가 다시 베개에 눕혔다.

"나한테…… 있거든…… 딸이, 노마라고, 아마 알 건데…… 생각이 명확하게 나지 않네. 저들이 젤리에 뭔가 넣었어." 어머니는 뭔가 말하려 애썼지만, 단어들이 어딘가에 걸려 나오지 않는 듯했다. 몇 마디 하긴 했지만, 정확한 표현은 아니었다. 어머니가 울기 시작했다.

"있잖아, 저들이 내 머리를 때렸어. 저들이 내 머리를 때리고 말을 뺏어가 버렸어. 저들이 내 머리를 때리고 말도 기억도 다 뺏어가 버렸다고." 어머니는 몸을 굴려 벽을 보고 누웠다. 나는 평생에 세 번째로 어머니 침대로 들어가 어머니의 목에 코를 묻고 누웠다. 내 숨소리와 어머니의 숨소리가 어우러졌고, 동시에 흐느낌이 터져 나왔다.

"쉿, 그냥 꿈이에요. 나 여기 있어요, 어머니. 그냥 꿈꾼 거예요."

어머니는 잠들기 전, 내가 안고 있던 팔을 풀고 침대에서 나오기 전, 나에게 속삭였다. "저들이 나한테 어떻게 했는지 꼭 노마에게 말해 줘. 노마가 날 돌봐 줄 거야." 침대 옆 액자 안에는 여덟 살 때의 내 사진이 들어 있었다. 어머니와 아버지의 결혼식 사진도 한 장 있었다. 흑백이었지만, 그 푸른색 드레스와 밑단에 블루벨 꽃 모양으로 꿰맨 작은 스팽글은 내가 아는 것이었다. 쭉 옷장에 그 드레스가 걸려 있는 걸 봤기 때문이다. 하지만 누구도 입은 적은 없었다. 내가 결혼할 때 입으려고 했지만, 어머니는 허락하지 않았다. 나는 새 드레스를 입어야 했다. 최고의 드레스를 입어야 한다는 이유에서였다. 나는 침대 가장자리에 앉아 어머니의 어깨가 숨 쉴 때마다 위아래로 움직이는 모습을 지켜보았다. 그리고 머리카락이 너무 가늘어서 분홍색 두피가 보이는 어머니의 정수리에 입을 맞추고, 방에서 나왔다.

나는 이제 부모님 문제로 울지 않는다. 그렇다, 그립긴 하다. 하지만 사랑하는 존재가 나이가 들면 우리도 그들로부터 분리되기 시작하는 것 같다. 물과 기름처럼, 생사를 가르는 선처럼, 무심코 가장 높은 곳으로 모여드는 생명체들처럼. 아버지가 세상을 떠났을 때, 그 슬픔은 겉으로 보이는 것에 아주 가까웠다. 나는 준비되어 있지 않았다. 아버지 없는 세상에 적응할 시간이 없었다. 아버지와 앨리스의 죽음 이후, 그렇지 않아도 식구가 많지 않았던 우리 가족은 셋으로 줄어들었다. 그러더니 어머니가 서서히 사라지기 시작했다. 준 이모와 나는 어느새 2인 가족이 되어 가고 있었다.

앨리스의 장례식이 끝나고 거의 다섯 달이 지난 후인 5월의 일요일, 준 이모가 어머니를 보러 오기로 했다. 어머니가 그곳으로 들어간 후로 아직 만난 적이 없었다. 용서할 일이 많았던 것 같았다. 자신의 아파트 건물을 레너드에게 1달러에 팔고 앨리스가 유산으로 남겨 준 브라운스톤 건물로 이사한 후, 마침내 어머니를 만날 감정적 힘이 갖춰졌다고 느낀 듯했다. 나는 늘 두 사람의 자매애가 부러웠다. 서로에게 소리를 지르고 상처 주는 말을 던져 놓고도 다음 생일이면 마치 아무 일도 없었던 것처럼 마주하는 그런 관계 말이다. 나는 늘 내가 그런 거짓 없고 걸러지지 않은, 조건 없는 형제애를 놓쳤다고 생각했다.

오전 10시 30분에 역에서 준 이모를 차에 태웠다. 이모는 열

차에서 내릴 때 어떤 청년이 손을 내밀었지만 밀어냈다고 했다. 여든둘이라는 나이에도 불구하고, 이모는 여전히 에너지가 있었다. 슬픈 와중에 위안이 되었다. 요양원 주차장에 차를 세우면서 예상되는 상황을 설명하려고 했지만, 이모는 내 손을 가만히 두드리며 나를 조용히 시켰다.

"괜찮아. 나도 늙은이야. 이런 일들이 어떻게 되어 가는지 잘 알아."

그날 어머니는 슬퍼하지 않았다. 행복해하지도 않았다. 그냥 거기에 있으면서, 내 어깨 너머 뭔가를 바라보고 있었다.

준 이모는 추억을 공유하려고 애써 말을 걸었지만, 어머니는 다만 미소 띤 얼굴로 멍하니 바라볼 뿐이었다.

나는 커피를 가져오기 위해 자리에서 일어났다가 다시 방으로 돌아가던 중에 어머니가 말하는 걸 우연히 듣게 되었다.

"언니, 우리가 그 아이를 데려왔을 때 기억나? 정말 작고 말이 없었는데." 어머니는 의자 등받이에 대고 있던 머리를 굴려 준 이모를 마주 보았다. 이모의 얼굴이 유령처럼 창백해졌다.

"무슨 말을 하는 건지 모르겠다, 레노어. 너 요즘 또 꿈꾸니?"

우리 가족은 늘 꿈 이야기를 들으면 거북해했다. 나는 눈에 띄지 않도록 한 걸음 물러섰다.

"오, 언니, 잘 기억해 봐. 아주 작고 사랑스러웠잖아. 뒷좌석에 태웠을 때 울지도 않았고."

준 이모가 기침하는 소리가 들렸다. 나는 방 안으로 들어가 뜨거운 커피를 건네주었다.

"준 이모, 어머니가 지금 무슨 말씀 하시는 거예요?"

이모는 나를 등지고 선 채 한참 동안 말이 없었다.

"준 이모?"

"아, 치매 환자들이 어떤지 알지. 네 어머니는 그저 헷갈린 거야. 아이스크림이나 가져다 먹을까 하는데. 레노어, 너도 하나먹을래?"

어머니가 고개를 끄덕였다. 준 이모는 나를 지나쳐서 문밖으로 나갔다. 어머니가 나를 보며 미소를 지었다.

"우리 노마랑 똑같이 닮았네. 내 딸 말이야. 이젠 날 보러 오지 않지만." 바싹 마른 주름의 강 위로 눈물 한 방울이 주르륵흘러내렸다.

"어머니, 저예요, 노마. 저 왔어요." 나는 어머니 옆에 있는 작은 테이블 위에 커피를 내려놓고 어머니의 손을 잡았다. 하지만어머니는 다시 머리를 뒤로 기대며 눈을 감았다. 준 이모는 돌아오지 않았다. 나는 그냥 단념하고 짐을 챙겨 나왔다. 어머니가 잠들어 있을 때 나오는 것이 최선이었다.

준 이모는 바깥 야외 테이블에 앉아 오렌지색 아이스바를 먹고 있었다. 커피는 보이지 않았다. 자동문이 열리는 순간 훅 끼치는 열기에 숨이 턱 막혔다. 나는 이모 맞은 편에 가서 앉았다.이모가 어머니에게 주려던 아이스크림의 나머지 반쪽을 건넸다. 나는 그것을 받았다. 이미 녹고 있었지만 달콤했다.

"네 엄마 진짜 망할 년이다."

나는 아무 말도 하지 않았다. 이모가 적절한 말을 찾을 때를 기다렸다. "망할 년. 결국 나한테 이 짓을 하게 만들다니. 네 아빠도 망할 놈이야. 늘 네 엄마한테 너무 관대했어. 매번 굴복하고. 매번. 빌어먹을." 이모는 내 어깨너머로 까마득히 먼 텅 빈 들판을 바라보았다. "너한테 이 얘기를 해야 할 때가 오기 전에 내가 죽었어야 하는 건데."

"저 입양됐다는 거 알아요."

이모가 놀란 얼굴로 나를 쳐다봤다.

"걱정하지 마세요, 준 이모. 이미 오래전부터 알고 있었어요. 다들 귓불이 머리에 붙었는데 저만 안 그렇잖아요. 이탈리아계 친척도 없고요." 나는 손을 치켜들어 내 귓불을 잡아당기며 아이스크림을 또 한 번 핥았다.

"입양됐다고?" 이모가 말했다. "네 부모가 아니라는 걸 알았단 말이니?"

"네."

"그런데 무척 침착해 보이는구나."

"오랫동안 알고 있었으니까요. 그동안 익숙해진 거죠." 나는 이모에게 윙크했다. 하지만 이모는 웃지 않았다.

"친부모님 찾고 싶지 않았어?"

"아니요. 날 포기한 걸 테니까요. 어쩌면 과거는 과거로 남겨두는 게 최선인지도 모르겠어요. 그리고 어머니와 아버지는 저한테 잘해 주셨어요. 대부분요." 나는 아버지의 죽음과 어머니의 치매 진단 이후로 부모님을 편안하게 이해하게 되었다. 부모님은 늘 나를 세심하게 대했고, 늘 걱정했다. 마치 살얼음 위를 걷듯 대했다. 그들의 감정적 거리는 두려움, 즉 나를 잃을지도 모른다는 두려움에서 생겨난 것이었다. 나는 이걸 이제 알았다.

"음, 그런데 말이야." 이모는 다 먹은 아이스크림 막대기를 가지고 야외 테이블의 나무 널 틈새를 쑤시고 또 쑤셨다. "사실 일반적으로 생각하는 그런 입양이 아니었어."

나는 조용히 있었다. 태양이 점점 뜨거워지는 느낌이 들었다. 다음에 무슨 말을 듣게 될지 나는 전혀 준비되어 있지 않았다.

"네 어머니와 아버지가 다툼을 벌였어. 네 어머니는 머리를 식히러 차를 몰고 나갔고. 넌 네 어머니가 늘 엄마가 되길 원했지만 반복된 유산 때문에 큰 타격을 입었다는 걸 이해해야 해. 그 문제로 네 부모님 둘 다 힘들어했어."

이모는 잠시 말을 멈췄다.

"네 어머니가 제정신이 아닌 상태로 울면서 시골길을 지나다가, 널 봤대. 혼자 바위 위에 앉아서 샌드위치를 먹고 있는 너를."

이모가 마침내 내 눈을 바라보았다.

"그게 무슨 소리예요, 날 봤다니?"

"네가 혼자 있는 걸 봤다고. 그리고 속으로, 네가 버려졌다고 생각했대. 잊지 마. 네 어머니가 아기를 또다시 잃고 슬퍼하는 중이었다는 걸. 그래서, 길가에 차를 세우고 너한테 껌도 주고 그늘진 뒷좌석에 앉게 해 줬대. 햇빛을 피해서 말이야. 그런데 네가 무척 조용하고 순했대."

심장이 쿵쾅거리기 시작했다. 목에 뭔가 걸리는 느낌이 들었다. 분노와 혼란이 뱃속에서 공처럼 단단하게 뭉쳤다. 입이 바싹 말랐다.

"지금 어머니가 날 납치했다고 말씀하시는 거예요?"

이모는 조용했다.

"이모, 빌어먹을, 제발 말 좀 해 봐요."

나는 원래 화를 잘 내지 않는다. 욕도 자주 하지 않는다. 그런 나의 갑작스러운 행동에 이모는 화들짝 놀랐다. 그저 말없이 고개를 끄덕이며 맞은 편에 있는 내 손을 잡으려고 손을 뻗었다. 나는 뿌리쳤다.

"망할 년, 이걸 나더러 하게 만들다니."

나는 테이블 건너 이모를 바라보았다.

"무슨 말을 해야 할지 모르겠네요."

나는 야외 테이블 밑에서 다리를 휙 뺐다. 땅에 발을 딛는 순간 두 다리가 후들거렸다. 나는 비틀거리는 걸음으로 차까지 가서 준 이모를 기다렸다. 핸들을 꽉 잡은 손에 힘이 들어가 어깨가 아프기 시작했다. 기차역까지 가는 동안, 준 이모는 애써 말을 걸었다. 애써 설명하고, 자신과 내 부모님을 변호했다.

"내가 알았을 때는 이미 네가 온 지 한 달이 지나 있었어. 뭘 어떻게 하기에는 너무 늦어 있었지." 이모는 설명하려고 애썼다. "적어도 난 그렇게 생각했어. 물론 네 어머니한테 말해 보려고도 했지만, 들으려고 하지 않았어. 이미 너를 많이 사랑하고 있었거든. 그 사랑을 표현하는 방식이 이상하긴 했지만."

"그럼 아버지는요. 아버지는 어머니가 나를 무슨 주워 온 새끼 고양이처럼 키우게 놔뒀어요? 아버지는 판사였잖아요, 준 이모."

"그래, 그게 편했으니까. 네 아버지가 출생증명서를 꾸몄어. 아무도 지혜롭지 못했지. 두 사람은 집을 옮겼어. 아무도 자신들을 모르는 곳으로. 네 어머니가 처음 널 데려왔을 때 네 아버지가 어쨌는지는 잘 모르지만, 내가 알게 되었을 때쯤에는 그냥 받아들였던 것 같아. 네 어머니가 널 얼마나 많이 사랑했는지 이해해야 해."

나는 계속 이모의 말을 무시했다. 결국 이모는 설명하려는 노력을 그만두었다. 이모가 라디오를 켰다. 하지만 내가 꺼 버렸다. 차에서 내릴 때도 나는 이모와 작별 포옹을 하기 위해 내리지 않았다. 그저 역 밖 도로변에 내려 준 후 차를 몰고 떠났다. 백미러에서 이모가 손을 흔들며 작별 인사하는 모습이 보였다. 나는 자세한 이야기를 들을 준비가 되어 있지 않았다. 비밀을 이해할 시간이 필요했다.

나는 차를 세우고 레드 와인을 한 병 샀다. 값비싼 술, 내 인생 전체가 범죄에 기반하고 있었다는 소식에 걸맞은 술이었다.

나는 커피 잔으로 그 술을 마셨다. 와인 잔은 먼지투성이라 세척이 필요했다. 술이 목을 타고 내려가면서 따뜻하고 타는 듯한 느낌이 들었지만, 그 행위에는 뭔가 긴장을 풀어 주는 효과가 있었다. 나는 작은 주방에 놓인 식탁에 앉아 어머니가 오래전에 만들어 준 낡은 식탁보의 실밥을 만지작거렸다. 한때는 흰색이었지만, 세월이 흘러 이제는 누렇게 변해 있었다. 나는 앉아서 술을 마시며 풀린 실밥을 잡아당겼다. 풀린 실이 바닥에 쌓여 가는 걸 보고 있는데, 순간 내 안의 뭔가가 무너져 내리면서 모든 매듭이 풀렸다. 진실이 충분히 이해가 가면서 통째로 이해가 갔다.

내가 그동안 내린 결정에 대해 생각했다. 가르치는 일을 직업으로 삼기로 했던 결정, 모든 준비가 더 잘된 이들에게 엄마가 되는 일을 양보한 결정, 그리고 나 자신이 온정신으로 살기 위해 마크를 희생시키기로 한 결정. 그러면서 부모님이 내린 결정도 지혜롭고 신중하게 숙고해서 내린 결정이었으리라 생각했다.

아무리 터무니없는 꿈속에서라도 순간적으로 아이를 훔칠 결심을 한다는 건 상상하기 힘든 일이었다. 그들의 기만이 더 심각한 이유는, 그 일이 잘못되었다는 걸 아는 사람이 있었고 막을 사람도 있었으며 바로잡을 사람도 있었는데, 그러지 않았다는 데 있었다. 그들은 조용히 입 다물기를 택했고, 그러면서 견디기 어려운 가정생활을 만들어 갔으며, 그로 인해 내 삶은 거의 뭉개지다시피 했다. 그들을 증오하고 싶었다. 분노하고 싶었다. 하지만 그럴 수 없었다. 분노에 이르기도 전에 오히려 슬픔으로, 눈물로 바뀌었다. 언젠가 앨리스가 이런 말을 한 적이 있었다. 분노와 슬픔은 동전의 양면에 불과하다고. 화가 나려고 할 때마다 동전은 뒤집혔다. 그때마다 나는 울었다.

그 주에도, 그다음 주에도, 나는 어머니를 방문하지 않았다. 내게는 진실과 어머니 사이에서 잠시 벗어나 있을 시간이 필요했다. 그래서 나는 집을 청소하고, 식료품점으로 달려가 우리가 함께 공유했던 삶을 정리하는 데 필요한 상자를 사다 나르면서 하루하루를 보냈다. 나는 할머니의 도자기를 헌 신문지로 싸서 하나하나 조심스럽게 상자 안에 넣었다.

"하지만 노마야, 우리 집안은 대대로 그 접시로 식사를 했단다." 할머니가 이렇게 말할 것 같았다. 아마도 그래서 어머니는 이 접시들을 중요시하고 신성시했을 것이다. 이제 알고 보니, 어머니가 신성시했던 것들이 재미있었다. 나는 재킷 어깨에 먼지를 뒤집어쓴 채 아직도 옷장에 걸려 있는 아버지의 양복도 꾸렸다. 어머니가 만든 공예품은 모두 교회 여자들에게 주고, 접시와 가구는 구세군에 기부했다. 사진은 바닥에 쌓아 두었다. 내 어릴 때 사진을 보다가, 문득 이모에게 전화해야겠다는 생각이 들었다. 나한테 진실을 말해 주기 전, 예전에 어머니의 옷장에서 가져간 상자 안에 무엇이 들어 있는지 확인해야 했다.

나는 정적을 깨고 유령들을 조용히 시키기 위해 라디오를 켰다. 그리고 방에서 방으로 정처 없이 돌아다녔다. 방 가장자리를 따라 걷다가 빈 옷장이 보이면 들여다보았다. 창유리를 손가락으로 훑으니 먼지가 묻었다. 어머니가 한동안 이 집에 살지 않았다는 확실한 표지였다. 나는 음악에 맞춰 노래를 흥얼거리며 싱크대 앞에 서서 창밖을 가만히 바라보았다. 어쩌면 그렇게 순진해 빠질 수 있었는지, 어떻게 그걸 알아채지 못했는지, 이상하다는 생각이 들었다.

순간 내 일기장이 떠올랐다.

아직 내 방은 그대로 있었다. 어머니는 내가 떠난 날의 상태 그대로 놔두었고, 모든 것이 제자리에 있었다. 내가 떼어 간 노아의 방주 전등 하나만 자리에 없었다. 갈색 종이로 싼 낡은 공책은 먼지를 뒤집어쓴 채 창가 책장에 꽂혀 있었다. 낮 동안 빛을 받은 자리가 바래 있었다. 나는 한 권을 꺼내 펼쳤다. 〈화학 입문〉이라는 라벨이 붙은 책이었다. 설마 어머니가 과학책을 읽으려고 가져가지는 않을 것이었기 때문에, 어릴 때 나는 공책을 갈색 종이로 싼 다음 표지에 과학책 이름을 끄적거려 놓았다. 공책을 펼치는데 사각거리는 소리가 났다. 첫 페이지에는 동글동글한 초등학생 글씨로 이렇게 제목이 붙어 있었다. "노마의 사적인 생각들-읽지 마시오!" 'ㅇ'이 들어가는 자리마다 작은 하트 모양이 그려져 있었다. 그때의 내 모습이 떠올라 미소가 지어졌다. 나는 공책의 얇은 종이를 손으로 쓸어내리며 침대로 가 앉았다. 낡은 스프링이 내가 돌아온 걸 반겼다.

수십 년 전에 쓴 공책 안에는 꿈 이야기가 적혀 있었다. 지금 보니 그것은 바로 내 빼앗긴 삶의 기억들이었다. 침대에서 미끄러지듯 내려와 바닥에 앉는 동안, 감자 요리와 모닥불 냄새가 방 안에 가득 차올랐다. 나는 인형 그림의 윤곽선을 손가락으로 따라 그렸다. 단추를 달아 만든 인형의 눈은 사이가 멀었다. 나는 루시와 루시의 오빠 조에 관해 쓴 글들을 읽었다. 강렬한 슬픔이 거세게 밀려왔다. 상상하지도 못했던, 거칠고 갈라진 소리가 내 입에서 흘러나왔다. 이 집의 중압감과 어머니의 사랑, 그리고 아버지와의 거리감이 떠오르면서 나는 바닥으로 무너져 내렸다. 공책이 손에서 떨어졌고, 숨이 거칠어졌다. 카펫 먼지 때문에 목이 칼칼했다. 엄청난 어머니의 거짓말이 뚜렷해지기 시작했다. 그렇게 바닥에, 내가 꿈을 꿀 때마다 어머니가 나를 달래곤 했던 바로 그 자리에, 얼마나 오래 있었는지는 기억이 나지 않는다. 하지만 눈을 떴을 때는 블라인드 틈으로 태양이 살며시 들어와 그 빛으로 바닥에 가는 선을 그리고 있었다. 나는 태양이 손등 위에 그리는 선을 가만히 바라보았다. 나이가 들어 피부에 주름이 지고 색이 달라진 것이 눈에 띄었다. 나는 과연 내가 누군지, 그들이 아직 나를 그리워하는지 궁금했다.

열셋

조

약물 치료를 그만둘까 생각 중이다. 어차피 병을 낫게 해 줄 것
도 아닌데, 괜히 정신만 몽롱해지고 기억을 떠올리는 일만 더
어렵게 만든다. 약이 통증을 줄여 주는 건 사실이지만, 나는 여
전히 이 침대를 벗어나지 못하고 있다. 대소변을 보기 위해 누
이의 도움을 받아야 하고 병에 걸린 몸을 형제의 손을 빌려 씻
어야 하는 것만큼 남자의 자존심을 무너뜨리는 건 없다. 리아는
절대 하지 못하게 할 것이다. 딸은 아버지를 그런 식으로 봐서
는 안 된다. 내가 포기하지 않고 사는 이유는, 단지 잃어버린 시
간을 벌충하기 위해서다. 만일 리아가 여기에 없었다면, 아마도
나는 고양이처럼 숲속을 떠돌아다니다 혼자 죽었을 것이다. 가
족 모르게.

죽고 나면 리아가 그리울 것이다. 죽는 사람은 내가 될 테니
바보 같은 소리지만, 정말 그럴 것이다. 리아가 나를 그리워할

지는 모르겠다. 나에 대해 거의 알지도 못하니. 리아가 아는 건 태어나기도 전에 내가 자신의 엄마를 때리고 집을 떠났다는 것뿐이다. 딸을 남겨 두고 떠난다는 건 끔찍한 유산이다. 겨우 진정한 행복을 다시 찾았는데 내게 시간이 거의 남아 있지 않다는 게 불공평하게 느껴진다. 하지만 시간은 병자와 노인의 편이 아니다.

수십 년 전, 어쩌다 제정신이 든 프랭키가 나한테 한 말이 있다. 젊음을 즐겨야 한다고, 일단 어른이 되고 나면 시간이 빨리 간다고. 어느 날 활기 넘치는 열여덟 살 청년으로 잠들었는데 깨어나 보니 마흔여덟 살의 술꾼이 되어 있더라고 했다. 지금은 그의 말이 진리처럼 들린다. 나는 아주 오랫동안 로키산맥 서쪽에서 지냈다. 일하고, 등산하고, 이사하고, 될 수 있으면 집에 돈을 보내면서. 나는 만족하고 있다고 생각했다. 하지만 만족이라는 게 뭔지 과연 알기는 하는지 모르겠다.

산에서 일주일간 캠핑을 하고 돌아오는 길이었다. 비좁고 바퀴 자국이 깊이 팬 길을 따라가다가 국립 공원에 속한 깔끔하게 다져진 흙길을 만났다. 해가 지기 시작해 시계를 보니 곧 공원이 문을 닫고 등산로가 폐쇄될 시간이었다. 나는 걸음을 서둘렀다. 낡은 트럭을 세워 둔 곳까지는 약 10분 정도 더 가야 했다. 그때 뭔가가 눈에 띄었다. 플라스틱으로 된 작은 손 하나가 덤불 밖으로 삐져나와 있었다. 그것을 잡으려고 몸을 굽히다가 이슬 젖은 이끼 위로 미끄러졌다. 그러다 등산로 바로 옆의 작은 도랑에 발목이 끼었다. 등에 멘 배낭이 한쪽으로 기울어지면서 나는 균형을 잃었다. 머리가 더글러스 전나무 줄기를 스쳤고 뾰족한 바늘잎이 얼굴을 긁었다. 곧바로 발목에 통증이 느껴졌다. 나는 배낭을 벗고 등을 대고 굴러 그 작은 플라스틱 인형을 손으로 움켜잡았다.

발목이 욱신거렸다. 나는 몸을 일으켜 방금 스친 그 나무에 등을 기대고 앉았다. 길은 아주 가까운 거리에 있었지만, 어둠이 내리고 있었다. 두툼한 여름의 나뭇잎이 숲을 더욱 어둡게 만들었다. 발목은 부러지진 않았다. 목이 높은 등산화를 꽉 묶어 신은 덕분이었다. 하지만 등산화를 벗을 정도로 어리석지는 않았다. 그대로 신고 있는 한 부기도 더 심해지지는 않을 터였다. 나는 손에 든 인형을 바라보았다.

"미안하지만, 이렇게까지 해서 널 구할 가치가 있는지는 모르겠다." 나는 인형을 배낭 옆에 내려놓고 물통을 꺼냈다. 하산하기 전에 채워 놓은 것이었다. 결국 거기서 밤을 보내게 된다고 해도 괜찮을 터였다. 아직은 물도 있었고 초콜릿 바도 조금 있었다. 해가 지니 쌀쌀했지만, 침낭도 있었다. 한 시간 넘게 그러고 앉아 있다가 등산로를 살피려니 등유 램프를 켜야 했다. 나는 숲에서 하룻밤을 더 보내야 한다는 것을 알았다.

약간의 위스키와 함께 물을 마셨다. 나뭇가지 사이로 별이 보였다. 하늘을 떠다니는 별이 간신히 보일 정도의 틈이었다.

"메인이 생각나네." 발목은 밑에 돌을 받쳐 놓았고, 인형은 여전히 배낭 옆에 누워 있었다. 나는 인형을 가져다 나를 바라보게 무릎에 기대 놓았다. 인형은 비현실적으로 큰 파란 눈을 갖고 있었다. 갈색 머리는 양 갈래로 땋았고, 입술은 연분홍색으로 칠해져 있었다. 인형은 딱 그만한 크기의 바지와 티셔츠를 입고 있었다.

"저 별들을 보고 있으니까, 메인이 생각나." 나는 반복해서 말했다. "맙소사, 조, 너 지금 인형이랑 얘기하냐." 나는 고개를 절레절레 흔들며 인형의 얼굴이 보이지 않게 내 옆에 엎어 놓았다. 하지만 그리 오래 가지 않았다. 술을 한 모금 더 마신 후, 인형을 다시 무릎에 기대 놓았다.

"누군가는 널 그리워하고 있겠구나." 나는 인형의 땋은 머리 한쪽 갈래에서 마른 이끼를 떼어 냈다. "있지, 나한테 딸이 하나 있거든. 아마 너 같은 인형을 아주 좋아할 것 같아. 정작 나는 그 애가 뭘 좋아하는지 모르지만. 좋아하는 장난감은커녕 얼굴이 어떻게 생겼는지도 몰라. 어쩌면 지금쯤이면 인형 가지고 놀 나이는 지났을 수도 있겠네. 어쩌면 그렇다는 말이지. 여자아이들이 언제 인형 놀이를 그만두는지 난 모르거든."

램프의 작은 불빛에 비친 인형이 짜증을 내는 것처럼 보였다. 인형은 어쩌면 나를 판단하고 있는지도 몰랐다. 숲에 나와 있을 일이 없는 이 멍청한 인형이 말이다. 저 멀리 어딘가에서 짐승 한 마리가 길게 우는 소리가 났다. 순간 달 하나가 떠올랐다. 푸른 달무리가 진 달이.

"리아가 인형을 좋아하는지, 좋아한 적은 있는지 모르겠지만, 내 여동생 루시는 아끼던 인형이 하나 있었어. 어딜 갈 때마다 겨드랑이에 끼고 다니곤 했지. 엄마가 낡은 양말이랑 단추 몇 개로 만들어 주신 인형이었어. 너는 루시가 그렇게 좋아할 것 같지 않다. 온통 플라스틱이라 딱딱해서. 루시의 인형은 부드러워서 아주 사랑스러웠는데."

나는 무릎에 인형을 올려 둔 채 잠이 들었다. 등유가 떨어져 램프가 꺼지면서 어둠이 찾아왔다. 발목의 욱신거림이 무뎌지기 시작하고, 머리 위로 별들이 지나갔다.

막 잠에서 깨려고 할 때, 아침 일찍 산을 찾은 등산객들의 목소리가 들려왔다. 나는 소리를 질렀다. 그들은 나를 쉽게 찾았다. 그중 하나가 나를 응급실로 데려갔다. 나머지 한 사람은 내 소지품을 챙겨 내 트럭을 몰고 뒤따라왔다. 인대 파열이었다. 단단히 보호대로 감싸고 진통제를 맞은 후 다시 길을 떠났다. 감사하게도 다친 발이 왼발이어서 운전을 할 수 있었다. 밖에 나오니 나를 병원까지 데려다준 두 남자가 기다리고 있었다. 나는 그들에게 고맙다고 인사하고 아침 식사를 대접하고 싶다고 제안했다. 하지만 그들은 내가 괜찮다는 걸 확인한 것만으로도 기쁘다며 거절했다. 그들은 내게 트럭 열쇠를 건네고는 병원문 밖으로 사라졌다.

나는 트럭 운전석에 앉아 생각을 집중해 보려고 노력했다. 진통제 효과 때문인지 나는 조금 멍한 기분이 되어 한 번도 살아보지 못한 삶에 대한 향수에 젖어 들었다. 내 딸이지만 한 번도 만나 보지 못한 리아가 보고 싶었다. 잃어버리고 나서 결국 찾지 못한 내 여동생 루시도 보고 싶었다. 나는 옆좌석에 앉은 인형에게 악담을 퍼부었다.

마을을 벗어나 다시 국립 공원으로 돌아가 인형을 분실물 센터에 맡기고 다시 떠났다. 시골길이 고속 도로와 만나는 분기점에 이르렀을 때, 나는 서쪽으로 가야 했지만 그러지 않았다. 나는 방향을 돌려 내가 버린 아이에게로, 그리고 자식을 둘도 아닌 셋을 잃고 슬퍼하도록 놔두고 온 부모에게로 향했다.

나는 동쪽으로 가고 있었다. 집으로, 가고 있었다. 리아에게는 아버지가, 부모님에게는 아들이, 어쩌면 코라에게는 친구가 될 수도 있을 터였다. 코라에게는 동정이든 사랑이든 아무것도 바라지 않았다. 나는 용서받지 못 할 짓을 했다. 피를 흘리게 했고, 함께 만든 아이를 혼자 키우도록 내버려두었다. 차를 몰고 멀리 갈수록 평지보다는 바위와 나무들이 풍경을 채우기 시작하면서, 내가 지금까지 얼마나 실망스러운 사람이었는지 더 많이 생각하게 되었다. 도시들을 빙 둘러 가는 동안 내가 저지른 실수를 생각하면 생각할수록 동쪽으로 방향을 돌린 내 결정이 조금씩 불편해지기 시작했다. 뉴브런즈윅까지 갔을 즈음, 국립 공원 분실물 센터에 인형을 맡길 때 내가 느꼈던 확신은 두려움으로 바뀌어 있었다. 나는 국경과 맞닿은 마다와스카에서 메인으로 방향을 돌렸다.

이럴 수 있는 건가. 9번 국도는 어릴 때 본 모습보다 더 엉망이었다. 도로에 움푹 팬 곳은 전보다 더 컸고, 집들은 심지어 더 낡았다. 하지만 들판은 예전과 같았고 오리나무는 언제나처럼 도랑에서 자라고 있었다. 예전과 달라진 것이 없는 것 같아 조금 짜증이 났다. 해가 높이 떴을 때, 나는 차를 세우고 트럭에서 내렸다. 태양이 지독하게 뜨겁다는 사실을 잊을 정도로 매미들이 시끄럽게 울고 있었다. 나는 그때 그 바위 위에 앉아 눈을 감았다. 감은 눈에 여섯 살 때의 내가 보였다. 나는 까마귀들에게 빵을 던져 주고 볼로냐소시지를 입에 쑤셔 넣은 후 어딘가로 가면서 루시에게 손을 흔들고 있었다. 얼마나 그러고 앉아 있었을까. 땀이 셔츠를 적시기 시작했다.

"이봐요, 괜찮아요, 형씨?"

나는 깜짝 놀랐다. "예, 괜찮습니다. 그나저나 놀라서 간 떨어지는 줄 알았네요." 나는 손등으로 이마에 난 땀을 닦았다.

"미안합니다. 몸을 완전히 수그리고 있어서, 심장마비라도 온 줄 알았어요."

"아니요, 그런 거 아닙니다. 그냥 뭘 좀 떠올리고 있었어요. 그게 답니다. 발목을 좀 다쳤지만 심각하지 않습니다." 나는 일어나서 손을 내밀었다.

"아, 이쪽에서 보면 영락없이 심장마비 온 사람이었어요." 그가 내 손을 단단히 잡으며 악수에 응했다.

"이 근처에서 일하시나요?"

"네. 할아버지가 이 농장을 소유했었죠. 그다음에는 아버지 소유였고요. 하지만 지금은 두 분 다 돌아가셨어요. 심장마비로요." 그가 나를 가리키며 말을 이었다. "내가 왜 염려했는지 이해가 가시겠죠."

"혹시 이름이 엘리스입니까?" 내가 물었다.

"그래요. 우리 서로 아는 사이였던가요?"

"아니요, 아마도 당신 아버지를 알았을 거예요. 어릴 때 여기서 일했었거든요."

나는 고개를 돌려 오두막이 있던 자리를 내려다보았다. 하지만 주변에는 덤불이 무성하게 자랐고, 길은 흙바닥에 난 두 개의 바퀴 자국에 지나지 않았다. 그나마도 세월과 웃자란 덤불 때문에 거의 보이지 않는 상태였다.

"그런데, 오두막은 어디로 갔습니까? 일꾼들은요?"

"일꾼들은 길 아래쪽에 있는 합숙소에서 삽니다. 오두막은 뭘 말하는 건지 모르겠네요. 이 길 끝에 쌓여 있는 나뭇더미와 돌무더기를 말하는 게 아니라면요." 그가 가까이 다가와 내 어깨에 손을 얹었다. "정말 괜찮은 거 맞나요? 얼굴이 창백한 동시에 벌건데요."

"날이 더워서 그래요." 나는 다시 바위 위에 앉았다.

"정말 내 도움이 필요한 게 없습니까?"

"일자리를 주시면 좋지요." 내가 그 말을 왜 했는지 모르겠다. 왜 그러고 싶었는지 모르겠다. 그토록 많은 비극이 얽혀 있는 곳인데.

"발목은 어쩌고요?"

"이걸로 핑계 대진 않을 겁니다. 약속하죠."

"블루베리를 모으고 줄을 자르는 일거리가 있긴 해요. 멕시코인 하나가 어머니 장례식 때문에 방금 그만뒀거든요. 언제까지 사람이 필요할지는 확실치 않지만, 물론 당신이 할 의향이 있다면요."

"물론입니다."

그는 내게 따라오라고 말했다. 나는 바위에서 일어나 트럭에 탔다. 합숙소는 길고 좁은 건물이었다. 한쪽에는 침상이 일렬로 놓여 있었고, 반대쪽에는 옷장이 늘어서 있었다. 침상과 옷장 사이는 딱 사람 하나가 지나갈 수 있을 정도였다. 담요는 칙칙한 잿빛으로 모두 같았다. 간혹가다 집에서 만든 퀼트 이불이 보였다. 아마도 누군가가 견디기 힘들 때를 대비해 집에서 가져온 것 같았다.

"화장실은 4칸, 샤워실도 4칸 있습니다." 엘리스가 합숙소 끝에 있는 문 두 개를 가리키며 말했다. "다른 스물네 사람과 같이 써야 할 겁니다. 뜨거운 물로 샤워하고 싶으면 일찍 일어나는 게 제일 좋고요."

그곳에서는 노동자의 냄새, 흙냄새가 났다. 그는 욕실 문 바로 바깥에 있는 침상을 내게 보여 주었다. 나는 위에 배낭을 내려놓았다. 내 전 재산이 캔버스 가방의 어둠 속에 숨겨져 있었다.

"내일 시작하죠. 아침 식사는 해가 뜰 때입니다." 그는 나를 혼자 남기고 돌아섰다. 오랜 운전으로 지친 나는 다리를 꼰 자세로 매트리스 위에 등을 대고 누웠다. 그리고 손을 가슴에 얹은 채 잠이 들었다.

그날 밤, 식사용 천막 지붕 아래에서 한 나이 많은 남자가 손짓으로 나를 불렀다. 그를 알아보기까지 시간이 조금 걸렸으나, 그는 나를 곧바로 알아보았다. 후안, 오래전 우리가 이곳을 떠날 때 농장 관리를 이어받았던 바로 그 사람이 아직 여기에 있었다. 그는 이제 현장 감독이었고, 나를 기억하는 유일한 사람이었다. 나는 자리를 잡고 앉았다. 그는 내가 먹는 모습을 지켜보았다. 불안해진 내가 뭐라고 말을 꺼내려는데, 그가 속삭였다. "난 네 형 찰리, 잊지 않았다." 그가 한 말은 그게 처음이자 마지막이었다. 그리고 나는 그의 공감에 감사했다.

다음 날 아침, 엘리스 집안에서 가장 젊은 엘리스가 마치 나를 시험하기라도 하듯 작업줄에 나를 혼자 배치했다. 나는 맹렬한 속도로 블루베리를 땄다. 이곳의 새로운 친구들에게 내가 어느 모로 보나 뛰어난 일꾼이라는 것을 증명해 보일 참이었다. 내 옆에는 멕시코 남부의 작은 마을 출신인 디에고라는 남자가 몇 걸음 뒤처져 작업했다. 점심시간에 우리는 농장에서 나눠 준 겨자 바른 샌드위치 하나와 물 한 병, 사과 한 알을 들고 줄 가장자리에 앉았다. 그는 엉터리 영어로 이 밭은 멕시코 사람들이 일하는 곳이고, 원한다면 길 저 아래쪽에 원주민들이 일하고 있는 밭이 몇 군데 있다고 말했다.

"아니, 난 여기가 좋아요. 아는 사람 만나는 것, 좋아하지 않습니다."

"당신, 이상하다."

나는 고개를 끄덕였다.

"나는 친구들 만나는 거 좋아한다." 그는 고개를 절레절레 흔들며 먹고 남은 사과 속을 나무에 던지고 다시 일하러 갔다.

일요일에는 반나절만 일했다. 내가 어렸을 때의 작업 시간이랑 똑같았다. 작업은 일찍 끝났고 달리 할 일도 없었기 때문에, 나는 오두막이 어떻게 됐는지 보러 갔다. 가장 소중한 추억이 있는 곳, 그리고 슬픈 기억 대부분이 있는 곳이었다. 한때는 많이 이용했던 그 길, 아빠가 경찰차의 후미등을 깨트렸던 그 길, 메이 누나가 엄마를 부축해 모닥불이 있는 곳으로 데려갔던 그 길은 이제 풀이 무성하게 자라 있었다. 새로 난 길과 새로운 기계, 새 작업자들이 그 자리를 차지했다.

미크마크족의 갈색 얼굴은 남쪽 나라에서 온 사람들의 갈색 얼굴로 대체되었다. 그들은 서정적인 언어로 말했고, 집에 있는 가족을 위해 돈을 보냈으며, 혼자 머물며 열심히 일하고 더 열심히 웃는 사람들이었다. 야생에서 무성하게 자란 오리나무 군락 뒤가 오두막이 있는 자리였다. 아니 최소한 오두막의 잔해가 있는 자리였다. 문에 나 있던 작은 창 두 개가 깨져서 유리 파편이 안쪽 바닥에 흩어져 있었다. 지붕 오른쪽은 뭔가에 갉아 먹힌 모양새였다. 너구리였을 수도 있고, 아니면 쥐일 수도 있었다. 문은 녹슨 경첩 하나에 의지해 겨우 매달려 있었다. 안쪽에는 잿빛 먼지가 두껍게 쌓여 있었고, 짐승들과 벌레들이 이리저리 누비고 다닌 흔적이 기괴하면서도 아름다운 미로처럼 펼쳐져 있었다. 매트리스는 강철 스프링만 남아 뒷벽에 기대어져 있었다. 오랜 세월 방치되면서 살아남은 살림살이는 벽난로가 유일한 것 같았다.

나는 쥐 뼈를 걷어찬 후 썩어서 물러진 바깥 계단에 가 앉았다. 무성한 풀 때문에 모닥불을 피우던 자리가 잘 보이지 않았다. 불구덩이도 시간과 자연의 영향으로 황폐해져 있었다. 마음 깊숙한 곳 어디에선가 엄마의 목소리가 들려왔다. 너무나 또렷해서 오금이 저릴 정도로 덜컥 겁이 났다.

"거기 밖에 풀 좀 뽑으렴. 여기도 청소하고. 우린 앞으로 두어 달 동안 여기서 살아야 해. 깔끔하게 정리하자."

엄마의 목소리는 내가 떠올리고 싶을 때는 기억나지 않고 엄마가 들려주고 싶을 때 들린다. 나는 썩은 계단에서 조심스럽게 일어나 풀을 뽑고 계단 주변의 공간을 정리하기 시작했다. 그리고 뒤돌아서서 내가 만든 작품, 즉 깨끗해진 땅 한쪽을 감상했다. 다음은 철물점 방문이었다. 빗자루와 계단을 수리하기에 충분한 목재, 못 약간, 망치, 줄자, 그리고 톱을 집어 들었다. 트럭 앞 좌석에는 청소용품을 가득 실었다. 몇 년 만에 지갑이 거의 텅 비었다.

배가 몹시 고파질 때쯤 드디어 오두막이 깨끗해졌다. 거미줄과 먼지, 쥐 뼈 같은 건 이제 없었다. 트럭 뒤에 싣고 다니던 낡은 방수포 조각으로 창을 덧댔고, 나머지로는 못을 박아 지붕에 난 구멍을 막았다. 목재와 지붕널을 더 구할 수 있을 때까지는 버텨 줄 터였다. 나는 먼지를 뽀얗게 뒤집어쓴 채 그 어느 때보다 배가 고픈 상태로 저녁 식사 자리에 합류했다.

이후 며칠 동안 저녁마다 오두막에 가서 땜질하고, 수리하고, 숲을 헤맸다. 숲은 익숙하면서도 다르게 느껴졌다. 그러다 돌아와 보면 대부분이 이미 잠들어 있었다.

"이리 와서 앉아, 차 마시게." 토요일 밤이었다. 후안이 세 명의 남자와 함께 바닥에 앉아 있었다. 아래층 침대는 테이블 역할을 했다. 가운데에 카드가 펼쳐져 있었고, 위쪽 침대에서는 누군가가 코를 골고 있었다.

"저는 괜찮습니다. 자러 가려던 참이라서요." 나는 조용히 말했다.

"와서 한 판 해." 같이 밥 먹자고 손짓했을 때처럼 후안은 그 자리에 와서 앉으라고, 같이 시간을 보내자고, 카드 게임을 즐기자고 손짓했다.

나는 이른 시간까지 깨어 있었다. 그러다 몸이 바닥에 앉아 있기를 거부하고 억지로 침대로 끌고 갔다. 그들은 좋은 사람들이었다. 하지만 나는 혼자 있고 싶었다. 혼자 있을 때만 평화를 되찾았다. 벌목장에서 몇 년을 보내며 확실히 알게 된 사실이었다. 일주일 후, 나는 나를 그들 무리에 끼워 주었던 바로 그 사람들이 지켜보며 고개를 끄덕이는 가운데 매트리스를 끄집어내서 침상이 늘어선 긴 복도를 따라 옮겼다. 그리고 그것을 트럭에 싣고 오두막으로 가져가 지붕이 아직 멀쩡한 쪽에 놓았다. 나는 아주 깊고 조용한 잠에 빠졌다. 꿈도 꾸지 않았다. 다음 날 아침이 밝아 올 무렵, 나는 이미 일어나 계단에 앉아 있었다. 그리고 나무 사이로 새어 들어온 빛이 땅에 비추며 하루를 환하게 밝히는 광경을 바라보았다.

"저기요."

음식을 나누어 주는 천막에 줄 서서 후안과 이야기를 나누고 있는데, 엘리스가 나를 한쪽으로 끌어당겼다.

"합숙소에서 매트리스를 빼가더니 잠도 자지 않은 거 알아요. 나는 분란을 원치 않습니다. 내 농장에서는 그 어떤 수상쩍은 일도 없어야 해요."

"수상쩍은 일 없습니다. 맹세해요. 그저 저 무성한 길 아래쪽에 있는 오두막으로 가져다 놓은 것뿐이에요. 끝에 큰 바위가 있는 그곳이요."

"그 오두막은 들어가 살기에 안전하지 않아요. 매트리스를 제자리에 가져다 놓으라고 할 수밖에 없군요. 합숙소에서 자기 싫다면 이곳에서 일하기 힘들어요. 보험 관련 문제가 얽혀 있어서요."

"글쎄요, 제 돈으로 고치되 포기 각서 같은 것에 서명하면 어때요?"

줄 서 있던 다른 사람들은 내가 해고될지 아닐지 궁금해하며 지켜보고 있었다.

"그건 괜찮을 것 같군요. 다만 수리에 얼마가 들든 내가 그 비용을 지급할 일은 없다는 것만 알아 두세요. 나는 그 장소를 지금 있는 그대로 허물어지게, 자연이 알아서 하게 두는 게 좋습니다. 게다가 당신 집도 아니잖아요. 알죠? 그 집은 무너져 내리든 수리해서 고치든 여기 이 농장, 내 농장 소유예요."

"저는 아무래도 괜찮습니다."

9번 국도변에 있는 가게는 계산대 뒤에 있던 사람들이 나를 보고 피에서 신맛이 난다고 했던 그때와 거의 달라진 게 없었다. 여전히 식료품점과 철물점, 주유소, 식당 등을 갖춘 종합 매장이었다. 화장실과 스낵 코너를 오가는 여행객들과 지역 주민들, 이주 노동자들 사이에서 내 존재는 거의 눈에 띄지 않게 되었다. 어렸을 때, 내 갈색 피부는 내내 사람들의 시선을 받아야 한다는 걸 의미하곤 했다. 이제는 대부분의 얼굴이 갈색이었고, 누구도 내 피부색에 신경 쓰지 않는 것 같았다. 뒤쪽에는 바가 있어서 맥주와 독한 술을 팔았다. 이건 새로웠다. 후안은 내게 그쪽은 피하라고 말했다. 가장 질이 좋지 않은 이들이 거기에서 시간을 보낸다고 했다.

나는 냄비 하나를 사서 수프 캔과 빵, 버터와 함께 담았다. 이

만하면 다음 급료를 받을 때까지 충분할 것 같았다.

"여기 위스키 있나요?" 뻣뻣한 관절을 쉬게 해 주고 잠도 잘 오게 해 줄 만한 게 필요했다.

"미안하지만 우린 위스키를 취급하지 않아요."

"확실한 겁니까?"

"확실하고 말고요. 저기 선반에 맥주들이 있고, 이 뒤쪽 바에 독주가 조금 있는 게 전부거든요." 그는 내가 본 중 머리 색이 가장 노란 뚱뚱한 남자였다. 그의 셔츠에 땀이 배어 나오고 있었다. 그는 계산을 마치고 영수증을 건넸다. 나는 그걸 받아 들고 가서 식료품이 든 가방에 넣었다.

"영수증 한 번 보고 계산이 다 맞는지 확인해요."

"다 맞게 했겠지요." 나는 가려고 몸을 돌렸다.

"그래도 혹시 모르니까 확인하는 게 좋을 거요."

나는 가방에서 영수증을 꺼내 모든 품목을 살폈다. 전부 가방에 들어 있었다. 영수증을 뒤집어 보니, 알아보기 힘든 글씨로 "나가서 뒤쪽, 파란색 트럭. 로저가 괜찮다고 했다고 전하시오"라고 적혀 있었다. 나는 그 노랑머리 남자에게 고개를 끄덕이고 물건을 트럭 앞 좌석에 실은 다음, 뒤쪽으로 걸어갔다. 거기에는 아까 그 남자와 똑같이 노랑머리를 한 남자가 파란 트럭에 앉아 있었다. 아까 그 남자보다 몇 살 더 많아 보이는 그는 입가에 불을 붙이지 않은 담배를 물고 머리를 받침대에 기댄 채 곤히 잠들어 있었다. 창문을 두드렸더니, 그는 사람이 트럭

안에서 그렇게까지 튀어 오를 수 있을까 싶을 정도로 깜짝 놀라며 깼다. 나는 키득키득 웃음이 났다.

"로저가 뭐 마실 것 있는지 당신한테 가 보라더군요."

그가 담배를 여전히 입에 문 채 입가에 흐른 침을 닦았다. 그러더니 팔을 좌석 뒤로 뻗어 수제 위스키를 끄집어내 내게 건넸다. 나는 그에게 약간의 돈을 건넸다. 그는 그것을 보고 고개를 끄덕이고는 뒷주머니에 아무렇게나 쑤셔 넣고 다시 머리를 받침대에 기댔다. 거래 전체가 별다른 말 없이 이루어졌다. 나는 고개를 절레절레 흔들며 그곳을 떠났다.

그날 밤, 나는 토마토수프에 빵과 버터를 곁들여 먹으며 위스키를 한 모금 마셨다. 아직 남아 있는 사고의 통증과 농장 일로 새로 생긴 통증을 달래기에는 충분했다. 나는 작은 오두막 앞, 수십 년 전에는 다른 불이 타올랐던 자리에 모닥불을 피우고 거기에서 요리했다. 해가 지면서 햇살이 나무 사이로 빼꼼 엿볼 무렵, 나는 매트리스에서 낡고 헤진 잿빛 담요를 집어다가 불가 옆에 누웠다. 그리고 달이 하늘을 가로질러 사라질 때까지 거기에 누워 있었다. 어쩌다 잠이 깨면 꺼져 가는 모닥불과 은하수의 매끄러운 곡선이 보였다.

나는 블루베리 따는 일에 다시 잘 적응했다. 하지만 내 몸이 이 작업을 충분히 해낼 만큼 젊다는 확신이 들자마자 블루베리 철이 지나 작업이 끝났다. 나는 근처 농장에서 감자를 날랐다. 심지어 엘리스가 먼 곳에 있는 농장 들판을 태울 때도 도왔다.

메인에 머문 지 7주가 지났다. 나는 계속 머물기로 마음먹었다. 엘리스는, 일거리는 없지만 문제를 일으키지 않는 한 오두막에 머물러도 좋다고 말했다. 나 혼자 거기에 머물면서 대체 무슨 문제를 일으킬 거로 생각했는지 모르겠지만, 아무튼 그러겠다고 약속했다. 나는 15분 거리에 있는 낙농장에 고용되어 젖 짜는 일과 농장 내의 골치 아픈 보수 작업을 도왔다. 이른 아침, 새들이 지저귀기도 전에 길을 나서야 했다. 세 시쯤에는 집에 왔고, 해가 지기 전까지는 오두막을 고칠 시간이 있었다. 농장 주인은 내게 쓰고 남은 목재와 못을 가져가게 해 줬고, 심지어 지붕널 한 자루를 반값에 주기까지 했다. 덕분에 그는 그걸 다시 뱅고어로 가져가 환불받아야 하는 번거로움을 피했다. 나는 지붕을 때우고, 벼룩시장에서 산 중고 창문 두 개를 달았다. 크리스마스 즈음에는 작은 탁자와 의자 두 개, 불가에 둘 흔들의자와 목욕할 때 쓸 철제 욕조를 갖추었다. 여름에는 거기에 빗물을 모으고 겨울에는 저녁에 눈을 담아 녹이는 데 쓸 수 있을 터였다. 아침마다 나는 충분한 물로 설거지를 하고 몸을 씻었다. 주말에는 빨래도 할 수 있었다. 딱 하나 마음에 들지 않는 건 2월의 바깥 변소였다. 추위 속에서 높이 쌓인 눈을 헤치고 걸어야 해서, 나는 대부분 문간에 서서 앞 계단에 오줌을 눴다. 나무들 외에 나를 볼 사람은 아무도 없었다.

겨울 황혼의 어슴푸레한 빛 속에서는 나이가 어디에 얼마나 들었는지 알아보기가 쉬웠다. 팔꿈치와 무릎 부위의 피부가 왠지 처져 보였고, 발은 지난번 자세히 봤을 때보다 조금 더 굽어 보였다. 면도할 때 보려고 산 작은 거울로 보니 눈가에 주름이 눈에 띄었다. '웃음 주름'이라고들 하던데, 나는 이 주름이 생길 만큼 웃지도 않았는데 왜 생겼는지 알 수 없었다. 이곳 주름은 눈가에서부터 자잘하고 길게 뻗어서 거의 머리 선까지 가 닿았다. 하지만 내 검은 머리는 여전히 숱이 많았다. 유일하게 나이가 비껴간 곳이 여기인 모양이었다.

나는 이렇게 메인에서 첫해를 보냈다. 여러 해 중의 첫해였다. 서서히 오두막은 집이 되었다. 나는 일주일에 한 번 필요한 물품과 그 지독한 위스키 한 병을 챙겨 놓았다. 위스키에는 물을 섞기 시작했다. 목을 넘길 때마다 타는 것 같은 느낌이 조금 견딜 만해졌다.

"헐, 뭐야, 조 아니야."

상점에서 뒤에 줄 서 있던 누군가가 내 어깨를 톡톡 두드렸다. 돌아보니 한때 알고 지냈던 사람이 쭈글쭈글해진 모습으로 서 있었다.

"프랭키? 이 늙은 악당. 어떻게 여태 살아 있어요?"

그가 두 개 남은 이로 소리 내어 웃었다. 그와 나 사이에 썩은 내가 풍겼다. "나도 모르겠어, 조. 하지만 살아 있어. 주님은 나를 살려 두는 게 즐거우신 게 분명해." 그는 다가오더니 내 허리에 팔을 둘러 어색하게 포옹했다. "넌 뭐야, 다 늙어 빠졌잖아."

"이도 없고, 키도 얼추 1피트 반(약 45센티미터)이나 줄어든

양반이 할 소린 아닌 것 같은데."

"블루베리 농장에서 보낸 세월 때문이지. 내 등 좀 보라고. 다 쭈그러들었어."

우리 둘 다 어떻게 말해야 좋을지 모르는 것이 너무 많았다. 그건 사과일 수도 있었고, 농담일 수도 있었고, 분노일 수도 있었다. 많은 걸 침묵에 의지한 채, 그리고 그 침묵을 깨면 무슨 일이 벌어질지 모르는 채, 나는 돌아서서 계산대로 갔다. 그리고 내 식료품값을 계산했다. 자리를 뜨려는데 계산원의 목소리가 들려왔다.

"미안해요, 프랭키. 담배를 사기엔 돈이 모자라는군요. 샌드위치든 담배든 뭐든요." 프랭키가 불쌍한 모습으로 계산대 앞에 서 있었다. 늙고 거칠어진 손에는 잔돈이 한 무더기 쥐어져 있었다.

"그냥 줄에서 꺼져, 늙은 술주정뱅이." 내 또래로 보이는 남자가 그 뒤에 우유와 육포를 들고 서 있었다.

프랭키가 돌아서서 그를 바라봤다.

그는 마치 프랭키가 그의 말을 알아듣지 못한다는 듯 더 가까이 몸을 기울였다. "당장. 이 줄에서. 꺼지라고. 바보 새끼가 영어도 못 하나 보네."

나는 프랭키가 삐쩍 마른 손가락으로 주먹을 쥐는 모습을 지켜보았다. 누구에게도 해를 끼치지 않을, 하지만 프랭키 자신을 피범벅으로 만들 것이 분명한 주먹이었다.

"제가 낼게요." 나는 계산원에게 돈을 건네주고 프랭키가 그걸 자랑스레 떠벌리기 전에 자리를 떴다.

"어이, 조, 잠깐만 기다려. 적어도 고맙다는 말은 하게 해 줘야지."

"괜찮아요, 프랭키."

"술 한잔 사게 해 줘, 조. 그냥 그렇게 하게 해 줘."

"자기 먹을 샌드위치도 못 사면서 어떻게 술을 사려고요?"

"외상 장부가 있거든. 방금 다 갚았어. 그래서 샌드위치 살 돈도 없었던 거야. 하지만 술집에 외상 장부가 또 있거든. 어서, 조, 옛 생각을 해서라도."

"우린 같이 술 마신 적 없어요, 프랭키. 내가 마지막으로 당신이 취한 모습을 봤을 때 형을 잃었고요."

프랭키의 입가에서 휘파람 소리가 났다. 공기를 내뱉는 듯한 작은 소리였다.

"아픈 얘기를 꺼내는군, 조. 내가 얼마나 미안해하고 있는지 알잖아. 넌 알 거야."

"좋아요, 프랭키. 한잔하죠."

술집은 처음이었다. 나는 오두막의 조용함, 장작 난로의 온기, 책이 더 좋았다. 책은 상점에서 산 것도 있었고, 근처 호텔에 누가 빠트리고 간 것, 이주 노동자들이 영어 익히는 것을 돕는다고 생각하며 사람들이 두고 간 것들도 있었다.

그 술집은, 외딴곳 한가운데 오래된 상점 뒤에 있는 술집이 대체로 그렇듯 형편없었다. 천장은 낮고, 바닥은 끈적거렸으며, 퀴퀴한 맥주 냄새와 담배 냄새, 여자 없는 남자들의 땀 냄새로 가득했다. 담배 연기가 얼마나 매캐한지 안으로 들어서자마자 눈에서 눈물이 나기 시작했다.

카운터는 가공하지 않은 2×4인치짜리 목재로 만들어져 있었다. 가시가 박힐까 봐 카운터 가장자리를 손으로 훑지 않으려 조심했다. 스툴은 제각각이었다. 철제였지만 오래된 낡은 비닐로 감싸져 있었다. 전체적으로 패배의 분위기가 넘쳐흘렀다. 라디오에서는 전형적인 컨트리 음악이 반복해서 흘러나왔다. 프랭키와 나는 카운터에 자리를 잡고 앉았다. 그는 나를 옆에 세워 둔 채 딱 하나 남은 스툴에 훌쩍 뛰어올라 앉았다. 그리고 각각 맥주 한 잔씩을 주문한 후 자신의 외상 장부에 달아 놓았다.

"한잔한 지 10분밖에 안 지났잖아, 프랭키. 이렇게 일찍 시작해도 괜찮겠어?"

"물론이지. 특별한 경우거든. 여긴 조야. 젊었을 때 나랑 이 농장에서 일했었지."

"당신이 젊었었다고, 프랭키? 난 당신이 엄마 뱃속에서부터 그 얼굴로 나온 줄 알았는데." 바에 있던 사람들이 다 웃음을 터트렸다.

프랭키는 미소를 지으며 손가락을 튕겼다. "재밌는 친구로군. 자, 이제 나랑 내 친구한테 한 잔 줘."

맥주는 맛이 끔찍했고 김도 다 빠져 있었다. 나는 이젠 술을 별로 마시지 않았고, 공공장소에서는 더욱 그랬다. 차라리 혼자 위스키를 마시는 편이 나았다. 어쩌다 술을 많이 마셔 봤자 나만 다칠 뿐이었다. 프랭키는 오래지 않아 첫 잔을 비웠다. 그의 두 번째 잔이 바닥을 보일 때, 나는 반 잔도 채 못 마신 상태였다.

"맙소사, 프랭키, 천천히 마셔요."

"그럴 필요 없다네, 친구여. 난 이미 술에 절었거든. 이젠 아무리 마셔도 똑같아." 그는 이미 혀가 꼬일 대로 꼬여 있었다. "찰리 일은 정말 미안해. 내가 미안해하고 있다는 거 알지, 응? 조? 내가 미안해하고 있는 거 알지."

"다 옛날 일이에요, 프랭키." 나는 맥주를 한 모금 마셨다. 아직도 첫 잔이었다. 슬슬 미지근해지고 있었다.

바에는 뒷벽에 난 좁은 창 말고는 달리 창문이랄 게 없었다. 그나마도 요리 기름이 두껍게 눌어붙어 있어 햇빛이 거의 들어오지 않았다. 문밖에는 햇살이 눈부시게 쏟아지고 있었다. 프랭키는 내게 멕시코인들이 일하는 농장 대신 원주민들이 일하는 곳으로 오라는 말을 횡설수설 늘어놓았다. 그때 문이 열리고, 한 덩치 큰 남자의 검은 실루엣이 들어왔다. 그는 문설주에 머리를 부딪치지 않기 위해 몸을 숙였다. 덩치가 출입구를 다 막을 정도로 컸다. 나는 오두막으로 돌아가 다시 혼자 있을 시간을 고대하며 손을 들어 맥주를 한 잔 더 시키려는데, 그가 옆으로 지나갔다. 눈이 어둠에 적응되면서 나는 그를 알아보았다.

투실투실한 볼과 두툼한 입술, 여전히 길고 지저분한 머리카락이 오랜 옛날, 카니발 천막 그림자 아래 숨어 있던 모습과 똑같았다. 아치의 동생, 아치가 내 형을 때려죽일 때 형을 붙잡고 있었던 바로 그 녀석이, 지금 내 옆을 지나 화장실로 가고 있었다.

그토록 도망치고 싶었던 분노, 이젠 길들였다고 생각했던 그 감정이 마지막으로 한 번, 고개를 들었다. 입이 바싹 마르고 손바닥이 축축해지는 느낌이 들었다. 내 분노의 뜨거운 열기에 불이 붙어 다 태워 버리기라도 할까 봐 두려웠다. 나는 프랭키를 쳐다봤다. 그의 얼굴에 두려움이 스치는 게 보였다. 그가 내게 손을 뻗었지만, 놓치고 말았다. 맹목적인 분노, 너무 화가 나서 무슨 짓을 했는지 기억조차 나지 않는다는 그런 분노에 대해 들어본 적이 있다. 하지만 난 이 순간을 꼭 기억하고 싶었다. 내 주먹으로 박살 내기 전에 그 얼굴을 보고 싶었다. 밤에 침대에 누우면서 내가 그에게 고통을 주었다는 사실을 되새기고 싶었다. 죽어 가고 있는 지금, 만약 신이 있다면 과연 내가 한 행동에 대해 속죄해야 하는지 고민이 된다. 하지만 그럴 수 없다. 그러고 싶지 않다. 내가 한 짓이 자랑스럽다는 말은 아니다. 하지만 부끄럽게 생각하는 것도 아니다. 그 악당은 여전히 이 세상을 활보하고 있고, 나는 세상을 떠나기 직전인 데다 그 누구도 죽이지 않았다.

그는 나를 알아보지 못했다. 봤어도 몰라봤을 것 같았다. 지난 세월 동안 내 생각 따위는 하지도 않았을 테니까. 하지만 나는 어디서든 그를 알아봤을 것이다. 그가 남자 화장실 앞에 이르렀다. 하지만 문고리를 잡기도 전에 내가 그의 어깨를 두드렸다. 그가 돌아섰고, 나는 주먹을 날렸다. 내 주먹 뒤에는 수십 년 동안 쌓인 분노가 자리하고 있었고, 그만큼 셌다. 수년간의 육체노동으로 단련된 내 팔은 그의 코를 으스러트렸다. 일순간, 코라의 얼굴이 눈앞에 번쩍했다. 그는 손을 코에 대고 그 자리에 서 있었다. 손가락 사이로 피가 흘러내리고 있었다. 눈에는 충격을 받은 기색이 역력했다. 나는 오랫동안 홧김에라도 치켜든 적 없는 내 손을 내려다봤다. 그리고 그에게 다시 주먹을 날렸다. 이가 바닥에 부딪히며 덜거덕하는 소리가 들렸다. 그의 입술에서 피가 흘렀다. 반격할 새를 주지 않고 그의 어깨를 당겨 내 쪽으로 끌었다. 그리고 그의 다리 사이로 내 무릎을 박아 넣었다. 그는 신음하며 바닥으로 고꾸라졌다.

"내 형을 죽인 대가다, 나쁜 자식!" 나는 마지막으로 그의 복부를 걷어찼다. 프랭키의 손이 내 팔을 움켜잡고 출입구 쪽으로 끌어당기는 것이 느껴졌다. 다른 남자들은 손에 술잔을 든 채 꼼짝도 하지 않았다. 그들은 그를 보호해 주지도, 도와주지도 않았다. 그는 그렇게 바닥에 쓰러진 채 신음하며 중간중간 내게 욕설을 퍼부었다. 나는 못 이기는 척 프랭키가 이끄는 대로 문밖으로, 환한 햇빛 속으로 나왔다.

"녀석이 일어나기 전에 얼른 여길 피해야 해."

프랭키의 말이 맞았다. 나는 보는 사람이 아무도 없는지 확인한 후 트럭에 올라타 출발했다. 프랭키를 먼지구름 속에 혼자 남겨 둔 채. 나는 종일 해안을 따라 운전하면서 해가 지기를 기다렸다가 오두막으로 돌아갔다. 마침내 9번 국도로 들어섰을 때도 헤드라이트는 계속 꺼진 상태였다. 트럭을 멈추고 완전히 혼자임이 확실해진 후에야 나는 안심했다.

나중에 들은 바에 따르면, 그는 바닥에서 일어나 숨을 쉬더니 분노를 터트리며 나를 찾았다. 내가 누구인지, 어디에 가면 찾을 수 있는지 물어도, 술집 안에 있던 사람들은 한마디도 해 주지 않았다. 그는 자신을 때린 게 나였다는 사실을 모른 채 피투성이가 되어 그곳을 떠났다. 어떤 면에서는 그가 몰라서 다행스럽기도 했다. 하지만 또 어떤 면에서는 찰리 형의 죽음이 잊히지 않았다는 사실, 자신이 한 짓을 내가 알고 있다는 사실, 그리고 내 아름다운 형과는 달리 나는 그가 바닥에서 일어나는 동안 최후의 결정을 내릴 수 있었다는 사실을 알게 해 주고 싶었다.

그때 그곳을 떠날 수도 있었다. 하지만 나는 그러지 않았다. 처음에는 도움을 청하러 달렸고, 두 번째는 싸웠다. 그 반대였으면 좋았겠지만, 우린 과거를 바꿀 수 없다. 주먹을 휘두르고 싸운 건 그때가 마지막이었다. 그리고 프랭키를 본 것도 그때가 마지막이었다. 몇 년 후 메이 누나한테 들으니, 그는 나랑 밖으로 나와서 곧바로 집으로 돌아갔다. 아마도 나랑 같이 있었다는 이유로 아치의 형제가 자신에게 복수하려고 들지 않을지 겁이 났을 것이다. 소문에 의하면, 그는 집에 돌아온 지 얼마 되지 않은 어느 날 북미 원주민 보호 구역에 있는 누이네 집 식탁에서 비프스튜가 담긴 큰 그릇을 앞에 두고 앉아 있다가 죽었다고 한다. 갑자기, 야단법석도 없고 소란도 없이, 그냥 죽었다. 나는 프랭키의 그 품위 있는 마지막이 부러웠다.

놀랍게도 메인에 머무는 동안 내가 우연히라도 만난 예전 캠프 사람은 프랭키가 유일했다. 더 놀라운 건, 내가 거기 있다는 걸 프랭키가 아무한테도 말하지 않았다는 사실이다. 적어도 내 생각은 그랬다.

나는 그날 이후 그 술집에 절대 발을 들이지 않았다. 그곳은 내게 어떤 흥밋거리도 되지 않았다. 나는 다른 사람들처럼 우정이나 대화를 갈구하지 않았다. 지금 생각하면 우습다. 왜냐하면 지금의 나는 주변에 누군가 있으면 말을 거는 일이 내가 하는 전부이기 때문이다. 내게는 소망이 하나 있다. 아마 대부분의 죽어 가는 사람들이 다 이 소망을 품고 있을 게 틀림없다. 그건 바로 마지막 순간까지 말하고, 마지막 순간까지 감사하며, 마지막 순간까지 미안해하는 것이다.

나는 메인에 거의 10년 동안 살았다. 그런데 어느 한여름 밤, 집에 돌아와 보니 현관에 메모가 한 장 붙어 있었다. 아빠가 세상을 떠났다는 소식이었다. 내가 어디에 있는지 프랭키가 말했다고밖에는 생각할 수 없었다. 집에 갈 수도 있었다. 하지만 나는 그러지 않았다. 아빠의 죽음을 슬퍼하지 않았다는 뜻이 아니다. 슬펐다. 하지만 집에 가지 않았다. 대신 돈을 보냈다. 그리고 애도에 도움이 되기를 바랐다. 하지만 내가 알게 된 건, 돈은 정작 중요한 일에는 거의 도움이 되지 않는다는 사실이었다.

돈을 보내고 나서 죄책감이 생생하게 되살아난 나는 며칠 일을 쉬고 초원으로 돌아갔다. 나는 도랑 옆에 트럭을 세웠다. 건조한 여름 흙길의 먼지가 뒤에서 자욱하게 피어올랐다. 나는 그 작은 집을 감탄하며 바라보았다. 국경 북쪽을 여행할 때마다, 나는 풍경을 노란색과 갈색으로 물들이는 그녀의 야생화에 경탄하곤 했다. 루드베키아와 루피너스, 알파인 버터컵, 야생 장미 등은 집으로 돌아가는 길에도 똑같이 자라고 있었다.

놀랍게도, 이번에는 현관문이 열리면서 그녀가 걸어 나왔다. 한 손으로는 햇빛을 가리고, 다른 한 손은 허리춤에 얹은 모습이었다. 나는 보일락말락 수줍게 손을 흔들었지만, 그녀는 응답하지 않았다. 그때 나는 내가 꽤 수상쩍은 사람처럼 보일 수 있음을 깨달았다. 어떤 낯선 남자가 고물 트럭을 타고 와서 혼자 외딴곳에 사는 여자의 집을 지켜보고 있는 셈이었다. 나는 차문을 열고 내렸다. 그녀는 그대로 서 있었다.

"미안합니다, 부인. 놀라게 할 생각은 없었어요. 예전에 제게 친절하게 대해 주신 적이 있는데, 그게 기억나서요. 해를 끼치려는 게 아닙니다."

"그렇다면 가까이 와 보세요. 가깝기는 하되 너무 가깝지는 않게요." 그녀는 조각상처럼 선 채 입술만 움직이며 말했다.

나는 길 양방향을 살폈다. 한 번도 다른 차량이나 건너는 사람을 본 적이 없는 길이었다. 나는 진입로 끝으로 가서 섰다.

"조금만 더 가까이요."

나는 몇 걸음 더 가서 멈췄다.

"더 가까이." 그녀가 햇빛을 가리고 있던 손을 내려서 허리춤에 얹었다. 내가 뭔가 멍청한 짓을 저질렀다고 생각될 때마다 메이 누나가 나를 꾸짖기 직전에 보이던 것과 똑같은 자세였다. 여자는 말이 없었다. 나는 당황해서 얼굴이 달아오르는 걸 느꼈다. 막 돌아서서 트럭으로 다시 가서 시동을 켜고 그곳에서 빠져나가려는 찰나, 그녀가 말했다. "뒤로 돌아오세요. 거기에 작은 테이블이 하나 있어요. 물 좀 내올게요."

나는 무릎 높이까지 자란 풀과 꽃을 누비듯이 지나 집 모퉁이를 돌아갔다. 뒤쪽에는 초록이 무성한 채소밭이 있었다. 마치 그곳 전체가 신기루 같았다. 작은 철제 테이블이 한 쌍의 미닫이문 바로 바깥쪽에 놓여 있었다. 두 개의 의자가 서로 마주 보고 앉아서 누군가 와서 대화 나누길 기다리고 있었다. 지금까지 가 본 곳 중 가장 아늑한 느낌을 주는 장소였다.

문이 스르륵 열리고, 그녀가 물병과 잔 두 개를 들고 밖으로 나왔다. 그리고 말없이 잔을 채우고 의자에 앉았다. 우리 둘 다 물을 마셨다. 긴장이 되었다. 마치 열세 살 소년이 예쁜 소녀의 눈길을 받을 때 느낄 법한 그런 긴장감이었다. 순간 나는 메인 숲에서 뼈 빠지게 일하며 혼자 지내는 신비스러운 남자가 아니라 그저 한 소년, 뭔가를 기다리는 작은 소년이 된 느낌이었다.

"당신 기억나요." 그녀가 여전히 잔을 손에 든 채 뒤로 기대 앉으며 말했다.

"그래요?"

"여기서 낯선 사람을 만나는 게 자주 있는 일은 아니거든요. 여기까지 오는 사람들은 대부분 어딘가를 출발해 어딘가로 가는 중이죠. 당신은 어디에도 없더니, 지금 이렇게 다시 왔네요."

나는 숨을 크게 들이쉬었다. 기침이 나오기 시작했다. 눈에서 눈물이 나왔다. 그녀가 나를 살펴보면서 냅킨을 건넸다. 기침이 멈추고, 약간 빨개진 얼굴로 헐떡이는데 그녀가 물었다. "나한테 뭘 기대하는 건 아니죠, 그렇죠?" 그녀의 눈썹이 활처럼 휘었다.

"난 결혼한 남자입니다."

"반지가 보이지 않는군요."

"그렇다고 달라지는 건 없죠."

"좋아요. 나한테 뭘 기대하는 남자들이 많아서 지쳤거든요."

우리는 그대로 앉아서 풀 사이로 부는 바람의 휘파람 소리를 들으며 새들이 들락거리며 날아다니는 모습을 지켜보았다. 때때로 야생 장미의 향기가 바람에 실려 왔다.

"야생 장미를 보니 고향이 떠오르네요." 내가 말했다.

"당신 고향이 어딘데요?"

"노바스코샤요."

"여기서 머네요."

"그렇죠."

"거기로 가는 중인가요, 아니면 다른 곳으로 가는 중인가요?"

"어느 쪽도 아니에요. 난 여기에 당신을 만나러 왔어요."

이번에는 그녀가 말이 없었다. 한 번도 아니고 두 번이나 뜬금없이 나타나 자신의 시간을 빼앗는, 앞에 앉은 낯선 남자에 대해 생각하는 중이었다. 침묵이 너무 오래 이어져서, 나는 그만 일어나서 가야 하는지 고민이 되었다.

"그럼, 뭐가 무서워서 고향에 못 가는 건가요?"

"무서운 거 없습니다."

"저기요, 묻는 말에 대답은 하지 않고 무서운 게 없다고 하는 건 무서운 게 있다는 뜻이에요."

"제 가족이요."

"가족들이 당신한테 뭐 나쁜 짓 했어요?"

"그날, 하늘에서 비가 쏟아지기 직전에 길가에서 우리가 나눴던 얘기, 기억 못 하는군요?"

"내 생각엔 당신이 나한테 남긴 인상보다 내가 당신한테 남긴 인상이 더 큰 것 같네요. 냉정하게 들릴지 모르지만, 난 당신 얼굴, 그 길고 슬픈 얼굴만 기억나요. 그 정도면 충분하지 않나요?"

"그런 것 같군요. 내 가족은 나한테 아무 짓도 안 했어요. 나쁜 짓은 내가 했죠."

그녀는 내게 저녁을 먹고 가라고 청했다. 그레이비소스를 곁들인 닭고기 스튜와 프라이팬에 버터를 녹여 구운 배넉(오트밀이나 보릿가루를 개서 구운 납작한 빵)이었다. 집안은 작지만 밝았고, 사람 사는 느낌이 나는 행복한 분위기였다. 메인에 있는 내 오두막과는 달랐다. 낡고 닳은 잿빛 벽에는 그림이나 장식 같은 건 찾아보기 힘들었다. 내 오두막에서는 사냥이나 요리, 청소에 쓸 게 아니라면 환영받지 못했다. 문간에 서서 집안을 들여다보며, 그녀처럼 집을 꾸미면 내 성격도 조금은 밝아질지 모른다는 생각이 들기 시작했다. 그녀는 벽 가득 꽃과 나무, 곤충과 동물들을 그려 놓았다. 집안 벽을 파란 하늘이 채우고 있어, 마치 밖이 안으로 들어온 것 같았다.

"당신이 그린 겁니까?"

"그렇죠."

"예술가인가요?"

"몇 번 그 생각을 하기는 했지만, 결코 그건 아니었어요." 그녀는 주방 식탁을 가리켰다. 가운데에 꽃병이 놓인 작고 둥근 원목 식탁이었다. 내가 식탁에 앉아 있는 동안, 그녀는 오븐에서 스튜를 꺼내 그릇에 담았다. 마침내 스튜가 내 앞에 놓였을 때, 나는 거의 울뻔했다. 너무나 따뜻하고 맛있는 냄새가 났다. 많은 추억이 스튜의 향기와 함께 떠올랐다. 나는 그녀가 앉을 때까지 기다렸다.

"여기선 격식 같은 거 차리지 않아도 돼요. 식기 전에 다 먹어요."

냄새만큼 맛있었다. 그 순간, 집에서 수천 킬로미터나 떨어진 낯선 이의 주방에 앉아서, 나는 사고를 당했던 그 밤으로 거슬러 올라갔다. 뛰쳐나와 내 삶의 역사를 바꾸고 말았던 그 밤, 트럭 앞으로 걸어가 결국 아픔과 고통으로 가득 찬 인생이 되어버리기 전, 그리고 내가 처음으로 내 분노에 무릎 꿇기 전, 앞 접시에 당근이 놓여 있던 그 밤으로.

우리가 조용히 식사하는 동안 해가 지기 시작했다. 지는 해의 빛이 노란 풀 위로 드리워지면서 창밖의 온 세상이 금빛으로 빛났다. 빛은 집 안으로도 들어와 바닥에 있는 내 발에 와서 멈추었다. 놀라워하며 바라보고 있는데, 그녀가 식탁에서 접시를 치웠다. 청하지 않았는데도 그녀는 차를 준비해 내 앞에 놓았다.

"그래서, 왜 나였어요? 내가 뭘 하고 무슨 말을 했길래, 그 먼 길을 운전해 여기까지 나를 보러 올 정도로 당신을 감상적으로 만들었을까요?"

생각지도 못한 대답이 입 밖으로 흘러나오기 시작했다.

"우리한테 신맛이 나지 않는다고 당신이 말했잖아요. 실수할 때도 있지만, 다른 누구보다 덜하거나 더하지 않다면서요."

"아, 나 정말 똑똑했네." 그녀가 가만히 차를 불어 식히면서 찻잔에 댄 입술로 미소를 지었다.

"그때 내가 상황이 좋지 않았거든요. 당신의 말을 듣고 내가 그렇게 끔찍한 상황은 아니라고 확신했어요. 그저 당신한테 고맙다고 말하고 싶었던 것 같아요."

"아, 천만에요, 그리고 참고로 말하자면, 난 아직도 그렇게 믿어요."

나는 그녀를 도와 설거지를 했다. 그리고 그녀가 아침에 커피를 만들고 빨래할 때 쓸 수 있도록, 밖에 쌓인 장작더미에서 장작을 조금 안으로 들여놓았다. 그녀는 한겨울임에도 여전히 야외 화장실을 썼고, 손으로 빨래했으며, 널어서 말렸다. 인간이 지구에 살기 시작한 이래 이렇게 해서 잘 살았고, 그러니 마찬가지로 자신도 잘살 거라고 그녀는 말했다. 나는 떠날 채비를 마치고 문간에 섰다. 어디로 갈지 확신할 수 없었지만, 어딘가로 가야 했다. 그때 그녀가 다가오더니 손으로 내 얼굴을 쓰다듬었다. 그녀의 손은 부드럽고 따뜻했다. 나는 그 손길을 받아들였다. 그녀가 뒤꿈치를 들고 내 반대쪽 뺨에 입을 맞췄다.

"이제 가 보는 게 좋겠네요. 저녁 고마웠어요."

"잘 가요. 운전 조심하고, 기침하는 것 꼭 병원에 가 보고요. 그리고 자신이 사람들을 불행하게 만들었다는 생각 그만해요. 불행은 다 자초하는 것이지, 누가 만들어 주는 게 아니니까요."

나는 돌아서서 고개를 끄덕였다. 다시 트럭을 타고 도로로 나오는데, 그녀가 손을 흔들다 문을 닫고 들어가는 모습이 보였다.

나는 곧장 메인으로 갔다. 연료를 채우고 화장실을 사용할 때만 차를 세웠다. 몇 시인지는 모르겠지만 한밤중에 집에 도착했을 때, 잿빛 벽이 눈에 들어왔다. 텅 비어 슬퍼 보였다. 눈을 감고 온갖 다채로운 색과 기쁨이 가득하던 그녀의 집을 떠올렸다. 그리고 그림을 그리기 시작했다. 다음 날 저녁에는 침침한 등유 램프를 켜놓고 파도와 사과나무를 그렸다. 고향의 작은 대체물인 셈이었다.

그해 여름, 여행을 마친 후 나는 씨앗을 모아 보관해 두었다. 다음 해 여름, 나는 정원을 가꾸었다. 정원의 식물들은 아주 잘 자랐다. 전에 뭔가를 길러 본 적이 없는 나는 어떻게 해야 할지 몰랐다. 하지만 가을이 왔을 때, 나는 겨울의 절반을 지낼 만큼 충분한 채소를 수확했다. 그러나 보관할 방법이 없었다. 상점에는 통조림 용기가 없어서 뱅고어까지 차를 타고 가야 했다. 그래서 아예 여행하기로 했다. 나는 옷을 빨아 입고 카지노 호텔로 갔다. 진짜 위스키 한 잔을 곁들여서 스테이크를 저녁으로 먹고, 카지노에서 50달러를 잃었다. 나보다 나이가 두 배는 많아 보이는 여자가 꼭 끼는 드레스를 입고 유명 가수의 노래를 따라 부르는 것도 보고, 편안한 침대에서 잠을 잤다. 다음 날 아침 떠나기 전 체크아웃을 하고 있는데, 누군가 내 이름을 부르는 소리가 들렸다. 예전에 오랫동안 내게 뭘 어떻게 하라고 말해 주던 사람의 목소리였다. 나는 그 목소리를 알았다. 마지막으로 들은 지 제아무리 오랜 시간이 지났어도 내 목소리만큼이나 익숙한 목소리였다. 천천히 뒤를 돌아보니 형이 나를 바라보고 있었다.

"안녕, 벤 형."

"안녕, 벤 형? 진심으로 하는 소리냐?"

"설마 소란을 피우려는 건 아니지, 형? 난 그냥 조용히 체크아웃하고 싶은데. 주차장에서 보는 건 어때?"

나는 숙박비를 낸 후 트럭에 기대서서 기다렸다. 심장이 쿵쾅거렸다. 마침내 형이 문밖으로 나왔다. 똑바로 서려는데, 때맞춰 형이 턱을 가격했다.

"맙소사, 벤 형." 나는 턱을 문질렀다. 벌써 부어오르는 게 느껴졌다.

"맞을 짓 한 적 없는 놈처럼 굴지 마라." 형이 내 옆에 와서 트럭에 기댔다. 나는 조금 떨어져 섰다.

"메이랑 나는 네가 메인에 있다는 거 알았어. 프랭키가 죽기 전에 두어 번 사과 따러 왔었거든. 엄마랑 아빠한테는 말하지 않았어. 아빠가 돌아가셨을 때 내가 알렸었는데, 오지 않더구나. 대체 얼마나 더 엄마 마음을 아프게 해야겠냐, 조?"

혼란스러웠다. 나는 늘 내가 어디 있는 줄 알면 가족들이 와서 나를 데려갈 거라고, 내가 집으로 오길 바란다고 생각했었다. 코라는 아닐지 몰라도, 다른 가족들은 그렇다고 생각했다. 혼란은 상처로 변했다. 그리고 상처는 분노가 되려 했다. 하지만 그렇게 되도록 내버려두지 않을 생각이었다.

"왜 데리러 오지 않았어? 내가 여기 있는 줄 알았다면서?"

"계속 방황하고 싶어 하는 것 같아서. 내가 잘못 안 건가?"

"아니."

"이제 철 좀 들어라, 조. 집으로 와서 책임질 것은 지고, 남자가 되어야지."

"리아는 어때?" 내가 물었다.

"대단한 아이야. 코라가 아주 잘 키웠어."

"돈은 좀 보냈어."

"돈은 아버지가 아니야, 조."

벤 형이 트럭에서 몸을 떼며 일어섰다. 처음으로 형이 얼마나 나이 들었는지 깨달았다. 나는 트럭 문을 열고 좌석 아래로 손을 뻗어 가죽 가방을 끄집어냈다. 그동안 모아 둔 돈이 다 들어 있는 가방이었다. 나는 그것을 형에게 건넨 후 트럭에 올라타 문을 닫고 차창을 내렸다.

"엄마나 리아한테 줘. 미안하다고 전해 주고."

"필요한 사람한테 줄게. 하지만 조, 사과를 대신해 주지는 않을 거야. 그건 네가 직접 해."

"만나서 반가웠어, 벤 형. 정말로." 나는 차를 움직이며 차창을 올렸다. 주차장을 빠져나오면서 백미러를 보니 형이 가방을 옆구리에 낀 채 돌아서서 안으로 들어가고 있었다.

말없이 오두막까지 차를 몰아 돌아왔다. 도로의 웅얼거림만이 나를 따라왔다. 벤 형의 얼굴에 나 있던 주름과 살짝 굽은 어께, 내가 기억하는 것보다 더 묵직해진 형의 목소리를 떠올렸다. 가볍게 핸들에 얹힌 내 손을 바라보았다. 손가락 관절이 붓고 욱신거렸다. 짙은 갈색 피부에는 거뭇거뭇 반점이 생겨 있었다. 나는 거울을 들여다보았다. 내가 배지처럼 달고 다니는 찌푸린 이맛살 주변에 잔주름이 보였다. 세월이 훌쩍 지나가 버렸음을 느낄 수 있었다. 세월이, 나 없이 흘러가 버렸다.

"젠장." 혼자 욕설을 내뱉었다. "젠장." 창밖으로 소리를 질렀다.

9번 국도가 왠지 길게 느껴졌다. 아스팔트 길이 저 멀리까지 구불구불 뻗어 있었다. 상가를 지나칠 때, 익숙한 정적이 나를 덮쳐 왔다. 그런데 오두막으로 이어지는 작은 길로 들어섰을 때였다. 나는 브레이크를 세게 밟으며 핸들을 홱 잡아당겼다. 분기점에 차를 세운 나는 눈앞의 광경을 보고도 믿을 수 없었다. 루시의 바위가 사라지고 없었다. 그 자리에는 큰 구멍 하나가 입을 크게 벌리고 있었다. 그 옆에는 흙더미가 쌓여 있었다. 구멍을 메워서 루시를 완전히 지워 버릴 준비를 하고 있었다. 나도 모르게 눈물이 흘러내렸다. 그 흙더미를 걷어찼다. 땅에 난 그 구멍만 빼고 다 걷어찼다. 걷어차면서 소리 지르고 울었다. 그때 기침이 시작되었다. 무릎을 꿇고 웅크린 채 겨우 숨을 쉬었다. 피가 나왔다. 나는 더 크게 울었다. 손바닥이 아플 정도로 흙을 꽉 움켜쥐었다가 한때 바위가 있던 자리에 뿌렸다. 그렇게 흙을 뿌리다가 그만 지쳐 쓰러졌다. 숨조차 쉬기 힘들었다. 땅

바닥에 누워서 하늘을 보니 구름이 겹겹이 몰려들었다 빠져나가면서 하늘이 흔들리고 주름지는 것처럼 보였다. 나는 깊고 고통스럽게 공기를 들이마시면서 폐 속으로 밀어 넣었다가 다시 밀어내기를 반복했다. 그렇게 얼마나 누워 있었을까. 아마 오랜 시간은 아니었을 것이다. 하지만 마치 평생처럼 느껴졌다.

누군가 내 옆에 차를 세우더니 괜찮은지 물었다. 내게 남은 온 힘을 쥐어짜 괜찮다고 손짓하고, 흙먼지 덮인 내 얼굴에 가느다랗게 흐르는 눈물 자국과 입가의 붉은 침을 보이지 않기 위해 고개를 돌렸다. 차 소리가 들리지 않자, 나는 천천히 일어났다. 손과 무릎으로 바닥을 짚고 일어나 비틀거리며 트럭으로 갔다. 나는 몇 년 동안 내 집이었던 오두막으로 향하지 않았다. 상점이나 정비용품점으로도 가지 않았다. 이번에는 분노도 나를 말리지 못했다. 슬픔이 나를 앞으로 나아가게 만들었다. 9번 국도를 타고 북쪽으로 향했다. 그리고 국경에 다다르자 트럭을 주차장에 주차하고 걸어서 국경을 건넜다. 트럭은 엘리스 씨 소유였고, 나는 도둑이 아니었다. 나는 내가 용서를 빌어야 할 사람들의 긴 목록에 그의 이름을 추가했다. 나는 쉰여섯 살이 되어 찰리 형이 마지막 숨을 거둔 곳을 지났다. 그리고 도로를 등지고 앉아 나무를 바라보았다. 차들이 빠르게 옆으로 지나갔다. 몇몇이 경적을 울려 고속 도로는 산책로가 아님을 상기시켜주었다. 세인트 스티븐을 막 빠져나와 나는 엄지를 치켜들고 히치하이크를 했다. 햇빛에 눈이 부셨다. 마침내 차 한 대가 멈췄다.

나는 뛰어가 그 차를 잡아탔다.

"노바스코샤로 가야 하는데요." 나는 벤 형이 운전석이 있다는 것도 모르고 불쑥 내뱉었다.

"타." 형은 뒷좌석에 손을 뻗어 내가 아까 건넨 가죽 가방을 집고서는 내 가슴팍에 던졌다. "이제 이건 네가 알아서 처리해."

나는 집으로 가고 있었다.

벤 형은 뉴브런즈윅을 지나 밸리 고속 도로를 따라 운전하는 내내 나한테 거의 한마디도 하지 않았다. 나는 창밖을 내다보며 뉴브런즈윅의 초록빛이 노바스코샤의 초록빛으로 바뀌는 모습을 지켜보았다. 주 경계에는 거대한 풍차가 한때 내가 집이라고 부르던 곳의 입구에 보초처럼 서 있었다. 거대한 풍차 날개가 하늘을 가르며 황혼의 빛 속에서 소리 없이 움직였다. 그날 밤 마침내 마당에 들어섰을 때, 배고픔과 두려움에 속이 쓰려 왔다. 기듯이 차에서 내려와 기지개를 켜는데, 전망 창에 텔레비전의 푸른 불빛이 깜빡이는 게 보였다. 벤 형이 현관으로 다가가 문을 열었다. 내가 신발을 벗고 있을 때, 메이 누나가 행주에 손을 닦으며 주방 모퉁이를 돌아 나타났다.

"엄마, 세상에 벤 오빠가 누굴 데려왔는지 보세요." 누나는 행주를 의자 등받이에 걸치고 내 손을 잡았다. 그리고 꼭 쥐고 거실로 데려갔다. 소리를 지르지도, 비난하지도 않았다. 그저 내 어릴 적 집에 나타난 것에 평화롭게 고개를 끄덕여 줄 뿐이었다.

"안녕, 엄마."

엄마가 의자에 앉아 있다가 고개를 들었다. 머리카락은 희고 가늘어져 있었고, 분홍색 두피가 선명하게 보였다. 자글자글 주름이 진 피부는 말린 사과 인형(사과를 말려 머리를 만드는 북미 민속 공예)을 생각나게 했다. 하지만 눈은 그대로였다. 나를 사랑해 주고, 다시 건강을 찾도록 돌봐 주고, 내가 울면 안아 주고, 내가 못되게 굴면 때려 주던 눈. 내가 단풍나무에 숨었을 때 자랑스러워하던, 그리고 루시가 실종되고 찰리 형이 죽었을 때 그건 내 잘못이 아니라고 말해 주고, 내가 코라와 결혼했을 때는 자부심으로 빛났던 바로 그 눈이었다.

"내 아들 조, 집에 왔구나."

열넷

노마

대시(-) 기호를 보고 있으면 슬퍼진다. 그 단순한 기호는 너무나 많은 걸 생략한다. 사람을 파멸시키는 그 모든 우울함과 사람을 고양시키는 기쁨을 허락하지 않는다. 사람의 평생을 이루는 복잡한 사정들이 단조로워지고 사라진다. 묘비에 새겨진 대시 기호는 완전히 부적절하다. 그 주변이 오히려 더 주목할 만하다. 필기체나 위엄 있는 서체로 새겨진 이름 말이다. 때로는 회색 화강암에 사진을 새겨 죽은 이에게 생기를 불어넣기도 한다. 하지만 대시는, 그 안에 한 인생을 통째로 집어넣은 줄 모양의 기호에 불과할 뿐 전혀 특별하지 않다.

대시의 가장자리를 손가락으로 따라 그려 보려고 몸을 굽히다 무릎을 찧었다. 비석은 차갑고 매끄러웠다. 석류 씨를 바르려다 베인 손가락의 통증이 덕분에 무뎌졌다. 석류즙의 붉은 흔적이 손톱 밑에 남아 있었다. 비석에는 아직 그녀의 사망 연도가 새겨지지 않았다. 풀은 이미 자라기 시작했다. 모르는 사람은 그녀가 아직 살아서 세상 곳곳을 돌아다니고 있다고 생각할지도 몰랐다. 무덤에 놓을 풍경(바람으로 소리를 내는 종)을 샀다. 회색 장미꽃에 긴 원통형 막대가 여러 개 달린 작은 백랍(주석과 납의 합금) 풍경이었다. 비석 옆 단단한 땅에 그것을 눌러 넣는데, 그 풍경 소리는 음악이 아니라 짜증스럽게 흩어지는 소리에 불과하다고 일깨우는 어머니의 목소리가 들려왔다. 나는 한숨을 쉬며 그 작은 악기를 더 세게 땅속으로 밀어 넣었다. 손톱밑의 석류 얼룩이 흙과 섞였다. 오늘은 바람이 없어서, 나는 손으로 풍경을 두드려 소리를 냈다. 그런 후 도난당하지 않기를 바라며 짧은 기도를 속삭이고 묘비 위에 입을 맞춘 후 자리를 떴다. 그리고 6피트(약 2미터) 아래에 누운 사람들을 가볍게 밟으며, 줄지어 있는 화강암 비석 사이를 지났다. 나는 추위 때문에 팔로 가슴을 감싸고 고개를 숙인 채 복잡한 슬픔과 싸우고 있었다. 꿈속에서 본 여자를 찾는 일로 어머니가 내게 화내지 않기를 바랐다. 하지만 그 모든 일을 겪고 난 지금까지도, 어머니가 나를 은혜도 모르는 딸로 여기리라는 생각을 견딜 수 없었다.

10월이 막바지에 접어들던 어느 추운 밤, 어머니는 잠을 자다 세상을 떠났다. 그렇게 조용히 나와 세상으로부터 자신을 분리했다. 요양원 직원이 전화를 걸어 온 건 화요일 오전 7시 45분이었다. 막 출근하려던 참이었다. 나는 일주일간 휴가를 신청한 후 준 이모에게 전화를 걸었다. 우리는 그날 이모가 내 과거를 이야기해 준 이후로 가족처럼, 다시 말해 서로 사랑하는 사람들처럼 대화한 적이 없었다. 진실을 알게 된 날부터 어머니가 돌아가시기까지 그날들은 내 인생에서 가장 외로운 시간이었다. 준 이모와 나는 서로에게 예의를 지켰다. 전화는 정중했다. 대화 내용은 전적으로 어머니와 어머니를 보살피는 일에 관한 것이었다. 웃음도 없었고, 방문 계획도 없었다. 준 이모는 50년이라는 세월, 내가 노마로 산 그 매일매일을, 나를 배신했다. 내게는 비난할 어머니도 없었다.

준 이모에게 전화한 후, 나는 요양원으로 향했다. 어머니를 볼 생각에 두려움이 엄습했다. 하지만 그곳에 도착해 재닛의 강인한 팔이 내 어깨를 감쌌을 때, 나는 공포가 아닌 안도감을 느꼈다. 어머니는 무척 고요하고 평온해 보였다. 입도 찡그리고 있지 않았다. 손 역시 자신의 불안을 떨쳐 줄 무언가를 찾아 움켜쥐고 있지 않았다. 감긴 눈은 익숙한 무언가를, 익숙한 누군가를 필사적으로 찾아 헤매지 않았다. 나는 의자를 끌어당겨 침대 옆에 앉아 어머니의 손을 감싸 쥐었다. 그리고 부드럽게 쓰다듬고, 입을 맞추고, 다시 제자리에 돌려놓은 후 그곳을 떠났다. 5분 정도 머물렀던 것 같다. 나는 간호 스테이션에 가서 어머니의 시신을 장례식장으로 옮기는 서류에 서명했다. 사진들은 다음날 다시 와서 찾아가겠다고 했다. 나머지 소지품들은 따로 처분해도 괜찮았다. 나는 장례식장에 들러 예약했다. 아버지가 돌아가신 그다음 달에 어머니가 모든 걸 계획해 놓은 터라 결정할 건 별로 없었다. 그들은 내게 커피와 휴지를 권했지만, 나는 둘 다 거절했다. 집에 돌아와 주방 식탁에 앉았을 때야 비로소 찌르는 듯 깊고 강렬한 슬픔이 밀려왔다. 그곳, 주방의 고요함 속에서, 나는 울었다. 조용한 흐느낌이 아니라 울부짖음에 가까웠다. 눈물이 마음껏 흐르도록 내버려두었다. 머릿속이 쿵쿵 울리고 목이 화끈거렸지만 눈물을 멈추기 위해 할 수 있는 일은 아무것도 없었다. 슬픔이 나를 꼼짝도 못 하게 사로잡는 것 같았다. 나는 쉰네 살에 완전히 혼자가 되었다. 그 어느 때보다 위로가 필요한 순간이었지만, 날 위로해 줄 사람은 아무도 없었다.

장례식은 사흘 뒤였다. 작은 무리의 사람들이 라일락 향기와 유령의 냄새가 공존하는 방에 모였다. 어머니는 가장 좋아했던 파란색 드레스를 입은 채 관에 누워 있었다. 준 이모와 나는 거의 말없이 조용히 있었다. 교회에서 몇몇이 참석해 조의를 표했다. 신문 부고란에서 소식을 봤다는 먼 사촌 하나가 와서 자신을 소개했다. 그러면서, 수십 년 동안 만나지 못했지만 와 봐야 할 것 같았다고 했다. 그녀는 나와 악수한 후 자리를 찾아 앉았다. 그때 준 이모가 몸을 기대며 속삭였다. "악마 같은 인간. 그냥 장례식에 와 있고 싶은 거야. 난 저 여자 누군지도 몰라. 종일 부고란만 들여다보는 저런 인간들이 있거든. 소름 끼쳐." 나는 웃지 않을 수 없었다. 우리는 어머니를 아버지 옆에 안장했다. 나는 무덤에 장미 다발을 내려놓고 그곳을 떠났다. 지금은 가끔 찾아간다. 그리고 아무도 풍경을 훔쳐 가지 않은 걸 확인하면서 매번 기뻐한다.

어머니가 병원에 입원했을 때, 나는 그 집을 팔고 내 아파트로 다시 이사했다. 준 이모가 일주일간 나와 함께 머물면서 준비를 도왔다. 나는 여전히 이모에게 화가 난 상태였지만, 이모의 존재는 또 그만큼 위안이 되었다. 집은 조용했다. 하지만 조용함을 강요하는 부모님이 계시지 않은 지금, 그 색깔은 조금 달라져 있었다. 왠지 가벼워진 느낌이었다. 준 이모가 맞은편에 앉으며 위스키 한 병을 놓았다. 이모는 내가 기억하기로 부모님이 오랫동안 사용했던 잔 하나를 내게 건넸다. 조각으로 장식된 크리스털 잔이었다. 오래전에 받은 결혼 선물이라고 했었다.

"한잔하자. 네 부모님을 위해서. 완벽한 사람들은 아니었지만, 우린 그들을 사랑했으니까." 이모가 각자의 잔에 노란 호박색 액체를 1인치(약 2.5센티미터)씩 따랐다.

"완벽하지 않았다고요?" 나는 잔을 들어 단숨에 들이마셨다. 타는 듯 따가웠다. 눈에 눈물이 차올랐다.

준 이모는 내 그런 모습을 못 본 척하며 다시 한 잔을 따라 주었다. "완벽하지 않았지, 그럼. 어쩌면 너한테 조금 지나쳤을 수도 있고. 그렇지만 네 부모님이 널 사랑하지 않았다고는 할 수 없어." 이모가 잔에 입을 댄 채 나를 바라보았다.

"내 진짜 가족도 나를 사랑했을까요?"

준 이모는 말이 없었다. 전기의 윙윙거리는 소리가 그 침묵을 채웠다. 이모가 목소리를 가다듬고 말했다. "나는 네 과거를 바꿔 줄 수 없어, 노마. 다만 네 앞날을 도와줄 수 있을 뿐이야. 너는 이 세상에서 내가 누구보다 사랑하는 사람이야. 내가 포기하지 않고 죽지 않고 계속 살아가는 유일한 이유이기도 하고. 신은 아시겠지. 난 나이가 들 만큼 들었지만, 이 일을 끝까지 지켜보고 싶어."

"그때 무슨 말을 해 줄 수도 있었잖아요. 내가 왜 피부색이 갈색이냐고 물었을 때 말해 줄 수도 있었고요. 이모는 기회가 있었는데도 부모님이 거대하고 역겨운 거짓된 삶을 살게 도왔어요."

나는 두 번째 잔을 마신 후 식탁에 조금 세게 내려놓았다. 식탁이 흔들렸다.

"노마." 이모가 내가 듣고 있는지 확인하며 내 이름을 힘주어 불렀다. "네 어머니는 내 동생이었고 난 그 애를 사랑했어. 사랑하는 만큼 행복하길 바랐고. 그 결과? 그래. 네 원래 가족이 널 찾아내 데려가 버릴지도 모른다는 강박 관념에 시달리기 시작했어. 그래서 술도 마신 거고. 하지만 널 사랑하지 않았다거나 돌봐 주지 않았다고는 결코 말할 수 없어."

"형제자매가 있었을지도 모르잖아요. 어쩌면 창문이 열려 있고 사람들이 항상 웃고 다투고 화해도 하는 그런 집에서 살았을지도 모르잖아요. 어쩌면 나는……." 분노는 때로 의도치 않은 말을 하게 만든다. 자신이 상처받은 만큼 남에게 상처를 주고 싶게 만든다. 게다가 완전히 진심도 아니었다. 하지만 멈출수가 없었다. "저 밖 어딘가에 내 진짜 부모님이 있을지도 모르는데, 나한테 무슨 일이 일어났는지도 모른 채 날 그리워하고 있을지도 모르는데, 그게 이모는 아무렇지 않다는 거잖아요? 나한테 형제자매가 있었을지도 모른다고요. 어머니는 나를 잃을까 봐 그렇게 괴로웠다지만, 또 다른 어느 가족한테 똑같은 짓을 저질렀어요. 나는 이 사실을 이모처럼 그냥 넘길 수가 없어요."

이모는 내가 아니라 내 뒤의 허공을 바라보았다. 나는 머리가 어지러워지기 시작했다. 더없이 잠이 고팠다. 어쩌면 이건 다 악몽일지도 몰랐다. 말이 안 되는 일들은 뭐든 나쁜 꿈의 결과였으니, 이번에는 최악의 꿈인 게 틀림없었다.

"내가 도와줄게." 이모가 건너편에서 속삭였다.

"뭘 도와줘요?"

"내가 알고 있는 거 다 말해 줄게. 그리고 가족 찾는 것도 도울게." 준 이모는 요란스럽게 울고불고하는 사람이 아니었다. 내가 이모의 우는 모습을 본 건 앨리스의 장례식이 유일했다. 하지만 이때 이모는 울고 있었다. "그래도 내가 여전히 네 가족일 거라고 약속해 줘. 넌 내 전부야."

"그럼, 이제 얘기해 봐요." 위스키가 나를 심술궂게 만들고 있었다.

"내일. 내일 다 말해 줄게. 좀 자야 할 것 같아."

처음으로 나는 이모를 자세히 보았다. 그리고 한 노파를 보았다. 이모는 언제나 활기와 에너지가 충만한 사람이었다. 그런 이모가 이렇게 기죽은 모습으로 어깨를 축 늘어트린 채 고개를 숙이고 있으니 낯설었다. 처음으로 이모의 손에 있는 검버섯과 눈가의 움푹 들어간 주름, 가느다래진 팔이 눈에 들어왔다.

"그래요, 내일." 나는 남은 잔을 비웠다. 그리고 이모를 식탁에 혼자 남긴 채 자리에서 일어났다.

"드라이브를 가야 할 것 같아." 준 이모가 말했다. 아침에 일어나 보니 이모는 식탁에 앉아 구운 잉글리시 머핀에 땅콩버터를 바른 것과 얇게 썬 바나나를 먹고 있었다. 나는 이모가 녹인 땅콩버터에 바나나 조각을 찍어 먹는 모습을 지켜보았다.

"드라이브요?" 나는 머리가 조금 아파서 그냥 가만히 집에서 목욕이나 하고 싶었다.

"보여 줘야 할 게 있어. 너도 전에 봤지만 이젠 새로운 의미를 갖게 될 그런 거야."

"왜 그렇게 아리송하게 말해요?"

"용기가 나지 않아서 그래. 그리고 가끔은 말로 충분히 전하기 힘들 때도 있어. 그러니까 그냥 나랑 드라이브하러 가자." 이모는 피곤하고 약간 화가 난 듯한 말투였다.

나는 이모의 말을 따랐다. 우리는 오거스타를 벗어나 I-95 주간 고속 도로를 타고 북쪽으로 가다가 9번 국도에 이르렀다.

작은 마을에서 농장과 들판으로 바뀌고, 자동차들 대신 트랙터가 보이기 시작하면서 길도 험해졌다. 내가 잘 아는 길이었다. 호숫가 별장에 갈 때 지났던 그 길이었다. 하지만 처음으로 낯설게 느껴졌다. 마치 처음 가는 길 같았고, 처음 보는 농가 같았다. 밭에서 일하는 노동자들의 검은 피부가 땀에 젖어 햇빛에 번들거리는 것이 눈에 띄었다. 우리는 물을 좀 사고 화장실에도 들를 겸 길가의 작은 상점에 차를 세웠다. 오래되어 보이는 그곳에서는 빵과 커피, 연료와 튀긴 음식 냄새가 났다. 출입구는 작았고, 내부 복도는 좁았으며, 냉장고 문은 결로로 뒤덮여 있었다. 선반에는 이상한 연장과 음식들이 쌓여 있었고, 상점 안에 있는 사람들은 전부 다 서로 아는 사이 같았다. 표지판 하나가 뒤쪽에 있는 바를 가리켰다.

우리는 차에 연료를 가득 채운 후 간식거리를 조금 사서 9번 국도로 되돌아갔다.

"거의 다 왔어. 속도를 줄이는 게 좋겠다." 준 이모가 말했다.

"어딜 다 왔다는 거예요?" 나는 뒤따라오는 차가 없는지 백미러로 확인한 후 속도를 줄였다. 준 이모는 대답하지 않았다. 그저 길만 뚫어지게 바라보고 있었다.

"저기, 차 세워." 이모가 오래된 비포장도로를 가리켰다. 나는 도로 한쪽으로 차를 가까이 대고 주차했다. 준 이모가 차에서 내리면서 조용히 문을 닫았다. 나는 시동을 끄고 이모를 따라갔다. 오른쪽 밭은 비어 있었다. 불에 탄 땅은 잿빛이었다. 왼쪽은 나무들이 빽빽하게 서 있었다. 준 이모는 최근에 파헤쳐진 듯한 땅으로 걸어갔다.

"여기가 바로 네 어머니가 널 발견한 자리야. 바로 여기."

나는 깊숙이 숨을 들이마셨다.

"여기 있던 바위에 혼자 앉아 있었대."

전에 지나간 적이 있는 바위였다. 어머니를 조수석에 태우고 호수로 가는 길이었다. 숨쉬기 힘들어지는 것 같았다. 바람도 없고, 하늘에는 구름 한 점 보이지 않았다. 뭐라도 있으면 좋겠다고 생각했다. 바위가 있었던 이 들판과 흙더미 말고 뭔가 눈길을 둘 만한 게 필요했다. 이곳에서 탈출할 뭔가가 필요했다. 공황 발작이 일어날 것만 같았다. 그때 트럭 한 대가 흙을 흩뿌리며 우르르 지나갔다. 순간 제정신이 들었다. 나는 트럭이 보이지 않을 때까지 계속 바라보았다.

"여기 와 본 적 있어요. 음, 여긴 아니었지만, 어머니랑 차로 지나갔었어요. 그때 한마디도 안 하셨었어요. 단 한 마디도." 나는 허리를 굽혀 흙을 한 줌 집어 들고 자세히 살펴보았다.

"네 어머니가 나를 여기 데려왔었어. 그러니까 너를……." 이모가 잠시 말을 멈췄다. "너를 데려온 후에. 말하기가 어렵구나. 데려왔다고 말하기가. 네 어머니는 네가 우리에게 왔다고 생각해 주길 바랐어."

나는 흙을 떨어뜨리고 바지에 손을 털었다. 준 이모가 내 손을 잡았다. 그리고 우리는 흙길을 같이 걷기 시작했다. 우리는 손을 맞잡고 한쪽 바퀴 자국은 이모가, 다른 바퀴 자국은 내가 따라갔다. 그 가운데 둔덕에 풀이 무성하게 자라 있었다.

"어머니가 혹시 후회한 적은 없어요?"

"없었을 거야. 버려져 있던 널 자신이 구한 거라고 확신했거든."

그렇게 겨우 몇 분 걸었을까, 눈앞에 오두막이 하나 나타났다. 작고 낡았지만, 누군가 정성껏 돌본 흔적이 남아 있었다. 오두막은 온갖 색으로 칠해져 있었다. 아이가 그린 것 같은 순수한 꽃과 나무 그림이 어디에나 그려져 있었다. 작은 채소밭은 방치된 상태였다. 푸른 채소는 시들어 있었고, 작은 울타리는 보수가 필요했다. 어떤 동물이 울타리 밑으로 파고 들어가 채소들을 마음껏 먹어 치우기라도 한 듯 보였다. 최근에 사용한 흔적이 있는 집 앞 불구덩이에는 숯이 된 장작이 검은색으로 반짝였다.

"돌아가는 게 좋겠다. 불법 침입자가 되고 싶진 않으니까."

준 이모는 내 손을 놓고 돌아서 걸어갔다. 하지만 나는 그대로 있었다. 발이 땅에 붙어 움직이지 않았다. 그곳이 왠지 사랑스럽고 친숙했다. 비 오는 날의 모닥불 냄새가 나고, 사람들이 웃으며 차를 마시는 모습이 보였다. 나는 근처 호수로 이어지는 길이 어디인지 확인하기 위해 돌아섰다.

"내가 꿨던 꿈들 말이에요." 나는 준 이모를 돌아보며 말했다. 이모가 걸음을 멈췄다. 하지만 돌아서서 나를 보지는 않았다. "그 꿈들. 꿈이 아니라 기억이었네요." 나는 다시 작은 오두막을 향해 돌아섰다. "나 여기 알아요. 전에 여기 온 적 있어요. 이런 그림이 그려지기 전에요. 여기 불가에 사람들이 앉아 있던 모습, 감자 익는 냄새, 담배 냄새, 다 기억나요. 나 여기 알아요."

나는 오두막 계단으로 걸어 올라가 서툰 솜씨로 그린 동물 그림을 손으로 더듬었다. 내가 사랑해야 할 누군가가 그린 걸지 궁금했다.

"이것 좀 봐요." 조용하게 시작된 내 목소리는 나뭇잎의 잎맥을 쓰다듬으며 점점 커졌다. "색이 정말 다채로워요. 나도 이렇게 다채로운 삶을 살 수도 있었을 텐데."

"너무 앞서가진 마, 노마. 누구나 그릴 수 있는 그림이니까. 게다가 여기가 네 다른 가족들이 살았던 곳인지 확실하지도 않고. 이런 오두막이 몇 개 더 있지 않겠어?"

나는 안 들리는 척했다.

"그리고 다들 나한테 무슨 문제가 있는 것처럼 몰아갔었죠. 그런 꿈이 마치 나한테 뭔가 문제가 있다는 걸 암시하는 것처럼요." 순간, 빠르고 확실하게 깨달음이 왔다. "혹시 앨리스도 알았나요? 세상에, 앨리스도 알고 있었어요?"

"미안하다. 내가 얼마나 미안해하고 있는지 넌 모를 거야. 하지만 정말 많이 미안해하고 있어. 정말 미안해." 이모가 내가 있는 쪽으로 걸어오기 시작했다. 하지만 나는 몸을 틀어 땅을 쿵쿵 디디며 이모를 그냥 지나쳐서 갔다.

"앨리스도 알았다는 거예요?" 나는 뒤에 대고 소리 질렀다. 준 이모가 나를 따라잡으려 애쓰며 가능한 한 걸음을 빨리하고 있었다.

"내가 앨리스한테 숨긴 유일한 비밀이 이거였어. 앨리스는 네가 입양된 걸로 알았어."

"이모는 가장 사랑한다는 사람한테 큰 비밀을 숨기는 게 가능하군요." 나는 화가 나서 소리 질렀다. "그런 사람인 줄 몰랐어요. 어떻게 이 일에 가담할 수가 있어요? 어떻게 그렇게 쉽게 거짓말할 수가 있어요? 빌어먹을!"

준 이모는 울고 있었다.

내가 무슨 짓을 하고 있는지 잘 알고 있었다. 지금 유일하게 내 곁에 남아 있는 사람에게 분노를 쏟아 내고 있었다. 내가 상처받은 만큼 상처받을 수 있는 유일한 사람에게.

"여기서 나가야겠어요." 나는 차에 올라타 문을 쾅 닫았다.

"내가 비밀을 지킨 건 내가 사랑하는 사람들을 위해서였어. 어쩌면 잘못된 행동이었을지도 모르지만, 나한텐 네가 있고, 나는 너를 사랑해." 준 이모는 문을 닫고 안전벨트를 매며 말했다. "분노는 심신을 지치게 만들어. 계속 그러면 기운을 다 잃게 돼."

나는 9번 국도로 후진하다가 너무 서두르는 바람에 타이어가 부드러운 흙바닥에 미끄러졌다. 차가 옆으로 돌아갔다. 준 이모가 손잡이를 붙잡았다. 다행스럽게도 근처에 다른 차가 없었다. 나는 한쪽에 차를 대고 주차한 후 핸들에 머리를 묻었다.

"미안해요." 내가 속삭였다.

"미안해할 필요 없어. 그냥 내가 도울 수 있게만 해 줘."

9번 국도에 다녀온 후, 나는 아파트를 포기하고 한때 앨리스의 소유였다가 지금은 준 이모의 소유가 된 보스턴의 브라운스톤으로 이사했다. 이 집에는 유령이 없었다. 가벼운 기운이 맴돌았고, 커튼은 바깥세상을 향해 활짝 열려 있었다. 주방 조리대 위에 놓인 작은 은색 라디오에서는 거의 종일 음악이 흘러나왔다.

부모님이 남겨 준 돈과 집을 판 돈 덕분에 나는 가르치는 일에서 은퇴할 수 있었다. 대학을 갓 졸업한 훨씬 젊은 교사가 나를 대신해 새롭고 흥미로운 것을 가르치고 싶어 열심이었다. 내가 늙었다는 생각은 한 번도 한 적이 없었지만, 명백히 나는 늙은 사람이었다. 내가 가르치던 조지 오웰은 생존과 흡혈귀 이야기로 대체되었다. 떠나기 딱 좋은 시기였다.

"이모랑 앨리스는 왜 한 번도 같이 살지 않았어요, 그 오랜 세월 동안?" 우리는 거실에 앉아 조용히 각자 책을 읽는 중이었다. 준 이모가 책을 무릎에 내려놓았다.

"각자의 시기가 달라서." 이모는 이제는 자신의 것인 집을 둘러보았다. "그리고 상황이 괜찮아졌을 땐 각자 사는 방식이 달랐고. 나는 내 공간을 좋아했고, 앨리스는 자신의 공간을 좋아했어. 우린 늘 함께였지만, 둘 다 혼자 시간을 보낼 수 있는 장소가 필요했지. 다 지나고 나서 생각해 보니 그게 우리한테는 맞았던 것 같아."

"앨리스가 보고 싶어요." 내가 말했다.

"나도. 매일 아침 눈을 뜰 때마다, 그리고 앨리스가 세상에 없다는 사실이 떠오를 때마다."

준 이모는 여전히 활발하게 사회생활을 했다. 친구들과 극장과 가라오케에 갔고, 때로는 나를 초대하기도 했다. 나는 앨리스가 내내 봉사했던 여성 보호 시설에서 자원봉사를 시작하면서 친구를 몇 명 사귀었다. 나는 여전히 차를 가지고 있었고, 며칠씩 호수에 가서 지내는 걸 좋아했다. 대부분 혼자였지만, 가끔은 준 이모와 함께 가기도 했다. 우리는 우리 둘에게 잘 맞는 일상의 리듬에 정착했다. 그리고 나는 그 진실에 대해 생각했다. 솔직히 감정적 에너지가 지나치게 많이 소모되었다. 가족을 찾고 싶은 마음과 혹시 내가 찾기를 그들이 원하지 않거나 이미 너무 늦었으면 어쩌나 하는 두려움 사이에서 갈피를 잡을 수 없었다. 밤이면 뜬 눈으로 누워 방 안 천장에 드리우는 희미한 가로등 불빛을 바라보며 그들을 최대한 기억해 보려고, 그들을 마음속에 그려 보려고 애썼지만, 잘되지 않았다. 내가 쓴 일기도 반복해서 읽고 또 읽었지만, 내 정체성에 관한 확실한 단서로 보이는 유일한 정보는 '루시'라는 이름뿐이었다. 그 이름은 외로운 아이의 상상 속 친구였고, 시위 현장에서 불린 이름이었다. 이건 뭔가를 의미해야 했다. 이건 맞는 조각이 하나도 없는, 아니, 혹시 맞더라도 내 눈에는 보이지 않는 퍼즐 같았다.

9번 도로에 다녀온 지 몇 주 후, 치킨 파르메산(닭고기에 빵가루와 파르메산 치즈를 입혀 구운 요리)이 다 구워지길 기다리며 식탁에 앉아 있는데, 이모가 쪽지 한 장을 건넸다. 그걸 보고 이모를 다시 쳐다봤다. 뭔지 궁금했다.

"열어 봐." 이모가 말했다.

"뭐예요?"

"네가 진짜 누군지에 관한 단서."

나는 한 손으로 쪽지를 들고 다른 한 손으로는 손가락으로 그 가장자리를 훑었다.

"그냥 열어도 안 물어." 준 이모가 식탁 너머에서 미소를 지었다.

"물지도 모르죠." 나는 불안해하며 말했다.

조심스럽게 종이를 펼쳤다. 오래전 신문 기사 사본이었다. 나는 혼란스러워서 준 이모를 올려다보았다.

"일단 읽어 봐."

표제에는 이렇게 적혀 있었다. "카니발에서 일어난 싸움으로 원주민 소년 사망." 기사의 날짜는 1971년 8월이었다. 나는 계속 읽어 내려갔다. 분명한 건, 메인에서 블루베리를 따는 원주민 청년 둘 사이에 싸움이 있었다는 내용이었다. 술에 취해 일어난 일로 의심되었다. 사망한 소년의 이름은 찰리였는데, 성실하고 가족의 사랑을 받았던 사람으로 묘사되었다. 이게 나하고 무슨 상관이 있다는 건지 이해하지 못해 힘들어하고 있는데, 마지막 문장이 눈에 들어왔다. "사망한 청년의 가족에게는 거의 10년 전 네 살의 나이에 실종된 딸이 하나 있다고 알려졌다. 그 사건 역시 같은 블루베리 농장에서 일어났다. 아이는 발견되지 않았다."

마지막 문장이 너무 갑작스러운 데다 마무리가 덜 된 느낌이었다. 오븐에서 요리가 다 됐다는 알람이 울렸다. 준 이모가 가서 음식을 꺼냈다. 이모가 내 앞에 접시를 놓을 때까지도 나는 여전히 무슨 말인지 이해하려고 애쓰고 있었다.

"이거 어디서 찾았어요?"

"난 시간 많은 늙은이잖니. 뭐든 도움이 될 만한 게 있나 찾기 시작했는데, 며칠 전 도서관에서 이걸 찾아냈지."

"나한테 찰리라는 오빠가 있었나 봐요."

"그런 것 같아. 만일 기사 속 아이가 네가 맞는다면 말이지. 같은 해에 메인의 블루베리 농장에서 실종된 아이가 그렇게 많을 것 같지는 않거든." 이모가 어깨를 으쓱했다.

"그 사람들, 그러니까, 내 다른 가족을 어떻게 찾아야 할지 모르겠네요."

"농장에서 일했던 것 같아. 어쩌면 기록이 남아 있을 수도 있지 않을까?"

내가 말도 없고 음식에도 손을 대지 않자, 준 이모가 말을 이었다.

"블루베리를 처리하는 공장에 전화했는데, 기꺼이 내일 만나서 혹시 도와줄 일이 있는지 알아봐 주겠대."

"정말이에요?" 나는 목소리가 떨리는 걸 느낄 수 있었다.

"그래. 하룻밤 지낼 작은 숙소를 예약해 뒀어. 그러니까 오늘은 여기서 마무리하고, 설거지하고 짐 싸자. 내일 아침 날이 밝자마자 떠날 수 있게. 앙리한테 먹이 주는 건 레너드가 해 주기로 했어."

나는 내가 꼬마였을 때부터 준 이모네 집에 있던, 어항 속에서 원을 그리며 헤엄치는 물고기를 바라보았다. "알겠어요." 내가 당장 말할 수 있는 단어는 이것뿐이었다.

우리는 다음 날 아침, 하늘이 막 밝아 오기 시작할 무렵 출발했다. 차로 다섯 시간이 걸리는 곳이었고, 엘리스라는 사람과 오후 두 시에 만나기로 되어 있었다. 그는 앞서 몇 달 전 우리가 방문했던 바로 그 블루베리 농장 주인이었다. 12월 초의 추운 날이었다. 몇몇 나무에는 아직 잎사귀가 달려 있었지만, 대부분은 아름다운 빨강과 주황, 황금 잎사귀 대신 헐벗은 가지만 남아 있었다. 자연이 가장 잘하는 일을 하는 모습을 지켜보자니 좋았다. 그건 바로, 놓아 줄 건 놓아 주고 계속 갈 길을 가는 것이었다. 운전하는 내내 긴장되어 마음이 편치 않았다.

주차장은 거의 비어 있었다. 사무실 출입문 옆에 트럭만 몇 대 있을 뿐이었다. 차를 주차하는데, 준 이모가 팔을 뻗어 내 손을 잡았다. 우리는 그렇게 잠시 앉아 있었다. 그러다 마침내 숨을 크게 들이마시고, 가방을 챙긴 다음, 문으로 향했다. 나보다 몇 살 많아 보이는 엘리스 씨가 우리를 맞이했다.

"안녕하세요. 오늘 아침에 차로 오신 건가요?"

"그랬죠."

"힘드셨겠네요. 장거리 운전이라."

"저흰 괜찮아요. 오늘 돌아가지 않고 숙소에서 하루 묵을 예정이에요." 나는 전에 한 번도 여기에 와 본 적 없는 사람처럼 말했다. 어쩌면, 그게 맞을지도 몰랐다. 여기에 있기는 있었지만, 그건 나와는 다른 종류의 사람이었으니까.

"자 그럼, 무엇을 도와드리면 될까요?" 그가 의자 두 개를 가리켰다. 우리는 자리에 앉았고 그는 책상 끝에 걸터앉았다. 나는 가방에서 그 신문 기사를 꺼내 그에게 건넸다.

"이거 기억나시나요?" 나는 조용히 물었다.

그는 몇 초 동안 그것을 읽어 보고는 내게 돌려주었다. "기억하고말고요. 그때는 아버지가 농장을 운영하셨고 저는 어렸는데, 제가 컸을 때 아버지가 다 얘기해 주셔서 압니다. 들어보니 그 찰리라는 청년은 아주 성실한 일꾼에다 괜찮은 사람이었다고 하더군요. 정말 아깝게 됐어요. 그 가족이 유난히 불운을 많이 겪었습니다. 어린 딸도 하나 있었는데 오래전에 실종되었어요. 정말 슬픈 일이죠. 그 아이는 결국 찾지 못했어요. 아들 중에 조라는 사람이 두어 달 전까지 여기에 있었는데, 떠났습니다. 그 딸이 실종된 농장 근처에서 지냈어요. 오두막에 그림을 그려 놨는데, 아마 그런 건 본 적이 없으실 겁니다."

"조라고 하셨나요?" 내가 부드럽게 물었다.

"네. 여기서 몇 년 동안 일했습니다. 내가 오두막에 머물게 했고요. 처음에는 상태가 엉망이었는데, 썩 괜찮은 곳으로 만들어 놓았더군요. 그런데 두 달 전에 국경에 농장 차량을 세워 두고 사라졌습니다. 어디로 갔는지는 전혀 몰라요. 노바스코샤로 돌아간 게 아닐지 짐작하고 있습니다. 거기에 가족이 있는 걸로 아는데, 확실치는 않아요. 트럭은 돌려받았습니다. 완벽한 상태라 나쁜 감정은 전혀 남아 있지 않아요."

"그렇군요." 곁눈질로 보니, 준 이모는 내가 무슨 말이라도 하길 기다리는 눈치였다. 결국 어색한 정적과 나의 혼란스러운 시선을 이기지 못하고 엘리스 씨가 고개를 돌려 처음에는 창밖을, 그다음에는 준 이모를 바라보았다.

"저, 여기는, 제 조카 노마입니다만…… 그게, 우린 노마가 그 어린 딸이 아닐지 생각하고 있어요. 조라는 사람은 아마 노마의 오빠일 겁니다."

"말도 안 돼. 뭐라고요?" 그가 벌떡 일어나 벽에 서 있는 서류함으로 걸어갔다. "당신이 그 꼬마 루시라고요? 이런, 무슨 이런 일이!"

"루시?" 나는 조용히 읊조렸다. 혀끝에서 부드럽고 경쾌한 소리가 났다. "루시." 내 세상이 갑자기 전부 다 이해되기 시작했다.

엘리스 씨는 서류함에서 파일 하나를 꺼내 펼친 다음, 책상 위에 올려놓았다. 그리고 종이에 뭔가를 베껴 적었다. "아마도 이런 정보를 공유하면 안 되겠지만, 당신이 조랑 너무 닮아서, 실수하는 건 아닐 거라는 생각이 드네요. 그의 부모님 주소예요. 1950년대에 여기에서 일하기 시작한 이후로 줄곧 같은 주소였습니다. 그들은 찰리가 끔찍한 일을 당한 이후로 여기 일은 그만뒀어요. 그런데 조가 돌아왔죠. 아까 말씀드린 기간 동안 이곳에서 일했어요." 그가 내게 종이를 건네주었다. "잘되면 저한테도 알려 주십시오. 그래 주실 거죠?"

나는 고개를 끄덕인 후 종이를 바라보았다.

"고맙습니다. 엘리스 씨. 정말 감사해요. 꼭 연락드리겠습니다." 준 이모가 의자에서 일어나며 말했다. 그리고 내 팔꿈치를 잡고 문으로 이끌었다.

"말씀하신 그 오두막을 저희가 한 번 봐도 괜찮을까요?" 내가 물었다.

"그럼요."

"고맙습니다." 나는 대답했다. 준 이모가 나를 사무실 밖으로 데리고 나갔다.

나는 그것을 가방 지퍼 안쪽에 잘 넣었다. 하지만 다 외운 후였다. 나는 다시 차를 몰고 9번 국도 쪽으로 나와서 내 오빠가 맞을 '조'의 오두막으로 이어지는 비포장도로로 향했다. 조. 나는 그 이름이 더는 아무 의미 없이 느껴질 때까지 머릿속으로 계속 반복했다. 나중에는 그냥 하나의 소리, 짜증 섞인 한숨으로 바뀌었다.

이번에는 이모가 내 뒤를 따라 걸었다. 그날 아침 내린 눈이 쌓여 생긴 얇은 층 위로 찍히는 내 발자국을 따라왔다. 오두막에 도착했을 때, 나는 현관까지 세 계단을 올라갔다. 그리고 어떤 이유에선지 문을 두드렸다. 그냥 들어가는 건 잘못된 일 같았다. 아무도 대답하지 않아서, 나는 문을 밀고 들어갔다. 오두막 내부는 가구는 별로 없었지만 깔끔하게 정돈되어 있었다. 모든 게 제자리에 있는 듯했고, 불필요한 건 하나도 없어 보였다. 먼지가 쌓여 있었다. 나는 손가락으로 찻주전자 뚜껑 주위의 먼지를 쓸었다. 긴 선이 생겼다. 개인적인 물건은 보이지 않았다. 사진이나 기념물 같은 것도 없었다. 오로지 벽에만, 바깥과 비슷하게 그림이 그려져 있었다. 한쪽 벽에는 사과나무 그림이, 다른 쪽 벽에는 모닥불 그림이 있었는데, 모닥불 옆에는 꼬마 둘이 담요 위에 누워 별을 바라보고 있었다. 서툰 솜씨로 그린 그림들이었지만 아름다웠다. 식탁 위에는 씻지 않은 커피잔이 놓여 있었다. 바닥에 검은 얼룩이 그대로 보였다. 오두막을 나서기 전, 나는 식탁 위의 먼지 위에 손가락으로 내 이름을 적었다. 루시.

며칠 후, 매년 노바스코샤에서 선물로 보내오는 거대한 크리스마스트리가 보스턴에서 환히 불을 밝히고 있을 때, 나는 편지를 쓰려고 노력 중이었다. 하지만 매번 마지막엔 찢어 버리거나 쓰레기통에 던져 버리기 일쑤였다. 희망은 너무 많은데, 나는 이미 희망을 믿지 않게 되었기 때문이다. 결국 준 이모가 단단히 결심하고 도와준 덕분에 그럭저럭 보낼 만한 편지를 쓸 수 있게 되었다.

안녕하세요,

아마 저를 모르시겠죠. 제 이름은 노마입니다. 메인에서 어머니 레노어와 아버지 프랭크 슬하에서 자랐어요. 그런데 최근에 제가 이분들의 친자녀가 아니라는 사실을 알게 되었습니다. 들은 바에 의하면, 절망과 혼란 속에 빠져 있던 어머니가 9번 국도변 블루베리 농장에 있는 어느 바위 위에서 저를 데려오셨다고 해요. 이 일이 일어난 건 1962년이었고요. 저는 제가 당신이 찾는 '루시'라고 믿습니다.

제 말이 믿기 힘들어서 저와 연락하고 싶지 않다고 해도 전 이해합니다. 당신을 찾는 데 도움이 된 신문 기사와 내 어린 시절 사진, 그리고 최근의 사진을 동봉합니다. 어려운 문제일 거라고 짐작합니다. 혹시 제게 연락하고 싶으시다면, 봉투에 반송 주소가 적혀 있고 전화번호는 001 555 9921입니다.

그럼, 이만.

노마, 아마도 루시로부터

어렸을 때 참기 힘들 정도로 크리스마스가 기다려졌던 기억이 난다. 산타도 기다렸지만, 일 년에 한 번 그날만큼은 내 작은 몸이 감당할 수 있을 만큼 설탕을 실컷 먹을 수 있었기 때문이다. 하지만 그날의 기다림이 아무리 괴로웠대도, 친가족의 응답을 기다리는 일에는 비할 바가 아니었다. 이건 훨씬 더 괴로웠다. 내가 루시가 아니라는 답장을 보내온다거나, 내 신분을 확인해 주는 답장을 보내온다면 어떻게 해야 할지 상상하느라 잠을 이룰 수 없었다. 나는 우편물이 하루에 한 번 12시부터 오후 1시 사이에 배달된다는 걸 알면서도 하루에 세 번씩 우편함을 확인했다. 오지 않을 편지를 기다리지 않기 위해 여성 보호 시설에서 자원봉사를 하기도 했다. 전화벨이 울릴 때마다 벌떡 일어났고, 자동 응답기의 불빛이 깜박일 때는 거의 쓰러질 지경이었다.

12월 말, 목욕을 하고 있는데 준 이모가 욕실 문을 두드렸다.

"너한테 전화 왔어. 노바스코샤에 사는 메이라는 여자야."

나는 욕조에서 나와 가운을 입으려고 서두르다 거의 미끄러질 뻔했다. 나는 물을 뚝뚝 떨어트리며 수화기를 들었다. "여보세요?"

"안녕하세요, 루시라면서 저희한테 편지를 보낸 그 노마인가요?" 한 여자가 부드러우면서도 힘이 느껴지는 목소리로 말하고 있었다.

"맞아요. 전화해 줘서 고맙습니다. 메이, 맞나요?"

"네. 만일 당신이 루시라면, 내가 당신의 언니예요. 그리고 달리 다른 방법을 몰라서 그냥 솔직하게 다 말할게요. 당신은 루시가 맞아요. 내가 이렇게 말하는 이유는 당신의 어릴 때 사진이 내가 기억하는 모습과 같고, 또, 우리 엄마 얼굴하고 빼닮았기 때문이에요. 빼다 박았다고 할 정도로요. 그러니까, 이 모든 걸 다 놓고 봤을 때, 난 그냥 당신이 루시라고 생각해요."

몸이 떨리면서 울음이 터져 나왔다. 준 이모가 의자와 페퍼민트 차 한 잔을 가져다주었다.

"나도 내가 루시라고 생각해요." 내가 말했다.

"지금, 통화로 당신의 과거 이야기를 하고 싶지는 않아요. 장거리 통화라서 비용이 많이 나올 거예요. 그렇지만 하나만 물어볼게요."

"그러세요."

"혹시 보스턴에서 있었던 원주민 인권 시위에 간 적이 있나요?"

준 이모와 함께 나섰던 그날 계속 내게 "루시!"라고 소리치던 남자의 모습이 주마등처럼 스쳐 지나갔다. "네, 1970년대 후반쯤에요. 거기서 어떤 남자가 내 이름을 불렀어요. 내 진짜 이름이요."

"그렇다면 당신이 루시 맞네요. 아무래도 벤 오빠한테 사과해야겠네요. 그가 보스턴에서 당신을 봤다고 했는데 그 말을 안 믿었거든요."

"그럼 그 사람은 혹시……."

"벤 오빠가 가장 나이가 많아요. 당신이 제일 어리고요. 찰리 오빠는 사망했어요. 알고 있겠지만. 조는 이곳에 아직 살고 있어요. 하지만 그리 오래 버티진 못할 거예요. 암이 폐와 뼈 전체로 퍼졌거든요. 나는 메이예요. 그리고 엄마가 계세요. 이제 나이가 드셔서 도움이 좀 필요하실 뿐 아직 정신은 또렷하시답니다."

"어머니가 아직 살아계신다고요?"

"네. 그런데 아버지는 두 해 전에 돌아가셨어요. 하지만 당신이 우릴 찾아낸 걸 알면 정말 기뻐하실 거예요. 아마 그러실 거예요."

나는 말하기가 힘든 상태였다. 준 이모가 내 손에서 전화기를 가져갔다.

"미안하지만, 노마, 아니 루시가 지금 얘기할 수 있는 상태가 아니라서요. 제가 대신 전화번호를 받아서, 나중에 숨 좀 돌리면 다시 전화하도록 해도 괜찮을까요?" 준 이모가 메모지를 가져와 메이의 전화번호를 받아 적었다. "네, 제가 그렇게 전할게요. 고마워요, 메이." 준 이모는 수화기를 내려놓았다. "빨리 널 직접 만나서 꼭 껴안아 주고 싶대."

나는 한층 더 크게 울었다. 그 순간에는 모든 게 비현실적으로 느껴졌다. 거기에 앉아 준 이모의 손을 잡고 페퍼민트 차를 홀짝이는 동안, 모든 게 비현실적으로 보이는 동시에 모든 게

다 이해가 갔다. 나는 늘 내가 이상한 퍼즐이라고 생각했다. 그런데 갑자기 50년 동안 잃어버렸던 조각 하나가 나타났다. 이제 그걸 그냥 제자리에 놓기만 하면 됐다. 나는 노바스코샤로 갈 작정이었다. 내 가족을 만나러 갈 작정이었다.

열다섯

루시

사람들이 다 들어가기엔 방이 너무 작았다. 방에서는 살짝 곰팡 내가 풍겼다. 오래된, 벽에 행복과 슬픔을 품고 있는, 웃음이 회 반죽의 틈새로 스며들고 눈물이 바닥을 수도 없이 씻어 낸 그 런 집에서 나는 냄새였다. 그 냄새에는 이 집에 사는 가족의 이 야기, 나로서는 알 수 없는 그들의 기억이 담겨 있었다. 그 방은 한때 내 오빠들의 꿈이 시작되고 악몽이 사라진 장소였다. 나는 한 자그마한 남자를 쳐다보았다. 움푹 팬 검은 눈에, 피부는 황 달 때문에 탄력 없이 누렇게 떠 있었다. 너무나 작고 병든 그를 바라보는데, 약물과 탈진으로 인해 흐려진 눈으로 그가 애써 내 게 초점을 맞췄다. 그러더니 울기 시작했다.

"안녕, 조 오빠." 말끝에 기대와 약간의 두려움이 무겁게 얹 힌 한숨이 뒤따랐다. 그렇다. 누군가를 잃은 적은 있지만 이렇 게 죽음 가까이에 있어 본 적은 없었다. 형제와 가까이 있어 본 적도 없었다. 하지만 나는 지금 여기에 와 있었다. 이 작은 방 문간에 선 이들 중 하나가 되어 있었다.

메이 언니가 내 손을 잡고 방안으로 잡아끌었다. 그러는 동안 벤 오빠가 휴지로 동생 얼굴에 난 땀을 닦았다. 조 오빠가 고개를 돌리며 더듬더듬 말했다.

"그냥 내버려둬, 형." 탁하고 낮은 목소리로 그가 말했다. "그냥 둬."

그가 팔을 들어 휴지를 치웠다. 나는 침대 가장자리에 앉았다. 조 오빠가 움찔하고 놀랐다. 나는 혹시 내가 아프게 한 게 아닌지 걱정되어 자리에서 일어났다.

"걱정하지 마, 루시. 지금은 뭘 어떻게 해도 다 아파. 누구의 잘못도 아니야. 그냥 그런 거야. 난 네가 거기 앉아 있는 게 좋아." 그가 손을 들어 내가 방금 일어난 자리를 가리키며 다시 앉으라고 권했다.

이제 무슨 말을 해야 할지 몰라 나는 조심스럽게 앉아 있었다. 누군가 다른 사람이 나를 루시라고 부르는 소리를 들으니 이상했다. 보스턴에서 노바스코샤까지 운전해서 오는 동안 수도 없이 반복해서 말한 이름이었다. 속삭이기도 했고, 큰 소리로 말하기도 했으며, 한번은 소리를 지르기도 했다. 뉴브런즈윅의 식당에 들렀을 때는 루시라고 소개하기까지 했었다. 이제는 그 이름이 마침내 내 이름처럼 익숙하게 들리기 시작했다.

"루시? 괜찮아?" 메이 언니가 반대편 침대 끄트머리, 벤 오빠 옆에 앉으며 물었다.

"네, 미안해요. 루시라고 불려 본 적이 없어서 그래요."

"루시라고 많이 불렸었어. 기억을 못 할 뿐이지. 하지만 걱정 하지 마. 우리가 널 기억하고 있으니까."

"네, 미안해요. 알았어요. 나는 그냥 지금 기분이……."

"어쩔 줄 모르겠지." 내가 한동안 할 말을 못 찾자 메이 언니 가 나섰다.

"네, 어쩔 줄 모르겠어요. 하지만 여기에 있다는 게 정말 기뻐 요. 정말, 너무 행복해요."

"엄마가 낮잠에서 깨어나실 때까지만 조금 기다려. 엄마가 너무 기뻐서 잘못되실까 봐 그게 걱정이네."

메이 언니와 벤 오빠가 웃었다. 조 오빠는 웃으려고 노력했 다. 그동안 빼앗겼던 이 집의 틈새에 내 웃음이 스며들기를 바 라며, 함께 웃었다. 나는 내가 지금 여기, 이 집, 이 사람들에게 속해 있는 건지 알 수 없었다. 하지만 또, 내가 자란 그 집에 속 했던 건지도 알 수 없었다. 물론 알 방도는 없었다. 그리고 이런 생각을 해 봤자 시간 낭비였다. 그런데도 나는 이 문제에 대해 생각했다. 내가 그때 그 바위에 앉아 있지 않았더라면, 내가 그 렇게 조용하고 사람을 잘 믿는 아이가 아니었다면, 이야기가 어 떻게 흘러갔을지 궁금했다. 동시에 나를 키워 준 부모에 대한 기억을 저버리고, 준 이모와 앨리스에 대해, 그리고 내가 받은 사랑에 대해 (그 사랑의 방식이 아무리 달랐다고는 하지만) 새로 만난 가족에게 이야기하지 않고 있자니 마음이 좋지 않았다.

"누나, 루시 신발 좀 가져다주겠어?" 조 오빠가 옷장을 가리켰다.

메이 언니가 옷장 안에 손을 뻗어 작은 부츠 한 켤레를 끄집어 내렸다. 한쪽 부츠 혀에 양말 인형이 매달려 있었다. 눈에 실한 가닥으로 고정해 놓은 단추가 보였다. 메이 언니가 먼지를 털고 그것을 내게 건네주었다.

"이거 네 거였어." 벤 오빠가 말했다. "엄마가 아무도 못 버리게 했지."

나는 오래되어 갈라진 가죽을 손가락으로 쓸어 보았다. 이렇게 작은 것이 발에 맞았었다니 믿어지지 않았다. 메이 언니가 손을 뻗어 인형을 꺼내 낡고 닳은 머리를 바로잡아 주었다.

"네가 실종된 후로 내내 저 선반에 있었어. 리아한테 보여 주느라 한 번 꺼냈던 적 말고는." 조 오빠가 숨 가빠하며 말했다. 그러고는 쉬기 위해 눈을 감았다.

"리아요?"

"리아는 조의 딸이야. 아주 좋은 아이지. 우리 중 누구보다도 나아, 확실히." 메이 언니가 대답했다.

"맞는 말이야." 조 오빠가 여전히 눈을 감은 채 속삭였다. "너도 만나게 될 거야. 이제는 항상 찾아오거든."

나는 그 부츠도 그렇고 인형도 그렇고, 뭘 어떻게 해야 할지 알 수가 없었다. 부츠를 침대 위 내 옆에 내려놓았다. 그리고 신만이 아는 이유로, 인형을 코에 대고 한껏 숨을 들이마셨다. 50년 동안 메인에서 멀리 떨어진 선반에 올려져 있었음에도 모닥불과 여름밤의 냄새가 사라지지 않고 남아 있었다. 어쩌면 먼지 냄새였을지도 모르지만, 그 냄새는 맡는 순간 곧바로 나를 내가 속했던 곳으로 데려가 주었다.

"벤 오빠와 나는 그만 저녁 준비를 하러 가야 할 것 같으니까 둘이 여기 남아서 조금 더 얘기 나누도록 해." 메이 언니가 자리에서 일어나며 벤 오빠에게 따라오라고 손짓했다.

벤 오빠는 지나가면서 무릎을 굽히고 나를 꼭 껴안았다. "너일 줄 알았어. 보스턴에서 봤을 때. 그 시위 장소에서 말이야. 너일 줄 알았다고."

나이가 들었지만 벤 오빠는 여전히 강한 남자였다. 그의 포옹은 세상이라도 품을 수 있을 것처럼 단단했다.

"그때 몰라봐서 미안해요." 눈물이 차오르다 흐르는 게 느껴졌다. 속에서 타오르는 열기가 덩어리가 되어 목구멍을 지나 눈으로 뜨겁게 흘러나오고 있었다.

"네 잘못이 아니야. 미안해할 것 하나 없어, 루시. 아무것도." 벤 오빠는 다시 일어서서 메이 언니를 따라 밖으로 나갔다.

논리적으로는 그의 말이 맞았지만, 내 상황에서는 논리가 자리할 곳이 없었다. 어머니가 나를 차 뒷좌석에 태웠을 때 울 수도 있었다. 도망칠 수도 있었다. 내가 누군지 기억해 낼 수도 있었다. 하지만 나는 그 무엇도 하지 않았다. 나는 스스로 노마가 되는 걸 허용했다. 하지만 이제는 루시가 되고 싶었다. 나는 인형을 꼭 붙잡았다.

"오빠 꿈을 꿨어요. 얼굴은 보이지 않았지만, 웃음소리는 들을 수 있었어요." 조 오빠가 기침하기 시작했다. 기침 때문에, 그는 온몸으로 괴로워했다. 나는 휴지를 가져와 가래를 닦아 주었다. 조 오빠가 다시 울기 시작했다.

"네가 나를 이런 모습으로 기억하게 될까 봐 정말 싫어. 너와 내 딸 리아가 내 아픈 모습, 죽어 가는 모습만 알게 된다는 게 정말 싫다." 오빠가 한숨을 쉬었다. "나는 천사 같은 사람이 아니었어. 혹시 내가 죽고 난 다음에 다들 그렇게 얘기하거든 못 하게 해. 나는 그냥 혼자 신세를 망친 거야. 내가 이 지경이 되기 전에 우리가 서로를 알았더라면 좋았을 텐데 아쉬워. 내가 세상에 화풀이하기 전에 만났더라면 좋았을 텐데."

"나도 그래요. 왜 이런 일이 우리한테 일어났는지 모르겠어요. 하지만 이제부터라도 오빠를 알아 가고 싶고, 오빠의 이야기를 듣고 싶어요." 나는 인형 눈의 실밥을 잡아당겼다. 그러자 다시 제자리에 붙었다.

"나도 네 이야기를 듣고 싶어. 잘 살고 있는 것처럼 보여. 적어도 그런 느낌이 있어. 보살핌을 잘 받고 큰 것 같아." 조 오빠의 눈꺼풀이 떨리기 시작하더니, 호흡이 느려졌다. 나는 오빠가 잠드는 모습을 지켜봤다. 그리고 손을 내밀어 오빠의 손을 잡았다. 차고 건조했다. 계속 그렇게 잡고 있다가 허리에 쥐가 나 어쩔 수 없이 놓았다. 나는 오빠의 손을 다시 침대 위에 조심스럽게 올려놓은 후 오빠가 깨지 않도록 조심하면서 슬그머니 방을 나왔다. 그리고 조용히 문을 닫고 복도로 향했다. 거실에서 목소리가 들려왔다.

"여기요, 엄마. 차 드세요. 루시는 조 옆에 잠깐 앉아 있다가 엄마 보러 나올 거예요." 벤 오빠가 말했다.

이유는 모르겠지만, 나는 화장실로 숨었다. 그리고 문을 잠근 후 변기 뚜껑 위에 앉았다. 플라스틱 뚜껑이 내 무게로 인해 푹 꺼졌다. 어머니가 내게 바랐던 죄책감이 표면으로 떠오르기 시작했다. 하지만 나는 그것을 다시 밀어 넣은 후 차가운 물로 세수를 하고 거실로 향했다.

나의 어머니는 작았지만 조 오빠처럼은 아니었다. 병 들어서가 아니라 나이가 들어 체구가 작아진 것이었다. 어머니는 나를 보자 의자 옆 탁자에 찻잔을 내려놓았다.

"널 위해 기도했단다." 어머니가 나를 향해 손을 내밀었다. 나는 가까이 다가가 그 손을 잡았다. "네가 집에 오길 기도했어. 네 아버지가 널 봤더라면 정말 좋아했을 텐데." 어머니는 울지 않았다. 하지만 짙은 갈색 눈이 반짝였다.

"정말 죄송해요."

"루시." 어머니가 말했다. "세상에, 대체 네가 죄송하다고 말할 일이 뭐가 있니?"

"모르겠어요. 그냥 그렇게 말해야 할 것 같아요."

어머니가 웃음을 터뜨렸다. "음, 불필요한 사과는 받지 않으마. 이제 나를 꽉 안아 주렴. 50년 동안 못 안은 만큼."

나는 허리를 굽히고 어머니를 껴안았다. 그리고 어머니의 냄새를 맡았다. 장작 타는 냄새나 감자 익는 냄새가 아니라 베이비파우더와 장미 향 샴푸 냄새가 났다. 어머니의 냄새였다.

"엄마, 기억나요." 나는 오토만에 자리 잡고 앉아 엄마를 바라보며 말했다. "하지만 상상 속에서 본 사람, 꿈속에서 본 사람이라고 생각했어요. 엄마 꿈을 꾸고, 엄마 얘기를 일기장에 쓰기도 했어요. 내 어머니, 그러니까 레노어, 절 키워 주신 어머니는 내가 꿈을 꾼 거라고, 전부 다 사실이 아니라고 했지만요."

내 어머니, 나를 낳고, 나를 알고, 세상 누구보다 오랫동안 나를 사랑해 준 나의 어머니가 미소를 지으며 흐르는 눈물을 닦았다.

"사실, 메인의 블루베리 농장에서 멀지 않은 호숫가에 작은 집을 한 채 갖고 있어요." 나는 잠시 말을 멈추고 모든 기억을 되살리기 위해 숨을 골랐다. 어머니로 하여금 내가 늘 당신을 사랑하고 있었다는 걸 알게 하고 싶었다. 어머니는 그걸 알아야 마땅했다. "밖에 나가 호숫물에 발을 담그고 서서 달을 보고 있으면, 어머니의 냄새를 맡을 수 있어요. 어머니의 목소리도 들리고요. 그래서 오랫동안 혼란스럽기도 했지만 낯선 안도감이 들기도 했어요."

"기억하고 있는 게 있었다니 기쁘구나. 많이 힘들었겠다. 내가 정말 미안하다." 어머니는 엉엉 울기 시작했다.

"이건 우리 잘못이 아니에요." 나는 이렇게 말하며 어머니를 위로했다.

어머니는 애써 미소를 지었다. "네가 이렇게 잘 있다는 걸 네 아버지가 모르고 간 게 너무 슬프구나. 네 아버지는 정말 좋은 사람이었어. 하지만 언젠가 저 너머에서 다 함께 만나게 될 거다. 네 아버지도, 찰리도 분명 너를 보고 반가워할 거고."

나는 종교가 없었지만, 두 어머니는 나에 대한 사랑 외에 사랑 가득한 주님에 대한 믿음을 공통적으로 갖고 있었다. 너무나 많은 고통을 겪은 이 두 여인을 위해 나는 잠자코 듣고 있었다.

"우릴 기다리고 있는 영혼이 또 있어요. 제게 딸이 하나 있었거든요. 아주 작고 예쁜 아이였어요. 세상에 태어나진 못했지만, 다음엔 우리와 함께할 거예요." 내가 말했다.

어머니가 몸을 앞으로 숙이더니 내 손을 잡으며 물었다. "이름이 뭐였니?"

"사라요."

"사라." 어머니가 이마를 내 이마에 가져다 대며 속삭였다. 그때 나는 지금껏 한 번도 느껴보지 못한, 사랑받는다는 느낌을 받았다. "그 이름을 가족 성경에 넣으마. 네 이름 옆에."

어머니가 나에게 함께 교회에 가자고 청한 건 식구들과의 첫 저녁 식사를 마친 후였다. "너를 마이클 신부님께 소개하고 싶어서 그래."

나는 오토만에 앉아 어머니를 바라보았다. 그것은 내가 재빨리 익힌 반사적 반응이었다. 잘 알지 못하는 어머니를 받아들이고, 눈을 바라보며 언제 행복해하고 언제 화가 나 찌푸리는지를 이해하는 하나의 방법이었다.

"저도 그러고 싶어요." 거짓말이 아니었다. 어릴 때부터 한 번도 교회를 좋아해 본 적 없었지만 이번에는 달랐다. 어머니에게 큰 의미가 있는 뭔가를 하고 싶었다.

다음 날 아침, 나는 가져온 옷 중에서 가장 좋은 옷을 입고 어머니와 함께 교회로 갔다.

"다른 식구들은 안 가나요?" 나는 조수석에 타고 있는 어머니에게 물었다.

"응, 다 집에 있으라고 했다. 오늘은 너를 나 혼자 독차지하고 싶어서." 어머니가 손을 뻗어 내 손을 움켜쥐었다. 나는 어머니가 놓아 줄 때까지 그대로 있었다.

교회는 나무로 지은 견고한 구조물로, 새로 칠한 건물이었다. 밖에 한 무리의 사람들이 줄지어 서서 사제와 악수하기 위해 기다리고 있었다. 사람들은 내가 앞으로 갈 수 있도록 대부분 옆으로 비켜 주었다. 어색한 시선이 오고 갔다. 나는 이 작은 마을에 내가 돌아온 이야기가 돌고 있음을 알았다. 내가 눈을 마주치자 그들은 수줍게 웃으며 돌아섰다.

"마이클 신부님, 이쪽은 제 딸 루시예요."

그가 내 손을 잡았다. "아, 주님께서 마침내 집으로 인도하셨군요. 어머니와 함께 여기 계시는 걸 보니 정말 기쁩니다. 어머니께서는 단 한 번도 당신 얘기를 안 한 적이 없어요. 당신을 기억했답니다. 이야기만 들었는데도 어린 시절의 당신을 다 아는 기분이라니까요."

나는 손을 빼고 싶었다. 하지만 무례하게 굴고 싶지 않았다. 그들은 점점 땀을 흘리고 있었다. 하지만 어머니의 얼굴에 어린 기쁜 표정을 보니 조금 더 견뎌야 할 것 같았다. 마침내 그가 내 손을 놓았다. 그리고 우리는 교회 안으로 들어갔다. 내부는 원목과 진한 푸른색 스테인드글라스로 이루어져 어두웠다. 바깥보다 시원했으며, 향과 오래된 빵, 신선하지 않은 포도즙 냄새에 노인들이 좋아하는 향수 냄새가 섞여 있었다. 미사는 길고 낯설었다. 하지만 그곳에 어머니와 함께 손을 잡고 앉아 어머니가 늙어 떨리는 목소리로 노래하는 것을 듣는 게 좋았다. 미사 중에 뭔가가 기쁘게 하면 고개를 끄덕이며 미소 짓는 모습을 보는 것도 좋았다.

"점심 먹으러 가자꾸나. 엄마가 살게." 연보라색 정장과 거기에 어울리는 립스틱을 바른 어머니는, 방금 주님의 말씀을 들어서인지 눈부시게 빛났다.

"좋아요. 어디로 갈까요? 전 이쪽 길을 잘 모른다는 거 기억하세요. 어머니가 안내해 주셔야 해요."

"문제없단다. 그냥 좌회전해서 바다가 나올 때까지 쭉 가렴. 저 산 너머로." 나는 아직도 내 존재를 흥미로워하는 게 분명한 구경꾼들에게 손을 흔들며 교회를 벗어났다.

차를 몰고 밖으로 나올 때 어머니는 이야기에 신이 난 듯 보였다. 농가와 너른 들판을 지날 때는 내가 루시였을 때의 이야기를 전부 들려주었다.

"있잖아, 네가 태어났을 때 기억이 난다. 그렇게 오랜 세월이 지났는데도 마치 바로 어제 일 같구나. 넌 아주 작았어. 온몸에 오물을 뒤집어쓰고 나왔지. 그런데 머리카락만큼은 검고 두껍고 빽빽했단다. 맹세코 태어나자마자 땋을 수도 있을 정도였어." 어머니는 농담을 던지고는 웃음을 터트렸다. 산비탈을 거슬러 올라가자 다시 평지가 나오면서 길가에 늘어서 있던 나무들이 점점 농장과 너른 들판으로 바뀌어 갔다.

"12월이었지만, 나는 너를 품고 대대로 원주민 아기들의 탄생을 맞이하는 나무 아래로 갔었지. 추웠지만 계속 불을 피웠고 차도 많아서 걱정 없었어. 너는 세상에 나오기까지 시간이 좀 걸렸지만, 그만한 가치가 있었지. 내 마지막 아기였고, 그 나무 아래에서 이루어진 마지막 출산이었으니까. 네 아빠가 솔향이 나는 따뜻한 물로 너를 씻겨 주었어. 네게서 크리스마스 냄새가 났단다."

"재밌네요."

"뭐가 재밌어?"

"전 늘 8월 23일을 생일로 기념해 왔거든요. 제 어머니 레노어가 그날이 제가 태어난 날이라고 해서요."

어머니는 잠시 말없이 창밖으로 스쳐 지나가는 세상을 바라보았다.

"그날은 네가 실종된 날이었어. 내 인생 최악의 날 중 하나였지. 왜 그날을 택했는지 알 것 같구나."

이제부터는 호수까지 내리막길이었다. 만의 푸른 물이 초록육지의 배경처럼 펼쳐져 있었다. 우리는 급커브를 돌아 해안선을 따라 오른쪽으로 방향을 틀었다. 앞에 검은색과 흰색의 두꺼운 가로줄 무늬가 그려진 등대 꼭대기가 보였다. 길가에 차 몇대가 세워져 있었고, 사람들이 야외 테이블에 앉아 종이 접시에 담긴 음식을 먹고 있었다.

"근방에서 최고로 맛있는 피시앤칩스(생선튀김과 감자튀김을 함께 먹는 음식)야. 부두에서 바로 오거든." 어머니가 가리키는 곳을 보니 배 몇 척이 묶인 채 파도에 흔들리고 있었다. 이곳 공기는 밸리보다 시원했고, 목재 방부제 냄새와 바닷물 냄새에 생선튀김 냄새가 뒤섞여 코를 찔렀다. 우리는 등대 옆에 난 창문을 통해 점심을 주문했다. 표지판을 보니 이곳은 여전히 등대 역할을 하고 있으며 테이크아웃 레스토랑과 우체국도 같이 운영되고 있다고 되어 있었다. 나는 잠시 마크가 여기를 왔더라면 얼마나 이곳을 매력적으로 느꼈을지 생각했다. 우리는 파라솔이 있는 테이블을 찾아 앉았다.

"아버지 얘기 좀 들려주세요, 괜찮으시다면."

"아, 괜찮고말고. 그 사람 얘기라면 언제까지라도 할 수 있지." 어머니가 생선튀김을 한 입 베어 물더니 내게 미소 지으며 물었다. "맛있다, 그렇지?"

나는 맛있다는 걸 인정하지 않을 수 없었다.

"난 네 아빠를 시내에서 만났어. 아빠는 누이인 린디를 만나러 와 있었지. 그 누이가 결혼해서 시내 중심가로 이사 가기 전이었거든. 그는 원주민 학교가 방학을 해서 쉬는 중이었고, 나는 아빠와 함께 있었어. 그는 집 짓는 일을 하는 목수였는데, 원주민임에도 불구하고 사람들은 네 아빠를 고용했어. 그가 일하는 걸 봤다면 당연한 거였지. 린디와 우리 아빠는 서로 아는 사이였어. 어쩌다 서로 알게 되었는지는 몰라. 아무튼 그랬어. 어느 날 린디의 특제 요리인 사슴 고기 스튜를 먹으러 갔는데, 거기에 네 아빠가 있었단다. 정말 잘생기고 훤칠했지. 나는 네 아빠한테서 눈을 뗄 수가 없었어. 열다섯 살이었던 나는 순식간에 사랑에 빠져 버리고 말았단다. 그런데 나중에 들어 보니, 내가 린디의 주방에 들어서는 순간 네 아빠는 나중에 나와 결혼하게 될 걸 알고 있었대."

엄마의 턱에 타르타르소스가 묻었다. 나는 테이블 건너편으로 손을 뻗어 닦아 주었다. 엄마는 엄마들이 보통 자식의 예의 바른 행동을 볼 때 짓는 그런 미소를 지었다.

"네 아빠는 학교를 1년 더 다녀야 했기 때문에 다시 돌아갔지만, 우리는 편지를 주고받았어. 잘 갖고 있으려고 했는데, 벌레들이 다 먹어 치워서 먼지가 되었지. 하지만 그가 쓴 내용 중 일부는 기억해. 네 아빠는 똑똑했어. 열여섯 살이 되자 원주민 학교를 떠나 우리 집에 와서 나와 결혼해도 되는지 아빠한테 물었지. 와서 묻기 전에 이미 공장에 일자리도 얻어 두고. 한 여자의 남편 역할을 감당할 수 있는 남자라는 걸 증명해 보이고 싶었대."

내 피시앤칩스가 점점 식어 갔다. 나는 이야기에 너무 빠져든 나머지 음식에 집중할 수가 없었다. 등 뒤에서 바닷물이 빠져나가기 시작했다.

"린디가 바느질을 가르쳐 줘서, 나는 벤이 생기기 전까지 한동안 그 일을 했어." 어머니는 내게 이런 이야기를 기뻐하며 들려주었고, 나는 이것들을 다 기억하고 싶었다.

식사를 마친 우리는 손에 아이스크림콘을 들고서 벤치에 앉아 물이 빠져나가는 모습을 지켜보았다. 갈매기들이 버려진 핫도그 빵과 감자튀김을 놓고 다투고 있었다.

"그 사람들은 너한테 잘해 줬니? 그 다른 가족 말이야." 엄마가 바닐라 아이스크림을 핥으며 물었다.

"그럼요. 나름의 방식으로 사랑해 줬어요. 잘 보살펴 줬고요."

"다행이구나." 엄마가 잠시 말을 멈췄다. "아마도 언젠가는 그들을 용서할 수 있겠지."

그날 밤 숙소로 돌아와 엄마가 들려준 이야기를 손이 아프도록 다 적은 후에, 나는 준 이모에게 전화를 걸었다. 출발하기 전 같이 오자고 했었지만, 이모는 자신이 낄 자리가 아니라며 거절했다. 대신 다녀와서 시간 날 때 이야기를 듣고 싶다고 말했다.

"안녕, 이모."

"안녕, 노마, 아가." 이모는 내가 말하길 기다렸다.

"여기 식구들 정말 좋아요, 준 이모." 나는 다시 울기 시작했다. "나 지금 눈물범벅이에요. 계속 이렇게 울다간 눈물이 별로 남지 않을 것 같아요." 나는 전화기에 대고 훌쩍거렸다.

"그냥 실컷 울어, 노마. 아, 아니지."

"노마요, 이모. 그냥 노마라고 불러요."

"눈물이 나면 그냥 흐르게 놔둬. 앨리스가 늘 그랬거든. 눈물을 참는 건 오줌을 참는 거나 마찬가지라고. 결국 아픈 상황이 생기게 되니까, 나올 것 같으면 그냥 바로 나오게 두는 게 좋다고."

"앨리스가 정말 그런 말을 했어요?" 나는 웃음을 터트렸다.

"글쎄, 아마 그랬을걸. 앨리스가 한 말이라고 하면 네가 귀를 기울일 테니까."

"나 이모 말도 잘 들어요, 이모."

"자, 그럼 어디 이야기 좀 해 봐."

나는 이모에게 지난 며칠 동안 있었던 모든 이야기를 전부 다 들려주었다. 눈물과 웃음, 그리고 조 오빠의 상태로 인한 슬픔까지 몽땅 다. 나는 내 부츠에 대해서, 그리고 지금 숙소 베개에 기대어 놓은 양말 인형에 대해서, 그리고 내 진짜 생일에 대해서도 말했다. 어머니의 눈이 갈색이라는 것과 메이 언니의 지혜로움, 그리고 벤 오빠의 조용한 강인함에 관해서도 이야기했다. 내가 '미크마크'라고 하는 원주민이라는 것, 벤 오빠와 메이 언니가 그 말의 의미를 가르쳐 주기로 약속했다는 말도 했다. 내 갈색 피부와 검은 눈이 여기에서는 전혀 특이한 것이 아니라는 것도. 준 이모는 적절한 곳에서 호응해 주고 환호해 주었으며, 딱 예상한 지점에서 한숨 쉬고 웃어 주었다. 어느새 거의 자정이 되어 가고 있었다. 전화를 끊을 때쯤에는 지칠 대로 지쳐 있었다.

"사랑해요, 준 이모."

"나도 사랑한다. 좋은 꿈 꿔."

밤늦게 잠자리에 들었는데도 불구하고 나는 해가 뜨는 시간에 같이 일어났다. 숙소에 있는 작은 커피메이커로 커피 한 잔을 만들어 집으로 향했다. 메이 언니가 현관에서 나를 맞이했다.

"들어와. 아침 준비하는 거 도와줄래?"

깨어 있는 사람은 메이 언니뿐이었고, 집안은 조용했다. 언니가 내게 감자 두 알을 건네주었다.

"제일 먼저 알아야 할 미크마크 말은 '타파타트_Tapatat_'하고 '피테웨이_Pitewey_'야. '감자'와 '차'라는 뜻이고." 언니가 웃으며 내게 감자깎이를 건넸다.

나는 잊지 않을 것 같다는 확신이 들 때까지 그 단어들을 반복해서 읊었다.

"그럼 언니는……."

"미크마크 말을 할 줄 아냐고? 아니. 이젠 주위에 아무도 그 말을 할 줄 아는 사람이 없어. 엄마랑 아빠는 그 언어를 쓰기도 했지만, 엄마도 나이가 들면서 잊으신 것 같아. 우리한테도 가르치지 않으셨고. 욕은 몇 가지 알았는데, 그것도 다 까먹었어. 나하고 벤 오빠는 노력은 하지만 쉽지 않아. 하지만 다들 타파타트와 피테웨이는 알아." 언니가 다시 웃었다. "우리랑 있으면 배울 수 있어."

"그러고 싶어요." 나는 감자 전분이 묻은 손을 내려다보았다. 그리고 계속 감자를 깎았다. "메이 언니……." 나는 적절한 말을 찾느라 잠시 머뭇거렸다. "내가 원주민이라는 사실을 전혀 몰랐던 거, 아니 의심조차 하지 않았던 게 혹시 이상하다고 생각해요? 누구든 당연히 알아야 하는 그런 걸까요?"

"음, 이른 아침부터 질문이 한가득이네." 우리 둘 다 웃음을 터트렸다. "아니야. 백인들은 여러 세기에 걸쳐 우리에게서 원주민으로서의 정체성을 빼앗아 가려고 했어. 네가 기억하지 못하는 게 당연해. 하지만 이젠 알았으니까, 사람들에게 알려야 해. 느끼려고 노력해야 하고. 그 개자식들이 승리하게 둘 순 없어. 빼앗긴 걸 되찾아야 해. 우리 모두 그래야 해. 그리고 그건 '피테웨이'가 '차'를 의미한다는 걸 아는 것에서부터 시작되는 거야."

그들, 즉 여기 있는 내 가족은 많이 웃었다. 대화가 아무리 심각해도, 그들은 웃었다. 그것이 내게는 너무나 새롭게 느껴졌다. 모든 감정을 그냥 솔직하게 드러내는 것 말이다.

메이 언니가 차를 만드는 동안, 나는 우리 모두 충분히 먹을 만큼의 감자를 깎아서 해시브라운(감자를 잘게 썰거나 다져서 패티 모양으로 만들어 기름에 튀긴 요리)을 만들기에 적당하게 잘게 잘랐다. 식탁 가운데에는 집에서 만든 빵이 놓여 있었고, 메이 언니는 베이컨을 튀겼다. 접시 하나에 음식을 담아 조 오빠에게 가져다주려는데, 벤 오빠가 조 오빠를 데리고 모퉁이를 돌아 나오는 게 보였다.

"식탁에서 같이 먹고 싶어서, 한 가족처럼." 조 오빠가 말했다.

벤 오빠가 그를 내 옆에 앉혔다. 모두 자리에 앉자, 어머니가 식전 감사 기도를 올렸다. 나의 다른 어머니는 교회에 헌신했음에도 불구하고 한 번도 식전 감사 기도를 올린 적이 없었다. 이 모습이 무척 새롭게 느껴졌다. 기도는 짧았다. 곧이어 가족이 함께 식사할 때 나는 어수선한 소리가 내 귀를 가득 채웠다. 벤 오빠가 조 오빠의 식사를 도왔다. 조 오빠는 음식을 포크로 찍어 먹는 데에 어려움을 겪고 있었다. 남자가 자신의 형제에게 밥을 먹이면서 베이컨 기름이 흐르면 턱을 닦아 주는 모습은 정말 가슴이 찡했다.

"안녕하세요?" 현관문이 닫히면서 20대 후반으로 보이는 젊은 여자가 주방으로 걸어 들어왔다. 그리고 허리를 숙여 조 오빠의 정수리에 입을 맞췄다.

"안녕, 아빠. 안녕하세요, 기주 할머니." 그녀는 어머니의 머리에도 입을 맞췄다. "메이 고모, 벤 삼촌도 안녕." 그녀는 재빨리 나를 보고는 메이 언니의 접시에서 베이컨 한 조각을 집어 입에 쏙 넣었다. "루시 고모시겠네요." 그녀가 식탁 건너 손을 내밀어 내 손을 잡고 악수했다.

"그쪽은 리아겠네요."

"네, 바로 그 죄책감 유발의 주인공입니다."

벤 오빠가 자리를 옮겼다. 리아가 조 오빠 옆에 앉아 포크를 들고 벤 오빠가 집다 만 해시 브라운을 집어 들어 자신의 아빠에게 먹였다. 조 오빠는 그것을 힘겹게 삼키고 차를 한 모금 마셨다.

"너랑 리아는 비슷한 처지네. 두어 달 전에 겨우 만났고, 할 말은 많은데, 남은 시간이 별로 없잖아." 조 오빠는 웃으려고 했지만, 웃음소리 대신 기침만 나왔다. 그가 다시 숨을 고른 후에 말했다. "나 말고는 아무도 내 죽음이 웃기지 않나 보군."

내가 가족들 곁에 머문 지 일주일하고 절반 정도가 지난 어느 선선하고 흐린 날 아침, 조 오빠와 엄마는 낮잠을 자고, 벤 오빠와 메이 언니는 쇼핑하러 나가서, 나는 유년기를 보낸 집에서 처음으로 혼자 있게 되었다. 나는 가족사진을 자세히 살펴보았다. 나로 보이는 작은 소녀가 태양을 바라보며 눈을 가늘게 뜨고 있었고, 잘생긴 찰리 오빠는 보고만 있어도 즐거울 정도로 환한 미소를 짓고 있었다. 내가 여기로 보낸 사진도 찾았다. 준 이모가 사랑스럽다고 말한 찡그린 표정의 사진이었다. 누군가가 그 사진을 벤 오빠와 메이 언니, 찰리 오빠, 조 오빠의 사진과 함께 앨범에 넣어 놓았다. 그곳에, 내가, 한 번도 사라지지 않았던 사람처럼, 비닐 커버 안쪽에 붙어 있었다. 눈물이 막 나오려는데, 문이 열리면서 리아가 들어왔다. 우리끼리만 있는 것은 처음이었다. 우린 둘 다 조 오빠를 만난 지 얼마 되지 않았기 때문에 둘 다 더 많이 고통스러웠다.

"혼자만 버려두고 다들 어디 가셨나요?" 그녀가 외투를 의자 등받이에 걸쳐 놓으며 말했다.

"쇼핑하러 가고, 낮잠 자고 있어. 네 아빠는 자고 있긴 하지만 네가 깨워 주길 바라실 거야."

"아니요, 그냥 주무시게 두죠. 그나마 고통에서 벗어나는 유일한 시간일 거예요."

리아는 내 옆에 앉아 사진에 관해 이야기하기 시작했다. 그녀는 어린 시절 이곳에서 주말마다 할머니, 할아버지와 지낸 이야기를 들려주었다. 내 아버지 이야기도 해 주었다. 조용하지만 힘이 세고, 늙어서도 키가 컸다고 했다. 자신을 사냥에 데려갔고, 나뭇가지로 토끼 덫 만드는 법을 가르쳐 줬으며, 바이올린 연주하는 법도 가르쳐 주었다고 했다. 그녀는 할아버지를 그리워했다. 나도 마찬가지였다. 하지만 같은 식으로는 아니었다. 리아는 그와 20년을 함께 했지만, 내게는 오직 사진밖에 없었다. 리아는 자신의 어머니 코라에 대한 이야기도 했다.

"두 사람 아직 결혼한 상태예요. 알고 계셨어요?"

"아니."

"아빠가 오랫동안 사라졌었는데, 온갖 군데에서 엽서를 보내셨어요. 한번은 서부에 계시는 것을 알게 되었는데, 집으로 돌아오지 않으셨어요. 그러다 메인에 계시다는 사실을 알게 됐죠. 그런데 기주 할머니가 그냥 놔두는 게 최선이라고 결정하셨어요."

"왜 널 위해 돌아오지 않은 거야?"

"오랫동안 내 존재를 몰랐거든요. 엄마가 그렇게 하고 싶어 했고요. 기주 할머니는 아빠가 길 잃은 영혼이라 스스로 돌아오는 길을 찾아야 한다고 했어요."

나는 팔을 뻗어 리아의 손을 잡았다.

"아빠는 가끔 나랑 이야기할 때 머뭇거리는 것 같아요. 뭔가를 잘못 말해서 내가 떠나게 될까 봐 두려운가 봐요. 아빠가 살아 있는 한 내가 여기 있을 거라는 확신을 못 드리는 것 같아요."

나는 정말 빨리 적응해 나갔다. 우린 서로 한 번도 떨어져 있어 본 적이 없는 사람들 같았다. 곧 나는 교대로 조를 돌보고, 그의 맞은편 침대에서 잠을 자고, 그의 힘겹고 얕은 호흡에 귀를 기울이고, 입이 마르면 물을 주고, 제시간에 약을 챙겨 먹이는 일을 했다. 그는 내가 짊어질 짐이 아니라며 반발했지만, 나는 그를 돕는 게 옳다고 느꼈다.

어느 날 아침 해가 떠오르고 있을 때, 거기 침대에 누워 천장을 올려다보며 햇살에 먼지가 춤추는 모습을 바라보고 있는데 조 오빠가 목을 가다듬고 말했다.

"우리 드라이브 가는 게 좋을 것 같아."

나는 팔꿈치를 괴고 반쯤 몸을 일으켜 오빠를 바라보며 말했다. "좋은 생각이 아닌 것 같아. 너무 힘들지 않겠어?"

"그런 건 이제 신경 안 써. 살날이 얼마나 남았는지 모르는데 차라리 움직이는 게 나아. 내 시간이 얼마 안 남은 것 알아. 그러니까, 드라이브하러 가자."

그날 아침 늦은 시간, 오랜 논의 끝에 벤 오빠가 조 오빠를 자기 차 조수석에 묶고, 가능한 한 편안하게 유지하기 위해 사방에 베개를 고정했다. 그리고 우리는 출발했다. 메이 언니와 내가 뒷자리에 앉고, 벤 오빠가 운전했다. 리아는 할머니와 함께 집에 머무르기로 했다. 그녀는 우리가 긴 자갈 진입로를 따라 나가는 동안 현관 계단에서 우리에게 손을 흔들었다.

"괜찮아, 조?" 메이 언니가 오빠의 어깨에 손을 얹으며 물었다.

조 오빠가 거칠게 숨을 쉬며 대답했다. "괜찮아."

그는 거짓말하고 있었다. 하지만 나는 죽어 가는 사람과는 언쟁을 벌이지 않는다는 것을 이미 이해하고 있었다.

우리는 내가 예전에 마크와 수도 없이 오갔던 그 길을 종일 운전해서 갔다. 익숙한 곳도 있었고 새로운 곳도 있었다. 점심을 먹은 후, 우리는 비포장도로 가에 멈춰 섰다. 그곳에는 허물 어지다 못해 거의 토대만 남은 작은 집이 한 채 있었다. 사랑스 러운 덩굴의 덩굴손이 빈 문틀과 깨진 유리를 휘감고 있었다. 풀밭에는 야생화와 키 큰 잡초들이 무성했다. 서글프면서도 동 시에 아름다웠다.

"여긴 린디 고모네 집이었어. 오래전에 돌아가셨지만, 고모 의 사슴 고기 스튜는 정말 최고였어." 조 오빠가 버튼을 눌러 차 창을 내리고 마치 린디 고모의 주방 냄새를 맡으려는 듯 숨을 깊이 들이마셨다. "린디 고모는 아빠의 누나였어. 할아버지의 사냥터로 가는 길이 여기서 멀지 않아. 그런데 이젠 찾을 수가 없네."

모두가 추억을 회상하느라 조용했다. 내게는 없는 추억이었 다. 하지만 나도 조용히 있으면서 내 나름의 방식으로 그들의 상실을 애도했다.

"고모는 진짜 덩치가 컸었는데. 세상에, 진짜 거대했었지." 벤 오빠가 말했다.

"그만큼 사랑이 가득했었지." 조 오빠가 끼어들었다.

"스튜와 빵이 가득했던 거지, 난 그게 더 좋았어. 하지만 사랑 도 많긴 했어, 조. 그건 나도 동의해." 메이 언니가 살짝 웃었다.

"고모가 껴안으면 질식해서 어떻게 되는 게 아닐까 항상 두 려웠잖아. 넌 정말 작았었어, 루시. 하루는 고모의 가슴이 널 통 째로 삼켜 버릴까 봐 다들 얼마나 무서워했었다고."

조 오빠가 목에서 쇳소리를 내며 크게 웃기 시작했다. 그때 메이 언니의 어깨가 들썩거리기 시작했다. 언니는 웃지 않으려고 입을 꾹 다물었지만, 터지는 웃음을 참지 못했다. 그러자 벤 오빠도 합류했다. 하품이 그렇듯 웃음도 전염성이 있어서 나도 끼어들지 않을 도리가 없었다. 곧 우리는 너무 웃는 바람에 눈물이 나서 눈을 제대로 뜨지도 못할 정도가 되었다. 결국 메이 언니가 배를 부여잡고 쓰러졌다.

"그마아안!" 언니는 웃음을 멈추려고 노력했지만, 겨우 숨을 돌릴 때마다 벤 오빠와 눈이 마주쳤고, 그러면 또다시 웃음이 시작되었다.

"오줌 마려워." 나는 숨이 턱까지 차서 헐떡이며 말했다.

나는 길가에서 오줌을 눠야 했다. 남자들이 못 보도록 언니가 재킷을 들어 가려 주었다. 웃음소리가 아직도 나무들 사이에서 메아리처럼 울려 퍼지고 있었다.

"신발에 쌌어." 나는 비명을 질렀다. 이 말은 메이 언니를 한층 더 웃게 했다.

언니와 내가 다시 차에 탔을 때, 남자들은 진정된 상태였다. 하지만 조 오빠를 한 번 보고 다시 벤 오빠를 본 후에 모든 게 다시 시작되었다. 우리는 차 안에서 너무 오랫동안 웃은 탓에 나중에는 정확히 무엇 때문에 그렇게 웃었는지도 잊어버렸다. 조 오빠가 다시 기침을 시작한 후에야 우리는 진정할 수 있었다.

"고마워." 내가 말했다.

"뭐가?" 메이 언니가 나를 바라보며 물었다.

"내 인생에 이렇게 크게 웃어 본 건 처음이야."

우리는 노스 마운틴을 넘어 펀디만의 물길을 따라 집까지 먼 길을 달렸다. 지는 햇살에 구름이 분홍색에서 보라색으로 바뀌었다. 메이 언니는 그걸 보고 솜사탕 일몰이라고 했다. 우리는 차창을 내리고 얼굴이 분홍색으로 바뀔 때까지 시원한 바닷바람에 얼굴을 씻어 냈다. 그리고 하늘이 짙은 푸른색에서 검은색이 되고 별이 우리 머리 위에서 반짝일 때까지 차를 몰았다. 그런 다음 우리는 들판에 차를 세웠다. 벤 오빠는 조 오빠가 차에서 내리는 것을 도와주었다. 들판 한가운데, 내가 태어난 자리에 우리는 담요를 깔았다. 어떤 이유에서인지 평생 사랑했지만 전혀 모르고 살았던 이들, 우리는 그렇게 바닥에 누워 하늘을 천천히 가로지르는 별들을 바라보았다.

열여섯

조

끝이 다가오면 평온함이 찾아온다. 눈을 뜰 수 없지만 내 손을 잡은 리아의 손이 느껴진다. 나는 이 느낌, 딸의 이 손길이 내 마지막 기억이 되었으면 하고 바란다. 그들이 여기, 이 방 안에 있다는 걸 안다. 죽음이 가까이 왔는데도 나는 천국의 존재를 전적으로 믿지 않는다. 그 안에 내 자리가 있다는 것도. 하지만 아빠와 찰리 형이 구석에 서서 나를 기다리고 있다는 건 느낄 수 있다. 이제는 고통도 느껴지지 않고, 몸도 아이처럼 가볍다.

나는 내 인생이 파노라마처럼 눈앞에 펼쳐지는 걸 보고 싶지 않다. 나는 이 순간에, 내가 사랑하는 모든 이들과 함께 머물고 싶다. 누이들, 형들, 유령들, 그리고 내게 분에 넘치는 딸까지 모두, 한 장소에서 나와 함께 있어 주었으면 좋겠다. 누가 들어도 이상하게 들릴 테지만, 어릴 때 메인의 블루베리밭에서 까마귀가 내 빵을 물고 간 그날 이후, 나는 지금이 가장 행복하다.

열일곱

루시

조 오빠는 일요일 아침에 사망했다. 우리 각자에게 미소를 보낸 후 조용히 잠에 빠져들어 죽음에 이르렀다. 조용한 사람의 조용한 죽음이었다. 인생 대부분을 혼자 보낸 그였지만, 임종을 앞두고는 사랑에 둘러싸였다. 리아가 그를 위해 울며 그의 손을 잡고 그 손에 입을 맞췄다. 메이 언니와 나는 강인한 여자들답게 조용히 그를 보내 주었다. 벤 오빠는 마치 조 오빠의 영혼이 문지방을 건널 때 에스코트라도 해 주려는 듯 문간에 서 있었다. 엄마는 보기를 거부하고 핀치새들이 먹이를 찾아 날아드는 걸 보며 거실 의자에 앉아 조용히 울었다.

　고인의 요청에 따라 조 오빠는 화장되었다. 오빠의 바람대로 유골 가루의 절반이 노바스코샤의 찰리 오빠 옆에 묻었다. 오빠는 나머지 절반이 메인에 묻히기를 바랐다. 열흘 뒤, 장례식도 다 끝난 후, 나는 리아를 조수석에 앉히고 진입로를 빠져나가 블루베리 농장으로 향했다. 남은 유골 가루는 뒷좌석에 단단히 고정한 상태였다.

작은 오두막은 지난번 마지막으로 왔을 때와 똑같아 보였다. 페인트칠을 한 부분이 부드러운 저녁 빛을 받아 반짝거렸다. 리아는 손가락으로 꽃줄기와 구름 가장자리, 푸른 파도의 물마루를 따라 그리며 아버지의 작품에 감탄했다.

조 오빠가 만든 계단 옆에, 우리는 남은 유골 가루를 묻었다. 조금은 나를 닮은 조카 리아와 나란히 손잡고 서서, 나는 내 유령을 놓아주기 시작했다.

감사의 말

나 역시 감사의 글을 읽는 독자로서 이 글의 기능을 잘 알고 있습니다. 그렇기에 가장 먼저, 불가피하게 이곳에 언급하지 못한 사람이 있다면 미리 사과하고 싶습니다. 정말 미안합니다.

그리고 이 프로젝트에 믿기 힘들 정도로 놀라운 응원을 보내 주고 제대로 능력을 발휘할 수 있도록 도와준 가족과 친구들에게 감사의 말을 전합니다. 지난 4년간 이 책에 늘어놓은 이야기와 걱정을 인내심 있게 들어 줘서 고맙습니다. 나의 첫 번째 독자이자 가장 든든한 지지자가 되어 준 타일러 라이트풋*Tyler Lightfoot*에게 특히 감사드립니다. 그리고 우리 아빠, 같은 이야기를 해 주고 또 해 주고, 또 그만큼 매번 웃어 주셔서, 그리고 저를 메인으로 데려가 블루베리밭을 보여 주셔서 고맙습니다.

마이클 로언솔*Michael Lowenthal*과 에린 소로스*Erin Soros*, 켄드라 피시*Kendra Fish*와 테오 디 카스트리*Theo Di Castri*, 잉그리드 키넌*Ingrid*

Keenan, 자히다 라헴툴라_Zahida Rahemtulla_, 크리스 베일리_Chris Bailey_ 및 찰리 프리스트_Charlie Frist_에게, 밴프 신진 작가 집중 과정에서 이 작품의 1장을 처음으로 함께 읽고 워크숍을 진행해 주셔서 감사합니다. 여러분은 제게 원고를 수정하고 계속 이 길을 걸어 갈 자신감을 주었어요.

칩 리빙스턴_Chip Livingston_과 팸 휴스턴_Pam Houston_, 브랜던 홉슨_Brandon Hobson_, 조나 코틀러_Jona Kottler_, 질리언 에스퀴비아-코언_Gillian Esquivia-Cohen_, 타쉬나 에머리_Tashina Emery_, 마이클 아울_Michael Owl_, 크루스 카스티요_Cruz Castillo_, 맥시 무아_Maxie Moua_, 그리고 샹탈 롱도-위버_Chantal Rondeau-Weaver_ 등 아메리칸 인디언 예술 연구소(IAIA)의 멘토이자 동료들에게 감사를 전합니다. 내가 더 나은 작가로 성장할 수 있게 도와주었고, 무엇보다도 모든 작가가 필요로 하는 작가로서의 사랑을 주었어요.

언제나 인내심으로 기다렸다가 마치 마법사처럼, 내가 쓴 이야기를 세상에 내놓는 일생일대의 꿈을 이룰 수 있게 도와준 매릴린 비더만_Marilyn Biderman_과 날 것의 원고를 매끄럽게 다듬어 준 나의 편집자 재니스 자베르니_Janice Zawerbny_에게도 감사드립니다. 두 사람 모두 능력자예요. 미국의 캐터펄트_Catapult_ 출판 팀에게도, 이 이야기를 믿어 준 메가 마줌다르_Mega Majumdar_에게도 감사를 전합니다. 메가, 당신 덕분에 훨씬 더 많은 이들과 이 이야기를 나눌 수 있게 되었어요. 알리시아 크로엘_Alicia Kroell_과 놀라운 캐터펄트 출판 팀에게, 여러분 덕분에 어떻게 해야 작가가 사랑받고 지지받는다고 느끼는지 잘 알게 되었습니다.

또한 저는 세 명의 멋진 여성들에게 조언을 얻는 엄청난 행운을 누렸습니다. 스테파니 도메트*Stephanie Domet*, 어느 여름날 오후 우리 집 뒤뜰에서 와인을 마시며 아빠가 들려준 이야기로 소설을 쓰겠다는 내 아이디어에 귀를 기울여 준 것 고마워요. 스테파니, 당신이 먼저 이야기를 꼭 쓰라고 말해 줬었지요. 오랫동안 존경해 왔고 내게 자극과 기쁨이 되어 준 카테리나 베르메트*Katherena Vermette*, 나를 '작가 트러스트 라이징 스타*Wristers' Trust Rising Stars*' 프로그램에 참여할 수 있게 해 준 것에 대해 감사드립니다. 당신의 따뜻한 조언과 멋진 대화 덕분에, 언젠가는 서점에 진열된 내 책을 보는 날이 올 거라고 믿게 되었어요.

그리고 마지막으로 나의 선생님이자 멘토(내가 이렇게 부르는 걸 정말 싫어하지만)이자 정말 사랑하는 친구인 크리스티 앤 콜린*Christy Ann Conlin*에게 감사를 전합니다. 미처 보지 못한 부분을 발견해 주고, 좋은 부분과 나쁜 부분, 부끄러운 부분을 읽어 주고 여전히 믿어 주었어요. 나도 나를 믿지 못할 때조차 말이지요. 무엇보다 이 글쓰기 여정을 처음 시작했을 때부터 곁에 있어 준 그녀에게 깊은 감사를 보냅니다.

꿈을 이룰 수 있게 도와준 분들, 웰라'리오크*Wela'lioq*. 모두 감사합니다. 이 일이 내게 얼마나 큰 의미인지 여러분이 아셨으면 좋겠습니다. 그리고 마지막으로, 우연히 이 책을 집어 든 독자 여러분들, 모쪼록 재미있게 읽으셨기를 바랍니다.

베리 따는 사람들

초판 1쇄 인쇄 2024년 11월 4일
초판 1쇄 발행 2024년 11월 11일

지은이 아만다 피터스
옮긴이 신혜연

대표 장선희 **총괄** 이영철
책임편집 한이슬 **외주교정** 신대리라
기획편집 현미나, 정시아, 오향림
책임디자인 최아영 **디자인** 양혜민
마케팅 최의범, 김경률, 유효주, 박예은
경영관리 전선애

펴낸곳 서사원 **출판등록** 제2023-000199호
주소 서울시 마포구 성암로 330 DMC첨단산업센터 713호
전화 02-898-8778 **팩스** 02-6008-1673
이메일 cr@seosawon.com
네이버 포스트 post.naver.com/seosawon
페이스북 www.facebook.com/seosawon
인스타그램 www.instagram.com/seosawon

ⓒ 아만다 피터스, 2024

ISBN 979-11-6822-324-0 03840

• 이 책은 저작권법에 따라 보호를 받는 저작물이므로 무단 전재와 무단 복제를 금지합니다.
• 이 책 내용의 전부 또는 일부를 이용하려면 반드시 저작권자와 서사원 주식회사의 서면 동의를 받아야 합니다.
• 잘못된 책은 구입하신 서점에서 바꿔 드립니다.
• 책값은 뒤표지에 있습니다.

서사원은 독자 여러분의 책에 관한 아이디어와 원고 투고를 설레는 마음으로 기다리고 있습니다.
책으로 엮기를 원하는 아이디어가 있는 분은 이메일 cr@seosawon.com으로 간단한 개요와 취지,
연락처 등을 보내주세요. 고민을 멈추고 실행해보세요. 꿈이 이루어집니다.